A NOSSA MELODIA

Kiss the girl
Copyright © 2023 by Disney Enterprises, Inc.
© 2024 by Universo dos Livros

Todos os direitos reservados e protegidos pela Lei 9.610 de 19/02/1998. Nenhuma parte deste livro, sem autorização prévia por escrito da editora, poderá ser reproduzida ou transmitida sejam quais forem os meios empregados: eletrônicos, mecânicos, fotográficos, gravação ou quaisquer outros.

Diretor editorial
Luis Matos

Gerente editorial
Marcia Batista

Produção editorial
Letícia Nakamura
Raquel F. Abranches

Tradução
Marcia Men

Preparação
Alessandra Miranda de Sá

Revisão
Nilce Xavier
Nathalia Ferrarezi

Diagramação
Nadine Christine

Arte
Renato Klisman

Ilustração da capa
Stephanie Singleton

Design da capa
Marci Senders

Dados Internacionais de Catalogação na Publicação (CIP)
Angélica Ilacqua CRB-8/7057

C827n	
	Córdova, Zoraida
	A nossa melodia / Zoraida Córdova ; tradução de Marcia Men. -- São Paulo : Universo dos Livros, 2024.
	368 p. (Série Meant to be ; vol 3)
	ISBN 978-65-5609-661-2
	Título original: *Kiss the girl*
	1. Ficção norte-americana I. Título II. Men, Marcia III. Série
24-1371	CDD 813

Universo dos Livros Editora Ltda.
Avenida Ordem e Progresso, 157 — 8º andar — Conj. 803
CEP 01141-030 — Barra Funda — São Paulo/SP
Telefone: (11) 3392-3336
www.universodoslivros.com.br
e-mail: editor@universodoslivros.com.br

ZORAIDA CÓRDOVA

A NOSSA MELODIA

São Paulo
2024

*Para todas as Sereias que ainda
estão encontrando suas vozes.*
Cantem.

PRÓLOGO

ARIEL
21 de junho
Estádio Arthur Ashe, Nova York

Ali, de pé no centro do palco, cercada por 23 mil pessoas, Ariel se encontrava mais próxima do que nunca de um mar de estrelas.

Fãs devotados acenavam com varinhas de LED piscantes em formato de conchas e barbatanas. O palco ainda estava completamente escuro, e a contagem de sessenta segundos entre músicas havia começado. A última canção não precisava de outra troca de figurino, acessórios ou dançarinos de apoio. Não, a última música da turnê mundial "Goodbye Goodbye" terminaria da mesma forma como tudo havia começado. Apenas elas. Ariel e suas irmãs.

A única coisa mais alta do que as batidas do coração de Ariel era a plateia. Todos os "eu te amo" e gritos chegavam até o teto, fundindo-se em uma poderosa tempestade de som que podia ser sentida até mesmo por aqueles assistindo à transmissão mundial via streaming em salas de estar, bares, vagões lotados de metrô e nos telões da Times Square. Ariel imaginou que aqueles fãs também estavam ali com ela.

Afastando-se por um momento de suas seis irmãs, Ariel aproximou-se da beira do palco. Nunca se sentia mais próxima de seus fãs e de sua própria música do que quando estava se apresentando. Depois de 276 shows ao longo de dois anos, Ariel havia tentado se preparar para as apresentações de despedida das Sete Sereias. Queria se agarrar àquele momento. Lembrar-se de que ela *esteve* ali. Saber que tinha entregado seu máximo. Ter certeza de que tinha valido a pena. Não tinha?

Ela era famosa desde que tinha dez anos de idade e, aos 25, estava pronta para recomeçar. Ainda não tinha imaginado como seria esse "recomeçar". Havia patrocínios, papéis em filmes, acordos para livros e casamenteiros, todos esperando pelos próximos passos de Ariel. O pai delas tinha prometido a todas um descanso dos holofotes, mas, pela primeira vez na vida, ela não sabia qual seria o próximo passo, e isso era empolgante. O mundo podia esperar, contanto que ela cantasse mais uma música. Uma última música.

Quando os sessenta segundos acabaram, Ariel inclinou a cabeça em direção ao holofote e tentou recobrar o fôlego. A plateia rugiu. O brilhante cabelo vermelho-escarlate caía em ondas sobre os ombros. Suor acumulava-se em sua nuca e penetrava no body violeta iridescente. A cintura alta de seu short ousado estava deixando uma marca quase permanente contra seu umbigo. O ar fresco da noite acariciava seu joelho ralado, onde ela havia rasgado as meias finas durante a última canção. Mas Ariel apenas deu o seu melhor sorriso e acenou, girando sem esforço em seu salto plataforma verde-esmeralda. O holofote iluminava seu caminho através do palco, e a mais jovem das irmãs Del Mar juntou-se mais uma vez a suas irmãs. Esperando atrás de uma fileira de pedestais de microfones cravejados de cristais, Ariel posicionou-se no centro da formação como se fosse a líder, o coração.

— Vocês são incríveis! — O soprano vibrante de Ariel ecoou através do estádio Arthur Ashe.

— É claro que sou! — respondeu Thea, dando um tapinha travesso com os dedos em seu cabelo fúcsia.

— Eu me referia a eles, *obviamente* — disse Ariel, apontando o dedo para a plateia e lançando um olhar de repreensão fingida para a irmã.

Após uma onda de risos, Thea piscou e soprou um beijo.

— Acabei de perceber que vou sentir muita saudade disso — fungou Stella, que, em geral, chorava por qualquer coisa, principalmente filhotinhos de cachorro.

— Só agora? — disse Alicia, esticando o pescoço no fim da fila.

— Ah, você sabe o que eu quis dizer! — Stella disse, na defensiva.

As bochechas de Ariel doíam de tanto sorrir. Era a última vez que fariam esta brincadeira de final de show.

— Eu disse para mim mesma que faria isso sem chorar.

O final de sua frase se embargou com a emoção que ela passara duas horas tentando controlar. Mas como poderia não ficar emocionada neste momento? Suas vidas seriam divididas para sempre em dois períodos: Antes das Sete Sereias e Depois das Sete Sereias. Tudo o que elas fizeram, o programa de TV, seus discos, seriam referidos como "uma era", se tivessem sorte. Ou "o auge" se não tivessem.

Mesmo Sophia, que era a mais velha e nunca chorava, franziu o nariz como se tentasse conter lágrimas inevitáveis.

— Vamos, garotas, recomponham-se. Levantem a cabeça, princesas — disse, enquanto alisava o rabo de cavalo que parecia de seda negra, toda durona.

— Então cadê a minha coroa com rubis? — perguntou Elektra, sarcástica, e o baterista delas soltou um *ba-dum-tss*.

— Mas falando sério por um minutinho — disse Ariel.

Ela não conseguia discernir direito os rostos na plateia, com exceção de algumas pessoas na primeira fila e aqueles que eram iluminados por um holofote móvel. No entanto, tirou um momento para erguer os olhos para os assentos mais altos nas seções mais distantes do estádio. Queria que os fãs ali soubessem que ela os enxergava.

— Então, era para eu ter escrito algumas palavras — ela confessou, culpada. — Mas, cada vez que eu tentava, eu falhava. Parecia ensaio, e, rapaz, como a gente já fez isso. Acho que percebi que eu não estava pronta. Como nos despedimos depois de quinze anos?

Sophia apertou a mão de Ariel enquanto os fãs gritavam, aplaudiam e assoviavam, encorajadores.

— Minhas irmãs e eu fomos abençoadas — ela continuou. — Nós sabemos que todo mundo diz isso, mas eu não sei de que outra forma descrever a sorte de ter todos vocês aqui esta noite. Somos apenas uma família pequena do Queens, Nova York, e isto parece um sonho. Nós vimos o mundo. Nós nos apresentamos em estádios e premiações.

— Ganhamos alguns prêmios também — Marilou interveio com uma piscadela.

— Tocamos em festinhas de aniversários e em bares sujos nos quais definitivamente éramos jovens demais para sequer termos permissão de entrar. Lemos as cartas de vocês e assistimos aos vídeos. Temos uma sala, uma sala inteira, onde guardamos as artes e os presentes que vocês nos dão. Minhas irmãs, e todos vocês, me lembram de sonhar todos os dias com o impossível. Sonhem até que se torne realidade. Possível. Seu.

Ondas de gritos encheram o palco enquanto tinham início as notas do primeiro single delas, "Your Once Upon a Dream Girl". Ariel não poderia ter cronometrado melhor.

— Então, eu decidi que, na verdade, não vamos dizer adeus. — Ela pressionou a mão trêmula contra o peito. — Somos uma família. Vocês são nossa família. E família é para sempre! Agora, batam palmas. Precisamos de uma ajudinha nesta música!

A bateria começou, seguida por sinos de percussão, o teclado como base e, então, todo o estádio cantando com Ariel o primeiro verso. Ela se lembrou da primeira vez em que se espremeram nas cabines apertadas daquela salinha de gravação. Como seu pai as fez cantar repetidas vezes até que suas harmonias estivessem impecáveis, a melodia perfeita que lançaria as Sete Sereias como uma banda de verdade. Relembrou quando pegava sua caneta de gel roxa favorita e reescrevia trechos, a maneira como o pai franzia a testa para suas alterações e depois lhe dava aquele sorriso teimoso quando a música se encaixava. Ela se lembrou de como se sentiu na primeira vez em que estavam atravessando a ponte de Queensboro e a música tocou no rádio. Ariel recordou e se agarrou às irmãs até as Sete Sereias pararem de cantar e ficar apenas a multidão, 23 mil pessoas gritando o último verso. Essa parte, mesmo depois de tantos anos, nunca envelhecia.

Quando acabou, os canhões de glitter e confete banharam o estádio e fogos de artifício dispararam em direção aos céus de Nova York. A banda emendou solos mais longos, as luzes do palco pulsando e girando, até se tornarem um uivo coletivo de alegria.

As irmãs de Ariel gritaram suas despedidas primeiro.

— Obrigada a todos!
— Nós amamos vocês!
— *¡Adiós, adiós!*
— Boa noite, Nova York!
— Até mais, peixinhos!
— Vocês são tudo! Tudo!

Embora as irmãs tivessem saído correndo do palco, Ariel ficou. Como poderia ir embora tão rápido? Os fãs ainda gritavam seu nome. Eles acenavam com suas varinhas coloridas. Dançavam na chuva de confete no formato de estrelinhas. Ela pegou um punhado delas.

— Eu amo vocês — Ariel disse e ficou lá, mesmo quando todas as luzes se apagaram.

PERDEU O SHOW DE DESPEDIDA DAS SETE SEREIAS? ESTAMOS AQUI PARA TE AJUDAR.

Mudança de Hábito: Ariel, a princesa pop, separou a banda?

Há rumores de que Elektra del Mar estrelará na nova trilogia Star Wars.

24,8K LIKES

BAFÃO: AS SETE SEREIAS CANTAM SEU ADEUS... OU NÃO?

Você não vai acreditar em como **Teo del Mar** era aos vinte anos de idade!

`CLIQUE AQUI` 13h32

Batalha das Bandas, participação especial de **Desafortunados! AURORA'S GROCERY.**

Os portões se abrem às 20h.

TUTTLE, O CONTADOR DE HISTÓRIAS

Episódio 1.365:
As Sete Sereias: do começo humilde à realeza da música

CAPÍTULO UM

ARIEL
21 de junho
Estádio Arthur Ashe, Nova York

Os bastidores estavam agitados com seguranças, assistentes e os organizadores do evento. Ariel tinha quase certeza de que havia chefes de Estado com uma equipe de segurança menor do que a dela. Se podia apontar uma coisa de que não sentiria falta no ano sabático longe dos palcos era o frenesi pós-show. Isso e os corredores bege iluminados por luzes fluorescentes que transformavam cada área marcada com SOMENTE PESSOAL AUTORIZADO em algo saído de um filme de terror.

Chrissy Mahilal, uma guianesa arretada que mal passava de um metro e meio, abriu caminho com o próprio corpo pelo monte de gente que cercava Ariel e acelerou o passo para acompanhá-la. Chrissy ofereceu à chefe um copo plástico reciclável cheio de isotônico sabor romã, do qual Ariel tomou goles sedentos.

— As resenhas dos fãs já estão aparecendo — disse Chrissy, um trinado exuberante embelezando as vogais da assistente. — Você está em evidência nas redes sociais no mundo todo, e os apliques oficiais de pedraria das Sete Sereias acabaram de ficar indisponíveis. Temos um convite do dono da Ma Chérie. Ele está dando para as Sete Sereias a principal área VIP da danceteria.

— As gêmeas vão adorar. — Ariel riu.

— Trevor Tachi está de volta na sua caixa de mensagem... — continuou Chrissy, deslizando a tela com o dedo indicador.

Ariel olhou para Chrissy. Pedras azul-turquesa brilhavam nos cantos de seus olhos, mechas do cabelo tingido com hena escapavam de seu coque. Se ela sorrisse mais, Ariel poderia contar todos os seus dentes. Isso era um mau sinal.

— Você sabe que Trevor arruinou a chance que tinha comigo quando mentiu para a *Entertainment Daily!* sobre o que aconteceu nos bastidores do Festival Wonderland. O que você não está me contando?

— Por que acha que tem algo que não estou contando?

Elas pararam diante do camarim de Sophia, onde as outras assistentes lidavam com o caos pós-show.

— Eu te conheço faz dez anos — disse Ariel, arqueando uma sobrancelha astuta. — Você sorri quando está nervosa e apruma o corpo como se estivesse de volta à escola de balé.

— Maldita senhora Doroshinskaya — Chrissy resmungou, bufando.

— O que foi? — perguntou Ariel, paciente, apesar de ferver de ansiosidade por dentro. No show passado, Thea tropeçou no refrão da "Heartbreak Island" e virou meme. Antes disso, Stella foi fotografada beijando uma estrela de Hollywood em uma festa pós-evento, o que enfureceu o pai das garotas porque ela havia quebrado o toque de recolher e a regra de "relacionamentos não sancionados". E, antes *disso*, sete fãs zelosos entraram nos bastidores, vestidos da cabeça aos pés como as irmãs Del Mar, e passaram despercebidos pela segurança. Eles tinham ficado à espera no camarim e foram pegos cheirando as roupas sujas da banda.

— Eu já conjurei vários cenários catastróficos nos últimos trinta segundos, Christina Mahilal. *Desembucha*.

Chrissy entregou seu celular para Ariel.

— Houve um vazamento que eu acho que você deveria ver.

A ansiedade em seu estômago se transformou naqueles bonequinhos feios de Troll que Sophia colecionava. Eles sussurravam seus piores medos de volta para ela, gritando: *Eles te odeiam. Você é uma impostora. Sua tosca sem talento. Graças aos deuses da música acabou pra você.* Ariel respirou fundo e olhou o artigo que a *Voltage Sound* postou enquanto ela ainda estava no palco. Estava escrito: ARIEL DEL MAR: PRINCESA SE LANÇA EM CARREIRA SOLO.

A princípio, a manchete não parecia tão ruim assim. Carreira solo para cada uma das irmãs não era uma novidade. Corriam rumores de que Ariel se separaria do grupo desde que ela era adolescente. Agora que as cortinas se fecharam pela última vez, suas irmãs tinham novos empreendimentos e aventuras esperando por elas. Ariel havia passado a turnê "Goodbye Goodbye" inteira negociando uma pausa de um ano com o diretor da gravadora, conhecido também como seu pai. Depois de ralar, fazer turnê e gravar por quinze anos ininterruptos, ela merecia, ou melhor, *precisava* de uma pausa. Estava com 25 anos e tinha uma longa lista de coisas mundanas que nunca havia feito. Queria aprender uma nova língua, fazer aulas de culinária, caminhar pela livraria sem o seu robusto, embora gentil, segurança lhe esperando do outro lado da prateleira. Queria ter um dia sem horário para ligações, sem entrevistas ou prazos. Ariel queria entender quem diabos ela era sem as Sete Sereias.

De certa forma, ela *estava* saindo em carreira solo. O artigo poderia ter sido outro rumor, uma em um milhão de presunções da parte de pessoas que não a conheciam. Mas, conforme analisava o texto, algo a fez hesitar.

"Uma fonte dentro do círculo dos Del Mar afirma que um grande anúncio ocorrerá nesta terça", ela leu alto o suficiente para que Chrissy ouvisse. Às vezes, essas manchetes eram pura invencionice ou mal-entendidos, como da vez em que ela interagiu dando like em uma foto sem camisa de um dos Chris famosos e no dia seguinte havia centenas de artigos documentando cada interação do "casal". Mas, às vezes, os vazamentos vinham de dentro da própria casa delas, quando a equipe queria controlar a narrativa. A data relatada coçava no fundo de sua mente.

— O que está programado para a semana que vem?

Chrissy tinha o calendário compartilhado pronto para visualização. Ela engoliu em seco.

— Dia 25 de junho. Tempo em família. Seis e meia da manhã.

— Quando é que o tempo em família foi cedo desse jeito?

A adrenalina de Ariel pós-show deu lugar para as dores pós-show. Ela estava faminta. O corte em seu joelho ardia e seus pés pareciam ter sido esmagados por uma prensa, o que meio que foi o caso. Só queria tomar um banho escaldante e rastejar para a cama. Não queria pedir uma explicação para o pai.

Com certeza era um mal-entendido. Outra manchete que afirmava conhecer a verdade por trás da fachada perfeita das irmãs Del Mar. Então ela sorriu e manteve a cabeça erguida. Não podia fechar a cara ou demonstrar frustração em seu rosto. Havia muitas pessoas em volta e ainda mais gente esperando para ver se Ariel ou suas irmãs terminariam igual à mãe delas.

De canto de olho, flagrou uma faxineira levantando o celular. Ariel sorriu e acenou para a foto. Por mais que estivesse cansada, o sorriso era sincero. Ela sempre valorizava seus fãs. Sem eles, não teria nada.

Ariel agradeceu e entrou no camarim de Sophia, onde as irmãs estavam em várias fases de desalinho. Stella abaixava o zíper de seu shortinho azul-turquesa furta-cor, sua bandagem ensanguentada saindo no processo. Marilou trançava os cabelos cor-de-rosa em marias-chiquinhas. Elektra já estava com o enorme fone de ouvido azul-elétrico que combinava com o cabelo dela, o que significava que já ouvia seu podcast de meditação de quinze minutos. Enquanto isso, as gêmeas, Alicia e Thea, devoravam macarrão direto da embalagem de comida chinesa para viagem.

Por um segundo, Ariel absorveu tudo isso. Memorizou a longa penteadeira com lâmpadas glamorosas expostas, garrafas de champanhe e bichos de pelúcia. Uma caixa de cartas dos fãs, que ela gostava de ler nas noites em que não conseguia dormir. Os sons de baleia que Marilou sempre deixava tocando ao fundo. Roupas cintilantes, perucas e tanto glitter que seriam necessários profissionais de limpeza de cena de crime para se livrar de cada pedacinho. Claro, no contrato, eram garantidos camarins individuais para as Sere Sereias, mas, desde que eram garotinhas, elas se amontoavam no espaço de Sophia porque ela era a mais velha e nenhuma das irmãs gostava de ficar sozinha.

Sophia estava sentada no centro da penteadeira, tirando seus típicos brincos de argola dourados e soltando o rabo de cavalo negro. Os olhos dela encontraram os de Ariel no espelho.

— Ei, passarinha, você não vai começar a ficar sentimental com a gente, né?

— Óun! — Alicia entrou na conversa. — É nossa última sessão de relaxamento no camarim!

— A gente disse que não chamaria assim! — falou Elektra, arrancando os fones de ouvido e franzindo a testa.

— Eu não prometi nada — Alicia resmungou com a boca cheia de macarrão.

— O que você tem na mão? — Thea perguntou.

— Ah, é só esse cantor supergato — respondeu Marilou, dando zoom em uma foto no Pixagram. — Eric alguma coisa. A banda dele é muito boa.

— *Você* não — disse Thea, apontando para a mais jovem das garotas Del Mar. — Você.

— Que seja, vou mandar essa música no chat do grupo mesmo assim — disse Marilou, jogando uma trança rosa por cima dos ombros para mostrar que não estava incomodada.

Ariel olhou para o punho cerrado que ainda segurava os confetes em forma de estrela que ela havia pegado. Era bobo, mas aqueles pedacinhos de plástico brilhante pareciam sua despedida de boa sorte para a próxima fase de sua vida.

— Não é nada. Cadê o papai?

— Eu o vi nos bastidores com o tio Iggy — disse Elektra, passando as longas unhas pelas raízes azuis, retirando os grampos de cabelo um por um.

— Por quê? — Stella perguntou, erguendo uma sobrancelha curiosa.

Ariel encaminhou o artigo via mensagem de texto. Todas as seis irmãs pararam o que estavam fazendo e rolaram a tela enquanto ela despencava na cadeira vazia na frente da longa penteadeira. As raízes castanho-escuras de seu cabelo apareciam por baixo da peruca vermelha. Embora sua maquiagem tivesse permanecido intacta, as escamas brilhantes que decoravam suas maçãs do rosto estavam se soltando, fazendo-a se parecer menos com uma sereia glamorosa e mais com um dragão trocando de pele.

— Peraí. Eu pensei que você e o papai tivessem deixado de lado esse negócio de carreira solo — disse Stella. Um de seus cílios postiços se soltara e descansava em sua bochecha.

Ariel bufou e estendeu a mão para arrancá-lo. Estava prestes a dizer para Stella fazer cinquenta pedidos quando foram interrompidas.

Teodoro del Mar em pessoa, pai amoroso de sete filhas, produtor de hits e CEO e cofundador da Atlantica Records, valsou porta adentro seguido por seu vice-presidente e irmão, Ignacio Sebastián del Mar. As meninas o chamavam apenas de tio Iggy.

Teo era alto, imponente, e ainda mantinha o físico encorpado de seus tempos de jovem lutador. Ele usava um de seus ternos italianos favoritos adornado por um broche de ouro em forma de S. Sua barba ficou branca nos últimos dois anos de turnê e seu cabelo estava perfeitamente penteado em ondas grisalhas.

Os irmãos ostentavam sorrisos satisfeitos em seus rostos. Sorrisos que rapidamente se dissolveram quando cada uma das sereias os encarou.

— *Mis amores*, cadê a comemoração? — tio Iggy perguntou. Ele era o oposto do irmão em todos os sentidos, tinha cachos curtos e pretos, pele marrom-clara e um terno ousado e ajustado em seu corpo esguio.

Ariel levantou seu telefone, e os dois homens espiaram a tela. Ela assistiu ao rosto de seu pai passar de surpreso para irritado, exasperado e enfim sério. Não se podia dizer que ele não tinha variedade de expressões.

— O que é isso, papai? — Ariel perguntou, num contralto rouco. A voz com que falava normalmente não era a voz de princesinha subaquática que o mundo estava acostumado a ouvir.

— Nós íamos conversar com você quando chegássemos em casa — disse Teo, daquele seu jeito determinado, mas conciliador, como se ela estivesse tendo um chilique e ele precisasse se manter firme.

— Alguém da sua equipe claramente não recebeu o recado — Marilou o cortou.

Ariel sentiu um nó na garganta. O pai sempre mudava os planos sem discutir com elas. Acrescentava um show na turnê aqui, uma visita surpresa a alguém da realeza ali, um patrocínio que ela não aprovava. Por que pensou que desta vez seria diferente?

— Isto demandou planejamento — disse Ariel.

— E dissemos que seguraríamos qualquer plano ou anúncio até depois da turnê — Sophia acrescentou, erguendo suas longas unhas negras.

— Tecnicamente, *já é* depois da turnê. — Tio Iggy levantou as mãos, como se o gesto pudesse protegê-lo das palavras de suas sobrinhas.

— Qual é, tio Iggy — bufou Elektra. — Você só está aliviando a barra dele, como sempre faz.

— Não use esse tom de voz conosco, Elektra! — Teo ameaçou a sala com o dedo indicador e o estrondo de seu barítono.

— E você não mude de assunto, pai — retrucou Ariel, frustrada.

De uma vez só, as irmãs se uniram. Ariel sempre se sentia mais forte com elas a seu lado, mesmo odiando confronto. Detestava ver o pai ficando quieto e chateado. Detestava o fato de ter 25 anos e ainda querer, *precisar* da aprovação dele. Mesmo com seu corpo tremendo, ela se forçou a encarar o pai nos olhos, verde-claros como os de Sophia e Thea.

— Então isto é um motim? — Teo del Mar fechou a cara.

— Por favor — Ariel implorou. — Dá para você, pelo menos uma vez, nos incluir em suas decisões sobre as *nossas* vidas?

Após um lampejo de surpresa pelas palavras dela, Teo endireitou o corpo e cerrou a mandíbula, rápido para se irritar.

— O que você quer que eu diga? Quinze anos! Mais, se contarmos os anos que levou para vocês conseguirem o primeiro contrato. O que mais posso dizer além de que minhas filhas trabalharam duro *todos os dias* de suas vidas e para quê? Para fazer uma pausa? Perder o embalo para fazer um mochilão pela Europa? Passar férias em um santuário de pandas?

— Ei! — Marilou gritou. — Não faça pouco dos meus sonhos com os pandas.

— Eu não estou... — Teo apertou a ponte de seu nariz à medida que sua raiva perdia intensidade. — *Queridas*. Minhas amadas garotinhas. Tudo o que eu sempre quis foi o melhor para vocês. Eu trabalhei...

— Desde que tinha dezesseis anos de idade — Ariel completou a frase que conhecia melhor do que a maioria de suas letras.

Sophia então continuou o discurso.

— Desde que a mãe de vocês e eu chegamos a este país com trezentos dólares e nada além dos nossos sonhos e milhares de portas fechadas em nossas caras.

— A gente entende — disse Alicia. — Nós sabemos.

O pai as encarou como se elas o tivessem apunhalado, tal qual César.

— Nós tínhamos um acordo, pai — Ariel o lembrou. — Um ano sem mídia. Sem entrevistas. Sem exclusivas. Sem gravações. Apenas uma pausa para fazermos o que quiséssemos. Então eu torno a perguntar. Do que este artigo está falando?

— Poe Marlowe quer escrever e produzir seu álbum solo, Ariel — disse Teo, levantando as mãos, derrotado.

— Uau, eu mataria para trabalhar com ele — cochichou Marilou, deslumbrada.

Todas as garotas a repreenderam com um olhar que dizia *Agora não*.

— Viu? — disse Teo, motivado pela reação de Marilou. — Mas ele só tem tempo na agenda neste verão. Se entrarmos em estúdio agora, podemos lançar sua carreira solo até dezembro. Ele trabalha apenas com os melhores dos melhores e quer trabalhar com *você*, Ariel.

— Dezembro? — disse Ariel, meio caçoando, meio rindo.

— Nós não queríamos que fosse assim — disse tio Iggy. — São apenas seis meses antes do ano sabático que você planejou.

— Ah, e isso é tudo? — Ariel deveria ter previsto isso. Ela desanimou um pouco.

— O plano era que suas irmãs fizessem participações em faixas individuais — Teo explicou. — Para fazer uma transição com a banda, em vez de fazer parecer uma separação.

Bastou. Essa foi a gota d'água que levou as mulheres Del Mar ao limite. A sala se encheu de gritos. As irmãs queriam respostas.

O que mais ele estava mantendo em segredo? Onde encaixariam a gravação na agenda delas? Sophia já havia se matriculado em uma universidade. Marilou só queria ter paz com os pandas. Nesse ínterim, tio Iggy tentava se desculpar, enquanto Teo mandava que qualquer subordinado que tivesse vazado a notícia para a imprensa fosse demitido.

Ariel não podia se sentar de novo. Se sentasse, não conseguiria se levantar. Mesmo com os pés doendo como se pisasse em cacos de vidro, ela deslizou pelo camarim e ficou cara a cara com o pai.

Ele envolveu o rosto de Ariel com as mãos enormes. Sua testa se franziu, marcada por rugas profundas na pele marrom-clara e bronzeada. Quando foi que ele envelheceu tanto?

— Ariel, minha amada. Minha vida. *Querida...* — Ele dizia isso para todas elas com frequência. *Querida, adorada. Amada.* — Nós temos a chance de fazer algo que acontece apenas uma vez na vida. Eu sei, eu sei que deveria ter te contado desde o começo, mas eu também sei o quanto você ama seus fãs. O quanto você ama cantar. Você *é* música. E não aguentaria ficar um ano inteiro sem ela.

Ariel tinha que reconhecer que o que ele disse era verdade. Mas não era ela que deveria tomar essa decisão? Não era ela que deveria escrever o álbum? E se estivesse péssima quando o ano acabasse, teria sido porque havia escolhido isso, pela primeira vez, sem continuar a seguir exatamente o que era esperado dela. Mas as palavras de seu pai sempre conseguiam se esgueirar para dentro de seus pensamentos. Poe Marlowe era um figurão. Ele havia ajudado a lançar mais músicos do que qualquer outra pessoa no ramo. Não era uma sorte? Sorte por ser a garota de ouro de seu pai, uma de suas joias mais estimadas. Sorte por ser uma extensão do sonho dele. Sorte por poder se conectar com milhões de pessoas que adoravam Ariel e suas irmãs.

E se tudo isso fosse embora?

E se ela desse as costas para uma oportunidade que outros matariam para ter?

— Tudo bem — disse ela, olhando para baixo, brilhantes estrelas de confete ainda firmemente presas em seu punho suado.

Teo e Ignacio bateram palmas. Suas irmãs murmuraram, confusas.

— Com uma condição — acrescentou Ariel.

— Você puxou ao pai — disse Teo sorrindo, depois de fazer uma careta.

— Todas as outras vão ter o ano de folga prometido. Elas gravarão os vocais apenas *se* e *quando* quiserem.

— Não! — disse Sophia, furiosa. — Você não pode.

As outras ecoaram o sentimento, mas, quando se tratava de suas irmãs, Ariel faria qualquer coisa. Nunca vencera uma discussão com o pai, mas isso não se tratava mais apenas dela.

— Estes são meus termos.

— Seus termos são razoáveis. — Teodoro del Mar passou a palma da mão pela barba prateada e bem cuidada. — Ganharemos disco de platina, filhinha.

Ariel permitiu-se ser puxada para um abraço apertado enquanto o pai e o tio listavam todas as grandes coisas que eles fariam. Mas as irmãs dela não celebraram. Elas compartilharam sorrisos cansados, e todo mundo voltou a juntar suas coisas, indo rapidamente para o estacionamento onde os carros as esperavam. Consertaram suas expressões para os paparazzi mais persistentes e os fãs que as viam partir.

Enquanto corriam pela ponte de Queensboro em direção à área chique de Manhattan, Ariel abriu a janela e deixou que a brisa fresca do fim de junho a refrescasse.

E daí que seus planos seriam um pouco diferentes do que pretendia? Ela tinha suas irmãs. Tinha sua família. Trabalharia com um dos maiores nomes da indústria musical. Esticou o braço para fora da janela e abriu a mão, deixando que os confetes brilhantes fossem carregados pelo vento.

Ela era Ariel del Mar, e toda sua vida esperava por ela.

TUTTLE, O CONTADOR DE HISTÓRIAS

Episódio 1.365:
As Sete Sereias: do começo humilde à realeza da música (Introdução)

Transcrição:
O último show da família real do pop finalmente chegou, e, apesar de eu estar PROFUNDAMENTE DEVASTADO, mal posso esperar para ver quais serão os próximos passos das minhas garotas. Por ora, quero retroceder com uma série em várias partes destacando a história das Sete Sereias.

Meu teste decisivo para amigos sempre foi qual álbum das Sete Sereias os transformaram em um dos Sete Sortudos. Para mim, tudo começou com *As Pequenas Sereias*, o programa de televisão que seguia um grupo de princesas sereias enquanto elas salvavam sozinhas os oceanos da poluição, tudo isso enquanto se apaixonavam por marinheiros e salva-vidas no processo. Nunca esqueçamos meu primeiro crush adolescente, #PríncipeNick.

O famoso "papai" Del Mar, no comando de um império midiático, tomou a decisão controversa de sair por cima e encerrar o programa no auge de sua audiência, transformando as sete irmãs nas sereias cancioneiras dos palcos.

E assim nasciam as Sete Sereias. Mais glitter. Mais maquiagem. Saltos plataforma maiores. Mesmas perucas indefectíveis. Ninguém pode negar que Teodoro del Mar é um produtor de sucesso por bons motivos, e suas filhas são as joias de seu reino — digo, gravadora —, Atlantica Records.

Agora, o maior grupo feminino da atualidade se despediu com uma turnê mundial de dois anos. Uau! Seu garoto aqui acumulou muitas milhas, mas cada momento valeu a pena.

Segundo rumores para algumas delas, a festa não vai parar. Fontes extremamente confiáveis me dizem que um grande anúncio está por vir no programa *Acorda! Nova York*, e pode apostar que deixarei vocês inteirados primeiro.

Não se esqueça de se inscrever, contar suas teorias e dar uma passada no meu TipJar$$ @Scott.Tuttle.7, para que eu possa continuar trazendo o melhor conteúdo sobre as Sete Sereias.

Aqui é o Tuttle dando tchau!

CAPÍTULO DOIS

ERIC
24 de junho
Ponte do Brooklyn, Nova York

Na noite de seu aniversário de 28 anos, Eric Reyes estava preso no engarrafamento. Até onde ele pôde entender, havia um enorme acidente bloqueando todas as pistas da Ponte do Brooklyn e, apesar do som de sirenes e buzinas em volta, uma hora e meia mais tarde, eles não estavam nem perto de se mover.

O carregamento foi feito duas horas antes, e ele colocou o telefone no modo silencioso porque a agente deles, Odelia, já tinha ligado uma dúzia de vezes para gritar sobre como havia trabalhado duro até agendar a Desafortunados para fechar a Batalha das Bandas. Sem o trânsito, o Aurora's Grocery, onde eles estavam na iminência de ter que subir no palco, ficava a apenas quinze minutos de distância.

E, no entanto, apesar do estresse da situação, Eric ainda estava com um bom humor irritante. Nova York espalhava-se ao redor dele em toda sua glória. Claro, ele estava do lado errado da ponte, e, num utilitário beberrão cujo ar-condicionado se encontrava, sem trocadilhos, por um fio e pelo odor repentino, estava quase certo de que sua baterista acabara de soltar uma bufa, mas não havia mais ninguém com quem ele preferiria estar. Abriu as janelas.

Eleanor Grimsby, que era a equivalente humana do emoji de nuvem de chuva, aproveitou a oportunidade para esticar o longo pescoço para fora da janela do passageiro e soltar um grito aterrorizante de *banshee* para o tráfego.

— Tenho quase certeza de que as cabras em Long Island podem te ouvir — Carly resmungou do banco de trás. Seus cachos estavam empilhados no topo de sua cabeça como um abacaxi, e, embora fossem só oito da noite, ela usava sua máscara ocular de seda. Eric e o resto da banda tinham aprendido com os anos que, quando a máscara de dor de cabeça estava em uso, ninguém deveria nem tentar puxar assunto com Carly.

— É a Max quem está com o volume no talo vendo aquela porcaria de série de TV — disse Grimsby, apontando lentamente com o polegar para a baterista deles.

Max, cujos olhos estavam colados na tela do celular enquanto ela roía a unha do indicador até sangrar, tirou a franja castanha desgrenhada da frente dos olhos. A franja voltou exatamente para o mesmo lugar.

— Eu claramente amo porcaria, já que ainda sou amiga de todos vocês! — resmungou ela.

— Ah, eu adoro um prazer culpado — disse Eric, sua voz baixa e calma. — Quanto mais culpado e despudorento, melhor.

— Primeiro, despudorento não existe — disse Carly, removendo a máscara dos olhos e jogando-a no porta-treco que era o chão da SUV. Ela virou-se para Max e provocou: — Segundo, você não está um pouquinho velha demais para ainda gostar das Sete Sereias?

Max estalou a língua contra os dentes e resmungou um xingamento em tagalo que todos eles sabiam de cor.

— É um resumo da turnê de *despedida* delas, então considero isso como lição de casa. Além do mais, nossa geração precisa de nostalgia para aguentar a ansiedade generalizada, portanto me deixa viver, tá?

Carly deixou quieto, mas começou a bater a cabeça na parte de trás do banco de Eric.

— Aaaaargh, por que isso está acontecendo?

Eric inclinou-se adiante para se afastar, mas não havia para onde ir, a não ser que ele quisesse ficar de pé na ponte engarrafada.

— Você está tentando estourar meus tímpanos?

— Você não vai ter mais tímpanos quando Odelia acabar conosco — Carly resmungou.

— E quem liga? — Grimsby perguntou, descansando os cabelos loiros pálidos na janela meio aberta, como se tivesse desistido da vida. — Isso é o que eu chamo de uma sina desgraçada. Desgraçada mesmo.

Carly socou o teto do carro, e Max começou a batucar em toda superfície disponível. Eric sabia que suas companheiras de banda, apesar de um pouco dramáticas, tinham que lidar com o estresse à maneira delas. Entretanto, tais maneiras não podiam envolver danificar o carro dele.

— Calma! — disse Eric, alisando o interior do veículo com a mão. — Pode não ser muito, mas minha neném já nos levou a 101 shows intacta.

O utilitário era antigo e nem de longe lembrava os carros vintage que seu pai colecionava na Colômbia. Mas tinha sido o primeiro carro que ele comprou quando chegou a Miami aos 18 anos com suas economias, um violão e um sonho. Milhares de quilômetros e uma década depois, Eric estava muito perto de realizar esse sonho. Tão perto que conseguia sentir, tangível como o cheiro do escapamento dos carros ao redor.

— Tudo bem. Só porque é seu aniversário — disse Carly, mostrando o dedo do meio e lhe mandando um beijo ao mesmo tempo.

Eric sorriu, deixou que mais uma ligação de Odelia caísse na caixa postal. Esfregou o nó de tensão na parte de trás do pescoço.

— Ah, droga! Vamos perder esse show bem no seu *aniversário*. Nossa primeira grande turnê começa amanhã de manhã e já é um caos. Não estamos condenados. Estamos *amaldiçoados* — disse Max, batendo com as mãos na cabeça.

— Qual de vocês, idiotas, quebrou um espelho? — perguntou Grimsby, levantando a cabeça lentamente.

— Não estamos condenados nem amaldiçoados — Eric enfatizou. —E peguem leve com minha neném, pode ser?

— *Amaldí-suadôs* — Max repetiu, arrastando a última sílaba.

— *Amaldí-suadôs*, em francês — acrescentou Grimsby concordando lentamente.

— Definitivamente não é francês. — Eric não pôde deixar de rir. — Devo admitir que as coisas não começaram da melhor forma.

— Melhor forma? — Carly perguntou, enfiando o torso entre os bancos da frente. — Vamos conferir os recibos de nossa maldição, sim? Só na semana passada, uma de nossas bandas de abertura pegou uma virose. Quem pega virose?

— Duzentas e sessenta e poucas *mil* pessoas — disse Grimsby.

— Por que você sabe disso? — Eric balançou a cabeça. — Deixa pra lá. Além disso, a Odelia já contratou uma banda substituta.

— O motorista do nosso ônibus sofreu um acidente de carro — disse Grimsby, levantando a cabeça, piscando uma vez.

— Ele está se recuperando. — O sorriso de Eric tornou-se forçado. — E temos um novo cara. Vamos superar isso. Não podemos deixar alguns contratempos...

— E... o cara do merchand acabou de pedir demissão — Max anunciou, mostrando o telefone. — Odelia está postando um anúncio de vaga urgente e também disse que, se você ignorar a ligação dela mais uma vez, nossa grande turnê vai ser um velório. O *seu* velório, especificamente.

Eric soltou um suspiro exasperado. Não era ideal, mas não havia espaço para se preocupar com a contratação de um novo promotor de merchandising quando tinha problemas maiores. Como o trânsito. Ele queria poder ver mais de sua posição na ponte. Vários helicópteros de notícias circulavam à frente com holofotes. O carro do casal à esquerda deles estava com as janelas embaçadas, e alguns executivos deixaram seus táxis para gritar ao telefone. Pela primeira vez em tantas horas, Eric permitiu que os tentáculos do fracasso se enrolassem em seu coração: e se... e se eles não conseguissem?

Não. Tinham que conseguir. A banda precisava disso. *Ele* precisava disso. Faria todas elas irem a pé até o local com os instrumentos nas costas se ficasse desesperado e, embora estivesse calmo agora, estava talvez a quinze minutos do desespero. Por mais que não deixasse transparecer e definitivamente não contribuísse para o mau humor que surgia entre suas companheiras de banda.

— Temos que nos preparar para o pior — disse Grimsby. Seus grandes olhos cinza estavam vidrados.

— Se o Aurora's Grocery achar que somos irresponsáveis, o Hazy Underground também vai achar, e aí jamais conseguiremos tocar no Red Zone! — disse Carly, coçando a garganta, como fazia quando estava nervosa e achava que estava tendo uma reação alérgica.

— Está bem. Já chega. — Eric abriu a porta do motorista. — Todo mundo para fora. Agora.

— Que diabos você está fazendo? — Max se aprumou.

— Vocês sabem que eu tenho medo de ser atropelada em uma ponte — disse Carly.

— Na verdade, preciso dar uma esticada — acrescentou Grimsby, com seu tom lento e irônico.

Eric abriu o porta-malas e, depois, as travas do case de seu violão. Esse violão era o objeto mais valioso que ele possuía no mundo inteiro. Ele o acompanhara em todos os momentos difíceis que enfrentou em sua vida. Agora não era diferente. Eric prendeu a alça, para que o corpo do instrumento ficasse apoiado na parte de trás, depois pegou impulso no para-lama para o capô, até que suas botas estivessem firmemente plantadas no topo do veículo.

— Isso é o que você queria dizer com tratar essa porcaria com respeito? — perguntou Carly, apoiada contra o capô.

— Isso é o que eu chamo de ser o melhor animador que você poderia pedir. — Eric dedilhou os acordes iniciais da primeira música que eles haviam escrito juntos, "Adiós to My Old Love". Foi a primeira vez em que teve certeza de que tinham algo especial. Suas vozes em harmonia, os instrumentos como extensões de si mesmos e uns dos outros. Algo que o mundo inteiro precisava ver. — Olhem onde estamos.

— Presos num engarrafamento? — Max resmungou.

— Estamos suspensos sobre o rio East. Estamos na melhor cidade do mundo. Carly, você lembra o que disse quando escrevemos esta música? — perguntou Eric após murmurar a melodia de abertura da canção.

Os braços de Carly estavam cruzados sobre o peito, mas o cenho franzido se desfez em um sorriso tímido.

— Eu disse que fizemos magia.

Ele dedilhou o refrão e bateu o pé uma vez. Uma multidão de pedestres no nível acima tinha parado para assistir. Eric piscou na direção deles antes de se virar para Grimsby. O delineador preto dela estava mais borrado do que o normal, mas mesmo sua gótica favorita não pôde deixar de sorrir quando ele se ajoelhou e tocou as notas graves que normalmente era ela quem tocava.

— Você pegou um ônibus de North Sunshine, Montana, até aqui, até esta cidade, para quê, Grimsby? — Ele inclinou a cabeça na direção dela, pois não conseguia ouvi-la por causa da conversa dos pedestres e das buzinas estridentes. — Desculpa, o que você disse?

— Eu vim aqui para tocar em uma banda incrível, tá bom? — gritou ela, sacudindo os punhos e dando o braço a torcer.

Finalmente, ele se levantou, equilibrando-se no teto, e encarou Max.

— E você?! Você não libertou mil cobaias e largou o emprego em uma grande empresa farmacêutica só para achar que estamos *amaldiçoados*, né?

— Nem ferrando! — disse Max, batendo com as mãos nas laterais do carro.

— Nunca pensamos que seria fácil — ele cantou, fazendo um longo dedilhado que o levou até a ponte da música. — Acreditem em nós só mais um pouco.

— Seu otimismo ingênuo está me dando dor de dente — disse Carly, mas ela cantou na ponte com ele mesmo assim.

O primeiro verso que escreveram juntos.

— Acreditem em nós só mais um pouco.

Eles não se importavam com quem estava olhando ou gravando. Os quatro cantavam a plenos pulmões, envolvidos pelo trânsito e pela brisa quente do verão.

Quando terminaram, um leve aplauso veio de alguns carros ao redor e de observadores na passarela de pedestres. Foi seguido por buzinas agressivas, que chamaram a atenção deles para os carros em movimento.

— Quebramos a maldição! — Max gritou.

Eles comemoraram, e Eric sentiu a alegria delas em seus ossos. Entregou seu violão para Grimsby e tirou um último momento para olhar as luzes brilhantes da cidade. Um momento final que foi interrompido por um carro que passava.

— Anda logo, idiota! — gritou um homem careca e bigodudo colocando a cabeça para fora da janela.

— Eu amo Nova York. — Eric deslizou pelo para-brisa e pelo capô, aterrissando em pé.

Depois de todos estarem acomodados no suv, começaram a avançar lentamente. Claro, era a dez quilômetros por hora, mas estava acelerando a cada minuto. Ele olhou para o relógio. Eles realmente iam conseguir.

—Então — Max começou —, íamos guardar isso para depois do show. Mas acho que você merece agora.

Ela apresentou um cupcake gigante ligeiramente amassado, empalado por uma vela torta.

— Viu? — Eric sorriu, acelerando um pouco mais o carro conforme o trânsito se dissipava. — Vocês são todas umas românticas melosas.

— Retire o que disse — avisou Grimsby enquanto acendia um fósforo. — Retire o que disse agora mesmo.

A vela de faísca ganhou vida, provavelmente um perigo dentro do suv, mas eles cantaram uma versão rápida em portunhol da música "Parabéns pra você".

— Faça um pedido — disse Carly.

Eric sorriu. Fazer pedidos era fácil, acreditar é que era difícil. Havia feito mil, dez mil pedidos ao longo dos anos. Alguns eram superficiais: uma bicicleta, um conjunto completo de Lego, um contrato de gravação na casa dos seis dígitos. Quanto mais velho ficava, mais complicados eram seus desejos. Ele desejava que a dor de sua mãe tivesse alívio. Desejava um visto de estudante. Desejava a aprovação de seu pai. A chance de virar alguém. Agora, cercado por suas melhores amigas atravessando a Ponte do Brooklyn, sabia que eles conseguiriam. Por isso, em vez de desejar um contrato de gravação e toneladas de dinheiro, Eric fez o desejo mais simples que alguém poderia fazer.

Meu desejo é ela, pensou.

Ele ainda não a conhecia. A garota dos seus sonhos. A garota sobre a qual vinha escrevendo todas as músicas desde que pôde criar melodias e letras cativantes. Ele sempre teve sorte com as mulheres, mas todos os seus amores eram passageiros. Eric queria algo duradouro. Alguém para se apegar. Algo real. Talvez porque fosse seu aniversário, ou porque suas companheiras de banda o surpreenderam ou talvez porque houvesse algo no ar, mas ele tinha um bom pressentimento sobre o que o aguardava mais adiante.

E, assim, Eric Reyes apagou a vela de seu aniversário e deu uma grande mordida no cupcake recheado de caramelo, deixando o restante para as garotas se deliciarem.

— Apertem os cintos — disse ele, pisando no acelerador enquanto cada veículo na ponte buzinava em direção à liberdade. — Sem parar até Brooklyn.

SE LIGA NO VISUAL!
EDIÇÃO AS SETE SEREIAS

ARIEL
Cor: Vermelho-rubi
Não pode faltar: Glitter, glitter, glitter! Aplicações de pedras no rosto, botas plataforma... Não existe isso de roupa casual para esta princesa sereia.
Atitude: Garota glamorosa da casa ao lado!

MARILOU
Cor: Ouro-rosé
Não pode faltar: Brincos de panda, camiseta vintage dos anos 1980, botas deslumbrantes, calças de lamê em ouro-rosé.
Atitude: A Garota de Rosa-Shocking, com uma pitada de rebeldia!

STELLA
Cor: Turquesa-brisa-do-mar
Não pode faltar: Vestido boêmio ético-responsável, pulseiras feitas com plástico reciclado dos oceanos, sandálias de couro vegano.
Não se esqueça do cristal no bolso.
Atitude: Apenas boas vibrações!

ELEKTRA
Cor: Azul-elétrico
Não pode faltar: Tudo em azul-elétrico, saia volumosa estilo anos 1950, brincos de raio.
Atitude: A alma da festa!

ALICIA
Cor: Violeta-sonhador
Não pode faltar: Presilhas de borboleta violeta, colete branco fofo, leggings brilhantes.
Atitude: Você é a musa dos sonhos de todos!

THEA
Cor: Fúcsia-atrevido
Não pode faltar: Jeans artisticamente surrado, top reto costurado à mão, parca oversized. Não se esqueça do toque de rosa vibrante.
Atitude: O mundo está em suas mãos!

SOPHIA
Cor: Pretinho básico
Não pode faltar: Rabo de cavalo alto matador, unhas *stiletto*, preto arrasador, como uma verdadeira nova-iorquina.
Atitude: Seja a rebelde que você quer ver no mundo!

CAPÍTULO TRÊS

ARIEL
24 de junho
Upper West Side, Nova York

Alguns dias após o último show da turnê "Goodbye Goodbye", Ariel ainda não conseguia ter uma boa noite de sono. Ela assombrava os cômodos da luxuosa cobertura da família no Upper West Side.

Durante a turnê, seu corpo tinha se acostumado a dormir em ônibus de luxo, no jato da família, nos ocasionais camarins e até mesmo em uma cabine de banheiro (não pergunte). Com os pés firmes no chão, porém, ela estava inquieta. Tinha tentado dormir nas espreguiçadeiras da varanda, mas acordou com um pombo tentando fazer ninho em seu cabelo. Teve menos sorte ainda na sala de estar, com o aquário no pilar de vidro cheio de peixes curiosos. Inevitavelmente, ao amanhecer, voltava para seu quarto, onde apenas a exaustão extrema funcionaria.

Na noite anterior ao grande anúncio da carreira solo de Ariel, Marilou invadiu seu quarto e disse:

— Chega de lamentação!

— Não estou me lamentando. Estou olhando as redes sociais. — Ela estava no celular por tanto tempo que sentia a ponta de seu polegar esquerdo dormente.

— Chame como quiser — Marilou fechou a porta atrás de si. Seu cabelo estava enrolado em uma toalha, e ela ainda vestia seu favorito robe felpudo cor-de-rosa. Chutou suavemente um dos bricabraques espalhados pelo chão. — Você nem sequer tomou banho? Este lugar está uma bagunça.

— Estou limpinha e, ao contrário de você, eu não deixo uma centena de embalagens de bombom debaixo da minha cama — Ariel brincou, na defensiva.

Não admitiria nenhuma reclamação sobre seu quarto. Era o seu santuário. Cada detalhe cuidadosamente selecionado para fazer parte de seu lugar favorito no mundo. O pé-direito alto pontilhado de constelações douradas — as Plêiades, as Sete Irmãs, eram as mais proeminentes. Janelas de ponta a ponta mostravam vistas urbanas impossíveis. A cabeceira da cama era feita de madeira de deriva reaproveitada. A coleção de guitarras estava fixada em uma parede, e havia uma área de lounge dedicada ao seu toca-discos e à sua coleção de vinis.

Marilou se dirigiu à parede de prateleiras que iam do chão ao teto e apontou para fileiras de livros e bugigangas que Ariel havia coletado de todas as cidades que já visitaram. Rodas de bordados feitos à mão, bonecas personalizadas que os fãs tinham feito dela, ingressos, prêmios, caixas antigas cheias de cartas manuscristas. Suas irmãs a chamavam de "acumuladora", mas havia alguns tesouros dos quais Ariel simplesmente não conseguia se separar. Claro, ela não tinha uso para um tênis com lantejoulas faltando o outro pé, mas aquele tênis era uma lembrança dos dias de filmagem de *As Pequenas Sereias*, quando sua personagem se disfarçava de "garota comum" na terra. Anos depois, Ariel descobriu que, na verdade, não podia ficar com objetos do set.

— Por que você guarda essas coisas? Você nem joga *Palavras Cruzadas* — Marilou zombou, pegando uma única peça de *Palavras Cruzadas*, a letra Q, e depois o tênis.

Ariel se levantou e pegou o sapato, colocando-o de volta ao lado do retrato emoldurado de sua família, a última foto dos nove antes do acidente de sua mãe.

— Eu não entro no seu quarto e reclamo que você nunca ouviu falar de um cesto de roupa suja.

Marilou franziu os lábios, as sardas agrupadas como farelinhos de chocolate em sua pele clara.

— Tudo bem, mas você entendeu o que eu quis dizer. Você tá parecendo um fantasma vagando por aqui. — Ela tirou um caderninho do bolso de seu robe. — Ah, *Fantasma na cobertura* seria uma ótima série de TV.

— Eu não posso exatamente sair de casa até a entrevista de amanhã, para não estragar a revelação do meu "novo visual" — disse Ariel, jogando-se num pufe.

— Falando em novos visuais... — Marilou puxou a toalha da cabeça e mexeu as sobrancelhas. — Gostou?

A cor era um castanho suave com um efeito *ombré* que ia clareando até as pontas em tom de rosa. Ariel enrolou uma das ondas da irmã ao redor do dedo.

— Adorei.

— Eu queria voltar ao natural, mas tenho sido a Marilou del Mar há tanto tempo que quase fiquei com medo de abandonar o rosa, sabe? — Ela balançou a cabeça. — É bobagem.

Ariel olhou para a própria peruca vermelha, exibida na prateleira mais alta. Sabia exatamente como a irmã se sentia.

— Não tem nada de bobo. Você merece um tempo para entender as coisas.

— Você também, Ariel. — Marilou se enfiou no pufe enorme ao lado da irmã mais nova, suspirando de frustração. — Agradecemos o acordo que você fez com o papai, mas você é a caçula. Uma bebezona de 25 anos. Ainda. *Nós* é que deveríamos estar cuidando de você.

— Também não é obrigação de vocês. É do papai. — Ariel ainda não conseguia falar sobre isso, então mudou de assunto. — Por que eu me sinto mais cansada agora do que quando estamos embarcando em um avião às três da manhã?

— Porque você realmente ama aquilo. Mais do que qualquer uma de nós. Provavelmente mais até do que o papai. Você ama ser musicista. Só nunca teve a chance de fazer isso nos seus próprios termos.

Ariel não podia negar.

— Você viu as simulações que o tio Iggy enviou?

— Sim... tenho que admitir, você não fica bem loira — disse Marilou, fazendo uma careta.

— Não *quero* ficar loira. Mas tenho usado uma peruca vermelha desde os dez anos, então o papai acha que é esse o caminho.

— Então não fique. Se você vai ser a Ariel del Mar 2.0, seja você mesma.

— Você sabe como ele é quando enfia algo na cabeça. Estou fazendo isso pelo bem maior.

— Sim, mas nós não nos importamos. De toda forma, o papai nos deixaria seguir nosso próprio caminho. É de você que ele precisa para o selo. Você tem o poder aqui.

A maneira como Marilou disse isso partiu o coração de Ariel. E então sentiu raiva do pai, do tio. Ariel sempre foi o centro das atenções. E a questão era que as irmãs nunca ficavam com ciúme. Elas cumpriam seu dever. Aguentavam firme para que a família permanecesse unida. Ariel podia fazer o mesmo, só mais um pouquinho. Não podia?

— Bem, se esta for a minha última noite de liberdade — disse ela —, então vamos aproveitar com estilo.

— Você tem minha atenção — disse Marilou erguendo a sobrancelha.

— A Chrissy vai para essa Batalha das Bandas hoje à noite no Aurora's Grocery. Aquela banda que você me mandou vai ser a banda principal. Já ouvi a música nova deles umas cem vezes.

— Adoro a Ariel rebelde. Você deveria deixá-la sair mais vezes — disse Marilou, agitando os punhos, animada.

Um plano começou a se formar na mente dela.

— Papai e o tio Iggy têm aquele evento beneficente Salve a Música hoje à noite, não é?

— Vou mandar mensagem para as meninas para ver se alguém quer vir — disse Marilou com um sorriso cúmplice, já saindo do quarto.

Pela primeira vez em dias, Ariel tinha algo que a empolgasse, mesmo que fosse apenas uma noite fora. Ela se vestiu e se dirigiu a seu banheiro particular para se arrumar. Quando as câmeras não estavam filmando, ela só usava um gloss rosa, blush e protetor solar com cor, que realçava os tons quentes de pêssego de sua pele.

— Você está parecendo uma Barbie Hipster latina — disse Marilou após bater na porta aberta e olhar para Ariel.

Ariel vestia uma camiseta rosa justa e shorts combinando que realçavam suas curvas em formato de ampulheta. Completou o visual com uma jaqueta jeans vintage, óculos quadrados transparentes, sua pulseira de amuletos da sorte e um colar de placa de ouro onde se lia o nome que ela compartilhava com a mãe, seu nome de batismo.

— Obrigada — disse Ariel e acrescentou: — Acho...

Marilou estava pronta para sair. Seu disfarce civil incluía um boné de beisebol com um emoji de pêssego costurado no centro e uma jaqueta de couro emprestada de Ariel por cima de um vestido preto.

Elas saíram pela cozinha. Suas irmãs ainda estavam de pijama, várias garrafas de vinho abertas na mesa. Deliciando-se com uma variedade de guloseimas apetitosas, as outras tinham recusado o convite para sair de casa. Ariel pegou alguns cookies para comer no caminho enquanto ela e Marilou escapavam pelo elevador dos fundos.

— Desativem seus serviços de localização! — foi a última coisa que Sophia gritou enquanto as portas de metal se fechavam.

Ariel estava acostumada a usar o beco da lixeira por dois motivos: o porteiro era informante do tio Iggy e a entrada da frente estava isolada pela segurança, porque os fãs gostavam de acampar do lado de fora na esperança de terem um vislumbre delas. Os fãs sempre fizeram parte da vida cotidiana do bairro quando ela estava em casa, mas não era normal ter gente esperando na frente da sua casa ou paparazzi se escondendo nos arbustos do Central Park, do outro lado da rua.

Misturando-se enquanto passava pela multidão, Ariel seguiu a irmã até a estação da rua 81. Marilou, que estava mais acostumada a sair furtivamente do que Ariel, foi rápida para conseguir os passes de metrô.

— Acabei de perceber que nunca comprei um passe de metrô — Ariel admitiu, pegando o seu.

— E você se diz nova-iorquina. — Marilou piscou e empurrou a catraca com o quadril.

Foram necessárias duas tentativas para Ariel conseguir passar.

Quando o trem chegou, Ariel deixou a brisa quente do metrô levar embora seu nervosismo. Estava fora da cobertura Del Mar. Estava quebrando o isolamento de três dias. Iria a um show onde haveria centenas de pessoas e nenhuma delas a reconheceria. Isso e a ideia da energia da multidão a fizeram pular nas pontas dos pés calçados com tênis enquanto ambas se acomodavam em dois assentos no vagão com ar-condicionado.

Elas já haviam perdido a primeira hora da Batalha das Bandas, mas o lineup era longo. Ariel navegou pela página do Pixagram do Aurora's Grocery. Ela queria especialmente ver uma banda do Equador que chamava seu som de "techno andino". Quando chegou na última foto, deu zoom na banda principal, Desafortunados. Só o nome a fez sorrir. Já tinha memorizado a música e agora cantarolava o refrão contagiante, encantada, enquanto as estações de metrô passavam rapidamente.

Ariel ouvia tudo ao seu redor. O ronco do túnel do metrô sob a terra, a campainha das portas, o sibilar quando abriam e fechavam, a conversa das pessoas indo e vindo, dezenas de vidas se cruzando e correndo, paralelas, em direções diferentes. Nova York era sua própria música. Sua mente girava pelas origens de novas letras, imaginava detalhes das vidas de cada pessoa. Era um jogo que fazia com as irmãs desde que se lembrava, mesmo que as palavras não entrassem em todas as suas músicas.

Quando sua atenção se fixou em um grupo de meninas carregando sacolas de compras e copos altos de bubble tea, Ariel se virou para Marilou.

— Você acha que seríamos iguais se tivéssemos crescido como meninas normais?

— Somos meninas normais — disse Marilou a ela. — Mas, por acaso, também somos pop stars milionárias com identidade secretas de super-heroínas.

— Sim — Ariel riu. — Supernormal ser uma pop star.

Uma hora depois, estavam no Aurora's Grocery, um armazém que existia desde os anos 1980. Encontraram Chrissy na longa fila serpenteando ao redor do quarteirão e foram alvo de resmungos quando cortaram a fila para ficar com ela. Um dos caras atrás delas usava uma camiseta das Sete Sereias com o rosto de Elektra. Ele olhou na cara de Ariel e reclamou alto para os amigos. Ariel riu da ironia, mas se sentiu fortalecida pelo fato de o Fanboy Rabugento não a ter reconhecido.

— Aposto que se dissermos ao segurança que estamos com a Atlantica Records...

— Não — Ariel interrompeu a irmã. — Vamos esperar na fila. Somos pop stars *normais*, lembra?

— Eu odeio esperar — Marilou choramingou, mas cedeu.

Enquanto Chrissy distraía Marilou com perguntas sobre seu cabelo, a atenção de Ariel foi atraída pelo barulho agudo de pneus cantando. Um utilitário que já vira dias melhores acelerava na direção delas. As rodas da frente pularam na calçada, assustando o Fanboy Rabugento enquanto a van derrapava até parar.

Uma porta lateral do armazém foi aberta, quase atingindo o nariz de Ariel e a separando de Marilou e Chrissy. Antes que Ariel pudesse protestar, uma jovem de cabelo preto e roxo saiu apressada. Ela bloqueou o caminho enquanto quatro pessoas pulavam do SUV como se o interior estivesse pegando fogo.

— Foi por pouco, Reyes — disse a garota de cabelo preto e roxo.

— Pela primeira vez, concordo com você, Vanessa. — O cara do quarteto sorriu de lado enquanto abria o porta-malas.

Reyes.

Eric Reyes.

Ariel o reconheceu imediatamente. O vocalista da Desafortunados começou a descarregar os instrumentos, cada membro da banda repassando-os de um para o outro e para dentro do local. Ariel fez careta ao perceber como eles deviam estar atrasados para descarregar o equipamento. Uma vez, bem no início, antes de as Sete Sereias se tornarem uma máquina bem azeitada, Sophia tinha saído com o assistente para explorar a cidade e aparecido minutos antes de subirem ao palco. Teo del Mar demitiu o assistente na hora e fez Sophia ficar de fora do show. Ninguém nunca mais chegou atrasado depois disso.

Agora, Ariel sentia a apreensão conforme a banda retirava as últimas peças da bateria e batia a porta do porta-malas. Uma garota gótica pulou no banco do motorista e consertou a péssima manobra de estacionamento, movendo o veículo para a frente de um monte de saco de lixos.

Enquanto isso, Eric colocou o case de seu violão no chão e piscou como se tivesse se assustado. Ariel sentiu um frio na barriga quando ele virou na sua direção, uma sensação seguida por uma pontada de decepção quando se deu conta de que ele não estava olhando para *ela*, mas observando a fila de pessoas esperando para entrar no Aurora's Grocery. Ariel reconheceu o brilho nos olhos escuros. A compreensão de que todas aquelas pessoas estavam ali para ouvi-lo cantar.

Eric passou os dedos pelos fartos cabelos pretos. A luz suave da rua bronzeava sua pele, destacava as linhas definidas de seu maxilar, o bíceps musculoso ao pegar uma caixa que parecia ser de merchandising. Ele entregou a caixa para a linha de montagem. Apesar da ansiedade daquela corrida maluca, seu sorriso era contagiante. Uma sensação terna e reconfortante se espalhou de seus pés até os cantos de seus lábios, que se abriram em um sorriso que correspondia ao dele.

Seu devaneio foi interrompido por um cutucão forte em seu ombro.

— Hm, *oi*? — disse o Fanboy Rabugento atrás dela, impaciente. — Suas amigas estão te chamando.

Ariel piscou e percebeu que o caminho estava livre, e Marilou e Chrissy acenavam para ela se apressar e fechar o vão na fila.

— Desculpe — murmurou Ariel, correndo para alcançá-las.

Embora fosse ver Eric lá dentro, não conseguiu impedir seu corpo traidor de dar mais uma olhada por cima do ombro. Ele estava ajudando sua colega de banda a arrumar a van, enquanto a mulher que ele chamou de Vanessa gritava para eles se apressarem.

Ariel notou outro movimento. Um homem com tufos de cabelo verde aparecendo por baixo do capuz de um moletom parou para acender um cigarro. Ele olhou para cima e para baixo na calçada, observando todos na rua movimentada. Esperando alguém? Olhando o tumulto? Então se abaixou como se fosse amarrar o sapato, mas, em vez disso, pegou o case do violão.

Por um breve momento, Ariel se perguntou se ele era um funcionário do local. Um técnico de guitarra preparando o instrumento. Mas, quando o homem continuou andando na direção oposta, ela entendeu o que realmente estava acontecendo.

— Pare! — ela gritou, agitando os braços no ar. Ela apontou, mas a rua estava muito lotada, muito barulhenta por causa agitação dentro do local. Apenas o ladrão de guitarra a ouviu. Ele olhou ao redor da quadra, avaliando a melhor rota de fuga.

Ignorando cada grama de bom senso e autopreservação, Ariel foi possuída. Disparando. Correndo. Diminuindo a largura da calçada, ela derrubou o ladrão quando ele começou a correr. O ímpeto da colisão fez os dois caírem na montanha de sacos de lixo na esquina. A adrenalina fez seu coração bater forte nos ouvidos enquanto ela tentava ficar em pé sobre o lixo que estalava e escorregava sob seus pés.

— Sai de cima de mim, sua lunática! — gritou o ladrão.

Francamente, a audácia. Ariel não entendeu que estava tentando se levantar usando o torso dele como apoio até que ele conseguiu empurrá-la e ela caiu para trás, batendo o cóccix com força.

Enquanto tentava recuperar o fôlego e se erguia apoiada nos cotovelos, Ariel percebeu que havia alguém ajoelhado ao seu lado. O tumulto permitiu que só distinguisse fragmentos borrados. Camisa branca. Cabelo preto. Olhos castanhos, surpresos e focados nela. Eric Reyes.

— Você está machucada? — perguntou ele, ajustando com gentileza os óculos levemente tortos sobre o nariz dela. — Quantos dedos estou mostrando?

— Eu não achava que as pessoas realmente perguntavam isso. — Ela riu baixo.

Eric deu um sorriso largo. Ele tinha o tipo de sorriso que era, ao mesmo tempo, amigável e travesso.

— É um método testado e comprovado. Agora, vamos lá... — Ele mexeu os dedos, estreitando os olhos para ler seu colar. — Melody.

Outro frio na barriga quando ele a chamou assim. Era seu nome, mas nem mesmo sua família a chamava dessa forma. Ariel limpou pedaços de cascalho e uma bituca de cigarro amassada que estavam grudados em suas palmas. Apesar do lodo da calçada borrando uma das lentes de seus óculos e uma pequena rachadura na outra, ela o enxergava perfeitamente.

— Três — Ariel balançou a cabeça. — Mas seu violão...

— Está a salvo. A segurança está cuidando dele — ele a tranquilizou, descansando uma mão reconfortante em seu ombro. — Caramba, você foi incrível! E incrivelmente imprudente. Mas principalmente incrível.

Ela tirou os óculos e os limpou com a bainha da camiseta. Uma sensação calorosa borbulhava em seu peito. *Incrível e incrivelmente imprudente*. Já tinham lhe dito que era incrível mais vezes do que ela podia contar. Mas "incrivelmente imprudente" era algo novo. E, sim, definitivamente não deveria ter se colocado em perigo daquela maneira nem se exposto de forma tão descuidada a um possível vídeo viral, mas, pela primeira vez em muito tempo, ela não pensou. Apenas fez o que parecia certo.

— Tem certeza de que está bem? — disse Eric a ajudando a ficar de pé, sua pegada tão forte quanto a de um salva-vidas.

— Estou bem, eu juro. — Ela tinha passado por coisas piores durante os ensaios brutais das Sete Sereias. — Meu orgulho e minha nádega esquerda estão um pouco doloridos, mas vou sobreviver.

Ele pressionou os lábios como se tentasse não rir.

— Reyes! Vamos! — gritou alguém atrás dele.

A atenção dele foi atraída para a porta lateral, onde Vanessa batia em seu smartwatch. Eles trocaram palavras rápidas e alguns palavrões em espanhol, até que ela jogou as mãos para o alto, frustrada, e voltou para dentro.

— Desculpe — disse Eric para Ariel enquanto a soltava, hesitante entre deixá-la ali e ir fazer seu show, que já estava em cima da hora. — Estamos...

— Atrasados. Eu sei.

De repente, Ariel se lembrou da multidão curiosa de fãs. O malogrado ladrão que se debatia e a xingava enquanto os seguranças o arrastavam para longe. Flashes de câmeras cegando Ariel na escuridão. Se alguém a reconhecesse... se *seu pai* descobrisse... Felizmente, estava o mais longe possível da glamorosa Ariel del Mar.

Marilou e Chrissy passaram pelo guarda severo que afastava todos de volta à fila e foram para o lado dela. Ambas olharam para Eric com uma alegria indisfarçável.

— Talvez isso seja um sinal de que eu deveria ter ficado em casa — disse a elas.

— Esta definitivamente não é a lição aqui — disse Marilou, envolvendo a irmã mais nova em um abraço esmagador.

— Exatamente — disse Eric para Ariel. — Você me salvou. Eu nunca toquei sem aquele violão. Por favor, deixe-me encontrar algum jeito de te agradecer.

Ariel pensou no que a esperava no dia seguinte. O acordo que fez com o pai. Ela tinha vindo até aqui, não tinha? Não podia voltar atrás agora. Pegou a mão que Eric oferecia. O polegar dele deslizou suavemente sobre os nós de seus dedos num movimento lento que ela sentiu até os dedos dos pés. De jeito nenhum ia voltar para casa.

— Bem — disse Ariel, maliciosa —, nós perdemos nosso lugar na fila...

— Para a sua sorte, eu conheço alguém — disse ele, piscando.

— Ah, todas nós, bonitão — Marilou acrescentou. — Somos um pacote completo.

Eric deu um sorriso estonteante e as conduziu para os bastidores.

ATLANTICA RECORDS PROMETE GRANDE REVELAÇÃO
ENVOLVENDO ARIEL DEL MAR, EXCLUSIVO PARA O
ACORDA! NOVA YORK.

CAMINHÃO DE SORVETE QUEBRA NA
PONTE DO BROOKLYN, CAUSANDO
ENGAVETAMENTO DE CINCO CARROS.

*O PASSADO SÓRDIDO DE TEODORO DEL MAR.
UM LADO DELE QUE A FAMÍLIA NÃO QUER QUE VOCÊ VEJA.*

PASSAGEIROS TIRAM MÁXIMO PROVEITO
DE UM ATRASO DE DUAS HORAS NA
PONTE COM SHOW IMPROVISADO.
CLIQUE AQUI

SEU CARRINHO CHAMOU:
50% DE DESCONTO NOS CÍLIOS POSTIÇOS
DAS SETE SEREIAS E JOIAS ADESIVAS.

SETE EXERCÍCIOS PARA FICAR COM
AS CURVAS DE THEA DEL MAR.

CAPÍTULO QUATRO

ERIC
24 de junho
Dumbo, Nova York

O corpo de Eric vibrava com a adrenalina. Ele nem percebeu que ainda segurava a mão de Melody até serem separados pela confusão nos bastidores. Ele conduziu as três jovens pelos corredores movimentados, subindo dois lances de escadas e passando por uma porta lateral que dava para a área VIP do mezanino. Melody havia literalmente derrubado um idiota que tentou roubar Pedro, o violão de Eric. Ela não tinha ideia do que aquele violão significava para ele. O mínimo que podia fazer era levá-las para a sala VIP, onde poderiam ter um bartender particular e outras regalias.

— Eu sempre quis vir aqui. — Melody sorriu nervosamente, sentada no braço de uma poltrona de couro desgastada.

Eric achou muito fofo o jeito como ela observava a madeira arranhada da varanda, o alvo de dardos antigo, a tinta suja da parede marcada por cem bandas que haviam grafitado seus nomes, a confusão de cabos e luzes de palco penduradas nas vigas.

— Um monte de lendas do rock foram descobertas aqui — disse ele.

— Eu sei! — Ela começou a contar nos dedos. — Las Rosas, The Waysiders, Saint Valentine...

— Cof, cof. — Uma das amigas de Melody limpou a garganta.

Eric e Melody se afastaram depressa, e ela rapidamente apresentou Mari, sua irmã de cabelo rosa, e a amiga Chrissy.

Normalmente, Eric era um anfitrião melhor, mas, depois do dia que teve, estava feito de açúcar e adrenalina. Disse a si mesmo que esse era o motivo de só ter olhos para Melody.

— Aqui é muito maneiro — disse Mari, ficando à vontade em uma poltrona e colocando seus pés calçados com botas de caubói na beirada de uma mesa.

Chrissy balançava a cabeça ao som da banda atual, que ainda terminava sua apresentação.

— Você toca aqui com frequência?

Eric teve vontade de rir, mas percebeu que era uma pergunta séria.

— Quisera eu! Não, esta é a nossa primeira vez no palco. Mas eu fui o técnico de guitarra da casa por alguns anos, então este lugar é como uma segunda casa. Fiquem bem aqui e eu vou pegar algumas pulseiras VIP para vocês.

Ele as deixou no camarote e foi em busca do gerente do Aurora, Willie Molina, que o abraçou e o xingou ao mesmo tempo.

— Essa passou muito perto. Quer me dar um ataque cardíaco, moleque? — Willie perguntou. Seu forte sotaque misturava o sotaque porto-riquenho e o nova-iorquino e era mais pronunciado quando estava estressado. O que era praticamente sempre.

— Você não faz ideia — disse Eric, explicando sobre a ponte, o ladrão, a garota. Willie o olhou com cumplicidade, observando Melody de relance. — Não é nada disso que você está pensando.

— Claro. Nunca é. — Willie riu e tirou três pulseiras VIP verde-neon. — Vai pensando que é ligeiro. Eu já fui jovem, tá?

— Estou apenas agradecendo. — Eric levantou as mãos em um gesto de inocência.

— Por salvar o violão do seu *abuelito*? — Willie assobiou. — Case-se com ela.

— Esse é seu conselho para tudo.

— E olhe só para mim. Sou um homem feliz. — Willie apontou para o peito, seu anel de ouro cintilando nas luzes pulsantes do camarote. — Só estou dizendo que você escreve todas essas músicas de amor para uma garota dos sonhos e ignora a cidade cheia de garotas reais.

— Só me dê sua bênção e eu ficarei feliz, ok? — disse Eric, pegando as pulseiras.

A bênção de Willie, ou sua *bendición* (como ele preferia chamar), era incomum. Era uma superstição da cena musical de Nova York que Eric testemunhara nos anos em que trabalhara no Aurora. Willie segurou o rosto de Eric com as mãos calejadas. Em seguida, deu-lhe um tapa. Foi um tapa suave, amoroso, leve. Entre os músicos que passavam por esses corredores, era uma bênção — literalmente, a mão da sorte. Os artistas que a receberam conseguiram contratos de seis dígitos, vídeos virais, show de aberturas para os maiores músicos. Eric esperou anos, e agora era o seu momento.

— Obrigado, Willie. Por tudo.

— Tudo bem, tudo bem — disse o grandalhão com lágrimas nos olhos. — Vai lá e arrebenta.

Eric voltou até Melody. *Claro* que o nome dela era Melody. Sua mente já estava tentando organizar progressões de acordes e um padrão de palhetadas, tudo por causa do doce contralto da voz dela. Ele também precisava voltar aos bastidores, até o camarim, antes que sua banda e sua empresária viessem procurá-lo. E, ainda assim, não conseguia se afastar. Eric disse para si mesmo que não era por outro motivo além de terminar de retribuir o ato heroico dela. Que Melody estava vasculhando a multidão para observar as pessoas, não porque tentava encontrá-lo. Mas, à medida que se aproximava, ela se animou visivelmente, e o modo como sorria quase o fez tropeçar nos próprios pés idiotas.

Ele distribuiu as pulseiras verde-neon. Mari e Chrissy pegaram as suas em um segundo. Quando Melody pegou a dela, as pontas dos dedos de ambos roçaram. Uma sensação selvagem e desconhecida o atingiu novamente, bem na boca do estômago. Sentira isso antes quando ela se levantou na rua e concentrou-se nele. Os longos cílios emoldurando grandes olhos castanhos. Aqueles lábios rosados e carnudos que ela persistia em morder, como se estivesse nervosa. Eric não estava acostumado a essa sensação. Como se estivesse lutando para recuperar o fôlego.

— Tenho cerca de dois minutos para ir para os bastidores ou sou um homem morto — disse ele, embora permanecesse plantado a centímetros dela. Sua boca o traiu: — O que você vai fazer depois do show?

Eric sabia o que deveria fazer: dar o seu melhor no palco, tomar uma cerveja pós-show e dormir oito horas completas. Sairia em turnê logo de manhã. Precisava se concentrar no prêmio — o sucesso da banda. Seu futuro.

— Eu tenho que...

— Nada! — interromperam as amigas de Melody assim que ela começou a falar.

— Posso te pagar uma bebida? Ou uma pizza. Quem sabe até os dois. — *Quem sabe até os dois?* Quem ele pensava que era? Atrasado. Era o que ele estava. Olhou para trás e viu o rabo de cavalo roxo e preto de Vanessa chicoteando enquanto ela o procurava na área VIP. Ele deveria agradecer por sua manager ter enviado a filha e não ter vindo buscá-lo em pessoa, porque Odelia Garcia não era brincadeira. Quando ela o avistou, Vanessa mostrou as unhas longas e pretas como uma ameaça. Ele começou a andar para trás, braços abertos, esperando a resposta de Melody.

— Uma bebida ou uma pizza, quem sabe os dois, me parece ótimo — disse Melody rapidamente.

— Encontre comigo lá fora depois do show. — Eric abriu um sorriso enorme.

Ele acenou mais uma vez, depois disso Vanessa o puxou pela gola da camisa e os dois correram escada abaixo.

— Você é inacreditável — ela disparou.

— Já me disseram isso. — Ele riu, o que foi um erro.

Ela parou pouco antes das portas dos bastidores, pressionando uma das unhas compridas no peitoral esquerdo dele. Ela tinha o mesmo olhar mortal da mãe.

— Fala sério! Você trabalhou tão duro para estar aqui hoje. Dá pra voltar pro jogo?

— Eu não saí do jogo, Van.

— Se estiver querendo relaxar antes de sairmos em turnê, tem centenas de pessoas que adorariam dormir com você. Mas não vai deixar sua banda esperando — disse ela, franzindo os lábios.

Eu estava controlando o tempo, ele quis dizer, mas não disse. Vanessa não reagia a desculpas. Então, desviou a atenção flertando.

— Por quê, está oferecendo?

— Nojento! — Ela fez uma careta.

— Ai — disse ele, batendo a mão sobre o coração, prendendo a mão dela lá.

— Você é tão bonito que me dá vontade de vomitar. Além disso, nós dois sabemos que você não é o meu tipo.

Ele sabia, é claro. Anos atrás, quando a mãe dela tentou juntar os dois em um jantar, foi a primeira coisa que Vanessa disse antes mesmo da chegada do aperitivo. Eles eram amigos desde então. Nem conseguia ficar bravo com a sinceridade dela, porque Vanessa estava certa. Havia pessoas dependendo dele e esperando-o. Eric se deixara levar pelo momento.

— Estou aqui — ele a tranquilizou. — Estou bem.

Satisfeita, ela retraiu as garras e abriu as portas dos bastidores.

— Nós organizamos o equipamento e minha mãe está se certificando de que os técnicos tenham a lista de músicas e o cronograma das luzes. Vamos só colocar o microfone. Vocês entram em quinze minutos.

Nos bastidores, o resto da banda estava subindo pelas paredes. Elas queriam saber tudo sobre o quase roubo. Não havia segredos entre eles, mas, por alguma razão que ele ainda não entendia, queria manter os detalhes de Melody para si um pouco mais. Especialmente quando o nervosismo pré-show inundou seu organismo.

Depois de microfonado, Eric foi até as laterais do palco para assistir à última banda promissora terminar sua música. Ele assistira a dezenas de Batalhas de Bandas. Antes de conhecer suas garotas, fracassara espetacularmente em algumas também. Sabia como aqueles músicos deviam estar se sentindo, como se todo o seu mundo dependesse do rugido da multidão.

Mesmo com as luzes brancas ofuscantes nos olhos, observou a área VIP, esperando pegar um vislumbre de sua salvadora. Melody.

Estava tão ocupado olhando para lá que perdeu o apresentador anunciando a banda vencedora. Eles vieram correndo dos bastidores, abraçando-se. Eric aplaudiu, mas também observou a banda perdedora sair do palco derrotada. Ele segurou o ombro do baterista.

— Ei, você arrasou lá. Essa não foi sua única chance — disse Eric.

O garoto só deu um sorriso dolorido e continuou andando.

— Você é tão sentimental — disse Grimsby em seu ouvido.

— Debaixo dessa aparência gótica, você também é. — Ele deu um beijo na bochecha dela, o que a fez revirar os olhos.

— Uau. — Max penteou os cabelos sobre os olhos com os dedos. — Acho que vou vomitar.

— Não há vômito no rock and roll — disse Carly, estalando os dedos.

— Isso não é verdade. — Os olhos de Grimsby se estreitaram.

— Ok, juntem-se — disse Eric, dando os braços para suas companheiras de banda em um círculo apertado, enquanto as luzes se apagavam. — Hoje foi a semana mais longa de nossas vidas. Mas conseguimos. Estamos aqui. Estamos juntos. Sabemos quem somos. Então, vamos mostrar para eles.

Elas empilharam as mãos sobre as dele e soltaram um grito, só entre eles.

Eric pegou seu violão com o técnico. Alisando a palma ao longo das curvas do corpo dele, prendeu a alça ao redor do pescoço. Assumiu seu lugar no escuro. Max deu um toque rápido em um de seus pratos, fazendo-o ressoar. A multidão se animou e assobiou. Ele se perguntou — torceu — para que um daqueles gritos fosse de Melody.

Um holofote o iluminou lentamente. Eric sorriu para a multidão, ansioso, animado, abençoado. Inclinou-se para perto do microfone e esperou por uma pausa nos aplausos.

— Uma salva de palmas para todas as bandas que arrasaram esta noite, especialmente os Plutos, pela grande vitória. — Ele olhou para o mezanino novamente e seu coração pulou. — O Aurora's Grocery é muito especial para mim. Quando eu tinha dezenove anos, era falido e faminto, este lugar me deu meu primeiro emprego, limpando os banheiros. As coisas que eu vi... — Ele deu um sorriso, porque isso sempre arrancava uma risada. Então iniciou o riff de abertura. — Quando mostrei a eles o que eu podia fazer — continuou —, subi na hierarquia. Dez anos depois, estou neste palco pela primeira vez. Engraçado como a vida funciona. Num minuto você está reabastecendo o papel higiênico e, então, tudo muda. Amanhã começamos nossa *primeira* turnê nacional e estamos voltando ao ponto de partida, bem aqui. Então, se você gostar do que ouvir, temos mais. Chegue perto! Não seja tímido.

Ele sentiu a multidão se movendo e se agitando, aproximando-se do palco. Olhou para cima novamente, as luzes abrindo espaço suficiente para que pudesse vê-la. Melody inclinada sobre a sacada, sorrindo para ele. Ali, e então desapareceu nas sombras.

— Eu sou Eric Reyes. Somos a Desafortunadas e vamos tocar o novo single do nosso álbum homônimo. Com vocês, "Love Like Lightning".

Max entrou com a bateria, o ritmo rápido combinando com a maneira como o coração de Eric acelerou até a garganta. O baixo de Grimsby atingiu as notas perfeitas, e então Carly assumiu o destaque com seu domínio da guitarra. Ele fechou os olhos e cantou, mas, mesmo assim, continuou a vê-la, calorosos olhos castanhos e lábios rosados, e ele sabia, sabia que, tão impossível quanto certeiro, tinha escrito cada palavra de suas músicas antes de conhecê-la, mas agora cantava para ela.

A Desafortunadas não parou. Partindo direto para "Sunset Hearts", Eric fez o que fazia de melhor. Ele se apresentou. Quando estava no palco, tudo o que tinha dado errado desaparecia. Só existiam a música, suas amigas dando tudo de si e os corpos se movendo ao ritmo que ele ditava. Seu violão era uma extensão de si mesmo, como se tivesse sido esculpido da mesma madeira, pedaços dele esticados e apertados para criar, para entoar seu coração mais íntimo. Deslizando naturalmente para os sons melancólicos de "Montana Snowfalls", ele observou a multidão ondular ao som do baixo de Grimsby, dos acordes de Carly, do bumbo constante da bateria de Max. Se havia um sentimento melhor do que este, Eric ainda não o havia encontrado.

Quando terminou, a multidão pediu bis. Ele se virou para a banda, e cada uma delas assentiu entusiasticamente. Eles nunca tinham recebido esse tipo de rugido antes.

— Acho que hoje é uma boa noite para primeiras vezes — disse ele, ao microfone. — Esta é para a garota que salvou minha vida hoje.

Eric mordeu o lábio inferior e olhou para cima. As luzes eram muito brilhantes, obscurecendo tudo. Ele esperava que ela ainda estivesse lá. Que estivesse olhando para ele e sorrindo de volta.

Eles repetiram a música de abertura, indo direto para "Love Like Lightning" mais uma vez.

À medida que as luzes se apagavam, eles foram para os bastidores e para o camarim. Se a energia pré-show era frenética, as vibrações pós-show eram cinéticas. Odelia, que não era fã de demonstrações públicas de emoção, abraçou-o antes de ir buscar o cachê de atração principal. Willie e toda a equipe que o conhecia há anos pararam para uma despedida. Cervejas acabaram encontrando o caminho para as mãos de cada um deles.

— Acho que foi o nosso melhor show até hoje — Max anunciou para a sala. Ela deu um gole em sua bebida e Eric pegou a garrafa da mão dela. Ela ficou tão confusa que seguiu a espuma que escorria até estar fora de seu alcance. — Opa, opa, opa!

— Eu preciso de um favor — disse ele, fazendo uma expressão suplicante, ridícula e de pura adoração que o livrou de cada multa por excesso de velocidade, cada repreensão de sua mãe, cada nota e encontro ruim. — Por favor. *Mi amor. Mi vida*.

— Não venha com essa coisa de "pópi chulo" pra cima de mim, Eric Reyes — Max advertiu.

— Você sabe que é *papi chulo* — Eric disse, estreitando os olhos. Embora não se importasse em ser lembrado de que era atraente, ele se arrependia de ter tentado ensinar um espanhol rudimentar a suas colegas de banda.

— O que você quer? — Max perguntou, impaciente.

— Preciso que você dirija esta noite. Eu meio que tenho um encontro — disse, dando um gole em sua cerveja roubada.

— Você realmente vai nos abandonar por um encontro? — Carly perguntou.

— Na verdade, estou pedindo para que vocês me abandonem — esclareceu Eric.

— Não dá pra esperar pra afogar o ganso na estrada, Eric Reyes? — Grimsby resmungou.

Ele passou os dedos pelo cabelo. Precisava de desodorante. E chiclete.

— Não é isso. Eu não sei explicar. Eu... juro pelo meu carro.

— Seu carro são quatro rodas mantidas juntas por fita adesiva e pela misericórdia do menino Jesus dos latinos — disse Max, apontando a baqueta da bateria para ele.

— Então eu juro pelo Pedro. — Eric soltou um suspiro exasperado.

Pegou seu violão e o segurou como se fosse um antigo cavaleiro apresentando sua espada. As garotas sabiam que era sério quando ele jurava pelo Pedro. Seu avô havia feito o violão com madeira de jacarandá tropical. Foi o último violão que ele fez, e fez para Eric.

— Uau — disse Carly, esfregando o queixo pensativamente.

Max gemeu, mas estendeu a palma aberta para as chaves. Ela era a única além de Eric com uma carteira de motorista válida.

— Tudo bem. Mas só porque é seu aniversário.

— E — acrescentou Grimsby — acho bom você não me aparecer com um filho secreto daqui a nove meses pra gente criar.

— Eu juro, vocês três juntas têm mentes mais sujas do que toda a minha família, e olha que...

— Somos colombianos — as três terminaram por ele.

— Preciso de novos amigos — admitiu, tirando a camisa para trocá-la por uma branca limpa, embora amassada, que mantinha no case de seu violão.

Seu telefone se iluminou com uma ligação do pai ausente. Sem querer estragar o que restava de seu aniversário, Eric deixou a chamada cair na caixa postal.

Pegou sua jaqueta de couro marrom e se despediu de todas com um beijo. Grimsby, como sempre, fez uma careta e esfregou a bochecha.

— Boa sorte! — elas cantarolaram, muito sugestivas.

— Com certeza preciso de novos amigos — disse, balançando a cabeça, mas soltando uma risada.

Ao sair para a noite fresca do Brooklyn, ele verificou a carteira, o celular, a chave de casa. Quando verificou outra vez, Eric Reyes se deu conta de que estava nervoso. Quando estava prestes a começar um show, pisando no palco escuro em uma sala cheia de desconhecidos, ele não ficava exatamente *nervoso*. Era um frio na barriga antes do show, aquele lampejo de excitação lhe dizendo que estava prestes a se conectar com uma plateia. Isso era diferente. Era como caminhar por uma prancha em direção a um mar desconhecido em busca de uma sensação que ele só experimentava ao fazer música.

Eric tinha duas regras, e a primeira era que não chegaria a lugar algum sem paciência. A segunda era que a música era tudo. Sua vida, a razão pela qual não falava com o pai há dez anos. Estava em seu sangue, entranhada profundamente em seus ossos, costurada em seus nervos. Era seu futuro.

Ele havia abolido relacionamentos reais e todas as tentativas de envolvimentos românticos no último ano para se concentrar no novo álbum da banda e na primeira grande turnê. Os resultados haviam gerado algumas das melhores músicas que ele já havia escrito. Além disso, Grimsby gostava de dizer que reputações são conquistadas, e, ao longo dos anos, Eric havia conquistado a reputação de paquerador. Alguém que deixava as mulheres o levarem para casa por uma noite, mas não para um relacionamento sério. Um caso de uma noite, não um para sempre.

Mas não queria que fosse assim com Melody. Mesmo que ela sentisse o mesmo, ele não podia começar algo com ela e depois desaparecer. Sairia do estado dali a doze horas, pelo amor de David Bowie!

Então, o que estava fazendo?

Quando a viu, esperando por ele na esquina da quadra, Eric soube. Era simples. Puro. Eletrizante. Era tudo. Ele ia encontrar uma garota.

TUTTLE, O CONTADOR DE HISTÓRIAS

Episódio 1365:
As Sete Sereias: do começo humilde à realeza da música (Parte I)

Transcrição:

Aqui está tudo o que você precisa saber sobre Teodoro del Mar. Ai, eu simplesmente adoro dizer o nome inteiro dele. Não é de agora que Teo, ou "Papai" del Mar, como os Sete Sortudos o chamam, conhece o sucesso. Antes de criar as Sete Sereias, o magnata da música esteve nos holofotes com seu duo de glam pop dos anos 1980, Luna Lunita, com sua falecida esposa, Maia del Mar.

Como Luna Lunita, o duo de marido e mulher fez sucesso na América Latina e na Europa, mas nunca cruzou totalmente para os Estados Unidos. Eu consegui desenterrar alguns vinis usados com colecionadores ridiculamente obscuros na Suécia.

Embora Luna Lunita tenha tocado por apenas dois anos, eles conquistaram dois singles de ouro e um de platina para "Amor de Mi Vida" e "Solo Tu Amor", com "Luna Mia" sendo o maior sucesso. As três renderam a Teo del Mar Grammys consecutivos de Melhor Álbum de Pop Latino. Mas, uma vez que o casal engravidou da rebelde Sophia, Luna Lunita pendurou suas jaquetas de couro com paetês e focou na família. Eles ficaram ocupados, gente.

E ah, minhas sereias, estou aqui para dizer o quanto Luna Lunita era bom. Sinceramente? O primeiro álbum deles era absolutamente incrível. Minha mãe me pegou ouvindo e mesmo ela disse que se lembra das letras até hoje. Se você é membro do meu chat privado, vamos transmitir um pouco do Luna Lunita esta noite. #DJTuttle.

Agora, as grandes notícias. Estou ansioso pelo grande anúncio amanhã. Se você me vir na multidão da Times Square, estarei usando minha jaqueta bomber de cetim customizada das Sete Sereias. Agora, o SimonSays69 acha que teremos um filme das Sete Sereias. Eu morreria. Literalmente morreria. S7SuperFan3452 está torcendo para que as notícias sobre o término tenham sido uma farsa. Ah, lamento muito, querida. Todos nós lamentamos.

Pessoalmente, estou torcendo apenas pelo melhor para nossas lindas, lindas garotas.

Vejo vocês na Times Square amanhã!

Inscreva-se, curta, siga, diga que me ama ♥

CAPÍTULO CINCO

ARIEL
24 de junho
Dumbo, Nova York

— Acredito que prometi pizza.
Quando Ariel del Mar reconheceu a voz, virou-se tão rapidamente que quase trombou com ele. Sorte que era ágil. Já havia treinado futebol americano o bastante por uma noite.

— E eu acredito que era uma bebida ou quem sabe até os dois.
Um pouco sem fôlego, Eric penteou os cabelos escuros para trás. Ele havia trocado de camisa e, quando a brisa mudou, Ariel pegou o agradável aroma de uma colônia de bergamota e o cheiro doce de suor. Ela se lembrou de como ele segurava seu violão. Como, no final de uma transição vibrante, ele o levantava e apoiava a base contra sua pélvis. Nunca, em toda a sua vida, ela quis tanto *ser* um violão. *Aquele violão*, especificamente, se isso significasse ser segurada por ele. Uma sensação de calor se espalhou por seu torso, subiu pelo pescoço e chegou à ponta de suas orelhas. Seria um ataque cardíaco? Ela era jovem demais para ter ondas de calor pelo corpo inteiro, não?

— Melody — disse ele, oferecendo-lhe o braço.
Sua atração inicial por Eric Reyes havia quadruplicado em intensidade após vê-lo se apresentar e agora se aprofundava com esse pequeno gesto gentil. Enquanto entrelaçavam os braços, Ariel se percebeu como uma garota dando um passeio com um cara que era a combinação perfeita de bonito e meigo. Uma garota normal indo tomar um drinque e comer uma pizza. Uma garota, cercada por pessoas, a quem ninguém dava atenção especial. Era glorioso.

— O que achou do show? — Eric perguntou, depois de andarem um quarteirão em silêncio. — Por favor, minta para mim.

— Nesse caso, foi terrível. Sério, o pior show a que já fui.

Ela inclinou a cabeça para trás para vê-lo sorrir, os olhos se enrugando nos cantos.

— Essa é a coisa mais gentil que alguém já me disse.

— E digo cada palavra com sinceridade.

Eric bateu a mão sobre o coração e Ariel sentiu um leve tremor passar por ele, como se estivesse liberando todo o nervosismo e o estresse acumulado que vêm com uma apresentação.

— Bem, é um elogio para alguém que supostamente está condenado.

— O que você quer dizer?

— Ah, é só que minha banda inteira acredita que estamos condenados... — Ele fez uma pausa para pensar. — ... ou amaldiçoados. Talvez ambos. Vou te contar sobre isso, mas primeiro preciso de sustância.

Cerca de quinze minutos depois, eles estavam em uma pizzaria lotada, a Laucella. O primeiro instinto de Ariel foi esconder o rosto com a palma da mão, mas, mesmo que tenha percebido as cabeças se virando na direção de Eric, ela passou completamente despercebida. Ariel não se *sentia* como uma pessoa diferente. Sim, sua persona no palco era *superextravagante*. Mas era como se ela estivesse funcionando no volume máximo, não como se fosse outra pessoa. Pelo menos, costumava pensar assim. Sem a peruca vermelha característica, os cílios e as camadas de maquiagem, ela ainda era Ariel? Se ninguém a reconhecia, como podia ser a pessoa que sempre achou que fosse?

Ela decidiu que uma pizzaria próxima à Ponte do Brooklyn não era o lugar para uma crise existencial.

Os dois se acomodaram em uma cabine vazia num canto. A jukebox tocava bandas farofa dos anos 1980, e uma garçonete com cara de cansada deixou os cardápios e uma jarra de água da torneira, prometendo voltar para anotar o pedido.

— O que você vai pedir? — ele perguntou.

— Metade das minhas irmãs têm obsessão por pizza com massa de couve-flor, então definitivamente isso não. Que tal abacaxi e presunto?

— Você é uma dessas? — disse Eric sorrindo, mas torcendo o nariz.

— Uma dessas o quê? — Ariel sorriu para ele.

— Uma dessas criaturas que acha que abacaxi combina com pizza — disse ele, brincalhão.

Tudo nele era brincalhão, o jeito como batia os nós dos dedos na superfície da mesa, como os dentes brancos e retos mordiam o lábio inferior carnudo e como olhava para ela por trás da franja preta de seus cílios. Tudo.

— Existem dois tipos de pessoas neste mundo. Aqueles que amam pizza havaiana e aqueles que estão errados — disse Ariel, fingindo-se ofendida e aparentando analisar o cardápio.

Eric riu tanto que as pessoas se viraram para olhar para eles. A súbita atenção a fez se encolher. Coçou o lado da cabeça, mesmo que não coçasse, apenas para cobrir o rosto.

— Eu tive uma ideia — disse ele. — Confia em mim?

Ele formulou como uma pergunta, mas poderia facilmente ter sido um pedido. Sophia sempre a alertara sobre pessoas que eram rápidas demais em pedir confiança, especialmente em uma situação romântica. Mas isso era algo inocente.

— Nada de anchovas. — Ela levantou um dedo, depois outro. — E nada de cogumelos.

— Você tem a minha palavra.

A garçonete voltou e ele pediu uma combinação que parecia ser o melhor dos dois mundos: uma pizza grande de linguiça com alecrim, abacaxi e pesto. Ela pediu uma sidra.

— Pode trazer duas — disse ele.

— Então, Eric Reyes, conte-me sobre essa maldição. — Ariel se debruçou ligeiramente para ele no assento de couro sintético barulhento.

E ele contou o que parecia ser um dia saído de um pesadelo. A cada palavra, ela percebia como as mãos dele eram animadas, a maneira como seus cachos grossos e negros continuavam caindo sobre a testa, não importava quantas vezes ele os penteasse para trás. Queria estender a mão e tocar numa mecha grossa, mas ficou mexendo em seu colar em vez disso.

— Uau! Além de sair de Jersey City com o tanque vazio, um congestionamento de duas horas, sua equipe caindo feito moscas, alguém ainda tenta roubar seu violão! Acho que você precisa de um banho de sal grosso. Minha irmã... — Ela mordeu a língua antes de dizer Thea, que não era um nome muito comum. Precisava ser cuidadosa. — Minha irmã Tee provavelmente tiraria a sua roupa e te enfiaria numa banheira de sal grosso cheia de pétalas de flores e cristais na lua minguante.

Só de pensar nessa imagem, Ariel sentiu o rosto esquentar. O olhar de Eric escureceu por um momento ao se concentrar nos lábios dela e então se desviar.

— Do que está falando? — ele perguntou, divertido. — Faço isso toda sexta-feira à noite.

— Bem, então você precisa de um novo amuleto da sorte. Para quebrar a maldição e tudo mais.

— É mesmo?

Ela puxou a pulseira de amuletos no pulso. Uma fina trança roxa com uma estrelinha dourada pendurada no centro. Tirou a pulseira e pegou a mão de Eric. A pele dele era surpreendentemente macia em todos os lugares, exceto nas calosidades permanentes nas pontas dos dedos. A pulseira não tinha elasticidade e mal cabia em torno de seu pulso, mas, quando ela ajustou os cordões, ficou perfeito.

— O que é isso? — ele perguntou.

Ariel engoliu o nó em sua garganta. Não queria mentir, mas não podia contar toda a verdade. Porém, a verdade parecia diferente sob certo ponto de vista. Do ponto de vista dela, sentia como se estivesse se equilibrando à beira de um estranho abismo.

— Minhas irmãs e eu compramos uma cada em nosso primeiro desfile em Coney Island. Foi uma das primeiras vezes que saímos em público depois que nossa mãe morreu, e passamos por uma lojinha minúscula e as compramos. Cada uma escolheu um amuleto diferente.

— Eu não poderia aceitar. Você tem certeza?

A culpa a corroía pelos detalhes que deixou de contar na história. Sim, elas estiveram no Mermaid Parade, mas foram a atração principal no baile no aquário. Desde então, Ariel e suas irmãs só tiravam as pulseiras quando estavam no palco. Talvez porque seus dias como as Sete

Sereias tivessem ficado para trás ou porque queria que Eric se lembrasse dela depois dessa noite, mas Ariel assentiu.

— Tenho certeza. — Ela passou o dedo pela pulseira roxa, roçando a pele sensível do pulso interno de Eric, sentindo a pulsação acelerada. — Está na hora de a sorte dele passar para outra pessoa.

— Melody — disse ele, e sua voz grave quase tremeu ao dizer seu nome.

Ela teve certeza, naquele momento, de que Eric Reyes estava prestes a beijá-la.

Em vez disso, chegou a pizza deles. A garçonete colocou a bandeja de metal em um suporte e serviu suas sidras com um sorriso de desculpas.

— Essa pizza é uma obra de arte — proclamou Eric.

E era mesmo, coberta com muçarela fresca, linguiça com alecrim, abacaxi caramelizado e uma espiral de pesto. Ariel percebeu que não tinha jantado, e Eric provavelmente estava com aquela fome intensa pós-show. Ambos começaram a segunda fatia sem nem respirar quando terminaram a primeira.

— Eu deixaria você escolher os ingredientes da minha pizza a qualquer momento — disse ela, lambendo molho de tomate do canto da boca.

— Promete? — Eric sorriu, limpando uma migalha do lábio.

Ela estendeu o mindinho, e ele entrelaçou o seu com o dela. Ficaram assim pelo tempo de uma batida do coração, até que o telefone dele tocou. O nome Max apareceu. Ariel quase cuspiu a bebida quando percebeu que a garota na foto estava usando uma camiseta das Sete Sereias de algumas turnês atrás.

Quando ele pediu licença para atender à ligação, ela quase se sentiu aliviada. Seu passado era um campo minado pelas Sete Sereias. Fingir que não era uma cantora mundialmente famosa tinha sido emocionante no início da noite, mas não havia pensado em como manter a farsa. Gostava de conversar com Eric. Gostava muito. As únicas outras pessoas com quem se sentia tão à vontade eram suas irmãs e Chrissy. Queria ser tão sincera com ele quanto ele estava sendo com ela.

Talvez, e mal podia acreditar que estava considerando tal possibilidade, talvez devesse contar a verdade. Era presunçoso de sua parte sequer pensar que ele se importaria. Então, lembrou-se de como era bom ter uma noite normal, compartilhando pizza com um cara meigo, sexy e gentil. Conhecendo-o sem se perguntar que boatos de tabloides ele acreditava serem verdadeiros. Teria que ser Ariel 2.0 pela manhã. Poderia ser ela mesma, Melody, por mais algumas horas.

— Desculpe — disse Eric. — Meu carro precisa de um pouco de amor e carinho, e a Max é como um touro em uma loja de porcelanas.

— Vocês todos parecem bem próximos — disse ela, aceitando mais uma rodada de sidra da garçonete. — Como se conheceram?

Os olhos de Eric se iluminaram enquanto ele retirava o abacaxi de sua terceira fatia.

— Ah, cara, você provavelmente nunca acreditaria em mim.

— Tenta a sorte, Eric Reyes.

— Desafio aceito. — Ele ficou confortável, apoiando-se no banco acolchoado, esticando o braço ao longo do topo como se estivessem em sua sala de estar. Se Ariel se movesse um pouco para a esquerda, estaria aconchegada contra ele. Mas continuou perfeitamente quieta enquanto ele levantava um dedo em aviso. — Prepare-se para uma série ridiculamente inacreditável de eventos.

Ela ergueu a sobrancelha, cética, mas fez sinal para que ele continuasse.

— Quando me mudei para cá vindo de Miami, não conhecia ninguém na cidade. Nos dias em que não estava trabalhando no Aurora, estava me apresentando na rua, na Union Square. Algumas semanas depois, essa garotinha filipina se aproxima de mim e diz: "Preciso levar esses porquinhos-da-índia para o abrigo de animais, mas, se você ainda estiver aqui quando eu voltar, quero te pagar uma bebida".

— Por que ela tinha porquinhos-da-índia?

— Ela trabalhava para uma empresa farmacêutica, mas essa é outra história. Eu achei que não a veria de novo, mas, uma hora depois, Max me levou para almoçar e disse que deveríamos começar uma banda.

— Ela te encontrou — disse Ariel. — Adorei. E as outras?

— Fomos a várias danceterias, colocamos diversos anúncios nos classificados e distribuímos muitos panfletos, mas encontramos a Carly na festa de debutante de uma das primas da Max. É tipo uma *quinceañera*, mas de 18 anos. Enfim, a Carly estava tocando com aquela banda e simplesmente arrasando. Tão boa. Muito boa. Fazia o resto da banda parecer amador.

Ariel tentou desgrudar as coxas do assento, mas isso só a aproximou um pouco mais dele.

— É uma pena que não tenha porquinhos-da-índia envolvidos nesse — disse ela, rindo levemente.

— Vai achando que não.

— Você tá brincando — disse ela, estreitando os olhos de forma cética.

— Alguém tinha embrulhado um hamster de presente, mas ele roeu o papelão e escapou. Pegamos o bichinho. Salvamos o dia. Somos basicamente heróis dos animais.

— E a baixista?

— Grimsby? — Eric sorriu, e Ariel percebeu que essa devia ser sua história favorita de contar. — Na verdade, eu estava comprando um disco em St. Mark e uma garota vestida toda de preto, mas, assim, preto no nível de gargantilha de spikes, munhequeira e tudo mais, está ouvindo música, e eu só dou uma espiada para ver o que ela está ouvindo, e é ABBA.

— Minha irmã diz que gótico é uma questão de atitude — disse Ariel.

— Qual irmã, Mari ou Tee?

— Outra. — Ela acenou com a mão como distração. — Eu tenho muitas irmãs. Continue.

— Então, eu simplesmente me apresentei para Grimsby e ouvi suas teorias musicais e como ela sonhava em escrever uma música que tivesse um equilíbrio perfeito entre alegria e *ennui*.

— E ela conseguiu?

— Na verdade, eu ainda não pesquisei o que significa *ennui* — disse Eric, inclinando-se para a frente, como se estivesse contando um segredo.

— Tá, mas essa não tem porquinho-da-índia, tem?

As bochechas de Ariel doíam de tanto sorrir.

Eric pegou preguiçosamente sua sidra e deu um gole. Ela ficou hipnotizada pelo movimento de seu pomo de adão enquanto ele engolia, então percebeu o que seu silêncio implicava.

— Não! Sério, como assim? — ela perguntou. — Não tem como.

— Vai achando que não. Grimsby tinha um porquinho-da-índia de estimação, embora só tenhamos descoberto quando ela se mudou para a nossa casa. Adivinha onde ela o adotou?

— Não!

— Sim... No mesmo abrigo onde a Max deixou aqueles porquinhos-da-índia — disse Eric, batendo sua garrafa na mesa para enfatizar.

— Vocês estavam predestinados. — Ela estendeu a mão e deu um toque na estrela que enfeitava o pulso dele. Gostava de ver a pulseira nele. — E essa história contém uma quantidade improvável de porquinhos-da-índia.

— Ótimo nome de banda. — Eric estalou os dedos.

Falando nisso, havia algo que ela estava curiosa desde que Marilou compartilhou sua música com ela.

— Como vocês escolheram o nome Desafortunados?

— Sinto que monopolizei a conversa — disse Eric, balançando o dedo no ar.

— Eu já te contei coisas — disse ela, defensiva, mas o nervosismo dava um nó em sua barriga.

— Até agora, tudo o que sei é que você é incrivelmente corajosa. — Seus lábios se curvaram em um sorriso. — Mas um pouco tímida. E ridiculamente bonita.

Ariel tinha sido adorada de muitas maneiras e com muito exagero, mas, quando Eric Reyes a chamou de bonita, ela se sentiu um pouco tonta. Mas ele era ligeiro e não fez uma pausa — seguiu em frente como se afirmasse um fato, em vez de buscar um agradecimento, e continuou listando o que sabia sobre ela.

— Você tem pelo menos três irmãs. — Ele puxou sua nova pulseira da sorte. — É sentimental. — Ele gentilmente tirou os óculos dela e os colocou na ponte do próprio nariz. E piscou, ajustando-se ao grau da lente. — Ligeiramente míope?

— Continue.

— E você ama música.

— Você esqueceu as minhas incríveis papilas gustativas — disse, dando de ombros e apontando para a bandeja de pizza vazia.

— Aprecio o mistério. Eu perguntaria se poderíamos repetir esse encontro, mas estou saindo em turnê daqui a... — Ele olhou para o relógio — ... dez horas.

— Nesse caso, obrigada por esta noite. Eu nunca fiz isso antes.

— Ai, meu Deus, é a sua primeira vez comendo pizza? — Ele fixou aquele olhar travesso nela. — Foi bom pra você?

Ela lhe deu um empurrão brincalhão por provocá-la, mas estava radiante por dentro e por fora.

— Quero dizer *isto*. Ficar fora até mais tarde espontaneamente. Eu tenho 25 anos e há mil coisas que as pessoas da minha idade provavelmente já fizeram e eu não. É só que... nosso pai é muito, muito superprotetor *mesmo*.

— Dois muito e um mesmo. — Algo o fez ficar sério, seu sorriso vacilando pela primeira vez desde que se sentaram. — Eu posso entender.

Ariel queria saber mais, mas a garçonete se aproximou da mesa deles e colocou a conta.

— Desculpem, pombinhos. Fechamos há uns dez minutos.

Ariel alcançou sua pequena carteira, mas Eric balançou a cabeça.

— Esta é minha pizza de agradecimento, lembra?

— Ah, isso? Não foi nada — disse ela, esfregando o ombro que estava um pouco dolorido pela queda.

— Melody — disse ele, olhando no fundo dos olhos dela. — Foi *tudo*.

Os dois se olharam por tanto tempo que a garçonete se abaixou entre eles lentamente. Seus cachos grisalhos estavam se soltando do coque.

— Espero uma gorjeta generosa — sussurrou e sorriu, apesar de sua irritação.

— *Mi vida*, eu não sonharia com nada menos que isso. — Eric deu à mulher mais velha aquele seu sorriso típico, impossível de ignorar.

A garçonete pegou o dinheiro e se afastou rindo.

— Você é escorregadio — disse Ariel.

Eric deslizou para fora da cabine e ofereceu a mão, que ela aceitou como se tivessem dado as mãos cem vezes antes.

— É meu nome do meio.

Quando saíram da pizzaria, a noite estava tranquila. Tão tranquila quanto as noites na cidade conseguiam ser. Restaurantes ao longo da rua já haviam baixado as portas, mas retardatários continuavam conversando ou chamavam os táxis verdes dos distritos externos. Ariel podia ver a Ponte do Brooklyn, as luzes piscantes de Manhattan. Ouvia o zumbido constante do tráfego.

— Onde é sua casa? — Eric perguntou. — Posso chamar um táxi para você ou pegar o metrô contigo, se estiver indo para a cidade.

— Na verdade, me dê só um segundo.

Os dedos de Ariel tremiam enquanto desbloqueava o telefone. Tinha dezenas de mensagens e ainda mais notificações. Ela as percorreu enquanto se afastava o suficiente para estar fora do alcance da audição.

Chrissy:
😍 como está indo?

Marilou:
Entre em contato, vadia. O pai tá em casa.

Chrissy:
Então, eu tô no seu quarto, nada de mais...

Chrissy:
Mas tive que fingir ser você e me enfiar debaixo
das cobertas porque seu pai bateu na porta, então,
quando você chegar, não surte por eu estar na sua cama.

Marilou:
Não esquece de pegar um táxi amarelo!

Chrissy:
Além disso, gostaria de conversar sobre um aumento ☺

Ariel apertou o botão de chamada e Marilou atendeu antes do primeiro toque.

— Melody Ariel Marín Lucero — ela sussurrou alto. — Era para você ter *ligado*.

— Uau, usando o nome completo. — Ela sorriu para Eric, que estava conversando com os caras da pizzaria em espanhol. — Acabamos de jantar.

— Você está indo *para casa* com ele? — Marilou suspirou. — Já faz, o quê, um ano desde o Trevor?

— Só estou ligando para dizer que estou viva antes de arranjar uma desculpa para ir embora. — Ariel decidiu ignorar o outro comentário da irmã.

— Aww, você é um boa peixinha.

— Você é a pior. Te amo, tchau. — Ariel desligou o telefone e voltou para perto de Eric.

— Tudo bem? — perguntou ele.

— Minha irmã. Somos próximas. Algumas pessoas acham isso estranho.

— Não é. Eu não falo com minha família há... sei lá quanto tempo.

Ariel não conseguia imaginar não falar com as irmãs nem por algumas horas. Sabia que famílias eram complicadas, mas não queria pensar nisso agora. Queria estar nesse momento, aproveitar o máximo que pudesse antes de o sol nascer.

— Sabe mais uma coisa que nunca fiz? — Ela deu um passo mais perto e ajeitou a gola da jaqueta de couro marrom dele.

Eric deu uma leve sacudida com a cabeça e, sob a luz amarela do poste, ela pôde ver as sombras ao longo de sua garganta enquanto engolia, uma única palavra quase sem fôlego.

— O quê?

— E se eu te mostrar?

Desta vez, ela começou a andar e não precisou levantar a cabeça para saber que ele estava bem ao seu lado.

Imagens ao Vivo: Fã de música impede ladrão em fuga. Quem é a Garota Misteriosa?

COMPRE SEUS INGRESSOS PARA A TURNÊ DE VERÃO DA DESAFORTUNADOS!

Cupom de desconto de $3 no Bubble Tea do Mickey

TREVOR TACHI É VISTO NO MA CHÉRIE COM OUTRA MULHER. ARIEL DEL MAR DE CORAÇÃO PARTIDO.

Classificados: ** BÔNUS DE CONTRATAÇÃO DE URGÊNCIA**
BANDA EM TURNÊ PRECISA DE PROMOTOR DE MERCHANDISING. COMPROMISSO DE SEIS SEMANAS. SALÁRIO COMPETITIVO MAIS ACOMODAÇÕES E $500 DE BÔNUS DE CONTRATAÇÃO. PARTIDA AO MEIO-DIA DO DIA 25/6 EM PONTO!

CAPÍTULO SEIS

ERIC
25 de junho
Nova York, Nova York

— Como você nunca atravessou a Ponte do Brooklyn a pé? — Eric perguntou a Melody.

— Eu também nunca estive no topo do Empire State. É coisa de turista — disse ela, franzindo o nariz.

— Então acho que eu sou um turista — disse ele, batendo com a palma da mão no lado esquerdo do peito.

— Estou brincando. — Melody o empurrou gentilmente, sem força. Era só pela sensação da palma da sua mão contra o ombro dele, como se estivessem testando os limites. — Tem muita coisa na cidade que eu ainda não vi. Sempre aparece algum compromisso. E então, bum, você tem 25 anos e se sente uma estranha na própria cidade. Eu nem sei se a ponte é segura a essa hora da noite.

— Espero que sim, já que você, uma renomada heroína, está aqui para me defender — ele provocou, embora não houvesse a menor possibilidade de Eric colocá-la em perigo propositalmente. — Nah, quando me mudei para cá, minha mãe me ligava comentando cada caso de assassinato que ela via nos noticiários. Eu tinha que explicar que Jersey City e Texas não eram nem um pouco próximos.

Melody gargalhou na noite. Quando começaram a caminhada atravessando a passarela de pedestres, caíram em um silêncio confortável. Eric normalmente gostava de andar. Quando era pequeno, os jantares em família eram bem tensos. Seu pai lendo o jornal ou deixando a refeição esfriar enquanto atendia a uma ligação em seu escritório. Sua mãe sofria de ansiedade e, quando ela ficava estressada demais para comer, o filho limpava a cozinha e cantava para ela suas músicas favoritas. Ele preenchia o silêncio porque às vezes a ausência de barulho era mais alta, intolerável.

Com Melody, ele simplesmente caminhava e estava feliz em se acomodar na calma reconfortante dela. Era como se ela estivesse apreciando cada momento, por menor que fosse. De vez em quando, as mangas de seus casacos se tocavam, e ele não sabia se era porque ela estava caminhando em sua direção ou se ele estava tentando esbarrar nela novamente.

— Meu pai é meio assim — disse Melody, depois de um tempo. — Paranoico com coisas que não pode controlar. Desconfiado com pessoas novas. Ele sempre dizia que estaríamos mais seguros juntos como família, mas, ao longo dos anos, ele foi piorando.

— Se seu pai é superprotetor — disse Eric, enfiando as mãos nos bolsos —, quanto devo temer por minha vida? Quero dizer, seja lá o que ele tente, vale a pena. Só quero estar preparado.

— Você já foi perseguido por muitos pais?

Eric esfregou a cicatriz no cotovelo que havia conseguido quando tinha dezesseis anos e pulou pela janela da namorada depois que o pai da garota os flagrou no quarto dela. Ele não era mais esse homem, mas as cicatrizes de batalha eram um bom lembrete.

— Pode-se dizer que sim — ele admitiu.

A risada de Melody era um som brilhante e doce, muito diferente do timbre rouco de contralto de sua voz ao falar.

— Sou eu quem precisa se preocupar. Na verdade, nunca o desobedeci. Minhas irmãs, com certeza. Até nas pequenas coisas.

— Então você é a boazinha? — Como filho único, ele não conseguia se identificar. Tinha que desempenhar todos os papéis para seus pais. O bom filho. O filho bem-sucedido. O filho orgulhoso. De alguma forma, conseguira falhar em todos.

— Eu não sou a boazinha — ela protestou. Então, franziu os lábios de um jeito que fez Eric querer parar, puxá-la para perto, enfiar os dedos nos bolsos de seu shortinho rosa, sentir a pressão de suas curvas contra si. — Bom, talvez eu seja. É complicado.

— Eu sou o prefeito da Complicadolândia.

— Ah, vá — disse ela, toda cética. — Eu sou a presidenta da Complicadolândia.

— Tá bom, Senhora Presidenta. Conte lá.

Podia sentir que ela estava se segurando. Eric nunca admitiria ser convencido, mas geralmente conseguia fazer com que as mulheres revelassem seus segredos, sonhos e desejos. Gostava de ouvir as histórias. Cada pessoa com quem ele se conectava o fazia se sentir inserido na grande tapeçaria do mundo, menos sozinho. Melody tinha barreiras ao seu redor, e tudo o que ele queria era derrubá-las. Ver a pessoa por baixo de tudo, porque não conseguia imaginar não conhecer Melody após esta noite.

— Meu pai quer muito que eu continue no negócio da família — disse ela, após uma pausa pensativa. — Passei minha vida toda fazendo e sendo tudo o que ele queria de nós. Horários terríveis. Vesti a camisa. E ele prometeu que, depois de todo esse trabalho árduo, um dia eu poderia seguir meu próprio rumo. Mas, então, ele mudou de ideia e diz que é pelo bem da família. Por mim.

— E agora você está questionando toda a sua vida na companhia de um músico extremamente bonito e talentoso. — Eric foi recompensado com o sorriso dela.

— Algo assim.

Pessoas lotavam a ponte, noites terminando ou apenas começando. Caminhos de dezenas de estranhos se cruzando sem prestar atenção uns aos outros. Esses eram a beleza e o defeito de Nova York. Você podia gritar seus medos, esperanças e sonhos, e as pessoas podiam simplesmente fingir que não te ouviram. Mas Eric a ouviu.

— Deixe-me adivinhar — disse ele. — Ele está tentando viver através de você.

Melody franziu a testa.

— Antes eu do que todas as minhas irmãs. Assim, apenas uma de nós tem que lidar com isso.

— Por que tem que ser você?

Ela olhou para cima, através de seus óculos quebrados.

— Porque eu sou a boazinha, lembra?

Eles tinham chegado à metade da ponte num ritmo tranquilo. Eric nunca quis que a ponte se estendesse magicamente antes. Caminharia até Nova Jersey ou até o centro da cidade, só para poder prolongar o curto tempo que tinham juntos.

Ele parou e encarou a água escura, sentiu cheiro de chuva no ar úmido.

— Quando saí de Medellín, fui contra a vontade dos meus pais. Eu queria ser músico, e meu pai queria que eu fosse um empreendedor imobiliário, como ele. Às vezes, eu lamento ter saído de casa. Sinto falta da minha mãe, mas por anos ela não podia falar comigo ou corria o risco de deixar meu pai zangado. Eu me ressentia disso. Sinto saudade da Colômbia, especialmente no inverno. A neve é horrível.

— Você só precisa de um bom casaco — disse ela, encostando o ombro no braço dele.

— Talvez. Mas eu tinha que me lembrar do que eu queria. Não é uma questão de ser bom ou ruim. Trata-se de abrir o seu próprio caminho.

— Acredite em mim — disse ela, virando, pensativa, em direção ao rio. — Eu tentei.

— O que você quer, Melody?

Ela olhou para ele, desenrolando aquele sorriso misterioso. Seu pulso acelerou. Ele se relembrou de respirar enquanto esperava sua resposta.

— Vamos lá — ele encorajou. — Somos só eu e toda Nova York. Nós não julgamos.

— Eu quero ser compositora — disse ela, finalmente, depois de respirar fundo.

A resposta despertou o interesse dele.

— Para você mesma ou para os outros?

— Para os outros. Nunca disse isso em voz alta antes. Nem mesmo para minhas irmãs.

— Canta para mim? — pediu ele, baixinho.

— Eu disse escrever, não cantar.

— Eu tenho um ouvido bom. — Eles se encararam, aquele lindo bico teimoso dela prevalecendo. — Tudo bem. Sou um homem paciente.

Quando o telefone dela apitou, Melody olhou rapidamente para a tela antes de guardá-lo no bolso da jaqueta jeans.

— Você está com fome? Eu estou com fome — disse ela.

Eric se perguntou se seria possível sentir fome da presença de alguém. Nesse caso, estava faminto por ela.

— Você gosta de empanadas?

— Sim, por favor. Vamos fazer isso. — Melody soltou um pequeno suspiro animado que ele não deveria ter apreciado tão profundamente.

Enquanto a guiava pelo restante da ponte, sentiu algumas gotas de chuva. Ela começou a contar sobre suas muitas irmãs enquanto pegavam o trem e só terminou quando emergiram no Lower East Side. Por um momento, ele a invejou; então pensou em Carly, Grimsby, Max e até Vanessa. Ele se mudara para um novo país e escolhera uma nova família que o escolheu de volta. Ele *tinha* irmãs.

Quando chegaram ao restaurante, estava chovendo. Apesar de todo seu esforço para cobri-los com sua jaqueta, Eric e Melody estavam molhados. Três lances de escada acima, chegaram ao Julio's, um restaurante sul-americano que se transformava em boate após o serviço de jantar e depois em um bar secreto após a última chamada. Palmeiras falsas de cera decoravam todos os cantos, e as luzes neon roxas e amarelas lançavam um brilho ambiente. Eles atravessaram em meio aos foliões dançantes e embriagados, encontrando dois lugares escondidos no canto do bar.

Melody pulou no banco giratório. Eric ocupou o assento ao lado dela, e estava tão lotado que seus joelhos tiveram que se entrelaçar para que pudessem se encarar. Ao tocá-la dessa maneira, ele sentiu um puxão forte na boca do estômago. Mesmo através das camadas de suas roupas, ele a sentia irradiar como a luz do sol.

— Como você encontrou este lugar? — perguntou Melody.

— Eu costumava passar muitas noites fora. — Eric acenou para o barman. — Muitas.

— Costumava?

— Alguns anos atrás, senti que a banda estava estagnada, então decidi me concentrar em escrever o melhor álbum que pudesse. Isso significava nada de boates, nada de encontros, apenas música.

— Eu te contei o que queria — disse Melody, observando-o com olhos curiosos. — E você? Quer ser um astro do rock?

— Essa é a ideia — admitiu ele. — Já fizemos turnês pequenas, regionais, a maior parte em qualquer lugar duvidoso que conseguíssemos reservar. Não consigo explicar, mas esta parece diferente.

— Turnês nacionais geralmente são — disse ela. — Pelo menos é o que ouvi dizer. Digo, estou supondo.

— Turnê grande. Álbum grande. Ônibus grande. Esse vai ser o verdadeiro teste de amizade.

— Passei a maior parte da minha vida na estrada com minha família — disse ela, mexendo em um arranhado no balcão do bar. — Nós nos mudamos de um lugar para outro. Na verdade, fui educada em casa durante toda a minha vida.

— Você não faz parte de uma daquelas seitas, faz? — Ele riu, embora ela tenha ficado momentaneamente séria.

— É mais como uma irmandade — disse ela, com uma leve careta.

Eric não sabia muito bem o que fazer com essa informação, mas, diabos, por Melody, ele provavelmente se juntaria a uma seita, sociedade secreta, o que fosse, e entregaria todos os seiscentos dólares em sua conta bancária.

Alguém incorporando o espírito dançante de Rita Moreno esbarrou nele, empurrando-o para perto de Melody. Ela agarrou sua coxa para se equilibrar e a pressão de seu toque ali o deixou sem fôlego. Melody não tinha ideia do que estava fazendo com ele. Como a proximidade dela desbloqueava algo que Eric tinha enterrado há meses... talvez anos.

— O que é o Julgamento do Bartender? — perguntou Melody, pegando um dos cardápios e apontando para a opção no topo.

— Ah, isso é quando o Julio olha para você e faz o seu drinque perfeito. Ele é literalmente um mago.

— Um *brujo*, na verdade — veio uma nova voz.

Julio, um ex-dançarino, era um chileno magro com unhas pintadas de preto que se vestia quase exclusivamente como se os anos 1980 nunca tivessem ido embora. Ele olhou para Melody, depois para Eric e começou a jogar garrafas, gelo e coqueteleiras ao redor.

— Obrigada por me trazer aqui, Eric Reyes — sussurrou ela, inclinando-se para o lado dele.

— De nada, Melody... Heroína do Violão. Desculpe. Você não me disse seu sobrenome.

— Marín.

— Melody Marín — disse ele. — Que quer ser uma compositora, mas não gosta de cantar.

— Não *quer* cantar — corrigiu ela. — No momento.

De repente, ele estava incrivelmente curioso para ouvir uma das músicas dela. Para saber se estava certo, se os registros suaves e profundos de sua voz soariam tão bonitos como quando ela dizia o nome dele.

Julio voltou com as bebidas. Para ela, um coquetel em um tom claro de lavanda com um garfinho dourado, uma cereja marasquino espetada em seus dentes, e um tequila sunrise para Eric com um flamingo cor-de-rosa de plástico pendurado na borda.

— Um garfo? — Ela riu.

— Um tridente — corrigiu Julio, como se fosse óbvio, e depois se moveu pelo bar para verificar outros clientes.

— Um tridente é apenas um garfo gigante — disse Melody mordendo a cereja e apontando o pequeno tridente dourado para ele.

— Julio tem uma bolsa gigante de brinquedos em miniatura lá atrás. Da última vez que estive aqui, peguei um tubarão, um duende e uma enorme berinjela de plástico que tenho certeza que era para a despedida de solteira que estava rolando naquela noite.

— Ao que devemos brindar? — perguntou Melody, corando e erguendo o copo para ele.

— Ao ladrão que nos uniu. — Com o joelho preso entre as coxas dela, Eric mal conseguia pensar direito.

Melody fez uma careta de desgosto.

— À sua turnê. Você já é um astro para mim.

As palavras o surpreenderam. Não apenas porque eles tinham acabado de se conhecer, mas porque ela era tão sincera, tão radiante. Quase todas as pessoas que ele conhecia estavam desiludidas, arranhadas como um disco pela agulha da vida. Eric brindou seu copo contra o dela e bebeu para ocupar a boca, porque queria desesperadamente beijá-la. Queria provar o brilho que ela irradiava, sentir as curvas suaves de sua boca, seus quadris. Ele bebeu um pouco rápido demais para saciar uma sede que nunca havia sentido antes.

— Hum, isso é delicioso. Parece açúcar queimado e abacaxi alcoólico — Melody murmurou de prazer após o primeiro gole.

— Viu? Um *brujo*. — Eric sabia que tinha que acordar cedo e ainda precisava voltar para Nova Jersey. Mas acenou para o barman e pediu mais uma rodada, além de uma variedade de empanadas, que devoraram desavergonhadamente.

— Minha vez — disse Melody, entregando a Julio um maço de notas.

— O que mais você tem nessa bolsinha pequena? — Eric perguntou.

— Todos os apetrechos essenciais. — Ela derramou o conteúdo no balcão do bar. — Vejamos. Curativos. Gloss. Absorvente interno de emergência. Um chiclete. Um passe de metrô. E agora meu confiável garfo dourado. Sua vez.

Ele esvaziou os próprios bolsos, onde tinha sua carteira de motorista de Nova Jersey, uma palheta de guitarra, uma caneta da última visita ao dentista e seu cartão de débito.

— Eu viajo com pouca bagagem.

— Estou vendo.

Melody observou curiosamente o drinque dele e Eric o empurrou para perto dela. Ela trocou o seu pelo dele.

Ele pegou o copo dela e inalou o aroma de açúcar queimado, lavanda e frutas. Deu um gole. O rum combinava bem com abacaxi. Ele engoliu e soube que, durante toda a sua turnê, pensaria nela sempre que sentisse o cheiro de qualquer um desses aromas.

Quando Melody devolveu o coquetel, deixara uma impressão perfeita de seu gloss rosa na borda. Quase ansioso demais, Eric pegou o copo, gotículas de condensação revestindo seus dedos. Ele pressionou os lábios no contorno do gloss pegajoso dela e bebeu.

As luzes de neon acima do bar a banhavam em um brilho roxo suave. Melody se balançava no ritmo da salsa. A cada momento que passava, parecia se soltar um pouco mais, desvencilhar-se do casulo que a protegia. Ela era tão inesperada. Como diabos ele sairia dessa noite intacto? Claro, os dois poderiam trocar mensagens. Mas ele já tinha feito isso. Alguém sempre ficava entediado. Alguém sempre seguia em frente. Geralmente, ele. E se lembrou das palavras de Vanessa mais cedo. Precisava manter a cabeça no jogo, e isso significava focar na banda.

Centenas de letras para descrever sentimentos, e ele não conseguia verbalizar o que sentia naquele momento. Só podia agir. E assim, Eric Reyes fez a coisa mais imprudente que já fizera em sua vida.

— Você deveria vir — disse ele.

— Para onde? — disse Melody, inclinando a cabeça para o lado.

— Na turnê. Na nossa turnê. Nosso promotor de merchandising se demitiu porque ficou noivo. Acho que a noiva dele é do tipo extremamente ciumenta. Estou feliz por eles, mas queria que tivessem resolvido isso antes.

— Talvez eu devesse. Tudo pode acontecer em uma turnê. Pelo menos foi o que ouvi. — Ariel apoiou o queixo na mão e lhe lançou um sorriso malicioso.

Com a ideia firmemente plantada em sua mente, Eric insistiu um pouco mais no assunto.

— Basicamente, você venderia o merchandising, faria o inventário, mas teria tempo para trabalhar em suas próprias músicas. Ganharia alguma liberdade da sua família, se quiser. — *Você estaria comigo*, ele pensou. *Poderia me conhecer de verdade*. Mas não conseguiu se forçar a dizer isso. — Você estaria nos ajudando, de verdade. Não que precise me salvar duas vezes num dia só.

Ela o encarou como se estivesse realmente considerando. A tentação estava lá, na forma como ela mordia o lábio inferior. No jeito como mantinha a mão firmemente na coxa dele, como se para se equilibrar.

— Eric...

Ele ouviu a rejeição na voz dela e decidiu fazer um último apelo.

— Você deveria fazer o que te faz feliz. Eu só te conheço há algumas horas, e até eu posso ver que não é o que seu pai quer que você faça. Às vezes, a única maneira de encontrar o que você realmente quer é deixar seu mundo antigo para trás.

Melody fechou os olhos contra as luzes neon pulsantes. Ele percebeu que ela estava ouvindo a música. Uma música antiga que o fazia lembrar de casa, de noites úmidas, de festas de rua que duravam até o sol nascer. Ela sorriu e depois olhou para ele. Olhou para ele de verdade, como se pudesse vê-lo por dentro de uma forma que nem seus melhores amigos conseguiam. O medo sob sua coragem, a insegurança sob seu charme. A esperança que o mantinha inteiro.

— Vamos apenas aproveitar esta noite. Por favor?

Eric sabia talvez melhor do que qualquer outra pessoa como era difícil perseguir um sonho, partir, especialmente quando se tinha um senso de dever. A família de Melody parecia ainda mais complicada que a dele. Tudo o que podia fazer era oferecer a ela uma tábua de salvação e esperar que seus caminhos se cruzassem outra vez.

— Claro. Mas primeiro... — Ele foi compartilhar o anúncio de emprego com ela, mas percebeu que seu telefone estava descarregado. Então pegou um guardanapo coberto de flamingos pequenos da mesa. Escreveu o endereço deles, seu telefone e o horário da partida. — Caso você mude de ideia.

— Tudo bem — disse ela, embora parecesse mais um adeus.

Melody dobrou o guardanapo e o enfiou em sua bolsinha. Então entrelaçou os dedos nos dele. Ele notou que seus dedos tinham calos que combinavam com os que ele tinha por tocar violão.

Quando chegaram ao centro da pista de dança, a música passou da batida eletrônica forte, mais adequada a uma festa em Ibiza, para os assovios do acordeão e as batidas de uma cúmbia.

Melody guiou a mão dele para sua cintura e Eric a puxou para perto. Ele se inclinou para descansar a testa contra a dela. Eles dançavam como duas pessoas que conheciam os ritmos um do outro. Quando a música se transformou em uma salsa rápida, o salão inteiro irrompeu de gente, empurrando Eric e Melody, ainda mais juntos. Ele a girou em seus braços, exibindo os rodopios e as voltas que aprendera nas ruas de Medellín. Julio serviu mais uma rodada para os dois, e Eric sabia, ele sabia que precisava estar em algum lugar. Precisava dormir. Não podia começar o dia exausto, mas não conseguia se afastar dessa mulher, exceto quando estavam dando goles em suas bebidas geladas ou tirando seus casacos.

Quando Melody dançava, ela mudava. Seu rosto se tornava radiante, seu sorriso, despreocupado. Ela envolveu os braços ao redor do pescoço dele e o deixou conduzir, as mãos firmes na cintura dela, acariciando lentamente com os polegares onde os quadris se destacavam. Eles se seguravam tão firmemente que ele se sentia tenso. Delirante de desejo por ela.

Em algum momento, não sabia quando, o bar se esvaziou. Havia uma garota dormindo em uma rede, um homem chorando com a letra da música, um garçom varrendo brinquedos de plástico e purpurina aos montes.

— Eu amo essa música — sussurrou Melody. — Minha mãe adorava boleros.

Eric afastou o cabelo dela para trás da orelha. O tempo passado quando ela falava da mãe fazia sua referência soar como algo terminado. Queria perguntar o que aconteceu. Queria beijá-la e fazer tudo ficar bem. Mas, quando ela descansou a cabeça contra seu coração, ele não quis se mexer, com medo de quebrar o encanto sob o qual se encontravam.

À medida que a música chegava ao fim, alguém abriu a porta do pátio do terraço e deixou entrar o sol.

Melody arfou.

— Que horas são?

Ele tirou o telefone. Lembrou que estava descarregado. Verificou o relógio e sentiu uma pontada de ansiedade.

— Sete. Droga, a Odelia vai me matar.

— Eu tenho que ir — ela disse, aflita, procurando a jaqueta pelo salão. Tentou olhar seu telefone. Também descarregado.

— Eu posso te levar para casa — ofereceu ele.

Ela não estava ouvindo. Vestiu a jaqueta jeans, girando até encontrar a saída.

— Melody.

Eric sabia que a noite havia acabado. Ele também tinha que ir, mas tudo estava acontecendo rápido demais.

Ela girou para encará-lo, os longos cílios tremulando como se estivesse acordando de um sonho. Passou os dedos pelo rosto dele e depois se pôs em movimento.

— Eu tenho que ir. Desculpe — disse ela, já saindo pela porta.

Eric virou-se para Julio, que estava fechando seu caixa. O bartender olhou para Eric como se seu próximo passo devesse ser óbvio. Ele encontrou sua jaqueta. Desceu as escadas instáveis correndo e saiu para o amanhecer de Nova York. O sol brilhava, mas estava garoando, e não importava para onde ele se virasse, Melody tinha sumido. Eric permaneceu ali, perdido na memória da noite deles como um romântico incurável, um tolo na chuva.

ÚLTIMAS NOTÍCIAS:
PRINCESA POP ARIEL DEL MAR SURTA.

The Daily New Yorker

Após um anúncio muito aguardado, apenas seis das irmãs Del Mar fizeram uma aparição no programa *Acorda! Nova York*. Enquanto as irmãs cantoras revelavam novos visuais e empreendimentos totalmente novos, Ariel, a caçula, não deu as caras.

Mas onde está a irmã mais nova? Teodoro del Mar assegurou ao público que tudo estava como deveria. Será que o capitão perdeu o controle de seu navio? Algumas fontes dizem ser um truque publicitário para um novo álbum. Outras, próximas às irmãs, especulam uma ida em segredo para a reabilitação. Talvez a pressão finalmente tenha rachado o verniz no que pode se tornar um declínio inesperado.

O último namorado de Ariel, Trevor Tachi, sugeriu em seu Pixagram que Ariel está com o coração partido por sua traição e está disposto a ficar ao lado dela para reparar o término deles.

Os fãs que se reuniram na Times Square para o grande anúncio ficaram arrasados com a ausência, com os mais fervorosos até tentando registrar queixas de pessoa desaparecida em delegacias locais e fora do estado. A segurança pediu reforço para controlar as multidões crescentes do lado de fora do prédio dos Del Mar, no Upper West Side.

Uma coisa é certa: todos os olhos estão em Ariel del Mar.

CAPÍTULO SETE

ARIEL
25 de junho
Upper West Side, Manhattan

A cobertura estava vazia. O coração de Ariel batia acelerado. Podia praticamente sentir a pulsação na ponta da língua quando entrou esbaforida na sala de estar. O aquário do pilar piscava uma luz azul suave, e ela se aproximou dele, pressionando a palma da mão suada contra o vidro frio. Vários peixes coloridos nadaram até ela.

Ela ligou a televisão e passou para *Acorda! Nova York*. Um banner vermelho passava pela parte inferior da tela, detalhando sua ausência. E dizia: PRINCESA POP CEDE COM A PRESSÃO. Tornou a desligar o aparelho e conectou o celular no carregador mais próximo, na cozinha.

O que dizer? O que fazer? As perguntas giravam em sua mente, mas cada minuto se estendia, e ela simplesmente continuava ali, fitando as paredes de vidro do piso ao teto. Sempre achara que era o conceito mais lindo: um lugar no topo do mundo, de onde se podia ver a cidade inteira. Mas não passava mais essa sensação.

O elevador apitou.

As portas se abriram.

Ela deu meia-volta quando ouviu os passos pesados familiares que sempre faziam Ariel e as irmãs se sentarem mais eretas.

— Papai — começou Ariel.

Ele levantou a mão para silenciá-la e apontou para seu escritório, no segundo andar. As irmãs dela, tio Iggy e Chrissy se derramaram do segundo elevador. Todos olhavam para ela com uma mistura de compaixão e temor. Em vez de adiar o inevitável, Ariel aprumou a coluna e marchou para o escritório do pai.

A sala sempre cheirava a mogno polido, limão e charutos, apesar de o pai jurar que tinha parado de fumá-los anos atrás. Cada centímetro das paredes era recoberto de prêmios, discos de ouro, platina e diamante, cartazes emoldurados das maiores apresentações das meninas e capas de discos. No coração disso tudo, um retrato da mãe delas. Maia Melody Lucero Marín.

Teo del Mar estava sentado à sua mesa, emoldurado pelo horizonte da parte chique de Manhattan. Sua cadeira girou, sibilando, quando ele a encarou, os olhos verde-claros sombreados pelo cume pronunciado de sua testa e pelas sobrancelhas pretas e hirsutas.

— Papai, me desculpe.

Dez segundos e ela já começara a se encolher, abaixando a cabeça como se estivesse na presença de um rei. Mas ele não era um? O soberano de seu império musical.

— Desculpar por quê?

Ele juntou os dedos formando um arco, inclinando a cabeça de lado num movimento preciso.

Ariel podia sentir que estava se metendo numa armadilha, então era melhor ser honesta.

— Por perder o anúncio.

— Você faz alguma ideia do que passamos para conseguir esse horário? Sabe o quanto é humilhante garantir a um estúdio de executivos, agentes e fãs que você estava *atrasada*? Sabe o quanto foi embaraçoso não saber onde a minha própria filha estava? Com quem ela estava? O que *estava fazendo*?

Ariel engoliu seco.

— Eu saí para jantar com alguém e depois fomos dançar. Eu perdi a noção do tempo.

Os lábios dele se espremeram em desagrado.

— Quem era esse alguém?

Assim como acontecia com os figurinos e os itinerários das Sete Sereias, até amigos e relacionamentos eram aprovados por ele. Ariel não queria dizer o nome de Eric. O tempo que tinham passado juntos ficava entre eles.

— Ninguém da sua lista pré-aprovada — disse Ariel, a voz cortante.

Ela nunca falou com o pai desse jeito. Nem quando estava exausta e ele continuava forçando e pressionando as filhas para ensaiarem, cantarem e dançarem. Nem quando ele mudou a letra que ela havia escrito para "Goodbye Goodbye" sem avisar. Nem quando ele a forçou a terminar uma amizade porque a outra pop star adolescente tinha uma imagem "perigosa".

O choque no rosto dele durou por um instante longo demais.

— Nós tínhamos um trato, Ariel. Você concordou com o anúncio da carreira solo. Agora estou com Poe Marlowe me ligando, perguntando se seria melhor ele passar para a próxima.

— Nós tínhamos um trato *antes disso*, ou o senhor já se esqueceu, porque não era o que o senhor queria? — A voz dela embargou de emoção, as fissuras se espalhando no vidro, toda a emoção reprimida dos últimos quinze anos escapando de súbito. Mas ela não ia recuar.

— Você me respeite, Ariel — disse Teo, a voz áspera como cascalho.

— Por quê? O senhor não respeita a gente. — Ela pousou os punhos sobre a mesa dele para conter seus tremores. — Se respeitasse, não me manipularia para sair em carreira solo. Teria mantido seu trato com todas nós. Tudo o que nós sempre fizemos foi sermos as suas bonequinhas perfeitas. Já fizemos o bastante.

Ele se recuperou do choque da explosão dela e ficou de pé para olhar nos olhos de Ariel.

— E o que você vai fazer no seu ano de vagabundagem? Estou perguntando honestamente, porque sei que não pensou nisso. Você nunca viveu no mundo real, Ariel. — Ele bufou. — Você não sobreviveria um dia sem tudo isto. Não sobreviveria sem poder fazer música.

— Existem outros jeitos de fazer música. — Por um instante, ela fechou os olhos. Estava de volta à Ponte do Brooklyn, confessando seu desejo. *Eu quero ser compositora.* — E tudo isso, tudo o que você tem é por nossa causa. Você não chegou lá por sua conta, então teve que pressionar suas filhas a serem estrelas. V*ocê mesmo* não conseguiu chegar lá.

Ariel tapou a boca com as mãos. Tinha ido longe demais. Queria engolir as palavras, mas sabia que já era tarde.

Teo batucou o anel de ouro da família na mesa e assentiu. Sua raiva silenciosa e pétrea era um milhão de vezes pior do que quando ele gritava.

— Se você não vai falar comigo como seu pai, então talvez fale como seu chefe. Você tem um contrato com a Atlantica Records.

Os lábios de Ariel tremeram. Algo irreparável estava se partindo, e ela não conseguia impedir. Não conseguia voltar atrás.

— Que terminou com a turnê de despedida. Ou o senhor acha que não lemos nossos contratos? Somos apenas seus soldadinhos obedientes, certo? Bom, eu não vou assinar mais nada.

— Enquanto você morar sob meu teto, vai seguir *as minhas regras*.

— Então talvez eu não vá morar sob o seu teto.

Teo del Mar tornou a se sentar. Ele acenou, como se a dispensasse.

— Com que dinheiro?

Tudo o que Ariel e suas irmãs haviam recebido estava na conta da família — e, é claro, no nome dele. Quando ela tinha dez anos, fazia sentido. Agora? Ariel teve vontade de rir, de gritar. Dinheiro. Fama. De que valiam, quando ela sentia que todo o poder para usufruir disso lhe era arrancado?

— Eu vou...

— Como vai viver sem alguém fazendo tudo para você? Você nunca esteve por sua conta. Quer tanto ser uma garota *normal*, mas você é mimada. Nunca teve que se virar. Nunca teve que contar as moedinhas do bolso para confirmar se podia pagar por algo para comer. Você não sobreviveria nem um dia sequer sem todos os luxos à sua disposição.

Ariel engoliu a raiva. Ele sempre desviava do assunto assim. Ela olhou de esguelha para o retrato da mãe. Tinha vergonha de gritar na presença dela. Mais vergonha ainda de seu pai.

— Eu vou dar um jeito — disse ela, com uma bravata fingida.

— Então vá! Vá embora! — ele gritou outra vez em espanhol enquanto Ariel fugia e descia as escadas correndo. O som de objetos se quebrando ecoou atrás dela, junto com um último aviso: — Você estará de volta antes que se dê conta.

Seu pai sempre fora severo, mas nunca violento. Teo e Ariel se incitavam até os limites um do outro, mas, antes, ela sempre cedera sob a pressão. Ariel entrou em seu quarto marchando. Seu coração estava na garganta quando abriu o armário e encontrou a única mochila que não tinha o logo da banda por todo lado.

Puxou do armário camisetas, jeans, roupas de baixo, sapatos, sem se importar se combinavam ou se estavam com seu par. Depois de anos em turnê, fazer a mala era quase uma memória muscular e, apesar de sua mente estar entorpecida, as mãos sabiam quais eram as coisas básicas de que ela precisava. Encontrou outro par de óculos, uma duplicata daqueles que haviam quebrado. Já estava com sua gargantilha. Por um momento, assustou-se quando colocou a mão no pulso exposto. Lembrou que Eric estava com sua pulseira.

Quando não conseguiu encontrar seu passaporte, pegou o celular para mandar uma mensagem para Chrissy. Tudo o que pôde ouvir em sua mente foi: *Você não sobreviveria nem um dia sequer sem todos os luxos à sua disposição.*

Não fazia nem dez minutos e ela já estava pedindo ajuda.

Não, não deixaria que o pai invadisse sua mente como fizera um milhão de vezes até então. Não havia nada de errado em pedir ajuda. Mas, quanto mais ela olhava para o quarto ao seu redor, mais acuada se sentia, a despeito da parede de vidro. Estendeu a mão para pegar seu livro preferido e acabou derrubando uma prateleira toda de suas bugigangas e seus objetos.

Ariel se agachou e pegou o zoológico de vidro que ela colecionara ao longo dos anos. O cavalo-marinho tinha se quebrado.

— Ariel? — chamou uma voz baixinho. Marilou.

Uma por uma, suas irmãs e Chrissy foram entrando no quarto, fechando a porta ao passar.

— Quanto vocês ouviram? — perguntou ela.

— Tudo? — disse Chrissy.

— Uma cobertura de zilhões de dólares... — disse Thea.

— Com paredes de papelão — acrescentou Alicia, completando a frase de sua gêmea.

Sophia apertou o ombro de Ariel.

— Aquilo foi incrível, demais! Divônica.

— É, a gente não fazia ideia que você guardava tudo isso — acrescentou Elektra.

— Foi tudo o que queríamos dizer, só que você foi, tipo, *você não pode mais me dizer o que fazer, Pai* — disse Stella, já interpretando.

Todas a encararam e Stella riu.

— Desculpem. Cedo demais.

— Você vai embora mesmo? — perguntou Marilou.

— Tenho que ir.

Ariel chacoalhou a cabeça.

Houve um suspiro coletivo.

— Foi o que eu pensei — disse Sophia. — Vocês dois são teimosos demais.

— Ei! — disse Ariel, ressabiada. E pescou o guardanapo no qual Eric anotara toda a informação de que ela precisava. — Eu tenho uma oferta de emprego.

Explicou sobre Eric e a turnê. Se saísse logo, ainda os alcançaria antes da partida.

— Eu sei o que vocês vão dizer.

— Tudo isso *por um cara*? — disse Elektra, revirando os olhos.

— Não — respondeu Ariel, firme. — Não é. Tudo isso é por mim. Quero dizer, eu nunca conheci ninguém como o Eric, mas é mais como se ele tivesse deixado a porta aberta, e eu quero ver o que tem do outro lado.

Marilou empurrou uma mecha do cabelo de Ariel para trás.

— Tem certeza? Sair em turnê com alguém que você está a fim complica as coisas.

Alicia jogou um travesseiro na irmã de cabelo cor-de-rosa.

— Só porque o papai demitiu o assistente do coreógrafo com quem ele te pegou dando uns amassos, não quer dizer que Ariel vá cometer os mesmos erros.

Ariel soltou uma risada cansada.

— Como eu posso ser a próxima versão de mim mesma, quando nem sei quem eu sou sem todas vocês? Sem as Sete Sereias? — Ela reuniu forças do orgulho que viu nos olhos das irmãs e respirou fundo. — Quando peguei aquele táxi hoje cedo, eu cheguei na Times Square com alguns minutos de sobra.

As irmãs ficaram chocadas e boquiabertas ante essa confissão.

— Eu podia ter desembarcado — disse Ariel. — Teria chegado atrasada e sem o "novo visual" que o papai queria, mas podia ter entrado, dançando naquele palco. Só que num momento eu pensei: tenho uma chance de deixar de ser a Ariel del Mar e descobrir o que *eu quero*.

— Tem certeza do que está fazendo? — perguntou Marilou. — Você nem conhece esse cara. E se o ônibus da banda já tiver saído?

— Daí eu vou me virar. — Ariel sorriu pela primeira vez desde que deixara Eric no bar. Não seria capaz de explicar para as irmãs. Tudo o que precisava era que confiassem nela. — Vou estar com meu telefone. Vou estar no nosso chat.

— Não com esse celular, não vai, não. — Sophia lhe entregou um envelope de couro. Dentro, vários montinhos de notas de vinte e um novo smartphone, vários modelos mais antigo do que a versão atual. — Eu tenho uma mochila de fuga desde que a mamãe morreu. Só não fui tão corajosa quanto você.

A compreensão de que Sophia chegara tão perto de partir atingiu Ariel como uma marreta. Quantas delas tinham pensado em partir, mas acabaram ficando? Um dia, todas teriam que conversar a respeito, mas, por enquanto, ela precisava seguir seu caminho.

— Eu não posso aceitar — disse Ariel, empurrando o envelope de volta para a irmã mais velha.

Sophia apontou uma unha preta afiada.

— Não faça isso. Esse dinheiro é *nosso*. Além do mais, você vai precisar de dinheiro em espécie para que o tio Iggy e o papai não consigam rastrear seus cartões. Não se preocupe, estou trabalhando num jeito de separar nossas contas da do papai.

— Aqui. — Stella ofereceu o cristal de ametista da sorte que ela sempre guardava no sutiã. — Pra te proteger das bad vibes.

Ariel franziu o nariz.

— Obrigada... Acho...

Alicia a fez levar um vestido que ela desenhara para sua recente linha de moda com Thea, apesar de Ariel insistir que não precisava de roupas chiques numa turnê de rock indie. Marilou colocou seu boné de beisebol preferido na cabeça de Ariel. Era rosa-claro e tinha um emoji minúsculo de caranguejo. Thea ofereceu seu bichinho de pelúcia antiestresse, que era um tubarão de trinta centímetros de comprimento, e Elektra lhe presenteou com um caderno novo — de sua coleção de 101 cadernos em branco. Cada presente valia um mundo e era uma despedida para a qual Ariel não estava preparada. Pensou que elas a impediriam, mas ninguém a entendia melhor do que as irmãs.

— Sinto como se estivesse saindo numa missão — disse Ariel, e sua voz oscilava de emoção.

— Espera! — disse Chrissy. Ela atravessou o quarto, abriu um cofre e tirou de lá uma pasta de plástico. — Aqui, todos os seus documentos.

Ela puxou Chrissy para um abraço.

— Obrigada. Eu vou me certificar...

— Ah, eu sei. Levanta, meu bem.

Uma por uma, Ariel se despediu de todas com um abraço. Colocou a mochila no ombro. Tinha mais de um milhão de lembranças em seu quarto. Metade de uma vida de objetos que havia colecionado. Pela primeira vez, porém, deixaria tudo isso para trás. Provaria que o pai estava enganado. O jeito dele não era o único que havia. Ela precisava acreditar que podia criar seu próprio rumo. E havia uma pessoa que podia ajudá-la. Se ele estivesse disposto a esperar.

— E a multidão lá fora? — perguntou Marilou. — Eles cercaram o prédio.

Thea, que tinha a estrutura e a altura mais próximas das de Ariel, pegou a peruca vermelho-rubi da irmã na penteadeira e olhou para si mesma no espelho. Seus lábios tomaram a forma de um sorriso malicioso.

— Eu tenho uma ideia.

Ariel del Mar se afasta depois do fracasso no anúncio! Para onde ela vai?

Princesa do pop foi vista deixando o prédio onde mora com uma mala e entrando numa limusine para o aeroporto MacArthur.

HOSTILIDADE ENTRE PAPAI DEL MAR E ARIEL: NÓS TEMOS A FOFOCA COMPLETA

 Irmãs Del Mar dormem em caixões de vidro. Vídeo gravado por uma fonte dentro do edifício.

CAPÍTULO OITO

ARIEL
25 de junho
Jersey City, Nova Jersey

Ariel emergiu da estação ferroviária em Jersey City com cinco minutos para chegar ao ponto de encontro da Desafortunados. Tentou ligar para o número que Eric rabiscou no guardanapo, mas não teve resposta. A única parte legível do rabisco era o endereço, então ela deve ter errado ao tentar decifrar os números.

Tinha ido longe demais para não aproveitar essa chance. Anos de vida na estrada a condicionaram a recarregar a energia com um punhado de horas de sono. Orientando-se pelo mapa, correu pela rua movimentada, a mochila batendo no quadril, o mais depressa que seus pés podiam carregá-la.

Quando dobrou a esquina, passou pelo portão vermelho de uma estação de bombeiros, uma fileira de sobrados reformados e lá estava, estacionado diante de uma casinha azul que parecia acolhedora, mas deslocada na rua em mutação: um gigantesco ônibus verde de turnê.

Ela reconheceu duas integrantes da Desafortunados do show, mas, depois de ouvir as histórias de Eric, sentia que já as conhecia. Lá estava Max, com a franja desgrenhada tapando os olhos enquanto carregava duas malas enormes para as entranhas do ônibus. A gótica alta, Grimsby, colocava seu baixo no trailer de carga engatado à traseira do ônibus.

Conforme Ariel se aproximava, Carly saiu da casa azul. Seus cachos pretos estavam presos num lenço de seda e ela ainda calçava pantufas fofinhas enquanto arrastava uma mala gigante degraus abaixo. Quando notou Ariel do outro lado da rua, ela travou.

— Eric! — gritou Carly, abrindo um sorriso confuso para Ariel. — Arrasta a sua bunda pra cá. *Agora!*

O estômago de Ariel deu pulos enquanto ela pensava nos piores cenários possíveis. Ele não contara às colegas de banda que tinha lhe oferecido a vaga. Ela teria que ir para casa com o rabo entre as pernas. Teria que dizer ao pai que ele tinha razão. Que ela era ingênua e tola por confiar na palavra de um cara que *acabara* de conhecer. Por apostar em si mesma.

Um Eric Reyes seminu saiu trôpego da casa, e a pulsação de Ariel, já frenética, atingiu um pico. Sua pele bronzeada era lisa e macia sobre os músculos esguios. Ela havia traçado com os dedos as linhas retas e duras dos antebraços dele, a ondulação de seus bíceps onde desabrochavam flores tatuadas. Uma trilha de pelos escuros formava uma seta de seu umbigo até o elástico branco de sua boxer, aparecendo por cima da calça jeans. Ela sentiu um gemido visceral começar no fundo de sua garganta e o transformou numa tosse-pigarreio.

Foi então que ele a viu. De uma vez só, ele vestiu a camiseta branca e lisa amassada que tinha nas mãos e desceu os degraus da entrada apressadamente. Ariel se deliciou com o jeito como os olhos dele se arregalaram, surpresos. Como Eric parou, impaciente com a explosão de tráfego que pareceu resolver, de súbito, acelerar pela Mercer.

— Você veio — disse ele.

Quando o último carro passou, eles foram para o meio da rua.

— Eu mandei uma mensagem de texto, mas sua caligrafia de bêbado é horrível — disse ela, pronta para pleitear seu caso. — Acabo de ter uma briga imensa com meu pai e disse um monte de coisas que não tenho como voltar atrás e... Bem. Sou sua promotora de merchandising, se a vaga ainda estiver disponível.

Eric parecia igualmente atordoado e aliviado. Estendeu a mão e tomou a mochila dela.

— Bem-vinda a bordo, Melody Marín.

Ariel sentiu vontade de se jogar nele, de envolver seu pescoço em seus braços, como tinha feito quando estavam dançando. Mas se lembrou do que as irmãs haviam dito. Qualquer crush que tivesse por Eric Reyes precisaria esperar. Mesmo que suas pernas ficassem bambas quando ele a olhava daquele jeito, como se ela fosse seu presente-surpresa de aniversário.

— Odelia vai te amar. — Enquanto suas colegas de banda os encaravam, Eric apontou com o queixo na direção do ônibus de turnê aberto. — Ela está na Fera.

Ariel riu.

— A Fera?

— É. Grande, verde, barulhento. Foi a primeira coisa de que Grimsby o chamou quando o motorista encostou hoje cedo.

Ele a convidou a bordo com um aceno.

Ariel subiu os degraus, pronta para conhecer a manager de que Eric tanto falava. Já tinha estado numa boa quantidade de ônibus de turnê ao longo dos anos antes de usar exclusivamente o jatinho da Atlantica Records. O ônibus de Eric era de um modelo mais antigo. Os painéis eram de plástico brilhante, feito para parecer madeira, com bancos de couro gastos e cortinas que provavelmente foram alaranjadas nos anos 1970, mas tinham sido descoradas pelo sol para um amarelo enferrujado. O veículo tinha todos os itens básicos, que Eric apontou. Ariel precisava relembrar a si mesma que a Melody que ele conhecia nunca estivera num ônibus de turnê.

— Esta é a sala da frente — disse Eric, batucando com o dedo no pequeno painel de TV na parede atrás do banco do motorista. — Não temos TV a cabo, mas Grimsby está trazendo seus DVDs favoritos. Espero que você goste de horror.

Ela riu.

— Na verdade, sou uma molenga no que diz respeito a horror.

— Finalmente, alguém para votar comigo nos filmes. — Eric lhe deu uma piscadela, depois deu dois passos adiante até a cozinha. — Refrigerador, micro-ondas. Não encoste nos flans de caramelo da Max, a não ser que queira perder um dedo. — Ele apertou um botão e uma porta se abriu deslizando, revelando a área de dormir: doze beliches divididas dos dois lados. — Se você não vir um bilhetinho grudado numa das camas, pode ficar com ela.

Quando as Sete Sereias explodiram, as irmãs compartilhavam um ônibus de turnê de luxo, com beliches em dois níveis e uma área de festa, que era onde Elektra gostava de praticar suas habilidades como DJ. Elas tinham frigobares cheios de mais petiscos do que conseguiam comer e uma TV de tela plana enorme que as gêmeas dominavam para fazer maratonas de *Guerra nas Estrelas*.

E, no entanto, havia algo na Fera que lhe dava as boas-vindas. As polaroides que a banda já utilizara para decorar o espaço nas paredes entre as beliches. A fieira de luzes roxas e almofadas de veludo na sala dos fundos. Eric entrou primeiro, e uma mulher imponente levantou a cabeça de uma mesa cheia de papelada para olhar para ele.

— Esta é Odelia Garcia, nossa manager e uma deusa em meio a mortais — disse Eric, muito obviamente tentando puxar o saco dela.

Odelia tinha cabelo preto num corte curto e elegante, sobrancelhas arqueadas matadoras e um batom escarlate que contrastava vivamente com a pele marrom-acetinada. Com o glamour de uma pin-up, mas, ainda assim, natural, sua blusa de seda com estampa de oncinha abraçava curvas amplas e se afilava na cintura, onde se enfiava na calça cigarrete de seda preta. Unhas compridas, vermelhas e em formato de caixão estalavam na superfície da mesa enquanto ela media Ariel de cima a baixo, e não parecia impressionada. Havia algo levemente irritado em suas narinas infladas e no sorriso forçado que ela ofereceu a Eric.

— Que desgarrada você trouxe para mim hoje? — perguntou Odelia, a voz lembrando veludo amassado.

— Apresento-lhe Melody Marín. A moça de quem eu te falei.

Ariel se perguntou o que, exatamente, ele dissera, mas se concentrou em Odelia para não ruborizar. Isto é, mais do que já tinha ruborizado.

— Certo — disse Odelia, com um reconhecimento desconfiado. — Sente-se.

Eric apertou o ombro de Ariel, confiante.

— Tenho que terminar de carregar as coisas, mas você está em boas mãos.

Retesou-se de nervoso quando Eric a deixou sozinha com Odelia. Ela se deu conta de que isso era real. Estava acontecendo mesmo. Pela primeira vez na vida, seu pai não tinha controle sobre ela. Não fazia ideia de onde ela estava. Relaxou no assento em frente à manager da turnê e tirou o boné. Abriu o zíper da mochila e tirou de lá o envelope de couro que continha seu dinheiro e documentos. Ela nunca se candidatara a um emprego e não sabia muito bem o que fazer. Devia entregar seu passaporte? Sua identidade?

— Não — disse Odelia.

Ariel congelou.

— Você não precisa do meu documento?

— N-a-o-til. — Odelia debruçou adiante, cravando as unhas na mesas. De perto, Ariel notou a pintinha igual à de Marilyn Monroe tatuada logo abaixo da maçã do rosto dela. — Não sei que tipo de joguinho você está fazendo...

— Não estou fazendo joguinho nenhum.

— Como é o seu nome?

Ariel não pôde evitar. Abaixou a cabeça, olhando para o próprio colo, e disse:

— Melody Marín.

Era a verdade. Del Mar sempre tinha sido uma variação de Marín, que o pai dela adaptara para os palcos antes mesmo de sair do Equador. Até o tio Iggy tinha adotado esse nome.

Odelia estreitou os olhos, como se pudesse desintegrar Ariel com aquele olhar.

— Você é igualzinha a ela. É a cara dos dois, na verdade.

O coração de Ariel saltou de ansiedade.

— A cara de quem?

Odelia ficou imóvel, como se surpresa por ela ter dito aquilo em voz alta.

— A cara dos seus pais. Não minta *pra mim*, Ariel del Mar. Eu sei *exatamente* quem você é.

Ariel del Mar.

Como essa mulher, que ela nunca tinha encontrado na vida, sabia quem Ariel era, quando ninguém mais tinha olhado duas vezes para ela? Por outro lado, estava tão cansada que mal podia se lembrar do caos da semana passada, quanto mais cada pessoa que havia conhecido. Além disso, seus pais tiveram o próprio momento sob os holofotes, mesmo que isso tivesse ocorrido quase quarenta anos antes.

— Quem é você? Como conheceu os meus pais?

Ao ouvir isso, Odelia desviou o olhar. Para lá das janelas com insulfilme, a banda ainda carregava caixas da casa para o ônibus.

— Não vem ao caso. O que vem ao caso é que você achou seu caminho para cá, para o meu ônibus de turnê. Eu não quero ter nada a ver com a sua família. *Especialmente* com o seu pai.

Ariel sacudiu a cabeça. Era como se bombas minúsculas estivessem explodindo ao seu redor. Será que essa mulher realmente tinha conhecido os pais dela? Teodoro del Mar enfurecera muita gente na sua época. Ele tinha um complexo de salvador, lutando contra executivos das redes de comunicação e sua gravadora antiga, até se tornar o homem no topo. O rei de seu próprio palácio. Ainda que esse palácio tenha sido construído por Ariel e suas irmãs.

— Eu também não quero ter nada a ver com meu pai — disse Ariel, sem fazer qualquer movimento para ir embora. — É por isso que estou aqui. É o motivo pelo qual eu tenho que fazer isso.

— Por quê? — A expressão séria dos lábios carnudos de Odelia fizeram Ariel entender por que Eric admirava tanto sua manager. Era como se ela pudesse enxergar através de mentiras e desculpas. — Eric parece achar que você é uma aspirante a compositora fugindo de uma situação ruim, quando a verdade é que você pode ter tudo e todos que quiser. Então por que uma princesinha mimada precisa se humilhar num ônibus de turismo depois de socializar pelo mundo inteiro num avião particular de 60 milhões de dólares?

Ariel se encolheu. Cada palavra de Odelia transbordava de raiva e ressentimento. O que sua família fizera contra ela? E por que Ariel nunca tinha ouvido falar disso?

— Meio rude — disse Ariel, frustrada e confusa. Bem, ela queria que as pessoas a tratassem como uma garota normal, e Odelia, definitivamente, não a tratava melhor por ela ser uma Del Mar. — Mas você tem razão. Eu podia entrar na turnê de alguma outra pop star. Exceto pelo fato de que, tirando minhas irmãs, eu não tenho amigos. Eu podia mexer uns pauzinhos e escrever uma música para qualquer selo que quisesse só para irritar meu pai, mas essa música seria esquartejada por uns seis produtores e executivos até ser lançada.

Odelia chacoalhou a cabeça, claramente insatisfeita com aquela resposta.

— Você espera que eu lamente por sua causa? Você é uma adulta. Brigue com a sua família quando quiser, mas me deixe... Deixe *Eric* fora disso.

Eric. Eric, de coração sonhador e sorriso encantador. Ela jamais o magoaria.

— Se você conhece mesmo o meu pai — disse Ariel —, sabe como ele é. Ele planejou minha vida inteira. A série *As Pequenas Sereias*. As Sete Sereias. Eu venho usando um disfarce desde que tinha dez anos. E agora ele quer que eu troque uma máscara por outra. Eu simplesmente não podia fazer isso. Não de novo. Ao longo dos últimos dias, percebi que não sei quem sou quando não estou no palco ou com a minha família. Só sei que amo música. Posso abrir mão de todas as coisas materiais em meu mundo, mas disso, não.

A raiva de Odelia murchou enquanto ela pousava uma unha sobre o queixo.

— Se você quer desplugar e buscar o autoconhecimento, por que não se joga na Europa para "comer, rezar e amar"? Não use aquele rapaz para consertar seja lá o que estiver quebrado aí.

— Eu *não o estou* usando — Ariel garantiu. Será que não estava? Ainda que não fosse por maldade, estava usando a tábua de salvação oferecida por Eric.

— Não, é? Então o que você vai fazer se eu te pedir para ir embora?

Ariel tinha que se preparar para essa possibilidade.

— Ainda assim, não irei para casa. Vou dar um jeito.

— Rapaz, eu pagaria um bom dinheiro para ver isso. — Odelia riu e depois apontou para o coração de Ariel. — Eu sei o que a sua família faz. Vocês arruínam vidas. Aquele rapaz passou pelo inferno, e pior, para lutar por sua carreira. Ele pode ser vaidoso, pode ser ingênuo, pode trazer o coração sempre aberto. Mas há um bom homem por baixo de todo aquele condicionador leave-in. Ele é leal e trabalha duro. Não vou permitir que você estrague essa chance dele. Nem a de qualquer uma das minhas meninas.

Ariel sorriu com tristeza.

— Você realmente gosta deles.

— Você sabe o que o sobrenome Garcia significa? — Sem esperar uma resposta, Odelia dobrou as mangas de sua camisa para revelar os braços cobertos por duas tatuagens iguais de cima a baixo: enguias ao estilo tradicional, cercadas por estrelas brilhantes... Uma constelação. — Significa "a ursa". Como a Ursa Maior. Então, sim, eu sou a mamãe ursa aqui, e esses são os meus filhotes.

Teodoro del Mar tinha o mesmo tipo de ferocidade. O mesmo instinto protetor. Mas seu amor era sufocante, exigente e rígido. Ariel engoliu as emoções desconhecidas que subiam por sua garganta.

— Eu juro. Não farei nada que possa magoá-lo. Somos amigos.

Odelia desviou o olhar.

— Eu já vi o que os Del Mar fazem com amigos.

— Não sei o que aconteceu entre você e meus pais — disse Ariel —, mas eu não sou o meu pai. Por favor. Eu sou boa com números. Meus tutores diziam que, se minha carreira na música não fosse para a frente, eu sempre poderia ser uma contadora.

— Segundo minha experiência, quando as pessoas são bem pagas, elas te dão todo tipo de elogio. — Odelia suspirou profundamente. Manteve os dedos indicador e médio esticados como se houvesse o fantasma de um cigarro ali. Ariel podia ver que ela estava amolecendo, só um pouquinho. — Você já teve algum emprego?

— Eu sou uma salva-vidas com certificação...

Ela arriscou um sorriso ao qual Odelia não correspondeu.

— Como se eu fosse confiar em você para me salvar numa piscina infantil. Então, basicamente, sua experiência é *nada*, com estágio em *coisa nenhuma*?

Ariel sabia que essa mulher estava dificultando a entrevista de propósito. Mas não tinha saído de casa porque seria fácil. Ela simplesmente teria que provar que não era parecida em nada com seu pai e daí descobrir o que, exatamente, seus pais tinham feito para causar uma reação tão visceral.

— Isso não é verdade. — Ariel não teve um emprego tradicional, mas os resultados de ter um "empaisário" significavam que ela tinha muita experiência. — Isso é uma turnê musical. Eu tenho quinze anos de experiência. Conheço cronogramas de turnê por dentro e por fora. E, antes que você diga, sei que minha experiência é diferente da de outras pessoas. Mas a vida na estrada é exaustiva. Miserável, às vezes. Esta é a primeira turnê nacional da banda? Eu transformarei em meu objetivo garantir que tudo corra com tranquilidade. E, pelo que Eric me contou, vocês tiveram uma onda de má sorte. Se e *quando* algo der errado, eu não serei mais uma pessoa surtando, porque já passei por tudo isso. — Ela relaxou na cadeira e se forçou a não desviar o olhar dos olhos de predador de Odelia. — Além do mais, eu sei que vocês vão partir daqui a, tipo, cinco minutos e seu tempo é mais bem aproveitado discutindo com diretores de palco, não vendendo merchandising, então eu sou tudo o que você tem à mão.

Ambas as mulheres não se mexeram. Parecia o concurso de encarada mais importante da vida de Ariel.

— Aproveitando-se de um momento de desespero — disse Odelia, impressionada. — Você é mais parecida com seus pais do que imagina.

Não era um elogio e só aguçou a curiosidade de Ariel. *Quem era essa mulher?*

Odelia folheou uma pilha de pastas.

— Teremos trinta e um shows, terminando no Aurora's Grocery no fim de julho. O salário é de setecentos por semana, mais uma diária de cinquenta dólares nos dias de apresentação.

Ariel nunca tivera que se preocupar com dinheiro antes e ficou envergonhada ao se dar conta de que não fazia ideia se esse salário era bom ou ruim. Mesmo antes de ela e suas irmãs pisarem nos palcos, quando moravam na casa pequena e apertada em Forest Hills, Queens, ela nunca sentira que lhe faltavam bens materiais. Isso era apenas temporário, até Sophia separar as contas das garotas das do pai, e ela finalmente estaria livre.

— Algum problema? — perguntou Odelia.

— Eu vi no anúncio da Gregslist que havia um bônus de contratação de última hora.

Mais uma vez, Ariel defendeu sua posição.

Odelia sorriu.

— Isso tem mesmo.

— Então, eu aceito.

Ariel sufocou o impulso de erguer o punho no ar. É melhor celebrar algumas vitórias em particular.

— Bem-vinda à turnê — disse Odelia, pegando os papéis que Ariel precisaria preencher. — Aqui está o contrato para entrar na equipe e um cheque no valor do bônus. Tenho certeza de que você está familiarizada com acordos de confidencialidade. Preciso da sua identidade.

— Espere — disse Ariel, o coração martelando. — Eu tenho duas condições.

— Ah, tem, é?

— Eu preciso receber em dinheiro. Todas as nossas contas estão sob o nome do meu pai.

Ariel não pôde sustentar o escrutínio de Odelia ao admitir isso.

A manager lambeu o dente canino. Pareceu querer dizer alguma coisa, mas só chacoalhou a cabeça e seguiu adiante.

— E você não quer que ele te encontre. Eu quero ouvir essa segunda condição?

— Você não pode contar meu nome real para ninguém.

— Eu conto tudo para a minha filha — disse Odelia. Quando Ariel franziu a testa, ela acrescentou: — Vanessa G. Ela é minha assistente, mas está substituindo uma das bandas de abertura que precisou sair. Só que não é isso que te incomoda, né? Você não quer que Eric saiba.

— Eu vou contar para ele — disse Ariel. — Mas quero entender algumas coisas antes.

— Nesse caso, eu também tenho duas condições. Se eu sequer desconfiar que você está prejudicando essa banda ou a turnê, e eu me refiro ao mínimo detalhe que nos coloque em risco, vou te largar na beira da estrada sem olhar para trás. Estamos entendidas, *Melody*?

Ariel assentiu. No mínimo, tinham um trato. Ecoando o tom que Odelia usara antes, ela perguntou:

— *Eu* quero ouvir essa segunda condição?

— Eric está proibido pra você. — Odelia estendeu a mão, a tatuagem preta aparecendo em seus pulsos marrons. — Ele é autêntico. Essa turnê pode ser café pequeno pra você, mas, pra ele, para o resto da banda, essa é a grande chance. Eu posso sentir. Não importa o que ele diga a si mesmo, Eric tem uma queda por um rostinho bonito, e eu não vou deixar um crush passageiro e a sua busca por autoconhecimento estragarem tudo para ele. Estamos entendidas?

Esse era outro tipo de contrato. Um que não exigia tinta no papel. Exigia a palavra dela. E o que era ela se não podia nem cumprir com a própria palavra? Lembrou-se de como Eric a abraçara quando eles dançavam, algumas horas atrás. Ainda podia sentir o roçar dos dedos dele em sua cintura, nas maçãs do rosto. Era *só um crush*. Não era? Ela já tivera uma centena de crushes. Ariel superaria isso. Até Eric havia admitido que não namorava porque a música era o mais importante em sua vida, e Ariel não estava em posição de se abrir por completo para ele sem revelar tudo de si. Essa turnê, essa oportunidade, era uma corda bamba delicada, e ela precisava se manter atenta para conseguir chegar ao outro lado.

Esta era sua grande fuga de seu mundo antigo, sua chance de experimentar coisas novas por si mesma. Este era o seu momento, e ela ia aproveitá-lo.

Ariel apertou a mão de Odelia Garcia com toda a confiança que pôde reunir.

— Trato feito.

@ArielDelMarReal

4 milhões de likes | 92.468 comentários

Meus Sete Sortudos. Eu tenho muita coisa a explicar, mas primeiro devo a todos vocês um pedido de desculpas. Sei que muitos estavam empolgados para me ver no "Acorda! Nova York" e esperavam um grande anúncio. A verdade é que eu não estou pronta. Não estou pronta para o próximo estágio da minha vida. Talvez eu nunca estarei, mas, pela primeira vez, estou me afastando para entender algumas coisas. Isso não é uma despedida. Eu os verei de novo. Mas vocês não me verão.

Com amor,

Ariel <3

CAPÍTULO NOVE

ERIC
25 de junho
Filadélfia, Pensilvânia

Eric armazenou sua mala nas entranhas da Fera. Odelia conseguira um preço bom no aluguel do massivo ônibus de turnê verde-limão e laranja, já que ele não recebera uma nova demão de tinta depois que uma banda cover de rock dos anos 1970 o vendeu na primavera.

Por que a papelada de Melody estava demorando tanto? Parecia que as duas estavam lá dentro há horas! Pelo menos Odelia era detalhista, motivo pelo qual era a melhor em sua função.

Eric fechou a porta do compartimento de carga e espanou as mãos. Em seguida, era a hora de prender os instrumentos no trailer. Ele afivelou seu case de violão no suporte correspondente.

— Grim! Você precisa mesmo trazer o seu bandolim?

Quando levantou a cabeça, deu um pulo. Carly, Vanessa, Max e Grimsby o cercavam como leoas famintas.

— O que você acha que está fazendo? — exigiu saber Max.

— Guardando minhas coisas?

— Você contratou a menina do show? — perguntou Grimsby, bagunçando o cabelo platinado e repicado como fazia quando estava preocupada. — Além do mais, você está trazendo dezessete potes de pomada, então eu posso trazer meu bandolim, sim.

Eric deixou para lá. Estava exausto e empolgado. Dois sentimentos que não combinavam muito bem. Passara as poucas horas em que deveria estar dormindo lembrando e relembrando seus momentos com

Melody. Não tinha dúvidas de que a banda iria adorá-la. Como podiam não adorar? Claro, não esperava que ela fosse aparecer. Mas com ela aqui... Eric não sabia explicar, porém agora a turnê parecia completa.

— Eu sei o que vocês estão pensando.

Carly estreitou os olhos.

— Sabe, é?

Eric olhou de esguelha para a frente da Fera, onde o motorista fazia o que ele chamara de "ioga da estrada". Seja lá o que isso fosse. Encarou suas melhores amigas — e suas maiores críticas.

— Estávamos em apuros e eu resolvi um problema. Não é melhor ter alguém que já conhecemos do que um aleatório qualquer da Gregslist?

Vanessa apontou para o ônibus.

— Ela *é* uma aleatória!

— O que você sabe sobre ela? — perguntou Max.

— Sei que ela é uma de nós. Ela mandou o velho dela pastar e precisa desse emprego. E... — Eric se conteve para não dizer *ela é a mulher mais linda que eu já conheci*. — E ela sonha em ser uma compositora. Vocês não podem simplesmente confiar em mim? Eu tenho um bom radar para pessoas. Encontrei todos nós, não foi?

Vanessa, por sua vez, não parecia muito convencida.

— É, mas não era uma de nós que você queria pegar.

— Tem certeza?

Ele não queria, e eles sabiam disso. Mas ele odiava o fato de que ela estava certa.

Grimsby apontou para o ônibus.

— Odelia é a melhor para julgar caráter, então, se ela topar, sabemos que está tudo bem.

— Ou que estamos desesperados — acrescentou Max, sombria. Seus olhos castanhos, mal visíveis em meio à cortina da franja, deslizaram na direção dele. Ela murmurou: — Condenados.

— *Amaldí-suadôs* — completou Grimsby.

— Tenho certeza de que ela é ótima — disse Carly. — Mas estamos prestes a pegar a estrada para 33 shows em cinco semanas. Se você *Eric Reyesar* essa situação, vai fazer nossa turnê desandar.

Eric levantou um dedo.

— Desculpe, essa é a minha segunda língua, mas foi isso mesmo, você acabou de usar meu nome como verbo?

Grimsby mordeu a unha do indicador, arregalando os olhos cinzentos cheios de acusação.

— Você *Eric Reyesou* a babá do meu hamster.

— E nossa bartender preferida — acrescentou Carly. — Agora não podemos voltar ao Clayton's Saloon.

Max acenou para alguém atrás dele e disse:

— E a viúva Lopez, da casa ao lado.

Eric não podia acreditar nisso. Ele virou e acenou para um de seus antigos casinhos, que pegava o jornal em seu gramado vestindo nada além de um robe de seda. Ter seu passado jogado na cara desse jeito não era exatamente gostoso. Precisava que suas melhores amigas no mundo todo, sua família, acreditassem nele. Caso contrário, quem acreditaria?

— Isso faz mais de um ano.

— Encare, camarada — disse Max. — Você é um cafajeste. Um sem-vergonha. Um mulherengo que tem paixonites, e com frequência.

— Você está matando a poesia toda — resmungou Eric, esfregando as palmas das mãos no rosto. — Vivemos bem juntinhos e as paredes são praticamente de papel, mas vocês sabem que eu deixei isso tudo para trás. Não tem nada mais importante para mim do que nossa música.

— É o que você diz — zombou Vanessa. — Você é um romântico sentimental. Literalmente ama estar apaixonado. Você espera que a gente acredite que consegue manter as coisas no nível platônico com a sua garota dos sonhos logo ali?

— Estou de ressaca demais para isso. — Eric percebeu que tinha vestido a camiseta do avesso. Ele a retirou e corrigiu a situação. — Certo. Vamos tratar disso em termos que todas vocês compreendam.

Carly se animou.

— Uma aposta?

— Sou totalmente capaz de manter o controle sobre um simples crush. Um *crushzinho* inocente. — Mesmo enquanto dizia isso, sabia que não tinha nada de inocente no jeito como a abraçara na danceteria. — E se eu não mantiver... Se eu pisar na bola e ferrar com tudo durante a turnê... — Ele afastou as ondas indomadas do rosto. — Então eu deixo vocês me segurarem e rasparem minha cabeça.

As quatro ficaram imóveis, piscando. Cada um dos sorrisos delas foi comicamente demoníaco. Carly fez uma careta.

— Você deve curtir uns baratos esquisitíssimos.

— Cabelo cresce — Vanessa apontou.

— Já sei — disse Max, estalando os dedos enquanto uma ideia a fazia arregalar os olhos. — Se você *Eric Reyesar* a menina do merchand, vai ter que concordar em fazer uma cover de uma música das Sete Sereias no último show.

As garotas pareceram extasiadas com a ideia. Não é que ele odiasse uma das maiores sensações pop do mundo; simplesmente não entendia o apelo. Claro, quando criança, ele tivera crushes nelas. Havia se esgueirado para dentro de um estádio de futebol com os amigos para beber no estacionamento quando elas fizeram sua turnê pela América do Sul. Mas isso não queria dizer que gostasse de ouvir aquele pesadelo com excesso de sintetizadores, de saturação, de glitter. Ele tinha seus padrões. Não ia macular seu violão com uma das músicas delas.

— Fechou — concordou. — Mas se eu ganhar... E eu vou ganhar, porque tenho autocontrole... Daí eu escolho a nossa tatuagem de banda.

Ao longo dos anos, eles tinham feito um pacto de que *quando* uma de suas músicas entrasse nas paradas de sucesso e eles conseguissem um contrato vistoso com uma gravadora, todos eles, integrantes da banda, fariam uma tatuagem combinando. A arte era altamente disputada, então, se ele tivesse esse poder, a habilidade de escolher, poderia evitar, sobretudo, a ideia de Grimsby, que muito provavelmente envolveria um porquinho-da-índia.

Todos eles pareceram deliberar. Eric sorriu.

— Ah, vá! Se vocês têm tanta certeza de que vão ganhar, então não têm com o que se preocupar, certo? Eu é que deveria estar preocupado.

As portas do ônibus se abriram, e Melody desceu com Odelia logo atrás. A expressão no rosto da manager era contente, até mesmo divertida. A última vez que a vira daquele jeito foi quando ela demoliu todos eles na noite de pôquer.

Em seguida, ele focou em Melody. Ela empurrou os óculos novos para cima no nariz, e ele sentiu o coração tropeçar.

Droga.

Tinha que ser forte. Tinha que se comportar melhor. Eram cinco semanas na estrada. Ele podia ter uma amizade platônica com Melody e superar seu crush nesse ínterim. As colegas de banda lhe diziam com frequência que todas tinham superado a aparência dele depois de uma semana de convivência, o que ele começava a perceber que era mais um insulto do que uma afirmação sobre a força do elo entre eles.

Eric abriu um sorriso para as lindas, ridículas e enfurecedoras mulheres de sua vida, dizendo, entredentes:

— E então?

Cada uma sussurrou *fechado*, bem quando Melody e Odelia os alcançaram.

— Oi, gente — disse Melody, estendendo a mão para apertar a delas. — Eu me chamo Aaah... Melody.

— Aaah Melody? — repetiu Vanessa, e Carly fungou, rindo.

Eric sentiu a necessidade protetora de defender sua garota. A *garota do merchand.* Mas ela era uma integrante da equipe. Teria que encontrar seu equilíbrio com todos a bordo. Além do mais, ela parecia deixar a zombaria passar sem que a perturbasse.

— Desculpe, eu não dormi, já que Eric me manteve acordada a noite toda. — Melody pareceu entender o que havia sugerido quando todo mundo riu, e suas bochechas coraram tão vermelhas quanto o batom de Odelia. Até Eric ficou agitado, um calor se acumulando em seu peito enquanto imaginava aquilo. — Digo, ficamos acordados dançando, e havia uns brinquedos. Nos drinques! Tá, eu vou calar a boca agora.

— Enfim, estamos atrasados no cronograma — disse Odelia, batucando a caneta cravejada de pedras em sua prancheta. — Mas é uma viagem curta até a Filadélfia, e esse bando de corujas pode tirar sonecas. Não posso deixar meu vocalista com cara de quem acabou de voltar de uma farra em Las Vegas, né?

Ela pegou Eric pelo queixo e lhe deu um tapinha carinhoso na bochecha. Ele estava cansado, ou aquele tapinha pareceu mais um tabefe mesmo?

— Não se preocupe comigo. Eu tiro o meu soninho de beleza.

Max fungou, rindo.

— É, nós sabemos que você está cansado quando não posta sua selfie matinal.

— *Hola*, migles! Acordei assim — dizem Carly e Vanessa, engrossando a voz para imitar Eric.

Ele não falava daquele jeito, mas era homem suficiente para aguentar as provocações delas. O que não aguentava era a maneira como Melody mordeu o lábio para se impedir de tirar sarro dele. Ele quase beijara aquele lábio inferior. Horas antes, tinha sido fisicamente incapaz de se separar dela depois de ela cair com tudo em sua vida. Pensou nela no caminho de volta para casa e logo que acordou, pronto para que aquela noite tivesse sido apenas uma daquelas noites nova-iorquinas em que tudo é perfeito e possível até o sol nascer. Agora ela estava aqui. E ele não podia *Eric Reyesar* a dinâmica deles. Era um profissional. Eles podiam ser amigos... Não podiam?

— Vamos apresentar todo mundo — disse Eric, um pouco alto demais, acenando para chamar o motorista.

O cara se aproximou correndo de leve. Ele tinha um rosto redondo, cabelo curto e encaracolado e pele de um tom marrom médio. Uma corrente de carteira com uma criaturinha peluda pendia de seu bolso, e ele chamava a criaturinha de seu Pé Grande da sorte. Já tinha derramado café na camisa polo azul-clara.

— Apresentações — disse Odelia. — Pessoal, este aqui é Osvaldo Florian, o motorista do nosso ônibus de turnê.

— Podem me chamar de Oz — disse ele. Odelia estava para continuar, mas Oz a interrompeu e continuou falando. — E preferimos ser chamados de operadores de transporte de entretenimento agora, em vez de motoristas de ônibus. Vejamos... Eu tenho 26 anos. Essa é minha primeira turnê. Passei por todos os meus testes de licença na semana passada.

Ele cruzou os dedos para simbolizar boa sorte.

Carly levantou a cabeça na direção de Eric e lhe disse, sem voz: *amaldí-suadôs*. Ele desviou o olhar para não cair na risada.

Odelia assentiu, conciliatória, e abriu a boca para prosseguir. Seus olhos quase caíram da cara quando Oz, muito inocentemente, continuou falando enquanto alongava as coxas.

— Minhas criaturas imaginárias preferidas são o Pé Grande e o Monstro do Lago Ness. Eu amei muito o álbum de vocês, então isso é um ponto positivo. E sou alérgico a morangos, à maioria dos animais domesticados, a abacaxi e poeira.

— Obrigada, Oz — disse Odelia, mais alto do que o habitual, enquanto tentava conter sua irritação. — Seguindo adiante...

— Ah, e sou de Leão.

Odelia acenou com a prancheta e sorriu, como se estivesse a uma interrupção de explodir.

— Fico *feliz* por você estar conosco. Temo que este seja todo o tempo de que dispomos. Vocês conhecerão Melody depois. Regras do ônibus! Número um: nada de comida nas camas. Não queremos nenhuma infestação. Número dois: o banheiro não está disponível para uso. Se você precisar utilizar, avise Oz para podermos parar no posto de gasolina ou na parada mais próxima.

— Por que você olhou para mim quando disse isso? — resmungou Max, indignada.

Odelia ignorou a pergunta com um aceno dramático.

— Número três: limpeza. Ninguém aqui é sua empregada para ficar atrás de vocês limpando. Vocês manterão o ônibus e a si mesmos limpos ou vão descer na próxima parada da turnê.

— Por que olhou *para mim* quando disse isso? — indagou Eric, piscando para Melody. O sorriso dela compensava o suspiro exasperado de Odelia.

— Quatro: não temos equipe para carga e descarga, então todos colaboram. — Odelia conferiu o relógio estreito de ouro em seu pulso. — Cinco: embora vocês sejam todos adultos e possam fazer o que quiserem, eu preciso de exatamente sete horas de sono ou serei o pior pesadelo de vocês, então, por favor, mantenham as portas da cabine fechadas quando estiverem na sala da frente. E, por último, não é uma regra, mas uma... *Sugestão*. Nada de confraternizar no ônibus.

Mais uma vez, ela olhou para Eric, depois passou rapidamente seu olhar furtivo sobre Melody. Ele ficou muito orgulhoso de si mesmo por não morder a isca.

— Tirando isso... — A fachada entediada de Odelia caiu, dando lugar a um de seus raros sorrisos genuínos. — Estou muito orgulhosa de todos vocês. Não importa o que o mundo jogue para vocês, vocês tornam a se levantar. É isso o que os torna diferentes. Vamos fazer dessa uma turnê da qual jamais nos esqueceremos.

Com isso, Eric deu uma última olhada na pitoresca casinha azul deles e, então, entrou na Fera.

Conforme o ônibus chiava para fora de Nova Jersey, Odelia desfilava até a sala dos fundos, que tinha declarado como seu escritório. Grimsby sumiu para sua cama, já que preferia dormir durante o dia, como a vampira que era. Eric deveria ter se juntado a Carly, Max e Vanessa na sala da frente, mas queria ter certeza de que Melody estava bem instalada. Disse a si mesmo que teria feito isso por qualquer recém-chegado ao grupinho deles.

— Deixe eu ajudar com isso aí — disse ele, e ela sorriu enquanto Eric colocava a mochila no ombro. — Estou impressionado por você ter trazido tão pouca coisa.

— Eu meio que agarrei qualquer coisa que coubesse. Acho que, se eu esqueci de algo, então não precisava de verdade disso comigo.

Melody se enfiou no corredor apertado da área de dormir e pendurou a jaqueta jeans no espaço estreito que fazia as vezes de armário.

— Uau. Você já sabe se virar por aqui.

Ele precisara de várias tentativas para entender como funcionavam as travas dos armários na primeira vez em que embarcou no ônibus.

Será que ele tinha imaginado um traço de pânico nos olhos sonolentos dela?

— É intuitivo.

Quando ele ajustou a mochila dela, reparou numa cara fofinha espiando pelo zíper aberto. O tubarãozinho de pelúcia já estava metade para fora, então ele o ajudou a percorrer o resto do caminho.

— É da minha irmã — ela correu para se explicar, pegando o bichinho e o aninhando contra o peito. — Ela achou que seria bom eu ficar com o tubarão antiestresse dela.

— Acho que seria bom para todos nós — disse Eric. — Que bom que as suas irmãs te apoiam, mesmo se...

Ele deixou o resto da frase pendente. Sabia, mais do que muita gente, como era ter um pai que não acreditava no filho. Talvez esse fosse o motivo pelo qual se sentia tão protetor em relação a Melody. Porque queria poupá-la de tudo o que ele próprio havia passado.

— Obrigada.

Melody apertou o antebraço dele uma vez e, então, escolheu sua cama.

Doze camas, e a mulher por quem ele estava tentando não ter um crush escolhia, por um acaso, a cama de baixo na beliche bem do lado da dele. Ela não tinha como saber, já que o post-it com o nome dele tinha se soltado e se encontrava agora colado em seu sapato.

— Somos vizinhos — disse Eric, levantando o pé e soltando o quadradinho de papel com seus garranchos nele.

Melody colocou o cabelo atrás da orelha.

— Obrigada. De verdade. Você não faz ideia do quanto eu precisava disso.

Uma sensação espremeu o coração dele ao ouvir a suavidade nas palavras dela. Queria lhe oferecer conforto. Partir era assustador, mesmo se a situação dos dois fosse diferente. Mas não podia fazer isso, porque sabia que abraçar Melody outra vez não era a atitude mais inteligente a tomar. Não que algum dia ele tivesse, *de fato*, tomado a atitude mais inteligente no que dizia respeito a seu coração ridículo e traiçoeiro.

Queria dizer algo que se equiparasse ao sentimento que ela havia compartilhado, mas nada parecia adequado. *Nós é que deveríamos te agradecer* soava condescendente. *Por nada* não parecia o bastante. *Você ainda está pensando naquela música que dançamos?* era demais.

Ele, Eric Reyes, um sujeito que certa feita convenceu uma vencedora do Miss Universo a ir para casa com ele depois de ter entrado de penetra numa festa da indústria, tinha perdido completamente a pose.

— Vou deixar você descansar um pouco.

Ele estava mais animado do que normalmente estaria quando de ressaca, mas enfiou a mochila dela no pequeno compartimento ao lado da cama e recuou até sair do corredor.

Com a porta da cabine fechada, Eric se apoiou no painel de madeira plástica, esfregando o peito para se livrar da sensação de aperto. Um sorriso repuxava seus lábios, mas aí ele se deu conta de que a banda inteira e Vanessa também o observavam com o sorriso do gato que comeu o canário.

No mesmo instante, Eric se endireitou, como se tivesse sido flagrado fazendo algo errado, e forçou seu rosto numa expressão severa e desinteressada. Apanhou seu notebook. Era isto o que ele precisava fazer. Focar. Havia mil coisas para fazer. Deixas automáticas das luzes para aprimorar. Um website para atualizar. Como Odelia dissera, todo mundo tinha que colaborar. Essa turnê era o momento do ou vai ou racha para eles, e ele tinha que se manter com a mente firme.

Quando seu telefone apitou uma dúzia de vezes consecutivamente, ele levantou a cabeça para olhar para Max.

— Por que você está me mandando mensagens de texto?

— Ah, estou só te mandando minhas músicas preferidas das Sete Sereias.

Carly e Vanessa deram risadinhas, enquanto Oz aumentou o volume de um podcast falando sobre avistamentos de alienígenas.

Seriam duas longas horas até Filadélfia, então Eric abaixou a cabeça e mandou ver. Já tinha feito mais coisas com menos tempo de sono e trabalhou duro agora, sem parar, até as manobras hesitantes de Oz para estacionar chamarem sua atenção.

Aquele entusiasmo inebriante que sentia antes de uma apresentação tomou conta dele. Era isso o que Eric Reyes havia nascido para fazer. Reuniu sua banda e equipe, e todos saíram do ônibus em fila para o estacionamento dos funcionários da casa.

O Adam's Grove Music Hall era um armazém convertido na curva entre Chinatown e seções da Cidade Velha da Filadélfia. Enquanto Odelia falava com a equipe que atendia ao público, ele e a banda descarregavam o equipamento e ajudavam Melody com as caixas de merchandising. Eric se apresentou para a equipe dos bastidores. Conferiu três vezes as deixas das luzes, afinou o violão, confirmou com o manager de palco as mudanças no cenário.

Tudo estava perfeito. Distraído, ele puxava a pulseira com pingente, que não tinha tirado desde que Melody o colocara ali. Quando ela brotou em sua mente, afastou-se do palco, atravessou a pista vazia e foi até o saguão para se certificar de que ela estava bem instalada. Uma visita amistosa. De amigos.

A mesa de merchandising estava escondida ao lado das brilhantes barraquinhas de vendas. Melody remexia num estilete, virando-o para lá e para cá. Mais uma vez, teve o ímpeto de ajudá-la, seu corpo todo alarmado ao pensar que ela ia cortar as mãos, mas daí ela entendeu como a ferramenta funcionava. Quando notou a presença dele e sorriu, seu rosto todo se iluminou. Apenas por um instante. E, então, ela se ocupou arrumando os contêineres plásticos de pins esmaltados e adesivos da banda.

— Você acredita nas bandas que já tocaram aqui? — perguntou Eric, inclinando a cabeça bem para trás para ter uma visão melhor do saguão cavernoso. Cartazes de alguns dos maiores nomes da indústria estavam emoldurados e chumbados pelas paredes.

— É incrível — disse ela. — Uma acústica ótima. Digo, provavelmente, pelo tamanho.

Do outro lado do saguão, Max tirava uma foto com o cartaz das Sete Sereias, depois se arrastava para os bastidores. Membros da equipe faziam a limpeza, montando os caixas. Cada pedacinho daquilo era uma canção, uma sinfonia de mundanidade. O estalo dos walkie-talkies dos seguranças, a risada cortante dos atendentes nos banheiros, os bartenders entrando para trabalhar. Eric adorava isso.

— Eu tenho tudo sob controle — Melody garantiu, pressionando botões aleatórios no tablet que servia como ponto de venda, como se estivesse evitando olhar diretamente nos olhos dele. Acelerando sua saída.

Ele não teve muito tempo para se preocupar, pois Vanessa já corria para ele, as pontas roxas de seu rabo de cavalo preto-azeviche balançando para acompanhá-la. Havia algo rígido nela, uma tensão incomum em seus lábios e na testa.

— O apoio direto ainda não chegou.

Eric sabia que a segunda banda de abertura estava atrasada.

— Louie, do Le Poisson Bleu, postou no Pixagram deles que estão presos no tráfego, mas estão por perto — ele a tranquilizou. — Quer fazer a passagem de som primeiro?

Vanessa soltou um gemidinho e assentiu. Ela estava *nervosa*? A bem da verdade, essa era a primeira vez que ela se apresentaria para uma plateia real, mas ele nunca a vira agir assim antes. Vanessa era feita de aço, como a mãe dela.

— Bem, seu notebook fica travando, apesar do fato de que estava funcionando bem até dois segundos atrás.

Eric assentiu lentamente, analisando a situação. Não era ideal, mas não era nada digno de um surto.

— Tá tudo bem, eu conferi o backup. Você tá bem?

— O que te faz pensar que eu não estaria? — disparou ela.

Eric sabia que era melhor não responder.

— Tanto faz, eu tenho que ensaiar.

Ela girou sobre os saltos pretos e pontudos, e se afastou, marchando.

Ele se virou para Melody, que rapidamente arrumou as camisetas nas araras de arame.

— Quer assistir ao ensaio da Van? Ela...

— Ela está voltando.

Melody apontou para Vanessa.

— Eu não consigo — anunciou sua artista de abertura, passando por ele com tudo e saindo pelas portas duplas.

Eric levou um segundo para entender o que estava acontecendo. Olhou em torno procurando Odelia, mas ela não estava no saguão. Será que tinha conseguido perder as duas bandas de abertura em menos de 48 horas?

Amaldí-suadôs — a palavra veio, indesejada.

Não. Não colocaria nenhuma fé numa superstição besta.

— *Eric* — Melody falou o nome dele como se estivesse se repetindo. — Nós vamos buscá-la.

Juntos, ambos saíram pelas portas duplas e seguiram por um longo corredor, que se abria em duas direções.

Melody gesticulou para a direita.

— Por aqui.

Ele estava preocupado demais com Vanessa para se perguntar como ela podia saber disso. Mas Melody estava certa. Andando de um lado para o outro diante de um elevador de carga, Vanessa olhou de relance na direção do guincho que os tênis de Melody fizeram contra o linóleo do piso.

— Van, vamos conversar — disse Eric.

— Não. Apenas diga para a minha mãe que eu não consigo.

Ela abriu o portão de metal e entrou no elevador. As dobradiças de ferro gemeram.

— É só nervosismo — implorou ele. — Todos nós sentimos isso.

— Eu preciso tomar um ar.

Ela chacoalhou a cabeça e apertou botões no painel. A coisa toda tentou se fechar, estertorando, e Eric pressionou o corpo contra a porta em movimento.

— Tem ar lá fora — sugeriu Melody.

Vanessa não respondeu.

Eric praguejou. Ele precisava segui-la. Empurrou até entrar. Melody se esgueirou atrás dele quando metal se chocou contra metal. Foi só aí que Eric reparou no aviso preso entre os portões deslizantes enquanto o elevador subia, estremecia e finalmente emitia um ruído triturado até parar.

ELEVADOR COM DEFEITO.

Para divulgação imediata: A Desafortunados inicia sua primeira turnê nacional em 25 de junho. Combinando rock clássico, pop punk e um aceno para as origens pop latinas do vocalista, a Desafortunados desafia categorizações. O álbum autointitulado segue o inesperado sucesso indie de "Love Me Again" e "Gray Skies Over Montana". A banda francesa Le Poisson Bleu deve abrir as apresentações, ao lado de Vanessa G., estreando na cena.

No Pixagram da banda, o vocalista Eric Reyes escreveu: "Não consigo acreditar que isso está acontecendo. Da Colômbia para o mundo, bebê! Vejo vocês na estrada".

A trupe foi reunida na cidade de Nova York. Odelia Garcia, a manager, diz que "Músicos precisam mostrar do que são capazes. Então venham e confiram. Vocês não vão se decepcionar".

Os ingressos já estão à venda.

- 25/06 • Filadélfia, PA • Adam's Grove Music Hall
- 26/06 • Baltimore, MD • The Intrepid Live
- 27/06 • Asheville, NC • River Valley Club
- 28/06 • Nashville, TN • The Nashville Bowl
- 29/06 • Atlanta, GA • Revel Nightclub
- 30/06 • Savannah, GA • Gator Music & Grill
- 01/07 • Jacksonville, FL • The Fountain Club
- 02/07 • Orlando, FL • House of Blues
- 04/07 • Miami, FL • Jesse's Live
- 05/07 • Nova Orleans, LA • The Road House
- 06/07 • Dallas, TX • Linda Belle Blues
- 07/07 • Austin, TX • Vanguard Hall
- 09/07 • Albuquerque, NM • First Contact Live
- 10/07 • Tucson, AZ • The Return of Saturn

11/07 • San Diego, CA • Rodgers Theater

12/07 • Los Angeles, CA • The Walter Estate Theater

15/07 • Las Vegas, NV • Vegas Bowl

16/07 • Portland, OR • Howling Rock

17/07 • Seattle, WA • Seattle Rock Live

18/07 • Missoula, MT • The Norma

19/07 • Salt Lake City, UT • The Canyon

20/07 • Denver, CO • Alpine Cavern

21/07 • Tulsa, OK • River Styx Crossing

23/07 • Manhattan, KS • The Little Apple Music Hall

24/07 • St. Cloud, MN • Cloud Nine

25/07 • Chicago, IL • House of Blues

26/07 • Cleveland, OH • Tenderloin Tavern

27/07 • Rochester, NY • River Run Works

28/07 • Burlington, VT • The Barn

30/07 • Boston, MA • Hunter's

31/07 • Nova York, NY • Aurora's Grocery

CAPÍTULO DEZ

ARIEL
25 de junho
Filadélfia, Pensilvânia

Ariel não tinha medo de muita coisa. Claro, assistia a filmes de terror por entre os vãos dos dedos e temia cair numa das grades da calçada da cidade, mas perder mais alguém da família era a única coisa que realmente a apavorava.

Até hoje, quando ficar presa num elevador de carga com defeito que provavelmente não era inspecionado desde a construção do armazém subiu voando para o topo da lista.

Enquanto Vanessa se agarrava ao portão de ferro e o sacudia, Ariel apanhava o antigo telefone vermelho de emergência acima do painel dos botões. Ela o aninhou contra o peito.

— Está mudo.

Eric apertou o alarme, mas, se ele estava conectado a algum sistema, esse sistema não disparou. A única lâmpada no teto estava queimada. Ele respirou fundo, tirou o celular do bolso de trás e praguejou.

— Por favor, *por favorzinho*, me digam que uma de vocês tem sinal.
— Meu telefone ficou no estande — disse Ariel.

Vanessa levantou sua tela acesa. Sem sinal.

Por um momento, os três ficaram se encarando. Não tinham avisado a ninguém para onde tinham ido e estavam escondidos numa parte antiga do edifício. Ninguém precisava mencionar que o show estava para começar muito em breve.

Vanessa soltou uma fieira de xingamentos que deveria ser audível até do espaço sideral, depois escorregou para o piso, sentando sobre os calcanhares.

— Alguém virá atrás de nós.

Eric apertou a ponte do nariz.

— Ninguém nos viu saindo.

Foi aí que Ariel se deu conta de que estava espremendo as mãos em punhos, esperando que ele gritasse e ficasse aborrecido. Percebeu que ainda não o vira aborrecido, mas, em contrapartida, eles só se conheciam há um dia. Por que ela esperava que ele fosse esmagar alguma coisa, ou pior, jogar a culpa pela situação nela ou em Vanessa? Imagens de seu pai lampejaram diante de seus olhos. As oscilações de humor dele, que pareciam os vários estágios de um furacão — o vendaval uivando, a imobilidade no centro, os mares turbulentos.

Em vez disso, Eric bateu palmas e uma nova expressão determinada raiou em seus olhos.

— Certo. Nós vamos sair daqui. Não esquentem. Vou passar pelo alçapão no teto e escalar até o próximo andar para conseguir ajuda.

Ariel não achou que aquilo fosse funcionar do jeito que Eric imaginava, mas ele estava tão confiante e se empenhando tanto para permanecer calmo por elas que não quis acabar com suas esperanças.

Ele levantou as mãos na direção da parede.

— Vanessa, faz escadinha pra mim?

— Não deixe isso subir à sua cabeça, mas você tem noventa quilos de puro músculo — disse Vanessa, colocando-se de pé outra vez. — Poupe-me desse cavalheirismo de merda e faça *você* escadinha pra mim!

Eric apontou para o teto.

— Se você acha que eu não estou deixando você subir ali por causa de cavalheirismo, subestima imensamente o quanto eu tenho medo da sua mãe.

Enquanto eles discutiam, Ariel segurou a grade. O elevador era como uma imensa gaiola de metal. Ela ficou grata pelos anos de musculação e ioga que a deixaram forte o bastante para dançar por três horas direto sobre botas plataforma sem se cansar. Não tinha imaginado que o treinamento seria útil para se agarrar às laterais de um elevador de carga, mas tanto melhor.

Eric e Vanessa finalmente repararam nela e gritaram para que descesse.

— Eu dou conta — ela garantiu a eles, subindo até as barras no teto e enfiando a ponta do tênis num vão para firmar seu ponto de apoio.

Ferrugem se soltou em flocos quando ela agarrou a maçaneta que marcava o alçapão do teto. Chacoalhou a maçaneta, mas estava presa.

— Agora, *isso, sim*, é impressionante — murmurou Vanessa.

Quando o elevador emitiu um grunhido dos bons, Eric cantarolou, cheio de nervosismo.

— Está travado de ferrugem. Melody, desça daí.

— Só mais um pouquinho.

Ela precisava mudar o jeito como segurava a maçaneta, mas, na tentativa seguinte, algo afiado espetou o centro da palma de sua mão. A dor a atravessou, e Ariel, por instinto, soltou.

Ela sabia como cair quando isso acontecia no palco ou durante a filmagem de algum vídeo, mas aquele tipo de queda era diferente. Estava preparada para elas. Não estava preparada, contudo, para o que fazer quando Eric a pegou.

Ele soltou um *uffs* enquanto seus braços se apertavam ao redor dos quadris dela, logo abaixo da curva de seu traseiro. A posição de ambos deixava pouco espaço para o que o pai dela chamava de *el Espíritu Santo*. Ela sentia o nariz dele em seu umbigo, preso na barra de sua camiseta. Ela e Eric oscilaram enquanto ele mantinha ambos de pé, e ela se agarrou aos ombros dele em busca de equilíbrio. Colocando-a no chão com cuidado, ele manteve a mão firme na parte de trás da cintura dela, cada centímetro do corpo de Ariel roçando contra o dele até que seus pés estivessem firmemente plantados no piso de metal corrugado.

— Você tá bem? — ele perguntou, imediatamente pegando a mão dela para examinar o ferimento.

Durante aqueles dez segundos, Ariel se esquecera da dor. Sangue se acumulava em torno de um corte minúsculo. Ela endireitou a camisa e tentou não ofegar. Mesmo sob a luz fraca, será que estava imaginando o rubor no rosto dele?

— Isso não é nada. — Ela fechou o punho. — Eu tive uma fratura espiral quando tinha quinze anos.

— É, bom, você não precisa tomar uma vacina antitetânica para uma fratura espiral. Você precisa de um curativo.

Eric cavoucou no bolso em busca de um curativo, mas voltou com as mãos vazias, assim como Vanessa.

Ariel acabava de desejar estar com sua bolsinha quando Eric rasgou a camiseta nas costuras e arrancou uma faixa comprida que deixou à mostra seu caminho da felicidade. Como alguém podia parecer ridículo e extremamente gostoso ao mesmo tempo? Ela decidiu encarar o rosto dele em vez de seu abdômen exposto e se focar no vinco de concentração entre as sobrancelhas dele e na franja espessa de seus cílios, que piscavam enquanto tratava gentilmente do ferimento dela.

— Prontinho — anunciou ele, orgulhoso.

O sangue ainda ensopava a bandagem improvisada, mas a pressão amorteceu a dor.

— Eu te devo uma camisa nova.

— Talvez eu lance uma tendência.

Ele riu, ainda aninhando a mão machucada dela na sua. E, por um instante, Ariel teve aquela sensação de novo. Acontecera quando eles estavam na pizzaria, na ponte, dançando. Como se eles fossem as duas únicas pessoas no local. No mundo todo.

Obviamente, não eram. Vanessa fez um ruído de que ia vomitar.

— Ai, meu Deus. — Ela agarrou o portão e chacoalhou com força, gritando por ajuda. — Tirem-me daqui, antes que esses dois comecem a...

— *Vanessa!* — Eric avisou.

Ariel sentiu uma pontada de ansiedade, lembrando-se de seu acordo com Odelia. *Eric está proibido pra você.* A turnê mal tinha começado e ela já abandonara seu posto e ficara presa num elevador com dois dos astros. Ainda que não fosse culpa sua, ela era culpada por associação. Colocou a distância de um braço entre Eric e ela mesma, o que a deixou de costas contra uma das paredes do elevador.

— Talvez se todos nós gritarmos, faremos barulho suficiente para alguém ouvir...

Eles tinham esgotado suas opções. Gritaram e gritaram até a voz rachar. Até o elevador grunhir precariamente e eles escorregarem em três poças humanas contra as paredes metálicas. Decidiram se revezar usando a lanterna dos celulares para que as baterias não acabassem ao mesmo tempo.

Ariel parou de olhar para seu relógio depois dos primeiros vinte minutos. Em seguida, a risada grave de Eric vibrou na escuridão.

— O que é tão engraçado? — perguntou Vanessa.

— Pelo menos aquela banda do peixe finalmente apareceu.

Os ecos suaves do Le Poisson Bleu fazendo sua passagem de som filtrou-se pelo armazém até o elevador encalhado. Eric bateu a nuca contra a parede e fechou os olhos. Nenhum deles precisava dizer: os portões se abririam em breve, e eles estavam completamente ferrados.

Ariel sabia muito bem a rapidez com que as coisas podiam dar errado numa turnê. Tinha vivido uma variedade delas: dançarinos com fratura nas pernas, um vírus estomacal devastando a equipe, alarmes de incêndio disparando no meio de uma música, aquela vez que ela teve laringite. Ficar presa num elevador era novidade, e ela odiava não poder fazer nada além de sentar e esperar.

— Não posso acreditar que isso esteja acontecendo. — Vanessa suspirou em seu canto. — No primeiro dia. Amaldiçoados.

Eric se debruçou, sentado no chão.

— Você não podia ter ido tomar um ar do lado de fora do térreo?

— Ninguém *pediu* para vocês me seguirem.

— Se você não quisesse que alguém te seguisse, não teria *anunciado* seu surto.

— Eu não surtei!

— E o que é isso aqui? — perguntou Eric, a voz severa, mas compreensiva. — É sério, Van. O que tá pegando?

Ariel observou enquanto a confiante Vanessa se recolhia para dentro de si mesma. Ela estava pronta. Tinha tirado um tempo para se aprontar cedo. Uma legging preta pintalgada com centenas de cristaizinhos brilhantes. Uma regata combinando, exibindo um decote na medida certa. Olhos bem desenhados com um delineador retinto e polvilhados com um roxo cintilante.

Naquele momento, Vanessa lembrava tanto Sophia que aquilo fez algo doer no coração de Ariel, com saudades da irmã. Por anos, Sophia teve ataques de pânico antes de se apresentar, quase sem exceções. Às vezes, nada que Ariel ou as irmãs fizessem ajudava. E então Teo del Mar surgia do nada e a relembrava com severidade do que estava em jogo ali, como ela era um modelo para as irmãs mais novas, como todos contavam com ela. Inevitavelmente, Sophia voltava ao palco.

— Minha irmã — disse Ariel, baixinho. — Ela tinha esses ataques de pânico antes de… sair em público. E, quando eu era pequena, pensava que ela superava porque queria ser corajosa por nós. Só que agora, quanto mais eu penso nisso, mais me pergunto se ela superava porque não queria decepcionar nosso pai. Tipo, não tinha a ver com a gente. Tinha a ver com a pressão que ele fazia sobre a gente.

— Minha mãe não é assim — disse Vanessa, numa rápida defesa de Odelia Garcia. — Mas eu não espero que *você* entenda.

— Eita, Van — alertou Eric. — Isso não é justo.

Pelo olhar que Vanessa lançou para ela, Ariel pôde perceber que ela sabia exatamente quem Ariel era. Claro, não esperava que Odelia fosse guardar segredo da própria filha por muito tempo. Talvez isso facilitasse se fazer entender pela outra cantora.

— Não, ela tem razão. — Ariel soltou uma risadinha autodepreciativa. — Eu não entendo. Mas sei como é sentir que você está a um passo de decepcionar todo mundo. Um passo de arruinar *tudo* o que seus pais trabalharam tanto para conseguir. Minhas irmãs e eu sentimos isso todos os dias. Nós só ficamos boas em ignorar essa sensação. Até eu ceder.

Mesmo nas sombras, Ariel podia *sentir* o olhar de Eric sobre ela. Estava grata por só conseguir ver a vaga silhueta dele, porque a compaixão em seus olhos seria demais.

— Minha mãe passou por tanta coisa — disse Vanessa. — Ela teve tantos empregos para garantir que eu tivesse tudo o que queria… Mesmo quando eu era uma idiota. Mesmo quando estava cansada, ela voltava para casa e me ajudava a cantar. Quando cantávamos, quando compúnhamos juntas, era fácil como respirar. Daí eu subi no palco essa noite. Abri a boca, e tudo soou errado. Eu desafinei na minha primeira nota.

— Você fez um aquecimento? — Ariel perguntou, com suavidade.

Vanessa franziu a testa e chacoalhou a cabeça.

— Não costumo fazer. Eu estava ocupada demais pensando que ia vomitar. Deus do céu, estou estragando tudo.

Eric estendeu a mão. Vanessa olhou teimosamente para ela, mas acabou aceitando.

— Você não estragou nada. Pensei que Max daria pra trás antes de você.

Vanessa riu, soltando o ar numa fungada.

— Vou contar pra ela que você disse isso.

— Tá, então eu espero que nunca encontrem a gente — disse Eric, obstinado.

Vanessa pousou a testa nos joelhos levantados.

— Lamento muito, Eric.

Ele ignorou a preocupação dela com um aceno.

— Sua mãe vai dar um jeito. Provavelmente vai dar um set mais longo para o Poisson. Ou talvez Oz abra o espetáculo com uma apresentação de slides de criaturas imaginárias e uma boa trilha sonora.

Vanessa caiu na risada, mas Ariel perguntou:

— Como é que você faz isso?

— Faço o quê? — perguntou ele, inclinando-se adiante de um jeito que fez suas ondas rebeldes caírem nos olhos.

Ariel gesticulou para a situação deles.

— Como se mantém tão calmo?

— Ah, eu estou tendo um piripaque — admitiu Eric. — Acho que as pessoas surtam de maneiras diferentes. Meu pai, por exemplo, batia portas e insultava todo mundo que estivesse na casa. Minha mãe surtava deixando de falar, mesmo quando deveria dizer alguma coisa.

— Não se deixe enganar — disse Vanessa. — O *Señor* Raio de Sol aqui tem um lado sombrio e melancólico que ele guarda para suas letras emo.

— Eu adoro as suas letras emo — desembuchou Ariel.

Eric sorriu para ela. A expressão no rosto dele a levou de volta para as horas da madrugada. A música, as luzes neon, os lábios dele tão próximos dos seus. O quanto a noite deles teria sido diferente se eles tivessem se beijado? Era uma trilha perigosa para seguir até o fim. Precisava mudar de assunto para que Eric parasse de fitá-la como se ela fosse uma estrela cadente para a qual ele pudesse fazer um pedido.

— Eu acho... — começou Ariel — que, já que Vanessa compartilhou algo assustador, nós devíamos fazer o mesmo.

Eric nem vacilou.

— Odelia, antes de tomar seu *cafecito* e comer seu *pan caliente*?

— Vou contar pra mamãe também.

Ariel deu um peteleco com as unhas nas tatuagens de rosas no bíceps dele.

— Você entendeu o que eu queria dizer.

Eric esfregou o ponto onde ela havia lhe tocado. Ariel podia senti-lo irradiando calor. Mesmo depois das sessões de carga e descarga, ele ainda cheirava a protetor solar e algo cítrico. Lutou contra o impulso de agarrá-lo pela camisa e literalmente farejá-lo. Em vez disso, pressionou o centro da palma da mão. A dor nítida da ferida a lembrou de que precisava manter sua libido sob controle.

— Bom, nesse caso... — Eric deslizou os dedos por suas ondas escuras. — Sabem o que *eu* pensei quando fiquei de pé naquele palco para nosso primeiro ensaio?

Ariel e Vanessa chacoalharam a cabeça.

Ele suspirou, como se essa confissão lhe custasse tudo, e disse:

— "Até parece que você vai lotar estádios".

— Oi? — perguntou Ariel, depois de um período de silêncio.

— Essas foram as palavras que meu pai me disse no dia em que deixei Medellín para vir para Miami. Nos últimos dez anos, eu ouvi essas palavras todos os dias. E, quando olho no espelho, porque, apesar de todos os pesares, essa aparência devastadoramente linda eu herdei dele...

A garganta de Ariel se apertou com tudo o que queria dizer para consolá-lo. Ela, uma garota que havia *de fato* lotado estádios e salas de espetáculos. O que podia dizer para ele sem soar condescendente, mesmo que Eric não soubesse da verdade? Colocou sua mão na dele, esfregando o polegar na pele macia ali. Disse a si mesma que estava apenas reconfortando um amigo. Repetiu esse pensamento quando Eric virou a mão para baixo, para que seus dedos pudessem se entrelaçar, e encontrou conforto na pressão do toque dele.

— Mas aí — disse ele, sem a soltar —, eu vou em frente mesmo assim. Subo no palco. Eu me lembro de que, ainda que o sangue do meu sangue não acredite em mim, tenho uma família de esquisitonas maravilhosas que acredita. Sou um cara simples. Isso é tudo de que eu preciso. Bem, isso e alguns fãs apaixonados.

Ariel sorriu muito com isso.

— E você? — perguntou-lhe Vanessa, um leve desafio em sua voz.

— Acho que filmes de terror estão fora de cogitação, né? — Ariel mordeu o lábio inferior. — Digo, eu fui isolada do mundo durante a vida toda. Em certos sentidos, meu pai me protegeu do pior.

Ariel tinha medo de que as pessoas a julgassem. De que seu pai tivesse razão e ela não fosse capaz de sobreviver no mundo real. De ser uma zé-ninguém, boba e mimada.

— Eu tenho medo...

O elevador sacudiu e, pelo segundo mais longo da vida de Ariel, eles caíram. Quando pararam num tranco, Eric agarrou o braço dela para impedir que caísse de lado.

— Estamos em movimento! — gritou Vanessa enquanto lentamente eles voltavam para o térreo.

A luz encheu os vãos no portão metálico quando um pé de cabra se enfiou ali. Vários conjuntos de mãos enluvadas arrombaram a porta com o som terrível de metal entortando.

Um grupo de bombeiros esperava do outro lado. Atrás deles estavam o gerente da casa, extremamente descontente, e Odelia, muito séria.

Ariel se desvencilhou de Eric e aceitou a mão que um dos bombeiros oferecia. Depois de agradecer profusamente à equipe de resgate, voltou-se para Odelia.

— Desculpe, desculpe *mesmo*.

A manager estufou o peito. Ariel se preparou para ser demitida. Ser mandada de volta para Nova York antes mesmo de começar seu primeiro turno. Mas a bronca não chegou. Odelia abriu os braços. Houve um milésimo de segundo em que Ariel pensou que elas fariam as pazes com um abraço. E então se deu conta de que os braços abertos eram para a filha dela. Um embaraço involuntário a percorreu.

— A culpa é minha — disse Vanessa, olhando para Ariel por cima do ombro da mãe, enquanto contava uma versão abreviada de como eles tinham acabado dentro daquele elevador. — Se eles não tivessem me seguido...

— Não vamos nos preocupar com isso agora — disse Odelia, tirando os cabelinhos esvoaçando no rosto de Vanessa.

— Desculpe — cochichou Vanessa.

Enquanto um paramédico limpava e cuidava de seu corte, Ariel observava a reação de Odelia. Esperava que a manager fosse surtar pelo fato de que Vanessa tinha dez minutos antes de precisar estar no palco, mas ela parecia focada apenas em se assegurar de que a filha estivesse a salvo. Ariel sufocou o desconforto que sentia. Teodoro del Mar teria mandado condenar a casa de shows, depois dado uma reprimenda severa em Ariel sobre responsabilidade e, então, relembrado a ela que havia centenas de pessoas trabalhando, pessoas que dependiam dela.

— Eu ouvi tudo. — Odelia olhou de relance para Ariel e Eric, dando uma risadinha sombria. — A acústica daqui realmente é ótima.

Vanessa chacoalhou a cabeça.

— Sei o que você vai dizer e eu quero fazer isso. Estou pronta.

— Não faça isso por mim, minha menina. Eu não quero que você sinta que *me deve* alguma coisa, nunca. Jamais. Mesmo que os seus sonhos e objetivos mudem, eu mudarei com você. Entende?

Vanessa anuiu e abraçou apertado a mãe.

— Eu sei. E tenho certeza.

Ariel desviou os olhos daquela exibição de afeto. Apertou seu colar e pensou na mãe enquanto o paramédico que a atendia terminava e guardava tudo.

— Odeio interromper um momento tão bonito — disse o gerente da casa, uma veia pulsando no centro de sua testa —, mas preciso que *alguém* suba naquele palco daqui a três minutos.

Ariel e os outros correram de volta pelo caminho por onde tinham vindo. Eric disparou um sorriso de desculpas na direção dela antes de se apressar para os bastidores para colocar o microfone e trocar de camisa. Ariel assistiu até a parte de trás daquele cabelo glorioso desaparecer. Tinha que se lembrar do que ele dissera naquelas confissões do elevador em ruínas. Os sonhos dele eram tão puros, e ele era tão talentoso... Ela tinha toda a intenção de cumprir o trato que fizera com Odelia, porém, até aquele momento, as consequências para Eric não pareciam reais. Sonhos eram coisas frágeis. Talvez mais até do que amor, esperança e felicidade. Precisava manter Eric à distância. Nada de olhares fofinhos e mãos se tocando, se ela pudesse evitar. Ainda que, no começo, doesse.

Quando deu meia-volta, encontrou Oz cuidando do merchandising, escondendo-se atrás da mesa enquanto uma longa fila de fãs ansiosas saltitava no lugar, impaciente. Ele podia muito bem estar segurando uma bandeira branca ali.

— Ai, que bom — disse ele, um soluço aliviado na voz. — Eu não consegui entender como o negócio funciona, e Odelia me mandou ficar até que te encontrassem, mas não sou pago o bastante pra isso aqui.

Ariel riu, e foi gostoso soltar toda aquela emoção acumulada. Ela lhe entregou uma nota de vinte dólares e disse:

— Daqui por diante, pode deixar comigo. Por que não vai buscar uns petiscos e bebidas para nós?

Outro tipo de adrenalina a empurrava quando abriu a mesa de merchand e começou a atender pedidos. Havia uma energia brilhante emanada pelos fãs de música, e ela adorava aquilo. O jeito como elas amassavam as mãos em punhos e transbordavam de felicidade por estar perto de seus cantores preferidos. Ela retirou camisetas das amostras. Esgotou os pins esmaltados na primeira meia hora. Pediu a Oz para abrir outra caixa de bonés de beisebol.

Quando a fila terminou, Ariel se deu conta do quanto o tempo tinha passado depressa. O set de Vanessa estava quase no fim. Ela vinha assistindo ao vídeo numa tela plana atrás do bar vizinho. A luz púrpura na frente lavava o palco, onde Vanessa G estava sentada num banco de madeira sem nada além de seu violão preto e um microfone. Seu soprano suave enchia cada canto da casa.

— Você tem alguma coisa dessa cantora? — perguntou o último cliente da fila, uma garota bonita com um halo de cachos ruivos.

— Ainda não. — Ariel sorriu e empacotou a camiseta e os adesivos holográficos da fã. — Mas você pode segui-la no Pixagram para atualizações!

Odelia deu a volta no estande, as sobrancelhas destacadas quase tocando a linha do cabelo. Deu uma risada rouca. Será que ela estava *impressionada*?

— Como foi estar do outro lado?

— Esquisito — respondeu Ariel, honestamente, sentindo que Odelia farejaria qualquer coisa que não a verdade. — E bom. É como se eu fosse invisível.

— É isso o que você quer? Ser invisível?

Ela pensou a respeito por um instante.

— Não exatamente. Mas, considerando-se que eu nunca fui capaz nem de caminhar num parque sem paparazzi e desconhecidos me seguindo, é um alívio.

— Hum. — Odelia se remexeu, desconfortável. — Melody, eu queria te agradecer. Pelo que você disse a Vanessa. — O sorriso de Ariel era triste. — Quando você disse para ela que não precisava subir ao palco... Estava falando sério?

— Eu não falo à toa. — Ariel não sabia se ria, se chorava ou ambos. — Meu pai jamais diria aquilo. Eu entendo como você se sente sobre ele. Não tenho muitos adultos com quem comparar.

A atitude cortante de Odelia se suavizou.

— Bem, nós somos pessoas diferentes.

— Vai me contar o que aconteceu entre você e meus pais? — indagou Ariel.

— É melhor deixar algumas histórias no passado. — Odelia apontou uma unha vermelha e comprida para o "caixa". — Não se esqueça de colocar aqueles recibos na bolsa. E talvez vista uma das camisetas, assim as outras meninas podem ver como fica em você. Aqui, coma. Você não almoçou, e pipoca não é uma refeição.

Odelia deixou uma barra de proteína na mesa e saiu desfilando para conversar com o gerente da casa, sem dizer mais nada.

A pós o show, depois que as bandas assinaram autógrafos e tiraram fotos com os fãs, após carregarem o ônibus e tomarem banho na casa de shows, Ariel voltou para o ônibus vestindo seu pijama para a curta viagem até Baltimore.

Eric desaparecera na sala dos fundos para conversar com Odelia. As outras ainda estavam elétricas por causa da apresentação e tocavam música a todo volume, enquanto se esparramavam pelos sofás. Ariel afastou a cortina para sua cama e começou a se instalar para poder escrever em seu caderninho e fechar a noite.

— Está cedo, Melody — chamou Vanessa. — Vem ficar com a gente.

— Sério? — Ela não pretendia soar tão entusiasmada.

— Sério, sim.

Vanessa revirou os olhos e apontou para o sofá desocupado na frente do dela e de Carly. Como ela conseguia soar tão irritada, mesmo quando estava sendo simpática?

Max estava com as baquetas nas mãos, batucando na beira da mesa como se ainda estivesse no palco. Carly espalhava hidratante com perfume de lavanda em sua pele marrom e macia. Grimsby escovava os dentes com a porta do banheiro aberta, e Oz colocava o ônibus em movimento.

Ariel se sentou, pousando o caderninho em seu colo.

— O que você tem aí? — perguntou Max, apontando uma baqueta para ela.

— Ah... — Ariel juntou o cabelo num coque frouxo e desleixado. — Sabe como é. Querido diário, hoje eu fiquei presa num elevador e tive que mandar uma mensagem de texto pra minha irmã mais velha para ver se minha antitetânica está em dia.

Todas elas riram, e Vanessa tornou a dizer:

— *Desculpa!*
— Um presentinho antes de eu ir embora.

Ariel passou a palma da mão sobre o caderninho preto e simples.

— Eric disse que você quer ser compositora — resmungou Grimsby, com a boca cheia de pasta de dente, saindo do banheiro estreito. Os alojamentos eram apertados, mas lidar com espaço limitado era algo familiar para Ariel, como estar no camarim de Sophia depois de um show.

— Neste momento, é só uma lista de coisas que eu quero fazer enquanto estou na estrada — disse Ariel.

Carly jogou sua loção para Vanessa, que tirou seus vários anéis prateados e os entregou para a guitarrista solo da banda guardar. Talvez elas pensassem que ninguém estava olhando, mas Ariel flagrou um momento em que os olhares das duas se cruzaram e elas compartilharam um sorriso muito particular.

Carly notou Ariel observando e desviou o assunto.

— Eric também disse que você estava numa seita e que fugiu de lá.

Como se o tivessem invocado, a porta da cabine se abriu deslizando, e Eric Reyes entrou na sala da frente.

— *Eu não falei isso* — disse ele, na defensiva.

Ariel não ligava. Estava ocupada demais o encarando. Ela piscou rapidamente e tentou convencer seu corpo a parar de reagir tanto toda vez que ele chegava perto, porque, mesmo quando a aparência dele era ridícula, era também perfeita.

Eric vestia apenas um robe de seda vermelho com estampa de oncinha. A barra mal chegava ao meio das coxas musculosas. Pelos escuros se espalhavam por suas pernas compridas e poderosas. Seus cabelos ainda estavam levemente úmidos. Ele deu uma volta completa, bem devagar, para que as garotas pudessem ver cada ângulo seu. A curva de seu *derrière* firme, as panturrilhas de jogador de futebol, o V de seu peito exposto pela seda fina.

Max assoviou e ele deu um aceno, convidando mais provocações.

— Mas de que banda farofa dos anos 1980 você tirou isso? — Carly mal conseguiu perguntar, uma vez que ria tanto que Vanessa precisou segurá-la para impedir que caísse do sofá.

Vanessa também não se aguentou e as duas tombaram, gargalhando.

— Isso é o robe da minha mãe?

— Tá, talvez eu tenha esquecido meu pijama em casa, e Odelia disse que não queria me ver seminu logo cedo.

Grimsby, com os dentes recém-escovados, juntou-se a Max na mesa.

— Não é como se não tivéssemos visto você andando pela casa pela...

— *Além disso* — Eric disse para Ariel, incisivamente —, eu não falei que era uma seita. Falei que era *como* uma seita.

— Não tem problema, juro — Ariel disse para todos na sala. Vários pretensos jornalistas já tinham se referido ao fandom e à família dela assim. Ela podia muito bem usar isso. — Lembra mesmo uma seita.

— Tipo o quê? — indagou Max, fascinada. — Estamos falando de algum culto de virgindade? Ah! Seita do Juízo Final? Não, espera... Extraterrestres!

Do banco do motorista, Oz gritou:

— Eu já estive num acampamento de verão que venerava abelhas.

Grimsby assentiu daquele seu jeito lento feito bicho-preguiça.

— Eu vicejaria numa seita vampírica.

— Nenhuma das respostas acima — disse Ariel, deliciada com a diversão e o afeto deles. — Era mais como se meu pai tivesse escrito o manual dos pais superprotetores. Nós fomos muito resguardadas. Tem algumas coisas que eu só fui fazer quando tinha, bem... Hoje.

— E então, o que tem na sua lista? — perguntou Vanessa, depois voltou a rir. — Desculpe, é só que... Ai, meu Deus, Eric, senta, eu não aguento olhar pra você no robe da minha mãe!

O único lugar vago no ônibus era ao lado de Ariel. Eric olhou para o lugar, depois para ela, que se espremeu no canto para abrir espaço para ele. Bem quando tinha passado um minuto inteiro sem olhar para Eric, lá estava ele, totalmente no espaço dela. O calor que irradiava de seu corpo coladinho no dela. O cheiro nítido de sabonete e eucalipto inundava seus sentidos. Eric agarrou uma almofada e a colocou no colo, onde a seda vermelha tinha subido. Ariel sentiu o impulso de se recostar na lateral do corpo dele, no vão entre seu ombro e o pescoço, onde havia suspirado até deixar para trás seus problemas quando eles dançaram.

— Desculpe, Melody — disse Vanessa, enxugando lágrimas de riso dos cantos dos olhos. — O que está na lista?

— Porque não há limites para desejos sexuais — acrescentou Carly.

— Sem desejos sexuais — disse Ariel, incisiva. Por que as pessoas sempre iam para esse lado? — Eu sou resguardada, não inocente.

Ela sentiu Eric se retesar a seu lado e precisou de cada grama de seu autocontrole para não olhar para ele. Por sorte, o som deliciado de gritinhos e assovios das garotas foi uma boa distração.

— O que tem, então? — perguntou Carly, genuinamente curiosa.

— Coisas pequenas. Coisas normais que não dá para fazer com um pai rigoroso que nunca te deixa sair de casa.

Ou com mil pessoas acampadas do lado de fora do trailer ou do aeroporto. Ariel visitara um hospital certa vez, e alguns paparazzi feriram a si mesmos de propósito para poder entrar no PS. Os únicos lugares seguros eram a cobertura ou o estúdio. A cada evento e saída, ela era acompanhada de uma equipe de segurança. Cada momento espontâneo tinha que ser roubado. E era isso o que ela estava fazendo. Roubando sua vida de volta, num milhão de momentos. Era difícil explicar para a maioria das pessoas, às vezes até para algumas de suas irmãs, tudo o que ela nunca vivenciara sem ser em séries de TV ou filmes. Todas elas já eram mais velhas quando as Del Mar ficaram famosas. Com os novos amigos ouvindo, Ariel finalmente tinha essa oportunidade.

— Eu nunca andei de trem até a última parada — disse Ariel. — Nunca me perdi na cidade. Nunca atravessei a Ponte do Brooklyn com um desconhecido — disse ela, girando a caneta com os dedos médio e indicador.

Nisso, olhou para Eric e descobriu que ele já a estava encarando. Olhos castanhos e meigos... então *era isso* que as pessoas queriam dizer quando falavam que os olhos faiscavam. Ela tinha cantado músicas a respeito, mas nunca vira isso nos garotos com quem já saiu. Isso porque Eric Reyes não era um daqueles garotos. Ele era um homem e tudo o que ela jamais imaginara que podia querer.

— Pelo menos esse você já pode riscar da lista — ele cochichou para ela.

E ela riscou. Folheou as primeiras páginas de sua lista crescente. Anotou a frase e, em seguida, riscou-a.

— Ah, então você quer fazer coisas que vão te fazer aparecer nos créditos de abertura da série *Lei & Ordem* — provocou Max, afastando a franja com a baqueta.

Ariel soltou o ar numa risada, depois corou.

— Tenho outras. Sair estrada afora. Ficar sentada num café. Passear numa loja de livros usados. Andar de bicicleta. Dirigir...

— Você nunca andou de bicicleta?

Ariel franziu o nariz com a lembrança. Quando as Sete Sereias filmaram o videoclipe de "Our Perfect Summer", todas as irmãs teriam que andar de bicicleta na praia, mas só as três mais velhas sabiam. O pai delas mudou o cenário inteiro para um estúdio e fez a produção montar bicicletas ergométricas na frente de uma tela verde.

— Não exatamente — confessou, animada pelo interesse encorajador deles. — Mas, enfim, são só coisas entediantes, comuns.

— Não é entediante — disse Eric, a voz baixa e adoravelmente sonolenta.

— Bom, não se preocupe — disse Carly, formando uma cúpula com os dedos. — *Nós* vamos te ensinar a viver.

MUSA DE BALTIMORE
Como eu me apaixonei pela Desafortunados
por Gabi Morataya

Na segunda parada de sua turnê, a banda mais quente da cena no momento — Desafortunados — é *tudo* que eu não sabia que precisava em questão de música. Não se deixe enganar pelo rostinho bonito de Eric Reyes. O *front man* canta *muito*. Vindo de Medellín, na Colômbia, Reyes tem uma voz encantadora, reminiscente de astros de pop latino que vieram antes dele. O som dessa banda deixará todos os millenials nostálgicos o bastante para colocar suas *gargantilhas* de plástico preto outra vez.

O primeiro single do álbum homônimo transformará qualquer cético numa fangirl inveterada. Enquanto a maioria do set é composta de um indie rock animado e onírico, eles desaceleram o ritmo com uma ocasional balada acústica de derreter o coração. Eleanor Grimsby, vinda de Montana, entrega uma melodia grave com seu intrépido baixo. Carly Toles, a guitarrista solo, vem do Queens, Nova York, e sua presença de palco rivaliza com a de Reyes, e Max Chin nunca deixa o ritmo falhar na bateria.

Estou viciada e meio que tentada a acompanhá-los no resto da turnê. Agora sou uma Apaixonada & Desafortunada!

CAPÍTULO ONZE

ERIC
27 de junho
Asheville, Carolina do Norte

— "Os vocais encantadores são reminiscentes dos astros de pop latino que vieram antes dele" — leu Carly na resenha na seção de música da revista *Musa de Baltimore*.

Grimsby sorriu, sonolenta.

— É a nossa melhor resenha.

— É a nossa *primeira* resenha — acrescentou Carly.

— A primeira de muitas! — Max estava praticamente quicando, batucando com os punhos em toda superfície disponível na sala da frente, mas parou quando a próxima superfície disponível era a própria Odelia.

Eric se encheu de orgulho. Todo sangue, suor e lágrimas que derramaram estava começando a ser recompensado. Tudo o que ele perdera e sacrificara tinha que ter *algum significado*. Fechou os olhos por um segundo e mandou um agradecimento silencioso ao avô. Eric tinha que admitir, quando Odelia disse que uma repórter viria para fazer uma resenha do set deles, tentara manter a compostura pelo bem das outras, mas se sentia uma pilha de nervos. Agora podia respirar e desfrutar das horas de folga em Asheville, Carolina do Norte.

— Pode repetir o trecho em que ela diz que eu sou extremamente bonito? — pediu Eric.

Ele podia praticamente sentir todos os olhos se revirando. Vanessa propôs a elas que o jogassem na estrada em que estavam passando. Mas Melody... Melody lhe oferecera um sorriso que lhe dizia que ele era ridículo, *mas que ela gostava*. Pelo menos, torcia para que gostasse.

A viagem para Asheville no terceiro dia de turnê foi a mais longa até então — dez horas, graças ao trânsito. Ele ainda não conseguia dormir a noite inteira. Cada rangido do ônibus, cada buzina na estrada, o concerto dos roncos de Max e Odelia, e aquele guincho baixinho das rodas o mantinham acordado. Isso e cada parte de seu corpo ciente de que Melody estava a um braço de distância, com apenas duas cortinas verde-ácido separando-os. Embora ela tivesse sido a primeira a acordar e colocar o café para passar nas duas primeiras manhãs, a luz em sua cama tinha ficado acesa até longas horas na madrugada. Eric se perguntava se ela estava escrevendo. Se estava ouvindo música. Se estava com saudade de casa. Ele se perguntava muita coisa e dormia pouquíssimo. Era por isso que não se sentia muito culpado pelo fato de que logo teria um quarto só para si.

Talvez aí conseguisse parar de pensar em Melody. Na maneira como ela segurara sua mão naquele elevador. Na maneira como seu rosto esteve enterrado no calor perfeito do corpo dela, quando ele a pegou. No alarme que o percorrera quando ela se machucou, como se a mão *dele* tivesse se espetado no metal enferrujado. Eric Reyes já tivera centenas, milhares de crushes. Por que este estava tão difícil de esquecer?

— Terra à vista! — anunciou Oz pelos alto-falantes.

Eles adentraram o estacionamento do Hotel Château de Chillon e esperaram Odelia no saguão, enquanto ela resolvia tudo. Melody se debruçou sobre o ombro de Oz, olhando as fotos do acampamento em busca do Pé Grande de que ele tinha participado no verão anterior. Ela parecia genuinamente entusiasmada, rindo daquele jeito dela, como se tudo fosse novo e excitante, mesmo quando era só uma máquina de chiclete numa parada rodoviária.

Eric sentiu uma estranha pressão no peito. Seria *ciúme*? Ou o burrito do café da manhã tinha caído mal? Esfregou o pendente dourado de Santo Antônio, um presente de sua mãe para que ele estivesse protegido em suas viagens longe de casa, mas não tinha certeza se existia algum santo que cuidasse de azia.

— Certo, todo mundo aqui — ordenou Odelia.

— Por que você está com sua cara de más notícias? — perguntou Carly.

O olhar perfeitamente delineado de Odelia recaiu sobre a guitarrista solo.

— Eu tenho uma cara de más notícias?

Carly olhou fixamente para os próprios pés e deu um passo para trás. Vanessa deu tapinhas no ombro da amiga, e todos seguraram uma risada enquanto a manager continuava.

— Escapou da minha lembrança que Robbie ia dividir o quarto com Eric. — Os olhos de Odelia fitavam os recessos mais profundos da mente de Eric. — Então precisamos reajustar nossos arranjos para dormir.

Um fiapo de pânico o atravessou, mas ele forçou o rosto a se manter neutro.

— Quem é Robbie? — perguntou Melody, puxando para baixo o boné de beisebol cor-de-rosa com um caranguejo vermelho-vivo no centro.

— O cara do merchand que se demitiu — disse Grimsby.

As maçãs do rosto de Melody ficaram ruborizadas.

— Ah...

— Tem uma convenção acontecendo essa semana, e o hotel não tem mais colchonetes sobrando — explicou Odelia, voltando aquele olhar fixo de advertência para a promotora de merchandising. Será que ele também estava imaginando o alerta ali? — E o meu quarto só tem uma cama. Senão, eu sugeriria que você ficasse comigo. A menos que alguém queira trocar de lugar.

As amigas traidoras bateram na ponta do nariz com os dedos, sorrindo como se pudessem sentir o gostinho de sua vitória. Oz percebeu e fez o mesmo, apesar de, como motorista do ônibus, ter seu próprio quarto garantido por contrato e não ter ideia da aposta. Elas realmente subestimavam Eric. Bem, ele provaria que estavam todas enganadas. Manteria seu cabelo perfeito. Manteria a dignidade quando elas perdessem e ele fosse poupado de aprender uma música das Sete Sereias. *Ele* escolheria a porcaria da tatuagem da banda — algo que nenhuma delas poderia mostrar nem para a própria mãe.

Os lábios rosados de Melody se curvaram num sorriso tímido.

— Eu sou praticamente uma coruja, mas vou garantir que você tenha o seu sono da beleza.

De súbito, a língua de Eric parecia grande demais para a própria boca. Por sorte, a manager continuou a dar instruções.

— É isso, então — murmurou Odelia, prática. — O check-in é só daqui a três horas. Vocês vão se trocar na casa de shows, e eu estarei com as chaves dos quartos de vocês prontinhas. O hotel nos deu ingressos gratuitos para a convenção, por causa do inconveniente.

— Que tipo de convenção é? — perguntou Melody.

— Alguma coisa em taxidermia? Sei lá, Melody, eu tenho cara de que vou a alguma convenção?

Oz, contudo, estava sem fôlego de tanta empolgação. Odelia entregou as entradas para o motorista, que parecia ter ganhado um milhão de dólares e um filhote de Pé Grande.

Com isso, eles foram dispensados e liberados para passear por Asheville. Todos pareceram formar pares. Carly e Vanessa saíram correndo, e Grimsby e Odelia ficaram para trás para trabalhar no conceito do videoclipe deles. Max e Oz ansiosamente se dirigiram para a convenção de taxidermia.

O que deixou Eric com Melody. As longas ondas castanhas dela caíam sobre seus ombros. Ele percebeu que estava contando as pintinhas dela — uma sob o olho, uma no queixo. Xingou-se mentalmente e apontou numa direção qualquer com o polegar.

— Eu devia...

Ir. Ele devia ir. Mas aí lembrou que Melody não fora a muitos lugares sozinha. Ela mesma havia dito isso. Estava sempre com a família ou trancada em casa, feito uma princesa de contos de fadas. Seria um escroto total se fosse embora. Reparou que ela segurava seu caderno preto. Dois adesivos tinham sido acrescentados: um caranguejinho de Maryland e um da banda de abertura deles, Le Poisson Bleu.

Eric silenciou a parte racional de seu cérebro que lhe dizia para colocar distância entre Melody e ele.

— O que tem na sua lista para hoje?

Em Baltimore, ela tinha ido num passeio gastronômico com Oz enquanto a banda preparava os instrumentos para a apresentação.

Não que estivesse de olho nela. É só que ela tinha trazido uma marmitinha, que eles devoraram depois de ensaiar durante o almoço.

— Brechó e museu do fliperama — disse Melody, com tanto deleite que ele pensaria que era sarcasmo se viesse de qualquer outra pessoa. Ela partiu no sentido da Main Street, e ele acompanhou o ritmo de seus passos. — Eu já fui a brechós, mas não trouxe jaqueta, e Grimsby disse que vou precisar de uma quando chegarmos a Montana, mesmo estando em julho.

— Eu vou com você — disse ele. — Preciso de uma camisa da sorte nova.

Isso, e ele precisava de alguma roupa para dormir que não pertencesse a uma venezuelana glamorosa de 55 anos. Eles passearam pelo centro da cidade, cercada pelas montanhas Blue Ridge nubladas, e encontraram um brechó muito *kitsch* ao lado de um café.

O sino da porta tilintou quando eles entraram. Os olhos de Melody se acenderam ao ver as fileiras de botas de caubói, bolsas representando todas as décadas penduradas no teto e manequins vestidas em blusas de lantejoulas com ombreiras gigantescas.

Uma idosa pequenina — Ruby, era o que dizia o broche com seu nome — veio ajudá-los e conduzir Melody até as jaquetas.

— Eu tenho aqui exatamente o que você precisa. Seu broto pode ficar dando uma olhada.

Eric e Melody se entreolharam, e ela soltou uma risadinha fungada. Nunca tinha sido chamado de *broto* de alguém. Namorado, amante, ficante e, na única vez em que trabalhara como bartender, uma loba o chamara de "peguete". O negócio é que nenhum dos dois tentou corrigir a dona da loja. Ruby não falou com segunda intenção, e era um passeio vespertino inofensivo. Eric tinha certeza de que era por isso que eles não falaram nada.

Eric deu uma olhada em camisetas antigas de bandas e encontrou uma camiseta vintage de Selena & Los Dinos no seu tamanho. Teve o impulso de mostrar a peça para Melody e atravessou a loja que cheirava a sálvia para procurá-la na área do provador.

Quando ela o viu, seus olhos brilhavam, maliciosos.

— Encontrei o pijama perfeito pra você.

Eric não estava muito a fim de experimentar ceroulas usadas, mas faria a vontade dela.

— Vejamos esse pijama perfeito.

Melody apontou para o provador. Escolher roupas de dormir era algo que amigos faziam? Bem, ele tinha comprado pantufas das Sete Sereias para Max em certo Natal, mas aquilo era um presente de brincadeira. Sua própria curiosidade o fez entrar na cabine estreita. Fechou a cortina e encarou um macacão adulto em flanela xadrez vermelha e verde, tão vivo que seus olhos começaram a doer. Tinha certeza de que só vira algo assim em desenhos animados. E, no entanto, meteu-se na peça, ouvindo Melody rir do outro lado da cortina.

Eric saiu para o tapete antigo da loja e caminhou num círculo. Escrito precisamente sobre o painel nas nádegas, lia-se ELFO SACANA.

— E aí?

Melody franziu o nariz e mostrou o polegar virado para baixo. Ruby, por sua vez, deu um joinha. Ambas não fizeram esforço algum para esconder sua alegria. Eric beberia a risada de Melody, se pudesse. Só se sentira assim, como se quisesse submergir num mar de som, a respeito de algumas músicas específicas. A voz dela era perfeita e poderosa para ele.

— Eu tenho outras opções — disse Ruby.

Eric chacoalhou a cabeça, bem-humorado.

— Não, acho que já estou satisfeito.

Depois de trocar de roupa, ele encontrou uma calça de flanela ainda com a etiqueta original e um novo pacote de camisetas brancas. Melody provara todas as jaquetas da loja, mas acabou escolhendo uma bomber amarelo-girassol com pares de cerejas bordadas por todo lado. Era horrível. E, no entanto, ele nunca vira ninguém mais linda.

Quando foi pagar, ela se atrapalhou com um bolo de dinheiro retirado de um fólio de couro. Juntou seu troco e sorriu para Ruby enquanto vestia a nova jaqueta vintage.

— Você roubou algum banco? — brincou ele, segurando a porta tilintante aberta.

A princípio, Melody pareceu alarmada.

— Soph... Digo, hã, minha irmã. Eu não...

— Você não precisa explicar.

— Não, eu quero tentar — disse ela. — Tudo pelo que trabalhei na vida está preso em contas que meu pai abriu para nós. Quando éramos pequenas, ele disse que era um jeito de garantir que nosso dinheiro estivesse a salvo.

— Meu pai fez isso comigo — disse Eric.

— Sério?

Odiava pensar nisso, mas sentia que ela tinha se aberto, então ele também se abriria.

— Meu pai era um incorporador imobiliário. Ele construiu sua empresa do zero e, por décadas, foi um dos homens mais ricos da minha cidade. Eu tive tudo. Internato na Suíça, um carro para quando fosse para casa nas férias, meu próprio cavalo.

— Você não tinha um cavalo, vá.

— Tinha, sim. O nome dele era Aquiles. — Eric se lembrou da vida privilegiada que tivera. — E aí tudo foi-se embora. Ele fez um investimento ruim atrás do outro. Nós nos mudamos para uma casa menor. Eu terminei de estudar em Medellín. Foi quando meu avô foi morar com a gente, e nós passávamos todos os dias... E eu estou falando sério, *todos os dias mesmo...* Tocando violão e cantando.

— E aí você veio para cá — disse ela.

Ele anuiu devagar.

— Quando parti, meu pai me deserdou. Eu queria ter percebido antes que este era o jeito dele me controlar. De me moldar naquilo que ele queria que eu fosse.

Melody ficou pensativa por tanto tempo que Eric sentiu vontade de passar o braço em volta dela. De transmitir a ela que não estava sozinha. Que talvez ele soubesse exatamente como ela se sentia.

— Ficou mais fácil? Estar longe da sua família?

— Eu estou com a minha família — disse ele, sem hesitar.

Ela pareceu matutar sobre aquilo enquanto eles chegavam no museu do fliperama. Eric abriu a porta e ela sorriu.

— Você não precisa ficar se essa não for a sua praia, tudo bem?

— Está brincando? — Como se ele pudesse se afastar dela quando Melody o olhava com aqueles olhos castanhos brilhantes. — Sinto que alguém precisa documentar essa era na sua vida.

A visita em si ao museu levou dez minutos, mas a seção com um salão de jogos o fez se sentir como um menino. Dúzias de máquinas chiavam e apitavam com luzes e música. Grupos de crianças corriam pelo carpete laranja, pulando de jogo em jogo. A maioria dos adultos eram pais enrolando perto do balcão do caixa, mas havia um único motoqueiro veterano jogando *Ms. Pac-Man*.

— É como se um cassino e um circo tivessem um filho — maravilhou-se Melody.

Ela ofegou e passou correndo por ele, indo para um estande chamado *Seahorse Madness*. Era um daqueles jogos de corrida movidos por pistolas d'água. Ela desapareceu por um segundo, depois voltou com um saco de fichas coloridas e inseriu algumas na máquina.

Eric seguiu o exemplo dela e escolheu uma das pistolas d'água de plástico neon. A dele era azul, e a dela, roxa.

— Preparada?

— Se você entregar o jogo para mim, eu vou mudar meu despertador para o som mais irritante do mundo — alertou ela.

— Tá bom — disse ele, mirando. — Mas já vou avisando que passei vários verões na fazenda do meu avô sendo acordado por galos malucos e tarados, então consigo dormir com qualquer ruído.

Melody apertou o botão de início e lá foram eles. Um calipso de som metálico tocava, e rajadas de bolhas irrompiam de alguma máquina automática. Ele não era rápido no gatilho assim desde... Bem, um bom tempo. Olhou de relance para Melody, o rosto dela franzido numa concentração tão fofinha que ele ficou francamente tentado a deixar que ela ganhasse naquele mesmo instante. Mas estavam cabeça a cabeça, e ele precisava provar para si mesmo que podia tratá-la como uma amiga. Nunca deixava Max vencer em disputas de bebida nem Carly ganhar no braço de ferro bêbado. Por que a ideia da decepção de Melody, só o *pensamento* de que ela se sentisse desapontada sequer por um segundo, corroía-o assim?

Ele sabia por quê, mas não podia se permitir a confissão. Não ali; ainda não.

Quando estavam quase no fim, o cavalo-marinho verde dele na vantagem por um fio de cabelo, ele simplesmente não conseguiu evitar. Não pôde. Errou um clique e valeu a pena, só pela dancinha feliz que ela fez.

— Nerd — resmungou ele, brincalhão.

— Espera aí. — Ela virou a pistola d'água para ele. Suas sobrancelhas se ergueram, desconfiadas. — *Eric!*

Ele levantou as mãos.

— Meu dedo deu câimbra! Você sabe o quanto seria catastrófico se eu desenvolvesse síndrome do túnel do carpo porque jogamos *Seahorse Madness*?

Melody revirou os olhos e o acertou bem no peito com um esguicho de água morna. Aquilo não podia ser lá muito higiênico.

Depois disso, ele não a deixou ganhar. De verdade. Venceu dela no pebolim, no hóquei de mesa e no motocross virtual. O salão de jogos também ostentava a máquina de fliperama *Guerra nas Estrelas* mais rara do país, com apenas seis tendo sido produzidas.

Melody se instalou e tentou fazer a bola metálica passar por entre os grupos de caças TIE. Começou a ficar cada vez mais frustrada quando não conseguiu uma pontuação alta.

— Contaria como entregar o jogo se eu te ensinasse um truque? — perguntou ele.

Melody se postou ao lado da máquina, abrindo lugar para ele. Eric inseriu um par de fichas e mexeu nos botões com a almofadinha logo abaixo do polegar. Ela estudou os dedos dele e a forma como a máquina acendeu, zumbindo com todos os efeitos sonoros dos filmes.

— Eu fiz isso! Espera, me mostra de novo.

Ele deu um passo para trás, convidando-a para a área entre ele e o fliperama. Quando ele inalou o cheiro de rosas do shampoo dela, cerrou os dentes e colocou outro passo entre eles.

— Aqui.

Ela posou os dedos nos painéis laterais. Ele moldou suas mãos ao redor das dela, o que exigiu que ajustasse sua postura por causa da altura dela. Eric fechou os olhos e pensou nas coisas menos românticas possíveis: aquele macacão ridículo que ele havia provado, Max roncando no ônibus, ele mesmo roncando no ônibus. O ônibus. Melody no ônibus. Melody.

Bem, aquilo não estava funcionando.

— Aperte duas vezes rápido, uma com força, quatro mais rápido ainda — disse ele, batendo nos dedos dela para mostrar onde pressionar. — Daí desse jeito, com a palma da mão. Mas bem rápido. Mais.

— Dois. Um. Quatro. Entendi. — Ele sentiu o peito dela se expandir. Seu *hmmm* de entendimento. Ela empurrou as mangas amarelíssimas para cima. Com a mão do curativo, usou apenas os dedos. Com a palma boa, fez exatamente como ele havia ensinado.

Eric apertou o botão de início para ela, e Melody disparou. Dois. Um. Quatro. Dois. Um. Quatro. Dois. Um. Quatro. A máquina zumbia e urrava com os alarmes, os *pew pew* e o chiado estalando das espadas espaciais, até que ela conseguiu.

Melody deu meia-volta e saltou nos braços dele. Eric levou um susto com o impacto e, para impedir que caíssem, segurou-a pela cintura. Ela chutou o ar por um segundo antes que ele a colocasse no chão de volta.

— Vou dividir meu prêmio com você — disse ela, seguindo pelos corredores em busca de outro jogo.

Quando dobraram uma esquina, congelaram. Havia uma menina de uns seis anos sentada no chão. Ela tinha dois pufes de cabelo cacheado presos com lacinhos cor de rosa e lágrimas enormes rolavam por seu rosto.

— Você precisa de ajuda? — perguntou Eric.

Ele não tinha ideia do que fazer perto de crianças, quanto mais crianças chorando. Freneticamente, olhou ao redor em busca de um adulto, depois se deu conta de que *ele* era o adulto.

— Ninguém quer dançar comigo — a menininha disse em sua voz aguda.

Melody olhou para o jogo com um leve horror. Era uma monstruosidade temática das Sete Sereias, cheia de azuis faiscantes. Sete versões em desenho animado das cantoras dançavam numa tela, e criaturas marinhas saltavam da água, incentivando vítimas desavisadas a dar um passo à frente e exibir seu molejo. Dois conjuntos de pegadas pulsavam no ritmo da música animada.

— Uma pena que Max não esteja aqui — disse ele.

Melody ofereceu a mão para a menina.

— Eu danço com você.

A criança se animou no mesmo instante, e ela e Melody subiram na plataforma acesa, colocando os pés nos lugares. Fizeram uma contagem regressiva e seguiram a coreografia do vídeo na tela pixelada. Pontos extra e peixinhos minúsculos explodiam num arco-íris de cores a cada passo correto. A música, embora melosa, fez até a cabeça dele se mover, acompanhando. Bem, ele *tinha desejado* a coisa menos romântica possível e conseguira.

E, no entanto, vendo o quanto Melody foi paciente com a criança chorando quando tudo o que ele tentara fazer era encontrar outra pessoa para quem transferir o piti, o quanto ela era gentil em compartilhar um momento de seu tempo e garantir que a menininha não se sentisse sozinha... Eric a achara linda desde o momento em que pusera os olhos nela. Ele a julgava corajosa, engraçada, fofa, tímida. Paciência era algo diferente. Era algo que raramente lhe fora dado — nem por seus pais, nem por seus professores. Apenas seu avô e Odelia tinham demonstrado paciência com ele.

Esfregou seu pendente de ouro e sorriu conforme o jogo desligava. A irmã adolescente da menina veio procurá-la, e Melody voltou para ele. Eric aplaudiu e ela fez uma mesura brincalhona.

— Estou morrendo de fome — anunciou Melody.

— Bom. Eu tenho certeza de que você está cansada de perder para mim.

Ela parou, mas contou suas tiras de bilhetes vermelhos.

— Suba naquela plataforma. Isso foi um desafio.

— Nem com você me pagando eu danço essa porcaria — disse Eric. — Melody inspirou num ofego. Será que estava ofendida? Será que estava fingindo? — Não me diga que você escuta as Sete Sereias. — Ele pressionou as mãos como se em oração. — Você, que gosta de música de verdade?

— Está vendo, *eu* não julgo o gosto musical dos outros.

Melody ignorou a reação dele e levantou um ombro. Suas bochechas coraram, e ela nem olhou nos olhos dele enquanto lhe segurava o braço e o levava para o balcão do caixa.

— Não estou julgando.

Ela espremeu os olhos para ele.

— Está, sim.

— Tá, estou. Talvez só um pouquinho. — Ele deu a volta nos displays de bichos de pelúcia, borrachas, molas malucas e todo tipo de prêmio barato e colorido. — Nunca foi a minha. Max me enche tanto o saco por causa disso...

Melody mordeu o canto da boca, analisando-o com aqueles olhos impossivelmente castanhos.

— Talvez você precise ouvir de verdade.

— Talvez — disse ele, debruçando sobre uma prateleira de ursinhos de pelúcia. — Talvez você devesse me fazer uma playlist. Para eu poder ouvir *de verdade*, sabe?

— Você quer fazer uma playlist comigo? — convidou ela, tímida.

Eric engoliu um rosnado que começara a se formar no fundo de sua garganta. A voz dela. Será que ela tinha alguma ideia do que fazia com ele?

Por sorte, um funcionário adolescente com a cara cheia de espinhas que estava por ali pigarreou.

— Vocês dois vieram pegar os prêmios ou se pegar?

Melody riu, fungando, mas juntou os bilhetes de prêmios que tinha guardado nos bolsos.

— Pegar os prêmios.

— Espera — disse Eric. — Qual é o próximo item da lista?

— *Você* tem ensaio — respondeu ela. — Eu vou almoçar.

Como se alguém a tivesse invocado, Odelia enviou uma mensagem de texto perguntando onde ele estava. O telefone de Melody tocou ao mesmo tempo, e ele a viu rejeitar a chamada, percebendo que a chamada estava identificada como NÚMERO DESCONHECIDO.

Eric hesitou. Pela primeira vez em anos, cogitou faltar a um ensaio só para ter mais uma hora com Melody. E esse pensamento bastou para jogá-lo de volta à realidade. Ele tinha ensaio. Ele tinha um show.

Entregou todos os seus bilhetes para ela e sorriu.

— Nada de borrachas.

— Não prometo nada.

Melody sorriu de volta.

E então Eric foi embora do salão de jogos e precisou de toda a sua força de vontade para não olhar para trás.

Naquela noite, eles lotaram o River Valley Club. O palco era tão baixo que a multidão estava quase perto o bastante para tocá-los. Eles dançaram e cantaram e gritaram, e cada grama de energia que receberam mandaram de volta. Quando Eric cantou "Love Like Lightning", sentiu cada vibração da massa dançante, a batida frenética de seu coração sincronizando com o ritmo, como se estivesse cantando aquela música pela primeira vez.

O rugido da plateia era tudo o que ele queria, e sentiu-se compelido a dizer *Gracias, Pedro* quando as luzes se apagaram.

Depois do show, tiveram um demorado jantar num restaurante japonês ao lado da casa de shows. Os moradores da área que tinham ido à apresentação os abordaram, e a banda teve uma síncope quando lhes pediram para assinar guardanapos e tirar selfies.

Quando voltaram ao hotel, Eric já tinha quase se esquecido de que dividiria o quarto com Melody.

Quase.

Eles pegaram suas bolsas de pernoite nas entranhas da Fera e retiraram os cartões que serviam como chaves com Odelia. Por causa da convenção, não estavam todos no mesmo andar. Espremendo-se no elevador, todos subiram. Melody e Eric desembarcaram primeiro. Carly e Vanessa assoviaram enquanto as portas se fechavam, e ele deu boa-noite com um gesto grosseiro antes de abrir a porta do quarto.

— Zerinho, eu tomo banho primeiro — anunciou Melody, largando a bolsa na entrada.

Ela tirou os sapatos e abriu a porta do banheiro com um cuidado extremo.

Ele desamarrou o cadarço de suas botas e reprimiu uma risada.

— Está esperando que um gremlin vá sair pulando daí ou o quê?

— Ah — disse Melody, corando de vergonha. — Ah, eu li que havia ursos por aqui.

— Eu não sou especialista em vida selvagem, mas acho que estamos a salvo. Ursos ficam apenas em hotéis cinco estrelas. — Ele abriu os braços para apontar o quarto. O papel de parede dos anos 1980. A cortina medonha que combinava com o carpete vertiginoso. A cama tamanho queen, a qual ele ia se convencer de que estava com lençóis fresquinhos. — Duas estrelas.

Espera aí.

Ambos se voltaram para a única cama tamanho queen ao mesmo tempo, depois olharam um para o outro.

— Eu posso dar um jeito nisso — disse Eric.

Com o coração trovejando, ele ligou para a recepção. Levou cerca de dois segundos para a mulher do outro lado da linha lhe dizer que aquele era o último quarto disponível e que não havia nada que ela pudesse fazer para acomodá-los.

Eric lentamente devolveu o receptor ao gancho.

— Pelo visto, a Convenção de Taxidermia de Asheville atrai muita gente.

Melody batucou os dedos na parede atrás dela, distraída.

— Isso é esquisito?

— Não precisa ser — disse ele. — Eu quero garantir que você esteja confortável. Vou dormir no ônibus.

— Se eu não me sentisse confortável com você, estaria dormindo no chão do quarto da Odelia agora mesmo — disse Melody. — E não teria me unido à sua turnê de sete semanas. Somos amigos, certo?

Ele anuiu, a garganta seca.

— Certo.

— Devo avisar, já me disseram que eu roubo as cobertas.

Ela riu e desapareceu para dentro do banheiro.

O primeiro pensamento de Eric foi *quem? Quem te disse isso?*, seguindo por uma pontada de ciúme. Ele não era um homem ciumento. Nunca tivera motivos para ser. Mas ali estava ele, sem pensar com a cabeça de cima e se prendendo em pensamentos que o faziam desejar ser descuidado. Seu segundo pensamento foi a banda. Ele tinha um trabalho a fazer.

Enquanto esperava Melody terminar o banho, repassou a set list, encaminhou pedidos de entrevistas para Odelia, ignorou mensagens de texto picantes de suas amigas e ligou a TV no jornal da noite. Com certeza devia haver um assassinato sangrento em algum lugar que o distrairia de Melody, que estava tomando um banho a dez passos de onde ele se encontrava sentado numa cadeira feia que já tinha sido branca um dia. Algo para conter a prensa aferrolhada em torno de seu coração quando ela saiu do banheiro para o quarto ínfimo, vapor soprando a seus pés. Vestida numa camiseta solta dizendo EU AMO NARVAIS e shortinhos minúsculos.

— Sua vez.

Eric foi para o chuveiro num pulo e se ensaboou debaixo de uma água escaldante. Ele fazia suas melhores composições no banho, embora as colegas de banda e de casa com frequência reclamassem quando chegava a conta de água. Agora, enquanto se lavava da apresentação, descobriu que não havia letra alguma. Havia apenas um carrossel de emoções que nunca sentira com tanta intensidade, girando e girando até ele se libertar da própria negação.

Enquanto se enxugava e usava o secador de cabelo preso à parede, ele teve uma iluminação. O que sentia por Melody não era um crush passageiro. Ele gostava dela, de verdade. E tinha que parar. Sim, havia a aposta, a banda, seu futuro. Mas, mais do que isso, ele não colocava seu coração em risco há tanto tempo que não sabia nem por onde começar.

Incapaz de dormir no banheiro (embora tivesse cogitado, caso houvesse uma banheira de fato), vestiu seu pijama do brechó e foi para a cama.

Melody tinha pegado um cantinho do colchão, do lado mais perto da porta. Seu caderno estava aberto no colo. Ele sorriu quando notou que ela estava usando o garfinho dourado do bar do Julio para tirar um nó das pontas do cabelo.

— Então, fique à vontade para não responder, se não quiser — disse Eric, dando a volta na cama e sentando no lado reservado para ele. — Mas o seu pai era tão severo que não te deixava ir nem a um fliperama?

Melody fechou seu caderno, enfiando o garfo no centro para guardar a página, e colocou-o na mesa de cabeceira. Ela se virou de frente para ele, os dedos dos pés escondidos sob as cobertas.

— Nós não tínhamos permissão para brincar com outras crianças. Pelo menos minhas irmãs e eu tínhamos umas às outras.

— Então você nunca teve amigos, tirando sua família? — perguntou Eric, enfiando-se debaixo do edredom.

— Alguns poucos — disse ela. — Amigos. Namorados. Mas meu pai precisava aprová-los, e ele podia mudar de ideia com facilidade, o que acontecia mesmo.

Será que seu pai me aprovaria?, perguntou-se ele.

Uma voz que soava como a de seu próprio pai respondeu: *não*.

Eric franziu o cenho, tentando imaginar como podia existir alguém mais controlador do que o próprio pai.

— Isso é terrível.

— Meu pai tinha lá suas razões.

Melody enfiou a mão por baixo das cobertas e tirou de lá aquele tubarãozinho de pelúcia. Ele se lembrou de ela ter dito que uma de suas irmãs o dera de presente.

— Quais razões ele poderia ter?

— Minha mãe morreu quando eu era pequena — explicou ela, e ele se sentiu um grosseirão. — Acidente de carro. Foi há muito tempo, mas às vezes parece que foi ontem. Depois disso, ele se tornou muito cuidadoso. Como se, caso ficasse de olho em nós, nos mantivesse resguardadas e longe dos outros, então estaríamos a salvo. Eu sempre o defendi. Não sei quando foi que aconteceu, mas cheguei a um ponto em que eu via que existia todo um mundo fora do nosso e que nós vivíamos de forma paralela a ele, mas não *nele*. Entende?

Eric queria se estapear.

— Caralho, Melody, me desculpa. Eu fico fazendo essas piadas de seita e nem sabia...

Ela estendeu a mão e colocou o tubarão de pelúcia no peito dele.

— Aqui. Minha irmã abraça o Tibby quando se sente estressada ou emocionalmente comprometida. Ela finge que é durona, mas é uma maria-mole.

— Emocionalmente comprometida — conjecturou ele. Podia se identificar com isso. — Tibby? Diminutivo de Tibothée?

Melody riu, depois cobriu a boca com a mão quando se lembrou de que já passava da meia-noite e as paredes eram superfinas.

— Tiburón — disse ela, depois contorceu as mãos numa interpretação em garras das mandíbulas de um tubarão. — Essa coisa é quase da minha idade.

— Ele também vai nos proteger dos ursos que vêm dormir em hotéis duas estrelas?

Ela se escondeu debaixo de um dos travesseiros.

— Ah, o que é isso...

Eric virou de lado e colocou o tubarão entre eles.

— Falando em animais de pelúcia de apoio emocional, que prêmios você pegou com todos aqueles bilhetes que eu ganhei?

Melody afastou as cobertas com os pés, as pernas fortes e beijadas pelo sol como algo saído diretamente das fantasias mais delirantes dele. Ela vasculhou sua mochila e jogou para ele um brinquedo plástico de usar na banheira. Ele o pegou no ar. Um gato-unicórnio. Apertou o brinquedo e se arrependeu ao ouvir o terrível grasnado.

— Acho que encontramos um mascote para a turnê.

Ele o colocou na mesa de cabeceira e deitou de barriga para cima. A adrenalina do dia se esvaía conforme ele se ajeitava na cama. Enquanto Melody fazia o mesmo, ele se permitiu uma olhadela. Só uma, para ter certeza de que ela estava bem. Confortável e segura dividindo o espaço exíguo com ele.

Seu cabelo escuro e comprido se derramava sobre o travesseiro. Ela dobrou as mãos sobre a barriga e suspirou antes de apagar a luz.

Por algum tempo, ele pôde ouvir o zumbido do silêncio, como se o espaço entre as coisas — as paredes, a cama, a placa de compensado que chamavam de mesa, os animais de brinquedo — tivesse um som.

— Sabe o que é esquisito? — cochichou ela.

Ele se virou para o som de sua voz, os olhos se ajustando ao escuro. A luz vermelha do despertador do lado dela lançava um brilho misterioso. Uma onda de ansiedade o varreu.

— O que é esquisito?

Eric podia ouvi-la se mover contra o travesseiro, virando de frente para ele. Viu os contornos de seu rosto nas sombras quando ela disse:

— Isso não parece esquisito.

O desejo fervilhou na área inferior de sua barriga. Pela honestidade, pela confiança na voz dela. Por ela.

— Eu sei — ele cochichou de volta.

E foi quando aconteceu. Um baque lento contra a parede deles, como algo se chocando e empurrando e batendo contra uma cabeceira. Ah, não... *Ai meu deus.* E foi precisamente isso que ele ouviu os vizinhos deles gritarem através das paredes.

— Tá, agora *isso* é esquisito — murmurou Melody.

Ele apertou o gato-unicórnio, que guinchou alto.

— É assim, é exatamente assim que eles soam.

Melody enterrou o rosto no travesseiro para abafar a risada.

— Isso vai entrar para a lista.

— Ouvir duas pessoas fazendo ruídos iguais aos de um jumento durante o sexo *não é comum.* Só avisando.

— Talvez haja um jumento mesmo, nós não sabemos.

— Tem razão, não sabemos. E *houve mesmo* uma convenção de taxidermia aqui.

— *Aí já foi longe demais.*

Mas ela riu com ele, e Eric riu até seu abdômen doer, até a tensão se soltar de seus ombros, de todo o seu ser, e ele afundar no primeiro sono profundo que conseguiu desde que saíra de casa.

Chat do grupo Sete A Pressão

Marilou:
😊 Como vai o namoradinho?

Ariel:
Não é bem assim.

Ariel:
E tá tudo bem. Ele tá dormindo.

Sophia:
Eu não acredito que você tá de volta num ÔNIBUS DE TURNÊ.

Ariel:
Estamos num hotel essa noite.

Thea:
Espera, como você sabe que ele tá dormindo? VOCÊS ESTÃO NO MESMO QUARTO?!

Ariel:
Era para ele dividir o quarto com o cara do merchand. Ele também rouba as cobertas.

Stella:
É U Q?!?!

Alicia:
Uma cama só?!

Ariel:
Ele tá dormindo, eu já falei.
Eu tô escrevendo.

Sophia:
Você está tomando cuidado?

Ariel:
Vocês são terríveis.
Nós somos amigos. E só.

Ariel:
Ele não é como eu pensava.
Meigo. Gentil. Ele realmente quer muito isso.

Elektra:
Uma pena que você não pode ser mentora dele.

Marilou:
OU talvez possa. Mas discretamente.

Marilou:
Mentoria disfarçada!

Thea:
Eu acho que ela deveria beijá-lo e acabar logo com isso.

Sophia:
Não, Ariel não deveria beijá-lo para acabar com isso. Beijá-lo só vai deixar tudo pior e mais complicado.

Stella:
Mas você já viu o Pixagram dele?
DILIÇA.

Ariel:
Não sei por que eu conto as coisas pra vocês...

Alicia:
Por que nós somos as melhores e você tá com saudaaaaade...

Marilou:
Você sabe o que vai fazer quando voltar pra casa?

Sophia:
Ainda estou brigando com os advogados, inclusive.

Ariel:
Obrigada, detetive Sophia. Vocês descobriram alguma coisa sobre Odelia Garcia?

Stella:
Nadica.

Sophia:
Eu revirei todos os registros da empresa.

Marilou:
Acho que eu consigo hackear o computador do papai...

Thea:
Ah vá, aquela coisa praticamente vive algemada no pulso dele.

Alicia:
Você acha que ela estava falando a verdade sobre conhecer a mamãe e o papai?

Ariel:
É isso que eu quero descobrir.

CAPÍTULO DOZE

ARIEL
28 de junho
Nashville, Tennessee

Ariel del Mar acordou com uma música na cabeça e um homem debaixo de si. Apenas um era motivo para preocupação.

Sua cabeça repousava sobre o peito de Eric, subindo e descendo com a respiração regular dele. Podia ouvir as fortes batidas do coração dele e, por um momento, quis ficar ali. O braço dele jogado em torno dela, a palma da mão descansando com firmeza sobre a curva do quadril. A perna dela esparramada por cima da parte inferior do corpo dele. A mão pousada acima do peitoral.

Tentou se lembrar da noite passada. Eric pegara no sono ouvindo os grasnados vindos do quarto vizinho, depois ela trocara mensagens de texto com as irmãs até não conseguir mais manter os olhos abertos. Em algum ponto, eles devem ter rolado para junto um do outro. O quarto *estava* frio, disse para si mesma. Embora seu coração desse uma forte pontada de anseio, precisava se desembaraçar do deus da música todo rijo em seus braços.

Quando ela gentilmente moveu sua mão, Eric se mexeu. Seus longos cílios tremularam como se estivesse sonhando. Ele alisou o antebraço dela, esfregando para cima e para baixo, e ela não conseguiu tirar os olhos dele. Ninguém jamais a abraçara assim. Forte e suave ao mesmo tempo, como se ela fosse algo para acalentar e nunca abrir mão.

Daí vieram as batidas na porta. Os olhos dele se abriram de súbito e os olhares de ambos se encontraram. Ariel viu o pânico nos dele quando Eric percebeu os membros de ambos entrelaçados. Eles se separaram num pulo. Ela se jogou com um pouco mais de força do que o necessário e quicou para fora da cama.

— Tô indo! — avisou ela.

— Não, espera, *espera* — sibilou Eric, juntando as cobertas ao seu redor.

O rosto dela ardia, mas não havia escolha que não fosse abrir a porta. Oz estava ali, usando um chapéu pescador com o logotipo da convenção. As chaves pendiam de uma fita e ele bebericava um café gelado gigante. Seus olhos castanhos foram dela para onde Eric estava, parecendo que tinha perdido uma briga com os lençóis.

Oz abriu um sorriso malicioso, depois fez um gesto de fechar os lábios com um zíper antes de dizer:

— Estou pegando os pedidos do café da manhã para viagem, e vocês não atenderam aos celulares.

— Dois segundos! — gritou ela e depois fechou a porta.

Na estrada ao nascer do sol, quase todo mundo voltou a dormir em suas camas. Ariel vibrava de tanta cafeína, então se ajeitou confortavelmente na mesa da sala da frente. Bebericou seu café sem açúcar numa caneca onde se lia I HEART CONEY ISLAND e assistiu à paisagem se movendo pela janela enquanto anotava frases e pensamentos com potencial para se transformarem em letras de música. Escrevera muitas músicas assim, nas horas entre a manhã e a noite.

Era estranho como as preocupações que ela tivera numa turnê das Sete Sereias eram as mesmas que ela havia tido como promotora de merchandising para a Desafortunados. Será que seu pai estava num surto de fúria? Suas irmãs estavam bem e felizes? Será que seus fãs já tinham enjoado dela? Será que o blogueiro musical que odiava as Sete Sereias tinha ouvido e feito a resenha do último show delas, só de raiva? A única diferença é que ela não tinha mais controle sobre os desfechos. Seu pai sempre encontraria algo que não estava à altura de suas expectativas. Suas irmãs estavam prontas para levar as próprias vidas, mas ainda conectadas a ela, não importava o que acontecesse.

Os fãs e haters sempre iriam querer mais. Talvez o motivo pelo qual ela ainda tinha as mesmas preocupações era que ela nunca tivera controle sobre os desfechos, para começo de conversa.

Ali, a bordo da Fera, enquanto a aurora iluminava seus garranchos de tinta, ela respirou fundo e abriu mão dessas preocupações. Sabia que elas voltariam, mas, até lá, queria se sentir presente.

Grimsby se juntou a ela, enchendo as canecas de ambas.

— Não imaginei que você tomasse café puro e sem açúcar.

Ariel arqueou a sobrancelha. Estava acostumada àquele comentário e ficava surpresa ao ouvi-lo, mesmo sem usar maquiagem completa e uma peruca vermelha.

— O que você imaginou que eu tomasse?

— Sei lá. — Grimsby se largou em seu lugar, do outro lado da mesa. — Um latte de baunilha, sem açúcar, com canela e leite de aveia, algo assim...

— Uau — disse Ariel, quase inalando o lodo amargo em sua caneca. — Não sei se deveria me sentir ofendida ou não.

— Ah, eu não quis insinuar nada com isso. — Os olhos cinza de Grimsby eram muito expressivos. Faziam Ariel pensar numa coruja-da-neve piscando, surpresa. — Desculpe, eu posso ser um pouco crítica.

— Vamos trocar primeiras impressões — disse Ariel, abrindo um sorriso desarmante para a gótica.

— Você primeiro.

— Eu pensei: intimidante e séria.

Grimsby deu um sorriso preguiçoso.

— E agora?

— Atenciosa. Você sempre dá seu travesseiro extra para Carly em trechos mais longos e repõe o café de todo mundo sem que precisem pedir.

— Justo e correto. Agora você. — Grimsby batucou o dedo comprido no queixo pontudo.

— Seja gentil.

Grimsby sorriu, envergonhada.

— Bem, tenha em mente que minha percepção foi distorcida porque Eric voltou para casa depois de uma noite com você agindo feito um tonto do caralho.

As bochechas de Ariel esquentaram.

— Continue.

— Eu te achei injustamente linda e demente.

Dessa vez, ela engasgou mesmo no café, só um pouco.

— Demente?

— Sei lá! — Grimsby deu de ombros, inocentemente. — Quero dizer, *alguma coisa* deve ter te abalado para você botar o pé na estrada por sete semanas com desconhecidos. É como as pessoas que aceitam empregos em cruzeiros marítimos. Você simplesmente faz as malas e some, sabe?

— Não é o que você fez? — Ariel inclinou-se para perto, impressionada por ouvir a baixista falar tanto de uma só vez.

— É. Só que, quando eu fugi, não tinha para onde ir. Eu tinha dezessete anos e odiava minha madrasta. Roubei o carro do meu irmão de criação, fui para Seattle. Larguei o carro estacionado em fila dupla para que alguém o encontrasse, aí arrumei um emprego como passeadora de cães. Então, é. Demente.

Ariel tentou imaginar essa gótica passeando com uma dúzia de cachorros fofinhos. Combinava.

— Eu não acho que isso seja demente. Acho que é corajoso.

— Talvez um pouco dos dois — disse Grimsby. — Para ser honesta, eu estava com um pouco de medo de que você fosse magoar Eric. Ele é um coração de manteiga e já foi magoado antes, então a gente se preocupa com o coração grande e tonto dele. Ele é, tipo, apaixonado pelo amor.

Magoado como? Quando? As perguntas borbulhavam em sua garganta, mas Ariel sentia que precisava perguntar diretamente para ele.

Ela desenhou estrelas pequeninas em seu caderno para manter os dedos ocupados.

— E agora? Qual é a sua segunda impressão?

— Bom, naquela mesma noite eu pensei: ela é legal pra cacete e corajosa. Um pouco insegura. Você sempre se olha no espelho e parece surpresa. Como se estivesse se vendo pela primeira vez.

Ariel soltou a caneta. Não achou que ninguém fosse notar.

— Acho que ainda estou me acostumando com essa versão de mim mesma. Tipo, eu ainda sou a mesma pessoa se deixar para trás todas as coisas que fazem de mim aquilo que sou?

— Acho que vou precisar de mais café antes de tentarmos responder a isso.

Ariel compartilhou a risada baixa de Grimsby.

— Você já voltou alguma vez?

Grimsby franziu o cenho para seu café.

— Nosso show em Missoula será a primeira vez em oito anos. Tô meio que surtando. Ainda estou tentando decidir se deveria convidar minha família. Suponho que todos nós temos algo a provar com essa turnê.

Ariel se levantou para fazer mais café. Grimsby não sabia o quanto estava certa.

O Nashville Bowl era parte pista de boliche e parte casa de shows. Também tinha um estande para merchandising que parecia um camarote. Era a maior casa da turnê até então, e Ariel podia sentir o nervosismo da banda enquanto eles se preocupavam com a capacidade do local.

Ariel tirou uma foto do estande já organizado e a publicou em sua nova conta privada no Pixagram. Era chocante ir de cem milhões de seguidores para apenas as cinco pessoas no ônibus, mas também era libertador estar anônima. Ela deu instruções explícitas para as irmãs não a seguirem, nem à banda, para que ninguém reparasse. Além do mais, o novo feed de Ariel era cheio de imagens completamente espontâneas de seu caderno, o lodo que era seu café, placas de BEM-VINDO nas estradas estaduais e do gato-unicórnio de brinquedo. Ela também postava fotos da banda e seguia a nova hashtag dos fãs, #Apaixonados&Desafortunados.

A cada apresentação, o perfil da banda crescia mais algumas centenas de seguidores. Quando mais ela os conhecia, mais orgulho sentia. Eles estavam construindo algo, de maneira lenta, mas constante. Para ela, o sucesso pareceu instantâneo. Gente na sua cara, fãs querendo um pedaço seu. Sentia saudade de interações pessoais, como em Asheville, quando dançou no joguinho das Sete Sereias no fliperama com a menininha. Em seguida, lembrou que seu pai jamais teria permitido que algo tão espontâneo acontecesse, não sem uma dúzia de fotógrafos em volta, mais a família para assinar um termo de responsabilidade.

Quando Ariel notou Eric vindo para seu estande, concentrou sua energia nervosa em ajeitar o display já perfeito na mesa. Eles não tinham conversado sobre aquela manhã nem reconhecido que tinham dormido nos braços um do outro. Considerava que aquilo podia ter mais significado para ela, alguém com uma lista crescente de primeiras vezes, do que para um cara que era "apaixonado pelo amor", como dissera Grimsby.

Eric bateu na lateral do estande. Seu sorriso fácil fez o coração dela tropeçar.

— Boliche. Está na lista?

Estava. As Sete Sereias tinham feito um vídeo numa pista de boliche para a música "Strike to the Heart", mas o diretor gritou *Corta!* assim que ela assumiu a posição para jogar de fato a bola, e Ariel e as irmãs foram conduzidas para outro cenário.

Ela assentiu e pegou a mão que ele ofereceu para se juntar aos outros no segundo andar. Le Poisson Bleu também foi. Louie, o vocalista francês, parecia tão espantado com o jogo, e com as imitações que Eric fazia de *O Grande Lebowski*, que acabou desistindo e anunciou que ia lá fora fumar.

— Quer ir comigo? — convidou ele, oferecendo a mão para Ariel.

Ele tinha dedos esguios de quem tocava piano, dedos que ela vira deslizar para cima e para baixo em seu teclado.

— Eu não fumo — disse ela, franzindo o nariz com a lembrança da primeira e última vez que ela e Marilou tinham experimentado cigarro.

Louie deu uma piscadinha para ela e saiu flanando.

Max e Carly soltaram um assovio sugestivo, mas Ariel as ignorou, já que era sua vez. Ela ondulou os dedos sobre a abertura antes de levantar uma bola roxa cintilante da prateleira.

Olhou de esguelha por cima do ombro para onde os amigos a incentivavam. Eric batia palmas como se assistisse a uma partida de futebol. O nervosismo retesou seu estômago, mas ela usou aquela energia para se focar. Para mirar. Para sentir o peso da bola e, então, soltá-la.

Strike!

Ariel levantou os punhos no ar e Carly gritou:

— Sorte de principiante! Passe para o meu time.

O resto daquela hora foi cheio de bolas na canaleta e o placar final a situou em penúltimo, na frente apenas de Oz, mas ela enviou uma selfie brega para as irmãs.

Sophia:
Não me lembro da última vez que te vi sorrir tanto, minha peixinha.

Marilou:
Que inveja!

Stella:
Buuuu! Me leva, por favor!

Ariel devolveu os sapatos, piscando para afastar a emoção que veio com a saudade das irmãs.

Mais tarde, no almoço, devoraram um churrasco suculento e delicioso. Da última vez em que visitara Nashville para se apresentar no The Golden Grand, Elektra e Sophia é que tinham escapulido para curtir música ao vivo, disfarçadas com perucas neon e faixas de despedida de solteira. Ariel era jovem demais, com muito medo de ser pega.

— Alguém a fim de ir a uma loja de discos? — perguntou Ariel quando eles saíram de Nashville Bowl.

Cada um deles, exceto Oz e Eric, recusou por causa do quanto tinha comido. Ariel pediu um carro de aplicativo até a PhonoGold, em Nolensville Road, com Oz espremido entre ela e Eric feito um urso de pelúcia humano que não parava de espirrar. Muito bem. Com a companhia de Oz, parecia uma atividade em grupo, em vez de um encontro. Mas, pensando bem, todos os encontros dela tinham sido manobras publicitárias, até o ano que passara achando que estava apaixonada por Trevor Tachi. Logo, o que diabos ela sabia sobre encontros reais?

Rapidamente anotou *Ter um encontro de verdade* em sua lista para não se esquecer, aí fechou o caderno antes que Eric ou Oz pudessem ver.

Tarde demais. Oz, com um olhar curioso, perguntou:

— Você nunca teve um encontro de verdade?

— Não exatamente.

O calor subiu por seu rosto quando Eric se debruçou adiante, interessado.

Até o motorista do aplicativo se virou para lhe dar uma olhada de cima a baixo.

— Não se preocupe, meu bem. Eu também desabrochei mais tarde. Com esse rostinho bonito, logo vai ter uma fila de candidatos.

— Eu tenho tantas perguntas — cochichou Eric.

Ariel olhou pela janela e usou sua melhor voz de responder a coletivas de imprensa.

— Não responderemos a nenhuma pergunta hoje, muito obrigada.

Eric riu enquanto o carro os deixava na calçada. Eles escaparam do calor do Tennessee e entraram na PhonoGold, que afirmava abrigar mais de quinze quilômetros de álbuns. O edifício de tijolinhos à vista tinha sido construído nos anos 1950 e cheirava a papel antigo e incenso. Um par de clientes passava por fileiras e mais fileiras de caixotes identificadas com etiquetas escritas à mão e setas coloridas.

— Este lugar é um labirinto — disse Eric, os olhos de um castanho quente passeando pelo espaço imenso antes de pararem nela. — Você está procurando algo específico?

Ariel foi atraída para um expositor pequeno de trilhas sonoras raras de contos de fadas.

— Só vou saber quando ver. Eu só comprei vinis on-line até hoje ou roubei da coleção do meu pai.

— Quando eu me mudei para Nova York, passava horas procurando discos usados. — Ele se postou ao lado dela, usando o indicador e o dedo médio para passar um "pente-fino" na seção de rock clássico. Ela esfregou os antebraços, onde aqueles dedos a acariciaram naquela mesma manhã. — Encontrei uma cópia de *Ziggy Stardust* que estava impecável.

— E você, Oz? — perguntou Ariel, um pouco alto demais.

— Ah, eu tenho uma lista — respondeu o jovem motorista, indo direto para o homem encorpado atrás do balcão. Oz sacou seu telefone e revirou o aplicativo de anotações. — Oi, olá. Você tem alguma coisa na área de nature electronic?

Eric pareceu achar graça.

— O que é nature electronic?

O atendente se animou. Seus cachos espessos e os óculos grandões lhe davam uma aparência de "Weird Al" Yankovic samoano. O pin com seu nome dizia JUNE.

— Ah, cara! É o que há! É como se você desse um computador para a Mãe Natureza. Meus preferidos são Zanzi, Lolatech, Pyrodyte. — Juno e Oz se encararam e gritaram: — Malichor!

Ariel deu risada. Ela *amava* quando as pessoas se conectavam assim por meio da música.

— Isso são bandas ou personagens de *Sailor Moon*?

— Não é?! Você captou a ideia — disse June, abandonando os fones de ouvido.

Ariel não tinha muita certeza se havia mesmo "captado a ideia", mas já adorava June e a loja. June foi verificando os álbuns que guardava atrás do caixa. Ariel não fazia ideia de como ele conseguia encontrar qualquer coisa. Era como procurar uma agulha numa pilha de agulhas, só que de cores levemente diferentes.

O rosto redondo de June se partiu num sorriso satisfeito quando encontrou o que estava procurando. Girou o vinil entre as palmas das mãos, colocando-o gentilmente no toca-discos e posicionando a agulha na primeira faixa.

— Olha só isso. Zanzi.

Uma faixa de EDM com um baixo pesado começou a tocar. Lentamente, como se as notas se espreguiçassem depois de um longo sono. Em seguida, veio o som inconfundível da música das baleias.

Eric se moveu lentamente entre as fileiras de vinis.

— Eu até que gostei.

— Muitos dos artistas são DJs que encontram esses documentaristas da natureza e fazem experiências com as faixas perfeitas — explicou Oz. Ele movia os braços acompanhando a música hipnótica, total e desavergonhadamente em seu elemento. — Isso é como as baleias soariam se vivessem no espaço sideral.

— *Isso* — disse June, oferecendo o punho fechado para Oz bater, o que ele fez sem nem hesitar.

Ariel, por sua vez, viu-se andando pelos corredores. Quando tinha sido a última vez que escutara uma música que a fez ter aquela mesma sensação de devaneio? Desde que conseguia se lembrar, ela podia ouvir melodias em sua mente. Os pais sempre a encorajaram, e ela queria apenas ver o orgulho deles quando cantava rimas infantis improvisadas na mesa do jantar. Com as Sete Sereias, ela se expressara, mas através de um filtro. Uma persona. Uma que vinha com expectativas e pouco espaço para se esticar e crescer. Não era assim para todo mundo, mas Teodoro del Mar acreditava em não mexer em time que está ganhando.

Caminhando pela loja labiríntica, ela se sentia incerta sobre muitas coisas — o que aconteceria depois da turnê, como seria o relacionamento com o pai quando voltasse para casa, se algum dia ela teria uma carreira outra vez. Seu amor pela música, porém... Isso era uma certeza. Mas como soaria esta versão de Ariel del Mar? Ela não sabia por quê, mas tinha um bom pressentimento de que chegaria lá.

Os dedos de Ariel coçavam para sair explorando. Para encontrar um som novo, mesmo que não gostasse dele. A PhonoGold tinha uma parede de escuta, e ela ouviu trechos dos discos mais recentes, saltando do pop para R&B para country e para rock celta. Encontrou uma pequena pilha de discos antigos de pop latino — Willie Colón, Oscar D'León, Celia Cruz, Maná, Carlos Vives —, cada um trazendo lembranças de sua mãe cantando na cozinha, no carro, no chuveiro.

Mergulhou mais fundo na loja, intrigada com a cortina cintilante onde se lia RAROS e, logo abaixo: LIQUIDAÇÃO LIQUIDAÇÃO. A saleta provavelmente tinha sido, em algum momento, um armário de despensa. Pegou um álbum aleatório no caixote mais próximo. A capa mostrava uma mulher num vestido de tafetá segurando um gato sphynx. No vestido havia os dizeres MILANDRA'S SYMPHONY. Ariel riu, depois deu meia-volta. Tinha um impulso vívido de mostrar a estranha descoberta para Eric.

Como se o tivesse invocado com seus pensamentos, ele passou pela cortina. Ela podia *sentir* seu coração saltando ao ver Eric. Eric

Reyes, com sua boca num sorriso malicioso permanente e olhos castanhos encantadores. Aquele pestanejar de seus cílios pretos quando ele abaixava os olhos antes de tornar a olhar para ela. Com ele naquela minúscula salinha de "liquidação liquidação", tudo parecia mais apertado e mais quente do que apenas alguns segundos antes.

Ela pigarreou e entregou o álbum.

— Olha só o que eu encontrei.

— Você vê, ninguém mais segura gatos pelados e enrugados em vestidos de *quinceañera* — disse ele, num lamento fingido. — Talvez eu devesse trazer essa moda de volta no videoclipe de "Love Like Lightning"

— Os anos 1980 estão de volta com tudo.

— Pensei que os anos 1990 é que estivessem de volta.

Eric pegou a estrelinha pendurada no choker de veludo preto de Ariel.

— Nem. Isso aqui é do começo dos anos 2000. Vintage. Eu roubei da minha irmã mais velha.

Ela se virou e deu três passos inteiros para colocar espaço entre os dois. Embora a presença dele fosse calma, ela se sentia como um fio desencapado com ele tão perto.

— Algum dia vamos conhecer mais algumas dessas irmãs misteriosas? — Eric puxava discos de maneira aleatória. — Elas deveriam vir para o show de Nova York.

— Talvez.

Ariel se ocupou folheando pilha atrás de pilha só para não ter que dar uma resposta real para ele. *É claro* que ela queria que suas irmãs vissem a Desafortunados tocar. Estava habituada a dividir tudo com elas. Entretanto, isso era diferente. Esta parte de sua vida era dela e só dela. Por um instante, considerou contar tudo a Eric.

A propósito, nada de mais, mas meu nome completo é Melody Ariel Marín Lucero. Aquela seita da qual você presumiu que eu fazia parte é, na verdade, meu grupo de música pop, as Sete Sereias, que você, pelo jeito, odeia.

Será que ele aceitaria numa boa? Será que a expulsaria da turnê? E se a reação dele ficasse no meio do caminho? Ela sabia que a questão não era realmente Eric gostar das Sete Sereias ou não. A questão era tudo o que ela deixara que ele presumisse. Os bolsões de verdade que deixavam espaço para mentiras. E, ainda assim, ela se sentia mais como si mesma agora do que quando deixara Nova York. Virou-se para dizer algo a ele, qualquer coisa, mas se deu conta de que ele estava chamando seu nome.

— Melody?

— Desculpa. Eu estava perdida em pensamentos.

Eric tornou a olhar para a cortina brilhosa, depois para ela. Havia uma indecisão em seus olhos escuros. Ele devia partir, sim. Ela devia partir, sim. Não, os dois não deviam ficar a sós por muito tempo. Seja lá contra o que ele estivesse lutando, acabou ficando. Eric deu um único passo em sua direção, ficando a seu alcance.

— Aonde você vai? — perguntou, baixinho. — Quando está perdida em pensamentos?

Ela suspirou, as mãos ainda vasculhando os discos.

— Só pensando nas escolhas que eu fiz e o que vou fazer com o resto da minha vida. Nada de mais.

— Sei, sem pressão. — Ele exalou uma risada. — Sabe, quando me perco em pensamentos, imagino meu discurso no Grammy. Ou no Oscar.

— O Oscar — repetiu ela, brincalhona. E, no entanto, não tinha dúvidas de que ele era capaz de chegar lá. — Eu acho que você deveria tentar o circuito completo: Emmy, Grammy, Oscar e Tony.

— Sonhar grande, né?

O rosto de Eric exibia suas emoções de forma tão franca, tão sincera. Era fácil conhecê-lo e presumir que ele era só mais um sonhando em se tornar um astro do rock. Conhecera um bom número deles. Mas Eric era tão fervoroso que Ariel queria acreditar com ele.

O disco seguinte que ela puxou de maneira fortuita era um LP do ABBA, as cores levemente distorcidas. Ela ofegou e ele apareceu a seu lado, para espiar por cima do ombro.

— Um erro de impressão!

— Isso é um achado excelente — disse ele.

Se ela inclinasse a cabeça para o lado, ficaria a centímetros da linha do maxilar dele. Por que maxilares eram tão sexy? Ele tinha a barba por fazer de um dia, que geralmente raspava algumas horas antes de um show. Ela se permitiu imaginar, por um momento, como seria beijá-lo ali. Levantar nas pontinhas dos pés para encontrar os lábios dele, a suavidade com que eles cederiam, como morder uma fruta madura. Seu suspiro ofegante, tão semelhante ao crescendo de suas músicas. Só que esse seria por ela e apenas por ela.

Em seguida, lembrou-se de seu trato com Odelia. As sobrancelhas definidas e a encarada mais firme ainda da manager substituíram o devaneio de Ariel com beijos. *Eric está proibido pra você*, ecoava a voz.

Ariel recuou e se viu contra a parede. Cada parte sua se retesou com o modo como os olhos dele acompanharam sua boca, sua garganta, o ponto onde sua gargantilha pousava acima das clavículas. Ele desviou o olhar, e ela podia jurar que Eric tinha murmurado uma praga.

— Melody...

— Vou comprar esse para a Grimsby — disse Ariel, abraçando o disco contra o peito como um escudo contra o próprio desejo violento.

Eric apertou a ponte do nariz, fazendo uma careta, como se não pudesse acreditar no que ia dizer, mas falou apenas o nome dela.

— Melody.

— Não precisamos conversar sobre hoje cedo — ela disse para ele. — Não aconteceu nada.

Ele assentiu devagar.

— Certo. É, é verdade. Eu sei. Não foi nada. Estávamos cansados. Mas não era disso que eu queria falar.

— Ah.

Ela esperou ele continuar.

— Falando em Grimsby — disse ele —, eu ouvi vocês duas hoje de manhã no ônibus.

As bochechas dela arderam de leve.

— Eu devia me lembrar de que não existe privacidade com oito pessoas num ônibus de turnê.

— Espero que ela não tenha te assustado com aquele papo de eu ser um... Cê sabe...

— Um romântico inveterado que deixa todas as emoções na cara? — sugeriu ela. E então, com mais suavidade: — Ela disse que já te magoaram antes.

Eric suspirou, frustrado, passando dedos ansiosos pelos cabelos.
— Não é... Bom, é uma longa história.

E eles não tinham tempo. Deveriam estar de saída para terminar de pendurar o fundo do palco, e Ariel tinha um trabalho a desempenhar. Mas Odelia não poderia culpá-la por isso. Por ouvir Eric como amiga.

— Me conta. — Ela tocou no antebraço dele, onde ondas agitadas de um mar tempestuoso estavam tatuadas na pele dele. — Somos amigos.

Eric tocou o seu pendente dourado, pensativo. Houve um momento em que Ariel achou que ele não ia responder. E aí ele sustentou o olhar dela e explicou:

— Eu conheci alguém quando cheguei em Miami. Não deu certo. Mas não foi do jeito que você imagina.

Ela riu.

— Eu nunca estive num encontro de verdade nem tive um namorado real, então não tenho muita referência.

— Espera, namorado *real*? — Eric levantou uma única sobrancelha, incrédulo.

— Não estamos falando de mim agora, estamos falando do seu coração partido.

— Meu coração partido pode esperar — Eric disse e, então, fez uma pausa. — Esse é um bom verso para uma música... Mas eu só preciso esclarecer um negócio.

Ela inclinou a cabeça para cima.

— Tá bom.

— Você tinha um daqueles namorados canadenses de mentirinha? Por que toda mulher que eu conheço já teve um namorado canadense de mentira, quando a Colômbia está logo ali?

Com isso Ariel riu, pressionando a palma da mão no peito dele e lhe dando um empurrão de brincadeira. Vindo de uma família grande, ela sentia falta de toques bobos assim. Afetuosos, amorosos. Um lembrete de que alguém se importava com você e te amava.

Quando ela não o soltou, porém, e Eric colocou sua mão sobre a dela para que ela pudesse sentir seu coração batendo forte, Ariel soube que era mais do que isso. Viu o momento em que Eric brigou consigo mesmo, depois acabou com a distância entre os dois. Com os olhos fixos nos dela, ele murmurou:

— Foi alguma coisa, sim, Melody. Hoje cedo. Foi alguma coisa.

Ariel agarrou a frente da camisa, puxando-o para si. O calor na salinha era palpável, irradiando de Eric feito uma aura. Ela inalou o sal adocicado da pele dele, a hortelã de seu hálito, enquanto ele empinava o queixo dela com seus dedos ásperos e calejados.

— Oláááá! — A voz de Oz cantarolou do outro lado da cortina.

Eric rapidamente olhou por cima do ombro, depois de volta para ela, como se estivesse contemplando se eles tinham tempo para um beijo antes de o amigo deles entrar.

— Não posso — disse Ariel, a voz rouca de desejo. Ela soltou sua mão da dele.

Eric colocou espaço entre os dois e desfez a tensão com um de seus sorrisos de partir o coração.

— Venha, antes que Oz decida comprar tudo nesta sala também.

Ariel o seguiu, alisando a camiseta, o cabelo. Tinha quase atravessado as cortinas quando notou que tinha esquecido o disco do ABBA. Voltou correndo e foi então que Ariel os viu.

Seus pais.

No último caixote em que Eric mexera, havia um LP da banda de seu pai e sua mãe, Luna Lunita, bem ali. Ela piscou o embaçado e a descrença de seus olhos. Eram eles mesmo. Totalmente paramentados ao estilo dos anos 1980, com roupas brilhantes e ombreiras, eles estavam incríveis. Contudo, nunca vira aquele disco antes, o que era estranho, porque seu pai tinha cada peça de memorabília de seus dias iniciais emoldurada por toda a cobertura.

Ela pegou um par de discos aleatórios em oferta para cobrir o LP de seus pais e correu atrás de seus amigos.

Naquela noite, depois do show, de volta ao ônibus e seguindo pela estrada em direção a Atlanta, Georgia, Ariel deitou em sua cama, mas não pegou no sono. Acendeu a luzinha de leitura no canto de sua cama e cuidadosamente puxou o vinil de dentro da sacola de papel pardo. Estivera ansiosa a noite toda, querendo ficar sozinha para poder inspecionar melhor o disco de seus pais. No escuro, tirou uma foto e enviou para as irmãs.

Segundos depois, Marilou, que estava sempre acordada, respondeu primeiro.

Marilou:
Feliz Natal celta? Isso é irônico, por acaso?

Ariel conteve uma risada fungada e tirou uma foto do disco correto.

Ariel:
Eu tô ficando maluca? Nunca vi esse disco do
Luna Lunita antes no altar do papai.

Elektra:
Talvez seja um erro de impressão?
Essas músicas estão no disco de estreia deles,
mas com outra capa.

Marilou:
E também não tive sorte para
entrar no computador dele.

Thea:
Mamãe está tão linda. Eu vejo traços
dela em todas nós.

Alicia:
Envie pelo correio! Ou, melhor
ainda, vem pra casa!
Sinto que essas coisas de autoconhecimento
levam menos tempo nos filmes.

Sophia:
Porque isso sempre entra naquelas
montagens, besta.

Ariel desligou o celular quando o chat das irmãs, #SeteAPressão, descambou para os xingamentos. Em alguns sentidos, sentidos que ela nunca havia parado de verdade para analisar, elas eram irmãs comuns. Brigavam e pegavam as roupas umas das outras emprestado e se amavam.

Teve o impulso esmagador de ouvir a voz da mãe. Procurou uma playlist de músicas antigas do Luna Lunita e ajustou seus fones de ouvido sem fio.

Sua mãe, Maia del Mar, tinha a voz mais linda. Anos depois, Ariel ainda guardava a lembrança de estar na casa antiga deles, em Forest Hills, no Queens. A mãe se sentava no sofá espaçoso com Ariel no colo. Sophia, ainda aprendendo a tocar violão, dedilhava sem prática. As gêmeas desenhando sereias com canetas de gel com glitter. Elektra e Thea brigando por causa de algum brinquedo. Marilou usando o máximo de bijuteria da mãe que conseguisse colocar em torno do pescoço delgado e dos pulsos. Onde estava o pai delas? No escritório dele. Com tio Iggy, reunindo-se com algum investidor, algum produtor, alguém disposto a apostar numa família com um sonho grande.

Um sonho que nunca fora o seu, não do jeito que seu pai imaginava.

Um sonho que *era* de Eric.

Nunca havia pensado que ele lembrava Teo del Mar até aquele momento. Esse pensamento, embora profundamente inquietante, passou depressa. Eric não se parecia *em nada* com o pai dela. *Em nada*.

Colocou a faixa "Luna mia" desde o começo outra vez. Era a música que conquistara o primeiro Grammy para seu pai e abrira as portas para o reinado musical que ele construiria posteriormente com as filhas. *Por meio* das filhas. Semanas antes, Ariel não teria feito essa distinção, deu-se conta.

Ariel ouviu um arranhado. Tirou o fone de ouvido e reiniciou a conexão, mas o ruído baixo de arranhado não vinha da música. Ouvira esse barulho ali na primeira noite, mas Ariel o arquivara como "sons misteriosos do ônibus". Ela se sentou agora, depressa demais, e bateu a cabeça no teto. Soltou um palavrão em voz alta.

— Mel?

Mel. Uma sílaba de Eric, naquela voz deliciosamente rouca que ele tinha quando acabava de acordar. Ela ouviu o farfalhar da cortina dele sendo puxada e rapidamente empurrou o disco de volta para a sacola de papel pardo, enfiando-a sob seus pés.

— Melody?

A voz preocupada de Eric foi a última coisa que ouviu antes de sentir algo *se mover.* Por entre as cobertas dela. Roçando os dedos de seu pé. *Garras* pequeninas correndo por suas panturrilhas. Não pôde evitar. Inspirou fundo e gritou. Deve ter assustado Oz, porque o ônibus oscilou, instável, de um lado para o outro. Um por um, os outros começaram a se levantar, questionando o que estava acontecendo.

Ariel tentou sair da cama, mas suas pernas estavam enroladas nos lençóis e ela rolou para fora do colchão, atingindo o piso com um *uufs* sem fôlego.

— O que está rolando aí atrás? — Oz gritou pelo rádio.

— Rato! — Ariel conseguiu dizer. — Tem um rato na minha cama!

Ela chutou as cobertas e Eric cambaleou, tentando se equilibrar ao ajudá-la. Ruídos meio grogues, mal-humorados e sonolentos se somavam ao caos enquanto o ônibus estremecia e dava um solavanco forte para a esquerda. Carros na estrada àquela altura da madrugada buzinaram *muito,* e eles ziguezaguearam enquanto o ônibus tentava se aprumar.

— Atropelamos alguma coisa? — gritou Eric. — Oz!

Grimsby, cuja cama ficava acima da dela, disse *Ah, não,* segundos antes que tudo — inclusive o colchão da própria Grimsby, com ela ainda em cima dele — tombasse de lado.

Ariel levantou os braços para proteger seu rosto e Eric jogou o corpo por cima do dela. Apoiado nos antebraços, ele formou uma gaiola de proteção enquanto Grimsby caía sobre eles, seguida por itens difusos que se espalharam pela cabine ao redor deles com um ruído seco.

Odelia estava de pé agora, gritando para que Oz colocasse o veículo sob controle. Ariel, porém, sentiu o peso de mais uma pessoa caindo sobre eles. Eric se empenhou para impedir que ela fosse esmagada feito um bicho na estrada, e, se o coração dela não estivesse desabando de medo que eles se encontrassem à beira de um acidente, estaria beijando a cara dele toda. O trato que se danasse. Tudo o mais que se danasse.

Mas aí a Fera sacolejou adiante, antes de parar abruptamente. Devagar, todo mundo se levantou do pavê humano que tinham formado no chão. Oz abriu a porta da cabine, retorcendo seu chapéu de pescador cheio de nervosismo.

— É, então... — disse ele. — Temos um problema.

— Tem um rato no ônibus! — Ariel se pôs de pé outra vez. O corredor não era largo o bastante para todos eles.

— Ela não é um rato! — disse Grimsby, indignada, e vasculhou a cama de Ariel freneticamente até achar a fonte da comoção. Em suas mãos havia um porquinho-da-índia branco e marrom.

Oz espirrou e estreitou os olhos para a criaturinha.

— Na verdade, eu ia dizer que bati numa placa lá fora. O farol dianteiro já era.

— O que está dizendo? — perguntou Odelia, e Ariel podia praticamente ver a fumaça escapando das orelhas dela.

— Nessa escuridão, nós não vamos a lugar algum.

Meditações musicais de MusicMan929

Assinantes: 21
Arquivado em 4 de janeiro de 1998

Eu vou provar por que Teodoro del Mar é uma Fraude, com F maiúsculo. Trabalhei com Luna Lunita por dois anos. Trabalhar com um pioneiro do pop latino nos Estados Unidos era o meu sonho. Mas, quanto mais conhecia Teo, mais eu percebia que o cara não tem ideia do que está fazendo. Ele não tem um single que seja hit desde "Luna mia". E por um bom motivo!

Maia del Mar é o coração por trás da coisa toda, mas ela ficou em segundo plano nos negócios. A mulher é uma deusa.

Ainda não sei o que é, mas vou descobrir que Teo está escondendo alguma coisa. Algo que eu vou expor para o mundo ver. Ele pode ter me demitido simplesmente por ter discordado dele, mas sou eu quem vai rir por último.

CAPÍTULO TREZE

ERIC
29 de junho
No meio do nada

Eric Reyes já vira sua manager flutuar entre contente e descontente, mas nunca tinha visto o que ela chamava de sua "fase de pesadelo". Seus cabelos pretos estavam enrolados em bobes enormes, presos com um lenço de seda. Alguns tinham se desfeito durante o acidente e se curvavam feito tentáculos de um polvo (não que ele contaria isso a ela). Sem as indefectíveis sobrancelhas pintadas e o batom vermelho impecável, Odelia parecia quase vulnerável. Quase. Ainda vestida em seu robe e as pantufas peludas que só usava no quarto, ela gritava ao telefone enquanto caminhava de um lado para o outro na estrada.

A mesma estrada que levava para Atlanta e se encontrava numa escuridão total, totalmente vazia, e os oito se juntavam na frente do ônibus como se fosse mais seguro ficar amontoados no pequeno raio do facho de luz do único farol.

Carly tinha a máscara de dormir sobre a testa. Os cílios desenhados ali brilhavam no escuro. Ela balançou a cabeça e fez uma careta.

— Não. Eu tenho pesadelos que começam assim.

— No filme *Horrores de Halloween 17* — disse Max —, o assassino sequestra o trailer da família, sai de baixo do chassi e PÁ! Não sobrevive ninguém.

— Eu *não gosto disso* — murmurou Oz, escondendo-se atrás de Melody, que tinha metade do tamanho dele.

Melody conteve uma risada, mas o tranquilizou:

— Vai dar tudo certo.

— Pra você é fácil dizer isso. — Carly cruzou os braços. — Sua algazarra foi o motivo para ele quase nos tirar da estrada e atropelar uma porcaria de placa.

— Algazarra? — perguntou Vanessa, esfregando as costas da amiga. — Sério, cara?

Um sentimento de proteção brotou no peito de Eric, e ele não pôde se conter. Não aguentava ver a culpa no rosto dela.

— Melody não fez nada de errado. Não faz sentido culpar ninguém. Monty não deveria estar no ônibus, para começo de conversa.

Todos se viraram para Grimsby, que se postara a alguns passos deles, aninhando sua porquinho-da-índia idosa como um se fosse um recém-nascido.

— Desculpa! Eu simplesmente não podia deixá-la. E se acontecesse alguma coisa?

Max jogou as mãos para o ar.

— Quase aconteceu... *Com a gente.* Além disso, Oz tem alergia.

— Oz tem alergia a tudo — disse Grimsby.

— Isso é verdade.

O motorista assentiu e, de alguma forma, tinha se tornado o único calmo entre eles. Esse normalmente era o papel de Eric.

Ele respirou fundo e recuperou seu controle. Todo mundo estava ansioso e assustado. Estavam no meio do nada, às três da manhã, com um farol quebrado.

— Olha, lá vem Odelia — disse ele. — Vai ficar tudo bem.

Mas a destemida manager chacoalhou teimosamente a cabeça. Outro de seus bobes caiu e ela franziu os lábios com desagrado.

— Toda vez que me passam para alguém por tempo suficiente para pedir ajuda, cai a linha.

— Tinha um posto de gasolina alguns quilômetros atrás — disse Oz, abraçando a si mesmo. — Com certeza eles devem vender lâmpadas de reposição...

— Não dá para chegarmos até Atlanta com uma só? — perguntou Max, entre mordidas nas cutículas.

Oz apontou para a estrada vazia.

— Quer ir *você* dirigindo por *aquilo ali* com apenas um farol funcionando?

Todos fitaram, quietos e cabisbaixos, naquela direção. Se fosse só Eric, ele arriscaria. Mas com sua equipe?

— Não — disse Eric, finalmente.

— E se formos bem devagarzinho? — perguntou Vanessa. — Nós já perdemos tempo andando em círculos na interestadual...

Odelia levantou as mãos para o céu noturno em prece.

— *¡Paciencia, Odelia,* paciencia*!*

Sempre que a manager pedia paciência aos céus, ele sabia que ela estava no limite. Eric tinha que consertar isso. Esta era sua banda, sua família.

— Eu vou — disse Eric. — Temos uma lanterna industrial no ônibus. Não vou demorar muito.

— Mano, a gente não pode se separar! — gritou Carly.

— É — disse Max, apoiando-a. — É assim que o assassino nos pega.

— Eu não estou gostando disso — repetiu Oz —, *nem um pouquinho.*

— *Amaldí-suadôs* — resmungou Grimsby, dando uma uva para Monty comer.

— Você sabe que açúcar a deixa hiperativa — disse Eric.

— Mas é natural! — Grimsby disparou em resposta.

— Todo mundo, acalmem-se, *caralho*! — estressou Vanessa, murmurando em seguida: — Desculpa, mãe.

— Nós não vamos nos separar — disse Carly. — Vamos *todos* caminhar até o posto de gasolina.

Oz lentamente levantou a mão.

— Eu, de novo, não gostaria disso.

— Vamos simplesmente esperar no ônibus até amanhecer — sugeriu Max, encolhendo-se atrás de Carly, quando algo farfalhou nos arbustos.

— Vou com você — disse Melody. No tempo em que estavam todos discutindo, ela tinha recuperado seus tênis e encontrado a lanterna de emergência. — Eu me sinto parcialmente responsável e, se esperarmos o amanhecer, atrasaremos o cronograma.

Melody não parecia nem um pouco preocupada enquanto saía da cobertura do único farol e começava a caminhar. Estava acertado. Eric sorriu, depois se deu conta de que ela o estava deixando para trás e correu para alcançá-la.

— Coloque seu celular no modo walkie-talkie! — berrou Oz.

Max gritou:

— Não sejam assassinados num pântano!

A voz dela ficava mais distante a cada passo.

Melody riu, soprando ar pelo nariz.

— Acho que nem estamos perto de um pântano...

— Sabe, acho que é a primeira vez que elas concordaram com alguém por unanimidade.

— Bem, quero dizer, quem é que quer caminhar três quilômetros ida e volta às três da manhã numa estrada no meio do nada... E de pijamas, ainda por cima?

— Nós, é óbvio. — Eric correspondeu ao sorriso brincalhão de Melody com uma sacudida da cabeça. — Não vou dizer que Max esteja correta, mas posso entender por que ela acha que estamos amaldiçoados. Digo, vamos repassar todas as coisas que deram errado... — Ele começou a contar pelo polegar. — A banda do nosso show de abertura ficou doente. O promotor de merchandising deu pra trás, começamos a turnê com um engavetamento enorme.

Ela abriu um sorriso tímido.

— Não se esqueça de que alguém tentou roubar seu violão.

— Como eu poderia me esquecer? — Ele continuou contando. — Ficamos presos no elevador. E agora, isso.

— Talvez vocês tenham mexido com alguma força cósmica — sugeriu Melody.

Uma brisa úmida e fraca soprou seus cabelos em volta dos ombros. Ele estalou os nós dos dedos para ocupar as mãos.

— Mas também tem as coisas boas.

Melody virou a lanterna na direção dele.

— Coisas boas?

— Se aquele caminhão de sorvete não tivesse quebrado, eu não estaria lá na calçada e não teria uma mulher muito corajosa e impulsiva derrubando um ladrão, e eu não teria passado a noite mais incrível da minha vida... Bem, você já sabe o resto.

Eric se empenhou ao máximo para fitar a estrada adiante, mas podia sentir o olhar de Melody sobre si.

— E isto aqui? — perguntou ela. — Onde está o equilíbrio cósmico nisso?

— Ah. Eu posso pular meu treino matinal.

Melody riu, riu de verdade, até dar uma olhadinha na silhueta da Fera sumindo. Ele não conseguiu entender o lampejo de incerteza nos olhos dela. Será que estava olhando para trás literalmente ou também de maneira figurada? Às vezes, sentia que ela estava se contendo, temerosa, só um pouquinho. Quanto mais compartilhava sobre suas irmãs, seus sonhos, seu pai, mais as coisas se tornavam abstratas.

Ela abriu os braços e deixou a brisa grudenta envolvê-la. Eric imaginou deslizar por trás dela. Abraçá-la apertado, como tinha feito no hotel no meio da noite. Talvez ele se lembrasse daqueles eventos de maneira diferente do que ela se lembrava, e definitivamente diferente do que Oz talvez pensasse ter interrompido. Ele havia acordado no meio da noite e percebeu que ela estava resmungando, inquieta. Tomara um gole de água e se perguntara se devia acordá-la. Aí se lembrou do que ela havia dito sobre aquele tubarão de pelúcia antiestresse, então gentilmente o colocou ao lado do travesseiro dela. Melody o jogou para fora da cama, rolando para junto do corpo dele. Eric tinha ficado absolutamente imóvel. Tão angustiosamente imóvel, enquanto ela o envolvia em seus membros... Ele estava certo de ter visto um documentário da vida na natureza falando sobre petauros e coalas se agarrando a árvores do mesmo jeito que Melody se agarrava a ele. Após alguns instantes, o sono o derrubara, e ele dormiu profundamente, sabendo que ela se sentia a salvo com ele.

Daí acordou de novo e seu primeiro pensamento foi: *Isso está correto. Está incrivelmente correto.* Talvez fosse porque ele havia ficado sozinho nos primeiros meses depois de enfim sair de casa, mas sentia essa necessidade primitiva de se certificar de que ela estava a salvo. Quando o ônibus quase saiu da estrada, seu único pensamento foi o de protegê-la com o próprio corpo. Mesmo quando Grimsby caiu sobre a cabeça dele.

Agora Eric se concentrava no ruído que seus tênis faziam ao esmagar o cascalho espalhado sobre o asfalto, o frenesi das criaturas noturnas fazendo serenata para a caminhada deles. *Prrrrr. Chilreado. Uivo.*

— Como você faz isso? — perguntou Melody. — Como consegue se impedir de pensar que é o fim do mundo?

— *Hum.* Acho que a única outra opção é deixar que tudo desmorone. Eu não posso me dar a esse luxo. Digo, não sou loucamente otimista. Mas sei que, se eu surtar, Max vai surtar ainda mais, e Carly é teimosa, mas se machuca com facilidade, e Grimsby é secretamente uma vampira, mas é uma vampira bem ansiosa.

— Elas dependem de você. — Ela colocava um pé na frente do outro, equilibrando-se na faixa branca da rodovia como se fosse uma corda bamba. Suas pernas fortes eram elegantes como as de uma dançarina. — Mas de quem você pode depender?

— Eu simplesmente grito quando não tem ninguém olhando.

Melody estreitou os olhos.

— Você mora numa casa com mais três pessoas. Elas não te ouvem?

— Eu faço caminhadas. Tá, eu provavelmente poderia fazer isso no metrô e ninguém estranharia, mas é libertador. Tipo uma catarse. Tente.

— É só gritar?

Eric parou ao lado dela para lhe dar espaço.

— É. Quem vai nos escutar?

Ela aprumou os ombros e girou no mesmo lugar. Ficou na ponta dos pés, feito uma bailarina. (Ele anotou na memória que devia perguntar se ela já tinha sido dançarina.) Respirou fundo, inclinou a cabeça para trás, para o céu noturno. Um milhão de estrelas, testemunhas do momento quando ela se soltasse.

Mas ela não gritou. Balançou um dedo para ele, como se soubesse que Eric estava aprontando alguma, e continuou andando.

— Eu acho que você está apenas evitando minha pergunta original — disse ela.

— Quando formos ricos e famosos, minha conta da terapia será imensa.

— Eric.

— Eu gosto quando você diz meu nome desse jeito — confessou ele, a voz áspera de emoção. Ele sabia, *sabia* que não teria dito aquilo se não estivessem sozinhos no escuro.

Melody reduziu o passo, os braços de ambos se roçando conforme caminhavam lado a lado. Ela mexia em sua gargantilha. Ele sabia que ela fazia isso quando estava pensando profundamente, tomando cuidado com o que queria dizer ou perguntar.

— Você não comprou nada na loja de discos... — disse ela.

Ele pegou a deixa. Ela já não tinha murmurado *eu não posso* pouco antes de eles se beijarem? Eric não deveria nem estar contemplando a ideia. Vanessa tinha razão desde o primeiro dia, porque, no que dizia respeito a Melody, sua cabeça não estava focada, e ele não podia ter uma reprise do que acontecera da última vez.

— Eu tenho uma coleção enorme em casa — disse ele. — Na Colômbia. Deixei para trás.

— Você não voltou mais para lá?

Eric sacudiu a cabeça, a dor de uma lembrança antiga tentando emergir. Antes que isso acontecesse, ele mudou de assunto.

— Não pense que você se livrou.

Melody levou a mão ao peito.

— O que foi que eu fiz?

— Eu estou... — Ele procurou a palavra certa, mas acabou optando por: — ... curioso para saber como é que você nunca teve um encontro de verdade nem um namorado real.

Em vez de *curioso*, ele queria dizer *desesperado*. Mas a dicção era tudo.

Melody riu, aquela muralha invisível se erguendo ao seu redor. Contendo-se.

— Não é lá muito empolgante.

— Você disse, e eu cito diretamente: *eu sou resguardada, não inocente.*

Ela apontou a luz para longe deles, como se Eric não pudesse praticamente sentir o rubor no rosto dela. Ele se lembrava, sim. Ele se lembrava de cada interação que tiveram ao longo da última semana.

— Me conta — pediu ele, ecoando as palavras que ela usara com ele na loja de discos em Asheville.

— Tá bom. — Melody direcionou a luz adiante, mas estava tão escuro, tão sem lua, que até a luz da lanterna potente era engolida depois de poucos metros. — Eu só saí com caras que meu pai aprovava. E digo *saí* nos termos mais vagos. Quando eu tinha quinze anos, gostava de um menino e fomos a uma festa juntos. É claro, minhas irmãs foram comigo. Todas elas.

— Sinto que tem uma série de TV sobre isso — provocou ele.

Ela deu um empurrão de brincadeira nele e prosseguiu.

— Até para algo como um passeio no Central Park, o assistente do meu pai ou meu *tio* ficavam por perto. Quando eu namorei esse outro cara... Vamos chamá-lo de Bob.

— Esponja?

Eric sabia que estava regredindo para a versão mais tosca de si mesmo, aquela de treze anos, mas não estava nem aí.

Ela fungou.

— Isso. O Bob Esponja.

— Legal.

— Eu fiquei com Bob por mais ou menos um ano. Eu era tão a fim dele! Minhas irmãs estavam enjoadas de mim. E eu pensei: *Uau, até meu pai aprova. Talvez seja isso mesmo. Talvez ele seja O Cara.*

Eric sentiu um ciúme irracional, mas queria ouvir o resto.

— E depois?

— Depois eu descobri que ele estava me usando — disse ela. — Para se aproximar do meu pai. Para trabalhar *para meu pai*, melhor dizendo. E eu me senti tão tonta... Como se eu tivesse confiado cedo demais. Me apaixonado depressa demais. Nunca mais quero me sentir daquele jeito.

Eric não era uma pessoa violenta, mas tinha o súbito impulso de enfiar o homem que a magoara no fundo do mar. Em seguida, perguntou-se se era essa a razão para a muralha dela.

— Você ainda sente alguma coisa por ele?

— Deus do céu, não — disse ela, sem hesitar. — Foi como se algo se dissipasse. Seja lá qual fosse a névoa de paixonite que me acometia, foi-se embora. Eu não sou uma especialista, mas acho que o amor de verdade não some fácil assim. Pelo menos, quero pensar que não. Mas o que sei eu, né?

— Você sabe apenas o que sabe e aprende o resto no caminho.

— Quem te disse isso?

— Não sei. Um cartaz motivacional num café. — Ele abriu um sorriso travesso, porque a reação dela foi empurrá-lo de brincadeira outra vez, embora não houvesse muita força no gesto. Ele só queria sentir o toque dela de novo. — Estou brincando. Odelia me disse isso.

— Ela tem bons instintos.

— Sendo justos, "Melody Esponja" não soa bem.

— Eu escrevi algumas letras boas por causa disso, não que elas tenham visto a luz do dia — confessou ela. — Por isso os itens da minha lista.

De algum ponto à distância, eles ouviram o retumbar do trovão. Ele conferiu o relógio; sabia que precisavam se apressar, embora a parte menos razoável dele quisesse que a estrada se estendesse ao infinito, que o sol nascesse como tinha acontecido na primeira noite que passaram juntos.

— Suponho que ambos sejamos compositores românticos, criando nosso caminho pelo universo — disse ele. — Mesmo que você ainda não tenha tocado para mim nada do que escreveu.

— Eu não tenho um violão — disse Melody, embora até ela soubesse que essa era uma desculpa esfarrapada.

— Pegue o meu emprestado. — Ele deu meia-volta e começou a andar de costas para poder observar melhor a reação dela. O modo como seus lábios se curvavam com sorrisos que pareciam ser apenas para ele. — Temos uma fartura de guitarras.

— Vou pegar, se você me contar uma coisa.

— Qualquer coisa.

— Todas as músicas que você já escreveu são sobre a pessoa que partiu o seu coração?

Aquela era uma pergunta complicada. Eric foi parando aos poucos. Os dois ficaram frente a frente, a lanterna iluminando os pés de ambos.

— Sim e não.

Ele não conseguia encontrar as palavras certas.

— Me conta — murmurou ela, pegando no antebraço dele, onde as ondas tatuadas chegavam às cristas. O roçar do polegar dela o fez estremecer no calor sulista.

— Sim, porque eu passei mesmo por um coração partido, só que não do tipo que todo mundo julga ser o mais importante. Houve alguém logo que eu cheguei aqui, mas não terminou bem.

Eric virou a mão e o toque dela acompanhou o movimento, os dedos de ambos se entrelaçando. Queria contar tudo para ela, o quanto tinha sido tolo, mas também queria ficar assim: Eric e Melody e a noite.

— E não, porque toda música que eu já escrevi não foi sobre ela nem sobre ninguém. Minhas músicas são sobre um sentimento. Esse pressentimento que eu tive a vida toda, como se eu estivesse procurando sem parar e não a tivesse encontrado ainda. Mas tenho escrito para ela.

Melody fechou os olhos por um instante, como alguém orando, fazendo um desejo. Quando tornou a olhar para ele, Eric estava ouvindo a canção da noite ao redor deles — aquele retumbar de trovão outra vez, mais próximo agora. O zumbido arrebatador das criaturas no mato em torno, a batida frenética do coração dele.

— Torço para que você a encontre — disse Melody, sorrindo, enquanto um raio estrondava ao que parecia apenas alguns metros deles, no campo aberto.

Por sorte ou azar — ele não conseguia decidir qual —, o céu desabou. A chuva quente beijou a pele de ambos. Melody ofegou, deliciada, e Eric absorveu o momento. A terra úmida, o cheiro adocicado do mato. O sorriso brilhante dela, sua alegria total. Queria se lembrar disso para sempre.

Eles correram até que alcançassem o posto de gasolina. Pingando, Eric vasculhou as prateleiras até encontrar uma única lâmpada combinando com aquela de que precisavam. Melody pegou uma braçada de petiscos, lembrando-se das alergias de Oz e de quais eram os chocolates preferidos de Carly. Ele adorava o fato de ela pensar na "família" deles.

Na volta, pegaram uma carona com um casal mais velho que estava dirigindo o dia inteiro para ir à festa de aniversário da neta. Nos cinco minutos da carona, Melody perguntou sobre a vida inteira deles, e eles anotaram o nome da banda de Eric. Seus amigos gostavam de brincar que *ele* era a pessoa do grupo capaz de fazer amizade com qualquer desconhecido que se sentasse a seu lado. Observando Melody, a maneira como ela ouvia com aquele poço de paciência e sinceridade... Era diferente para ele. Eric adorava receber atenção. Melody gostava de dar atenção.

Quando desembarcaram perto do ônibus, empapados, porém triunfantes, ele a encarou, sorrindo.

— O que foi? — perguntou ela, tocando o próprio rosto como se houvesse algo ali, como se esse fosse o único motivo pelo qual ele olharia para ela.

E o que ele podia dizer? Pela primeira vez em sua vida, não havia palavras. Havia aquele sentimento. O cheiro de petricor. A queda do raio. Havia Melody.

— Ah, é só que... aquele Oreo de recheio duplo é meu — disse ele.

— *Mas nem a pau.*

As portas se abriram com um chiado e os dois subiram a bordo. Todo mundo se amontoava na sala da frente. Grimsby estava na mesa, abraçando a gaiolinha plástica de Monty, protetora. Os outros estavam em silêncio, como se fosse uma intervenção. Ele já tinha passado por isso. Uma ou duas vezes.

— O que está pegando? — perguntou Eric.

— Não podemos ter um animal no ônibus — disse Odelia, o que fez Grimsby abraçar ainda mais a gaiola, Carly gritar sobre como elas tinham concordado que Monty ficaria com a vizinha e Vanessa apontar para a fonte de um guincho muito familiar.

— Olha, ela está mandando ver naquele brinquedo!

Melody ofegou baixinho quando se deu conta de que Monty, a porquinho-da-índia, estava sarrando o gato-unicórnio que tinham ganhado no fliperama. Eric tentou não rir, mas rapidamente caiu no caos com todo mundo.

— Nada de *slut shaming*! — Grimsby se virou para Melody. — Eu te arrumo um novo.

Melody suspirou. Eric teve o ímpeto de afastar o cabelo dela e beijar-lhe a têmpora. De prometer ganhar outro brinquedo, ganhar de tudo para ela. O impulso veio e se foi, porque, enquanto todo mundo ria do bichinho de estimação de Grimsby, Odelia o observava minuciosamente. Era incrível o quanto sua manager podia decifrá-lo com um único olhar.

— Está tarde — disse ele, aprofundando o grave em sua voz. — Não vamos tomar nenhuma decisão de vida ou morte essa noite. Vamos simplesmente seguir para Atlanta e aí resolvemos o que fazer.

Finalmente, elas concordaram.

Depois de ajudar Oz a trocar a lâmpada, eles partiram. A turnê da Desafortunados tinha que seguir adiante, com porquinho-da-índia e tudo o mais.

REGISTRO DE CHAMADAS DO TELEFONE DE ARIEL

Chamada perdida de tio Iggy

Chamada perdida de tio Iggy

Chamada perdida de tio Iggy

Chamada perdida de tio Iggy

Chamada perdida de tio Iggy

Chamada perdida de tio Iggy

Chamada perdida de tio Iggy

Mensagem de texto de tio Iggy:
Minha queridinha, *mi chiquitita*, por favor, volta pra casa. Vamos conversar.
(Lida: 13h43)

Mensagem de texto de tio Iggy:
Você já se divertiu. Já provou o que queria.
(Lida: 04h04)

Mensagem de texto de tio Iggy:
Seu pai está arrependido.
(Lida: 18h21)

Mensagem de texto de tio Iggy:
Ele está fora de si. Acho que não consigo impedi-lo de fazer o que ele vai fazer agora.
(Lida: 00h13)

Mensagem de texto de tio Iggy:
Por favor.
(Read: 8:07)

Mensagem de texto de tio Iggy:
Pense no que esse sumiço vai fazer com a sua reputação.
(Lida: 02h14)

CAPÍTULO CATORZE

ARIEL
🚌 Atlanta ➜ Savannah ➜ Jacksonville ➜ Orlando 🚌
3 de julho
Miami, Flórida

Ariel del Mar sabia como os dias facilmente viravam um borrão quando se estava na estrada. A Fera atravessou a Geórgia com tudo. A essa altura, precisou comprar outra mochila para ter espaço para as pérolas que encontrava nos brechós e os presentes que vinha comprando para as irmãs. Um cristal multicolorido para Thea. Um telefone vintage cor-de-rosa dos anos 1990 para Alicia. Brincos prateados no formato de espadas para Sophia, que encontrara numa lojinha de coisas para bruxas em Savannah.

Quase comprou um lindo violão para si mesma numa loja de artigos musicais, mas não teve coragem. Pelo menos, não antes que Sophia avisasse que as contas delas estavam liberadas. Precisou se conformar em pegar o violão de Vanessa emprestado entre as apresentações. O Les Paul preto era um sonho de tocar e, num trecho longo para Jacksonville, ela surpreendeu todo mundo no ônibus tocando uma versão instrumental de uma das músicas de Van.

Eric olhou para ela do mesmo jeito que tinha olhado naquela noite, na estrada escura feito breu, imediatamente antes de o raio cair. Ariel havia feito de tudo para evitá-lo desde então. Por sorte, as agendas dos dois estavam tão lotadas que ela tinha uma boa desculpa e passava a maioria de seu tempo livre explorando histórias esquisitas das cidades com o adorável e excêntrico Oz. A única interação entre eles era a playlist compartilhada à qual acrescentavam músicas o dia todo. Era como um acordo silencioso, e Ariel sempre, sempre pegava no sono à noite ouvindo essa playlist.

A cada parada da turnê, mais artigos e resenhas surgiam falando da Desafortunados. Mais e mais artigos brotavam falando dela também. Ariel del Mar, a sereia do pop, havia se desgarrado. Quando chegaram à Flórida, ela teve que desligar o celular por causa das chamadas e das mensagens do tio. Não sabia *como* ele descobrira seu número. Tinha certeza de que nenhuma das irmãs daria seu telefone para ele, mas o tio Iggy tinha seus esquemas. Estivera presente em cada rebelião de uma das irmãs de Ariel. Havia abafado as consequências quando Elektra foi flagrada se esgueirando de um hotel em Reykjavik com a namorada secreta. Não sabia como ele tinha apagado uma foto que um paparazzo tirara com um drone de um raro jantar de Nochebuena na cobertura. Com frequência, Ariel se perguntava se o pai, o CEO, o fazedor de reis da Atlantica Records sequer saberia como sobreviver sem seu irmão.

Esse era o problema em precisar das pessoas. Às vezes, era difícil parar. Tarde da noite durante as viagens, atravessando as fronteiras estaduais, Ariel se perguntava se ela tinha deixado de depender de uma família para depender de outra. Afastou o pensamento assim que o conjurou, entretanto, porque, ainda que estivesse se aproximando da turma, *eles, sim,* eram uma família. Ela ainda era um mistério que Eric havia trazido. Mais como uma ilha flutuando no litoral do continente deles.

Quando estavam a caminho de Miami, Flórida, onde passariam o primeiro dia de folga total na casa da família de Odelia, Ariel não suportou mais as ligações e as mensagens de tio Iggy. As mais recentes diziam: *Acho que não consigo impedi-lo de fazer o que ele vai fazer agora. Pense no que esse sumiço vai fazer com a sua reputação.*

Isso era tudo o que ela era para eles? Um nome a manter. Uma boa filha. Uma boa irmã. A "garota glamorosa da casa ao lado".

Teo del Mar não podia ameaçá-la.

Embora seus dedos tremessem, ela digitou uma mensagem para as irmãs.

Ariel:
Se o papai tá tão preocupado com a minha reputação, que seja.

Ariel:
Arruínem minha reputação.

    Ariel encarou os pontinhos cinzentos aparecendo e desaparecendo até alguém responder.

Sophia:
Pronto.

A Fera chegou à casa de Odelia ao pôr do sol. A construção térrea tinha um quintal espaçoso e telhado ao estilo espanhol. Lá dentro, Antonio, o tio setuagenário de Odelia, recebeu-os com um banquete de café da manhã — ovos fritos, feijão, bacon, *arepas* venezuelanas recheadas de queijo, suco de maracujá e torradas.

    O grupo se reuniu em torno da mesa e mandou ver, enquanto Ariel admirava cada detalhe da casa. As cores eram tão vibrantes! Tons laranja como o poente, azuis caribenhos. Pássaros de madeira pintada pendiam do teto na aconchegante sala de jantar. Vasos de plantas luxuriantes balançavam sobre as janelas abertas e trepadeiras verdes se derramavam do jardim. Um ventilador oscilante no canto soprava, trazendo a fragrância das flores. Havia paredes inteiras de fotos — algumas em preto e branco, outras com cores esmaecidas. Parecia um altar ao passado deles.

    — Amei a sua casa — elogiou Ariel, servindo-se de outra fatia de bacon. — É incrível.

    O sr. Antonio sorriu, aprofundando as rugas de sua pele marrom.

    — Obrigado, Maia.

    Ariel travou, o ar sumindo de seus pulmões. Maia era o nome de sua mãe. Será que ele a confundira com a mãe? Com o coração na garganta, ela se virou para Odelia, que ficou imóvel, apenas piscando, durante esse deslize.

Ninguém mais na mesa pareceu reparar.

— Esta aqui é a Melody, *tío* — disse Odelia, passando as mãos nos ombros dele para tranquilizá-lo.

Ele piscou com força um de seus olhos cinza e leitoso com catarata. Deu uma risadinha, a mão enrugada batendo nos cachos grisalhos em sua têmpora.

— Não me dê ouvidos. Eu esqueço meu próprio nome de vez em quando. Aproveite sua vida agora, porque, quando estiver com a minha idade, as lembranças simplesmente... *Zip.* Vão embora.

Ariel riu, nervosa, e bebeu o suco azedinho.

— Certo — disse Odelia, folheando o que havia em sua prancheta de estimação, apesar de mal ter tocado em seu café da manhã. — Temos a entrevista na rádio após o café. A casa tem dois chuveiros, então se revezem e sejam rápidos.

Ela olhou feio para Eric, que sorriu com a boca cheia de avocado e ovos.

— Depois disso, Oz e Melody vão se encontrar com a gente na casa de shows. Tem uma repórter da revista *Miami Sound* vindo para fazer uma entrevista. Pernoitaremos aqui.

Odelia respirou fundo, como se buscasse paciência.

— Pois não, Oz?

— Tem espaço para mim aqui? — perguntou ele. — Eu sei que tenho o hotel, mas não quero ficar sozinho nem perder nada do caos inevitável desse grupo. Estou vivendo pra assistir a isso, literalmente.

Max estendeu a mão e deu tapinhas no ombro dele.

— Claro, colega.

Odelia suprimiu visivelmente um sorriso.

— Você terá que ficar na sala de estar com Eric e Melody, mas isso não deve ser um problema.

A despeito de todos os seus esforços, Ariel deu uma olhadinha para Eric. Muito bem. Eles não ficavam sozinhos há dias, e ela estava preocupada com aquela noite. Entretanto, quando ele mandou uma piscadela, Ariel se viu de volta no meio daquela estrada, na loja de discos, no quarto do hotel...

— Melody? — disse Odelia, impaciente.

— Oi?

— Eu perguntei se fica bom para você assim.

Ariel não queria dar na cara que não estava escutando, então disse:

— Fica, sim, claro. O que for preciso.

— Ótimo, então você vai ficar aqui e ajudar a lavar a roupa e a cuidar da Monty.

Talvez não fosse o melhor momento para mencionar que lavar roupa estava entre as coisas que Ariel del Mar nunca havia feito.

Na lavanderia aberta, Ariel e Oz se sentaram respectivamente em cima da lavadora e da secadora de roupas, esperando os ciclos terminarem. Sentia-se absurdamente ridícula enviando uma mensagem de texto para Sophia perguntando: *Ei, como é que se lava roupas? Deixa pra lá, tem instruções on-line. Ah, espera, tá em alemão. Deixa pra lá, eu achei um vídeo.*

Não ajudava o fato de que a máquina, embora nova, tinha um milhão de símbolos que não eram nada intuitivos. Ignorou a sequência de emojis de risadas que sua irmã mais velha enviou e sentiu vergonha de seu próprio privilégio. As palavras de seu pai, *você não sobreviveria*, ecoavam em seus ouvidos.

— E aí, qual é a sua? — Oz perguntou, bebericando a limonada geladíssima que o sr. Antonio havia feito.

— A minha o quê? — perguntou ela.

— Quero dizer, você me contou sobre a sua criação "não exatamente numa seita, mas meio que numa seita", mas sinto que tem mais coisa na sua história. Eu sou muito bom em ler as energias.

Ariel queria muito confiar em Oz. No entanto, ele e Max eram os únicos no ônibus que escutavam as Sete Sereias. E se ele reagisse da mesma forma que reagira quando pensou, erroneamente, que um jacarezinho em Jacksonville era uma criatura imaginária? Além do mais, não podia contar a ninguém antes de contar a Eric.

— Por que você não lê minha energia e me diz? — desafiou ela.

Ele ligou a secadora e fechou os olhos por um segundo. Então, acenou a mão no ar e disse:

— Estou captando princesa em fuga. Estou captando alma errante. Estou captando muita luxúria por certo vocalista.

Ariel não viu graça.

— Você está caçoando de mim.

— É uma turnê bem longa, e eu preciso de um jeito de passar o tempo. Além do mais, eu sei o que vi.

As sobrancelhas dele subiram e desceram, sugestivas.

Ela sentiu um pico de calor e pressionou as mãos frias nas bochechas.

— Não aconteceu nada no hotel.

— Não falei do hotel, minha coelhinha — disse ele, abaixando a voz para um sussurro. — A loja de discos. Não se preocupe, não vou contar a ninguém.

Ariel quis negar. Mas Oz acreditava em alienígenas e monstros se escondendo em parques nacionais. Era fácil conversar com qualquer um que tivesse a mente tão aberta.

— Também não aconteceu nada por lá. É melhor assim, francamente. Ele tem esse futuro todo planejado, e se algo desse errado entre a gente... — Ela chacoalhou a cabeça. Soaria mais séria se não estivesse praticamente vibrando na superfície da máquina de lavar. — Eu *não posso* ser o obstáculo que vai atrapalhar o caminho dele.

— Mas e se algo desse certo?

Ariel olhou para seu colo e puxou um fio do short jeans. E se algo desse certo? Para alguém que tinha sido uma eterna otimista a vida inteira, esta era a primeira vez que ela só conseguia pensar no lado negativo. Porque não estava sendo completamente honesta. Porque estava escondendo uma parte imensa de sua vida. Porque tinha cavado tão fundo em volta da sua verdade que o alicerce estava desnivelado. Era mais fácil se preparar para o pior.

— Quero dizer, nosso galã não está exatamente recuando, e ele terá que raspar a cabeça se estragar as coisas com você.

Ela quase soltou a limonada pelo nariz.

— Como é que é?

Oz fez uma careta.

— Ah, você não sabia? Acho que o pessoal não acha que eu ouço quando eles estão falando. Eu tenho essa vibe, sabe?

— Espera, volta um pouquinho.

Oz olhou ao redor. Do outro lado do pátio, o sr. Antonio dormia numa cadeira de balanço na frente da TV, e todos os outros tinham saído para a entrevista da rádio. Ainda assim, ele abaixou a voz conspiradoramente e disse:

— Então, *parece* que as garotas fizeram uma aposta com Eric que, se ele estragar as coisas com você e desandar a turnê para todo mundo, elas estariam autorizadas a raspar a cabeça dele e escolher uma música das Sete Sereias para ele cantar num show. Ele odeia a música delas.

Ariel fez uma careta.

— Foi o que ouvi dizer.

— Tanto faz, eu tenho bom gosto — disse Oz, mascando seu canudo. — Vou compartilhar contigo minha playlist definitiva das Sete Sereias.

Claro, doía que Eric menosprezasse tanto suas músicas. Por que ela tinha milhões de pessoas celebrando a música que fizera com suas irmãs, mas esse detalhe a incomodava tanto? Porque era Eric. Porque ela o respeitava como um criador. Porque seu coração idiota não parava de saltar toda vez que ela o pegava fitando-a.

— E se ele não arruinar a turnê?

— Daí ele pode escolher a tatuagem da banda para todos. *Design e local.* — Os olhos de Oz faiscavam, deliciados. — Eu não me surpreenderia se ele escolhesse uma versão desenhada do próprio rosto para ser tatuada no traseiro de todos. Talvez na virilha.

A bebida de Ariel quase subiu pelo nariz.

— Haja comprometimento.

— Mas espere, tem mais — acrescentou Oz, com um floreio. — Eric não sabe que a banda e Vanessa apostaram *umas com as outras* quando, mais ou menos, vocês iam ficar juntos.

Ariel hesitou ao ouvir isso.

— Não sei se devo me insultar.

— Depende — disse Oz.

— Do quê?

— De você, obviamente. Aquele garoto está apaixonado. Eu te disse. As vibes. Eu estou em sintonia com elas. — Oz tomou o restinho de sua bebida ruidosamente e chacoalhou o gelo no copo. — Viu? Esse é o seu sorriso do Eric.

— Não é, não! — Mas era. Ariel tomava sua limonada aos poucos, doce, azedinha e deliciosa no dia quente. — Não acredito que elas estão apostando na gente.

— Devo dizer que meu tio também é um operador de transporte de entretenimento e ele me contava histórias horríveis sobre as bandas que conduzia. O clima podia ficar feíssimo. — Oz lançou um olhar significativo para ela. — Estamos apenas na primeira semana. Proteja seu coraçãozinho delicado.

Ariel pensou em cada quase beijo. Será que Eric estava sendo descuidado por causa dela? Estaria se apaixonando pelo amor? Não era com o próprio coração que ela se preocupava. Sabia que aquela paquera tinha que terminar. Estava quase se preparando para o impacto. Ariel também dera sua palavra para Odelia. Quanto mais conhecia a manager da banda, mais certeza tinha de que Odelia Garcia era uma mulher de palavra. Ariel não podia ir para casa antes de estar preparada. A questão era: como é que saberia que estava?

Não queria mais falar de tratos e apostas. A única pessoa em quem estava apostando era em si mesma, e conseguiria passar por essa turnê.

— Foi assim que você arranjou esse emprego? — ela perguntou a Oz. — Por meio do seu tio?

Oz olhou para suas unhas curtas e pretas.

— Foi. Eu estudei design gráfico. Quero ser um artista e pensei que esse seria um ótimo jeito de viajar e ganhar dinheiro nesse ínterim. O bônus na contratação já valia a pena por si só.

— Posso ver um pouco do seu trabalho?

Essas pareceram ser as palavras mágicas, porque Oz abriu seu portfólio no celular. Ele era bom. Bom mesmo. Quase tudo tinha relação com fantasia, desde imagens de dragões até reinterpretações de pinturas famosas como *O grito*, só que com a Chorona, lenda que havia aterrorizado Ariel quando ela era pequena, no lugar da figura pintada por Munch. Aí vinha um logotipo para a banda, feito num prisma saturado de estrelas e luas.

— Isso aqui é incrível! Você deveria mostrar para Odelia.

Oz sacudiu a cabeça, tímido.

— Talvez. Acha que ela ia gostar?

— O pior que ela pode fazer é dizer não.

Oz suspirou.

— As pessoas dizem isso, mas esquecem que um não ainda é bem ruim.

— Claro, mas a possibilidade de um sim não compensa? — Ela o cutucou com o pé e ele cutucou de volta. — Pense nisso.

Naquele momento, as máquinas pararam. Ela desceu num pulo e abriu a tampa. Não sabia muito bem para o que estava olhando. Tudo era uma maçaroca cinza e molhada.

— Tem alguma coisa errada.

Oz cerrou os dentes e sorriu, o que o deixou com a aparência de um urso estressado. Ele deu uma espiada na máquina e retirou uma camiseta preta que reconheceu como uma das suas.

— Ah, meu bem, meu docinho, meu anjo.

— O que eu faço?

Ela não reconheceu sua própria voz estridente.

De trás deles veio uma risada baixinha. O sr. Antonio estava lá, um sorriso aprofundando os vincos de seu rosto. Ele apanhou o recipiente de alvejante.

— Às vezes, a solução é cometer o mesmo erro duas vezes.

Enquanto as roupas ficavam de molho numa mistura de água e alvejante e Oz trocava os lençóis no ônibus, Ariel deu uma volta pelo jardim com o tio de Odelia. Apesar de estar em casa, ele vestia uma camisa *guayabera* de manga curta e calça social bem passada. Havia fotos dele ainda jovem na parede, bem-vestido e com uma mulher linda a seu lado. Agora, ele puxava ervas daninhas e retirava galhos secos de arbustos de hibisco, a pele desgastada pelo sol e pelo tempo.

Ele claramente estivera próximo de Odelia por toda a vida dela. Talvez pudesse responder às perguntas a que a sobrinha não respondia.

— O senhor me chamou de Maia — disse Ariel baixinho e, então, hesitou. E se ele lhe dissesse algo que ela não queria escutar? — O senhor a conheceu? Minha mãe?

Ele sorriu tristemente.

— Você se parece tanto com seus pais... Estou velho, mas ainda não estou senil.

— Odelia disse que as coisas deveriam ficar no passado. Mas isso é como dizer para alguém não fazer alguma coisa. Só dá mais vontade de fazer.

O rosto de Eric veio-lhe à mente assim que terminou de dizer isso.

— Então eu não vou te contar. — O sr. Antonio pegou uma tesoura de jardinagem, cortou uma linda flor vermelha de hibisco e a prendeu atrás da orelha dela. — Vou te mostrar.

Ele seguiu a trilha irregular batida na terra macia que levava a um galpão dilapidado. No interior, havia caixas amolecidas pela umidade e caixotes de madeira cheios de livros antigos inchados, alguns com a etiqueta DOAÇÕES. Uma caixa estava completamente coberta de poeira. Antonio passou a palma da mão pela superfície. Dentro havia vestidos brilhantes de lamê e tafetá, perucas frisadas e indumentárias dos anos 1980 que deveriam estar num museu. Em seguida, ele lhe entregou um disco. Uma cópia exata daquele que ela comprara na PhonoGold, em Nashville. A banda de seu pai e sua mãe.

— Luna Lunita.

Ariel virou o disco de um lado para o outro, confusa.

Conforme prometido, ele não disse nada. Puxou o envelope interno, aquele que protegia o vinil, ainda novo e intocado, décadas depois de impressa. Embora a capa mostrasse seus pais, o "power couple" perfeito de tempos passados, a imagem do envelope interno pintava outra imagem.

Três pessoas posavam para a câmera: Teo e Maia del Mar, e Odelia Garcia.

Ariel demorou um pouco para reconhecer a mulher que conhecia como manager de turnê, mãe, uma mulher de arestas cortantes. No envelope do disco, a pele imaculada era meio nebulosa, mas o batom vermelho característico não mudara, assim como as unhas vermelhas, embora estivessem mais compridas agora, como se ela tivesse precisado cultivar suas garras contra o mundo. Odelia dos anos 1980 vestia um blazer dourado sobre um dos ombros e se apoiava na mãe de Ariel, enquanto Teodoro del Mar parecia belo e assertivo.

— Odelia fazia parte do Luna Lunita? — Ariel soltou como se fosse uma pergunta, mas ali estava a prova cabal. Prova sólida. Ela repetiu a frase, agora como afirmação. — Odelia fazia parte do Luna Lunita.

— Fazia — disse o sr. Antonio em sua voz rascante. — *Fazia* sendo a palavra exata. Agora que você viu por si mesma, posso dizer que não lhe contei. Tenho certeza de que está familiarizada com meias-verdades. Não está, *Ariel*?

Ariel piscou para afastar as lágrimas dos olhos.

— Eu não entendo.

Eu sei o que a sua família faz. Vocês arruínam vidas. Essas foram algumas das primeiras palavras que Odelia havia lhe dito. Era por isso que ela hesitara em trazer Ariel na turnê. Era por isso que queria mantê-la longe de Eric.

— Eu não entendo.

O velho segurou o ombro dela com compaixão. Ou talvez com dó.

— Tudo o que eu sei é que eles partiram para Nova York como unha e carne. Daí Odelia voltou para a porta da minha casa sem nada além do porta-malas cheio de roupas e discos devolvidos. Ela nunca falou sobre o que aconteceu, e eu sabia que não adiantava cavoucar. Talvez seja algo que você deveria falar com seu pai ou talvez Odelia possa te contar o resto. Eu certamente nunca pensei que ela deixaria outro Del Mar se aproximar dela, mas eis você aqui.

A garganta de Ariel parecia apertada com um grito reprimido.

— O senhor conheceu minha mãe?

O sr. Antonio assentiu uma vez só e enxugou uma lágrima do rosto dela antes que terminasse de cair.

— Encontrei com ela uma vez só. Maia veio falar com minha menina. Com Odelia. Mas algumas mágoas não têm cura, e ela foi embora sem tornar a visitá-la.

Ariel tinha mais um milhão de perguntas, mas lá na frente da casa soou uma buzina de carro anunciando o retorno da banda. O sr. Antonio gentilmente tirou o disco das mãos dela. Será que Odelia havia levado as caixas ela mesma? Será que tinha se demitido? Pior, será que o pai de Ariel a demitira? Se ela o confrontasse, será que Teo sequer lhe contaria a verdade?

Ela tinha uma imagem tão nítida de quem tinham sido seus pais, e essa história, esse disco, era uma peça que não se encaixava. Não sem quebrar a imagem deles antes. E, se fizesse isso, sabia que não teria conserto.

Rádio Z106,3 FM

Transcrição:

Alexis Dee: Estamos ao vivo do centro de Miami trazendo a vocês o melhor do rock and roll, desde flashbacks até o próximo sucesso. Hoje, temos no estúdio a Desafortunados. Vocês podem não vê-los, mas eles são uns fofos adoráveis! Eric Reyes, Carly Toles, Eleanor Grimsby, Max Chin, sejam bem-vindos! Vocês parecem absolutamente paralisados. Eu juro que não mordo.

Carly: *Talvez* a gente morda.

[risadas ao fundo]

Alexis: Mandou bem, Carly. Contem pra gente. Primeira vez na estrada promovendo seu álbum também chamado Desafortunados. Como estão se sentindo? Eric?

Eric: Sobrecarregados, mas de um jeito bom.

Grimsby: Tivemos a nossa cota de catástrofes.

Max: Mas toda noite subimos no palco e arrasamos. E eu quero dizer *matamos a pau mesmo*.

Alexis: Fico feliz por vocês e por nós também. Agora, seu single é "Love Like Lightning", e tenho que dizer que é absolutamente um sonho. Eric, quem é a pessoa felizarda? Ou devo dizer *pessoas*?

Eric: [rindo] Obrigado, Alexis. Eu achava que estava compondo pensando numa emoção que eu não era capaz de explicar. Uma pessoa que ainda não tinha conhecido, mas que sabia que estava por aí, em algum lugar. Que um dia eu ia conhecê-la e esse seria o final.

Alexis: Ah, rapaz, pelo olhar que suas colegas de banda estão trocando entre elas, estou sentindo que você já conheceu essa pessoa.

Eric: [ri de nervoso] Só o tempo vai dizer.

Alexis: Entãããão... Isso quer dizer que o resto de nós ainda tem uma chance?

Carly: Eu acho que vocês todos deveriam vir para o Jesse's Live amanhã para descobrir.

Alexis: Eu estarei lá. Confiem em mim, amigos. Vocês não vão querer perder o show de amanhã à noite! Os portões abrem às 19h. Esta é a Desafortunados com seu single mais recente, "Love Like Lightning". Eu tenho um bom pressentimento com essa aqui!

CAPÍTULO QUINZE

ERIC
3 de julho
Miami, Flórida

Naquela noite, *tío* Antonio preparou um banquete. Frangos assados, banana frita, montanhas de avocados salpicados com sal marinho e limão. Arroz-amarelo e feijões-vermelhos e gordos. Todo mundo tinha colaborado. Eric pôde exibir suas habilidades matadoras com a faca e Odelia fez seus perigosos coquetéis Escuro e Sombrio. As melhores lembranças que tinha de seus pais, de quando foram felizes, estavam todas na cozinha. Às vezes, como agora, Eric sentia saudade deles. Da mãe, principalmente. Mas eles tinham feito suas escolhas, assim como ele fizera as dele.

As pessoas que o amavam tinham ficado e estavam em volta da mesma mesa que ele agora. Parecia algo tão pequeno a se pedir. Prometeu a si mesmo que, a despeito do que mais mudasse e de quanto sucesso a banda atingisse, isso não mudaria nunca.

Não conseguiu, no entanto, livrar-se da sensação de que Melody estava chateada. Ela sorriu quando Carly detalhou as entrevistas que eles deram de manhã, nas quais cada um dos repórteres e radialistas tinha dado em cima dele e enfiado cartões de visita em seus bolsos. E ela riu com todo mundo quando *tío* Antonio detalhou o acidente na lavanderia. O que mais tinha acontecido enquanto esteve longe dela?

— Estou curioso — começou Oz, colocando na mesa seu Escuro e Sombrio com três limões extra. — Como foi que vocês todos descobriram que queriam ser artistas? Tipo, vocês são um bando de foragidos e filhotes do caos, mas escolheram a música. Como foi que souberam?

Tío Antonio riu e apontou para Odelia com o garfo.

— Ela já saiu do útero cantando. Todos os médicos disseram que ela fazia serenatas para os outros bebês no berçário.

Odelia estava se abanando, mas Eric podia ver que era tudo bravata, quando seu sorriso sumiu. Ela olhou para Melody de esguelha e ele não soube dizer muito bem o que estava rolando ali. Talvez fosse *ele* quem estivesse esquisito.

— Eu pensava que jamais iria querer algo além de cantar. Mas isso foi há uma eternidade. Aí essa aqui chegou e eu ganhei um novo amor imenso na minha vida.

— Mãe! — Vanessa revirou os olhos, brincalhona, depois pensou na pergunta. — Eu soube na primeira vez que me apresentei num show de talentos no ginásio. Cantei "No Me Queda Más", da Selena, e bastou.

Grimsby, que achava que ninguém a via guardar pedaços de comida no bolso para dar a Monty mais tarde, disse:

— Fácil. Roubei o disco *Mer de Noms,* de A Perfect Circle, do meu irmão. Tinha uma baixista, Paz Lenchantin. Nunca me arrependi.

Eric sorriu; podia praticamente ouvir o álbum ainda tocando num loop pela casa deles.

Max batucou com os dedos na borda da mesa.

— Não vou mentir. Foi quando minha prima contratou uma banda cover do Hanson para o aniversário dela.

— Nada de músicas chiclete! — disse Carly, tirando um pedaço de uma banana e jogando-o em Max, que se inclinou para trás apoiada nas pernas da cadeira e apanhou o pedaço com a boca. Todos tiveram que parar para aplaudir. Carly balançou os ombros. — Eu? Desde que o meu velho comprou minha primeira guitarra. Ele gostava de todos os clássicos. Hendrix. Davis. Sister Rosetta Tharpe. Prince. É difícil responder. Mas também quando eu conheci todos vocês.

Eric levantou o copo para sua guitarrista solo.

— E vocês ainda dizem que *eu* é que sou o romântico do grupo.

— Sua vez, perdedor — disse Carly, sorrindo.

— Para mim, ficou claro que eu queria ser músico quando meu avô começou a me dar aulas de música. Era tudo o que ele queria, e nunca rolou para ele, e eu pensei: *Eu vou conseguir*. Por ele. Por mim. E agora, por nós.

Eric cutucou Melody com o cotovelo.

— Vamos lá. Nós te ouvimos tocar. Quando você soube?

Melody respirou fundo, pressionando a gargantilha para baixo. Ela sorriu, como se só agora começasse a se dar conta de sua resposta.

— Eu acho... Eu acho que nunca quis ser musicista. Não a princípio. Digo, não sob os holofotes, acho. Não estou me expressando direito.

— Não existe certo ou errado aqui — Odelia disse a ela.

— É, ninguém está julgando — disse Eric.

Melody esfregou as têmporas.

— Eu não acredito que acabo de dizer isso. Nunca foi meu sonho ser musicista. Mas eu sempre, sempre quis ser compositora. A música faz parte de mim. Está costurada a tudo o que eu sou. Eu conheço o poder de uma canção, como a música certa pode reviver a sua memória. Como, mesmo quando o mundo odeia uma música, sempre tem uma pessoa que vai ouvi-la e amá-la porque a ouviu no momento certo, e ela foi tudo de que essa pessoa precisava naquele momento. A música certa pode te estimular ou te acalmar. Música é literalmente tudo. Acho que não escolhi a música. A música que me escolheu.

Eric se deu conta de que batia com os dedos na mesa conforme ela falava, baixinho, tentando se lembrar de onde tinha aprendido aquele ritmo. *Dois, um, quatro*. Imaginando como cada palavra combinava com os próprios sentimentos. As outras assentiram, sorrindo.

— Acho que você está no lugar certo — disse Odelia. — E isso me lembra de algo.

A manager de Eric se levantou e sumiu no interior da cozinha. Voltou com uma bandeja de cupcakes, uma única vela de faíscas iluminando o bolinho no centro. Eric olhou para a sala ao seu redor, mas não conseguiu lembrar quem estava fazendo aniversário. Aí Odelia colocou a bandeja na frente de Melody, que tentou esconder o sorriso embaraçado com as mãos.

— Não precisava — disse ela.

— Eu quis. E é só amanhã, mas vamos começar desde já — disse Odelia, que era sua forma de dizer *por nada*.

Eles irromperam numa versão altinha, bagunçada e em portunhol de "Parabéns pra você", e Melody deu uma mordida enorme no cupcake, depois depositou um pouco de cobertura na ponta do nariz de Eric antes de lamber o próprio dedo para limpar.

— Se vocês espalharem chantili por todo lado... — alertou Odelia.

Mais tarde naquela noite, depois que todos tinham tomado banho, Eric se esticou num dos dois sofás e deixou Melody ficar com o colchão de ar. A sala girava de leve, e ele pensou no que a radialista havia perguntado. Sobre quem "Love Like Lightning" falava? *Estou sentindo que você já conheceu essa pessoa*, ela havia dito.

E ele respondeu: *Só o tempo vai dizer*.

Talvez. Talvez o tempo de saber estivesse mais próximo do que ele imaginara.

Na noite seguinte, antes do show, Eric tinha uma surpresa para Melody. Ele a encontrou no camarim, experimentando alguns acordes no violão de Vanessa. Quando o viu, ela arqueou as sobrancelhas. Ele estava atrasado, mas decidira que isso era simplesmente parte de seu processo.

— Você não devia estar se vestindo? — perguntou ela, vendo a camiseta branca e simples dele, parte do pacote que ele comprara naquele primeiro brechó.

— Bom, todas as minhas camisas da sorte ficam rasgando ou sendo tingidas.

Ela enterrou o rosto nas mãos.

— *Desculpa!* Eu vou repor tudo, prometo.

— Eu tô brincando. Mal dá para perceber.

Ele definitivamente podia perceber, sim.

Ela colocou o violão no sofá.

— Carly discorda.

— Esqueça isso. Eu quero te mostrar minha coisa preferida. — E então, percebendo que essas palavras poderiam ser interpretadas de várias formas, ele elaborou. — Digo, o motivo por que essa casa de shows é importante para mim.

Melody mordeu aquele lábio inferior perfeito.

— Desde que você prometa que não tem nenhuma relação com aniversários...

— Posso prometer que não tem relação com *o seu* aniversário. Só... — Ele gesticulou na direção da porta. — Por favor?

Ela cedeu e aceitou a mão que ele oferecia.

Eric abriu uma porta marcada com ENTRADA EXCLUSIVA PARA FUNCIONÁRIOS e a conduziu degraus acima.

— Sabia que eu não peguei um elevador numa casa de shows desde a Filadélfia?

— Pensei que era só eu! O trauma!

Por sorte, o acesso ao terraço ficava a apenas três lances de escada. Alguém já tinha deixado a porta aberta e apoiada, e Eric certificou-se de que o tijolo pesado se mantivesse no lugar. A última coisa que queria era ficar trancado para fora antes do show.

Do terraço de Jesse's Live, eles tinham uma visão perfeita do pôr do sol preguiçoso de Miami. A faixa de praia, as copas das palmeiras, uma explosão de cores que ele nunca conseguia captar com precisão numa foto, por mais que tentasse.

— Sei que a Flórida tem uma péssima reputação — disse ela —, mas, até aqui, tem sido ótimo.

A brisa salgada vespertina os envolveu. Da mureta na beira do terraço, eles podiam ver a fila de pessoas entrando no prédio lá embaixo. Algo se retesou no fundo do estômago dele. A banda ainda não tivera um show esgotado, mas talvez esta fosse a noite deles. Eric estava otimista.

Conferiu o relógio e então apontou para a praia. Assistiu aos olhos de Melody acompanharem a primeira rodada de fogos de artifício no céu. Candelas eram espelhadas nas piscinas escuras dos olhos dela, e ela arfou conforme cada onda de explosões ficava maior.

— Calculei que você já tivesse visto fogos de artifício de 4 de Julho — disse ele, torcendo para não soar como um tonto completo. — Mas nunca os viu deste terraço.

Ou comigo.

— Isso é perfeito, Eric — murmurou ela. Em seguida, seu olhar se tornou astuto. Ela subiu na mureta para ficar de frente para ele, sentada com os joelhos cercando o corpo dele. — Então... Oz mencionou uma *aposta* ou algo assim?

Não era o que ele esperava que ela fosse mencionar. Exalou uma risada.

— Por favor, não fique brava. Isso não tem nada a ver com você, mas comigo e com minha reputação.

Melody pareceu ficar tensa ao ouvir aquela palavra, depois assistiu aos fogos por um tempinho.

— Me conta.

Duas palavras. *Me conta.* Parecia uma versão abreviada de *Confie em mim. Me conta, eu não vou te julgar. Me conta, tá tudo bem.* Pelo menos, ele torcia para que fosse o caso.

— É justo. Você me contou seu histórico de namoros, agora é a minha vez.

Eric pressionou as palmas das mãos na mureta, uma de cada lado dela, porque não conseguia parar de desejar abraçá-la outra vez. Ele respirou fundo e tentou encontrar as palavras.

— Minhas amigas têm razão para se preocupar que eu vá estragar tudo. Já fiz isso antes. De maneira épica. Eu me abro. Eu me magoo. Magoo outras pessoas.

— Um cafajeste — provocou Melody.

— Cafajeste recuperado. — Ele a encarou com firmeza, sem desviar. Precisava lhe mostrar que era sincero em cada palavra que dizia. — Comecei a namorar quando estava no primário. Namoricos fofos, flores colhidas no jardim do vizinho, caminhar com a menina até a escola. Eu nunca parei de buscar esse sentimento que criei na minha cabeça. Culpo meu avô, Pedro, e sua história de amor perfeita de doer, mas isso fica para outra noite.

— E esta noite?

— Acho que foi aqui que aconteceu — disse ele, indicando a praia lá embaixo. — Eu era novo aqui em Miami, pegava qualquer trabalho que conseguisse arranjar. Conheci alguém depois de tocar numa dessas noites de microfone aberto. Ela acreditava em mim. Ia a todas as apresentações, até no boteco mais xexelento. Até quando eu tocava nas ruas para os turistas. E eu pensei, *isso é amor*.

— E era? — perguntou Melody, baixinho, curiosa.

— Bem, você mesma disse. Se fosse de verdade, não teria passado tão depressa. Mas passou. Acho que o glamour começou a se desgastar. Eu peguei menos apresentações para ter tempo para nós. E o sucesso de que eu tanto falava não vinha. Ela terminou tudo, e, tá, eu fiquei um caco, mas por outro motivo.

Melody inclinou a cabeça para o lado, esperando pacientemente ele prosseguir.

— Na noite em que ela terminou comigo, eu recebi uma ligação da minha mãe. Ela nunca me ligava. Nunca. Meu pai não permitia. Eu estava trabalhando no bar, então deixei a chamada ir para a caixa postal.

Ele engoliu em seco. Tinha contado a história uma vez para sua banda e nunca mais desde então. A culpa que vinha junto sempre se renovava quando ele pensava a respeito.

— Ela estava ligando para dizer que meu avô tinha morrido enquanto dormia. — Ele passou os dedos pelos cabelos. — Eu ouvi a mensagem centenas de vezes, e ela não parecia real. Eu não podia ir para casa por causa dos termos do meu visto nem tinha como pagar a passagem, de qualquer maneira. Não podia nem estar lá. Ele nunca chegou a ouvir eu me apresentar ou ver que eu estava tentando e que eu tinha ido para Nova York e encontrado o meu pessoal.

O sorriso de Melody era tão triste que Eric teve vontade de bani-lo. Foi quando soube que ela entendia.

— Sou muito familiarizada com esse tipo de coração partido.

Eric sentiu o nó do dedo dela roçar seu rosto gentilmente. Isso logo passou. Ele continuou.

— Eu fiquei um caco. Pensei que, se tivesse me esforçado mais, se tivesse simplesmente focado mais na música, tudo teria acontecido antes e meu avô poderia ter visto.

— Eric — disse ela, a voz num sussurro enquanto os fogos de artifício ribombavam.

Ele fechou os olhos. Ela não tinha ideia do que fazia com ele quando murmurava seu nome assim. Ele engoliu o desejo que o inundava e fez uma cara bonita. Embora, sendo justo, a cara dele fosse sempre bonita.

— É por isso que você o agradece antes de todo show — disse Melody, afastando dos olhos dele as ondas jogadas pelo vento. — E colocou o nome dele em seu violão. Não parece que fez por merecer essa reputação.

— Bem — disse ele, deixando que os fogos de artifício ao redor preenchessem o silêncio. — Aí eu fui para Nova York, conheci a banda. Eu sabia que não queria mais nada sério e deixava isso claro para toda mulher que conhecia. Nunca quis magoar ninguém de propósito. Mas as coisas têm uma tendência a explodir na minha cara de forma espetacular. Shows perdidos. Pneus rasgados. Hóspedes indesejados em casa. A banda se cansou.

— Viu? Cafajeste.

— Recuperado — corrigiu ele. — Um tempo atrás, eu disse a mim mesmo: *nada de relacionamentos*. Nem mesmo encontros. Não até estourarmos.

— Eu acho que vocês estão se saindo otimamente bem.

— Não otimamente o bastante.

Melody desviou o olhar. Aquela muralha invisível se formando em torno dela.

— Quando vai ser o bastante?

Antes que ele pudesse responder, eles giraram ao ouvir o som da porta batendo no tijolo. Melody desceu da mureta e ele foi para trás da coluna que os escondia de vista. Ainda que fosse se apresentar naquela noite, tecnicamente eles não deveriam estar ali em cima.

Eric tinha toda a intenção de explicar que eles só queriam assistir aos fogos de artifício, mas a visão que os aguardava do outro lado os deixou atordoados e em silêncio.

Eram Carly e Vanessa.

Carly e Vanessa se beijando.

Carly e Vanessa se beijando enquanto uma nova rajada de fogos de artifício subia, mais próxima da localização deles do que as anteriores. Parecia extremamente errado assistir; logo, ele deu meia-volta e colidiu com Melody. O que chamou a atenção delas.

— O que diabos vocês estão fazendo? — gritou Vanessa.

— Eu? — Ele se virou de frente para elas de novo. Carly limpava o batom de Vanessa de seu rosto. — O que diabos *vocês* estão fazendo?

Vanessa balançou o dedo como se o ameaçasse. Mas mal caminhou alguns metros antes de tropeçar em alguma coisa no escuro. O tijolo. Carly e Eric tentaram segurá-la ao mesmo tempo, mas erraram por um fio de cabelo e ela caiu de cara e com força.

— Ai, meu deus — ofegou Carly. — Você tá bem?

Vanessa gritou segurando o braço junto ao peito e soltando uma fieira de palavrões que teria feito marinheiros ruborizarem.

— Eu vou buscar ajuda! — Melody já estava metade para fora da porta quando Vanessa a chamou de volta.

— Não! Eu tô bem.

Eric a pegou no colo.

— Não tá, não.

Carly guiou o olhar de Vanessa para o seu.

— Deixe eu ver.

Vanessa, por mais durona que fosse, espremeu os olhos com força e manteve a mão aninhada ao peito.

— Não! Não, tá doendo!

— Eu vou buscar ajuda, fim de história — Melody tornou a dizer, e dessa vez ninguém a questionou.

— Eu consigo andar, juro.

Vanessa tirou os sapatos de salto e os quatro se esparramaram para fora do acesso ao terraço, descendo pelos três lances de escadas.

No camarim, instalou-se o pandemônio. O gerente da casa mandou alguém buscar gelo. Melody garantiu que uma ambulância estava a caminho, Vanessa insistia que estava bem, Max e Grimsby se preocupavam com os amigos.

— Será que alguém pode me dizer o que aconteceu? — trovejou Odelia.

Pela primeira vez desde a chegada deles, desde a história da Desafortunados, fez-se silêncio no camarim.

— Estávamos assistindo aos fogos de artifício — disse Eric.

— Sem a gente? — perguntou Max, gesticulando com as baquetas na mão.

Grimsby chacoalhou a cabeça.

— Nada bacana, pessoal.

— Eu tropecei num daqueles tijolos enormes — explicou Vanessa.

Odelia esfregou as têmporas e resmungou:

— *Paciencia, Odelia, paciencia.*

— Vocês não têm permissão para subir no terraço — disse o gerente da Jesse's Live. O bronzeado alaranjado fazia seus dentes parecerem branco neon.

Ninguém voltou a falar até que os paramédicos entrassem e cuidassem de Vanessa. Eles enfaixaram o pulso dela, mas seria necessário tirar um raio-X para determinar a extensão dos danos.

— Posso fazer isso depois do show? — perguntou Vanessa. — É só uma hora.

— Bem, tecnicamente... — um dos paramédicos entediados disse.

— Mas de jeito nenhum — disse Odelia. — Você não pode nem tocar.

Vanessa e Eric se voltaram para Melody ao mesmo tempo.

— Mas *ela* pode.

TUTTLE, O CONTADOR DE HISTÓRIAS

Episódio 1.371:
Notícias de última hora

Transcrição:

Tá bom, gente. Eu não ia fazer isso, mas precisamos conversar. Se vocês têm acompanhado o que está rolando com a nossa garota, Ariel del Mar, então sabem que alguma *caca* está acontecendo. Primeiro, Ariel perdeu sua apresentação no *Acorda! Nova York*, daí ela posta aquela mensagem enigmática dizendo que precisa de espaço e que está deixando as redes sociais. AGORA apareceu esse vídeo dela numa boate em Paris, agindo de um jeito totalmente diferente do normal... Já houve muitas imitadoras ao longo dos anos que colocaram a peruca dela e tentaram se passar pela superstar.

Fontes de dentro da boate, porém, dizem que ela estava com algumas de suas irmãs, então realmente é ela. Ariel festejando em público? Ariel indo a uma boate até as seis da manhã? Essa não é a princesa que a gente conhece. Eu sei que ela foi alvo de críticas e muitos de vocês estão chateados. Entretanto, estou aqui para dizer que ela ainda é a NOSSA GAROTA. Ela ainda é a mesma pessoa que pagou pelas despesas hospitalares das pessoas afetadas pelos incêndios florestais em Oregon. Que construiu um hospital em homenagem à mãe na sua cidade natal. Que doou milhões em bolsas de estudo para aspirantes a músicos.

Não deveríamos tirar conclusões precipitadas sem saber o que está acontecendo de fato. Vou realizar um chat aberto para podermos discutir a respeito.

Será que a nossa garota está pedindo socorro?

CAPÍTULO DEZESSEIS

ARIEL
4 de julho
Miami, Flórida

— Não — disse Ariel. — Eu não posso.

— Eu sei que você sabe as minhas músicas — implorou Vanessa, agarrando a mão de Ariel com a sua mão intacta. — Não estou pedindo para você cantar. *Por favor...*

Ariel virou de Odelia para Vanessa e para Eric. Eric, que tinha se aberto para ela momentos antes. Mal tivera tempo de processar tudo o que ele lhe contara, *imagine isso*. Ariel sabia, de fato, as músicas de Vanessa. Havia aprendido na estrada, mas não podia subir no palco agora. E se alguém a reconhecesse?

Em contrapartida, não havia dito a Odelia que seria um trunfo na turnê? Aqui estava ela, no centro de outra perturbação, e tinha a oportunidade de salvar o dia. Ninguém nem sabia que Ariel del Mar sabia tocar. Certa vez, ela usou uma guitarra como adereço durante uma apresentação numa premiação e caçoaram dela on-line porque a guitarra não estava ligada. Seu pai achava que dar instrumentos a elas depreciava sua imagem de pop star e as deixava "folk" demais. E, sim, ela confessara na noite anterior que se tornar musicista não era seu sonho, mas que a música a escolhera. Só que não no sentido que seu pai havia imaginado.

Ariel não subia aos palcos há quase duas semanas. Não sentia saudades do circo nem dos paparazzi. Das entrevistas invasivas e condescendentes. Mas tinha saudades da energia da multidão. Sentia falta de compor em seu violão no intervalo entre as paradas da turnê, na cobertura. Sentia falta das pessoas gritando suas letras como se elas tivessem sido escritas sob medida para as emoções delas.

Estava claro que não queria dar um tempo com a música. Se quisesse, não teria saído numa turnê musical. Ela queria dar um tempo de ser Ariel del Mar e a filha perfeita de seu pai. Tinha esta oportunidade de ser uma violonista contratada para tocar ao fundo. A ideia começou a ficar mais atraente a cada segundo, e seus dedos coçavam para pegar o violão.

— Eu não tenho nada para vestir — Ariel disse a Vanessa.

— Eu tenho um vestido preto a mais. Pode ficar um pouco largo na parte de cima, mas podemos ajustá-lo — disse Vanessa, voltando-se para a mãe em busca de apoio.

— Você não precisa fazer isso — disse Odelia, e Ariel não saberia dizer quem ficou mais surpresa, se a filha dela ou Ariel.

— Mamãe...

— Todos para fora! — mandou Odelia.

Um por um, Eric, a banda, a equipe exausta da casa e os paramédicos (que fizeram Odelia assinar um termo de responsabilidade antes de saírem) esvaziaram a sala até que restassem apenas Odelia, Vanessa e Ariel.

— Ariel — começou Odelia, e Ariel se aprumou ao som de seu nome. — Você foi embora porque não queria se apresentar. Não vou pedir que faça isso de novo.

Ela observara a paciência com que Odelia tinha falado com Vanessa depois do incidente no elevador e, no entanto, receber aquele tratamento era diferente. Em sua cabeça, podia ouvir a agitação do pai quando alguma das irmãs estava doente, exausta ou tinha largado a banda. Porque todas já tinham se demitido uma vez, exceto ela. E daí, com algumas poucas palavras, Teo del Mar sempre virava o jogo. Sempre consertava as coisas. Sempre as relembrava do que estava em jogo. A primeira e única vez em que Ariel havia se demitido foi no dia em que saiu em turnê com Eric.

— Eu toco — disse ela. — Eu consigo. Tenho certeza.

Odelia abriu um sorriso suave, e Vanessa apertou sua mão.

— Tenho algumas condições — disse Ariel. Estava fula com o pai, mas ainda era filha dele. As Garcia esperaram, atentas. — Não posso cantar em público.

Vanessa anuiu.

— As músicas não têm vocais de apoio.

— Era preciso confirmar — destacou Ariel. — Eu não quero ser tagueada em nada.

— Não podemos passar a impressão de que não damos o crédito a nossos músicos. Não cai bem — disse Odelia. — Que tal usar "Mel"?

— Ou "M"? — sugeriu Vanessa, empolgada. — Ou um símbolo!

— M está bom. Última coisa. — Ela focou seu olhar em Odelia e pediu: — Eu quero saber o que houve entre você e meus pais. Sei que você fez parte do Luna Lunita.

O olhar afiado da manager se encheu de raiva a princípio, depois suavizou quando ela olhou para a filha.

— Não hoje à noite. Quando eu achar o momento certo.

— Mas antes do fim da turnê — acrescentou Ariel, hesitante, como se caminhasse sobre vidro.

Odelia ofereceu a mão. Ela era o tipo de mulher para quem a honra tinha toda a importância, então Ariel aceitou.

— Trato feito, pequena sereia.

Ariel já fizera trocas inteiras de figurino em menos de trinta segundos, então se vestir foi a parte mais fácil da noite. Como Vanessa apontara com tanto tato, a silhueta esguia em forma de ampulheta de Ariel não preenchia o corpo do vestido preto de seda. Com alguns alfinetes de Odelia, que arrancaram sangue enquanto elas a vestiam correndo, o busto foi ajustado e uma fita preta foi usada para cingir a cintura.

Ariel se virou, olhando-se no espelho. Usara macacões e shortinhos curtos por anos, mas aquelas peças a faziam se sentir jovem. Uma garota-criança em tamanho adulto, coberta de lantejoulas e tanto glitter que ela tinha certeza de que ainda encontraria grãozinhos quando fosse uma velha de cabelos brancos. Esse vestido, porém, passava uma impressão de algo íntimo, a um passinho de ser lingerie, sexy de uma maneira que nunca deveria fazer parte de sua "marca". As gêmeas diriam que todas as roupas eram fantasias, no fim das contas. Este era o sentido da moda — mostrar quem você era. Como a música, era uma expressão. Ariel vinha comprando peças usadas há semanas, e toda vez sentia como se vestisse uma nova pessoa. Isto, contudo, estava a quilômetros da "garota glamorosa da casa ao lado", como as revistas a chamavam.

— Muito gata — disse Vanessa. — Mas cuidado para não mostrar nada quando sentar. São seus fãs, não seu ginecologista.

— Vanessa! — censurou Odelia, mas riu, soltando ar pelo nariz atrás da prancheta. Ariel não tinha certeza se já tinha realmente visto a mulher rir daquele jeito.

— Sem maquiagem — disse Ariel, quando Vanessa iniciou um ataque de uma só mão com um pincel de sombras.

— *Ay*, Melody! — protestou Vanessa, aplicando um gloss cintilante em vez da sombra. — Você ainda está bem diferente daquela palhaçada de sereia completa.

— Ei!

Vanessa espremeu os lábios, como se não fosse retirar o que havia dito. Ariel teve certeza, naquele momento, de que Vanessa definitivamente se daria bem com sua irmã Sophia.

Odelia voltou segurando um chapéu fedora de aba larga com uma fivela turquesa. Depositou-o sobre a cabeça de Ariel.

— Onde você arrumou isso? — perguntou Vanessa.

— Comprei de um hipster no saguão — disse Odelia. — Vai sair do seu pagamento.

— Obrigada.

Ariel ficou emocionada por Odelia ter pensado em encontrar mais uma peça para seu figurino a fim de deixá-la confortável.

Lembrou-se do que Grimsby dissera. Como ela se olhava no espelho e sempre parecia surpresa. *Era mesmo* surpreendente como Ariel era si mesma, mas diferente. Ela, mas alguém novo. Talvez preferisse ser Melody Marín à garota que tinha sido. Aquela não conseguia se defender diante do pai e era acompanhada praticamente até durante o sono e não podia nem arrotar sem que o pai lhe dissesse que aquilo era ruim para sua imagem. Melody Marín dançava com um homem lindo até o amanhecer, sentava-se em cafés e escrevia as músicas que quisesse.

Melody Marín estava empolgada para subir ao palco.

Antes de abrir a porta, Odelia apontou uma unha vermelha para as garotas.

— Última coisa. Eu sei que vocês quatro não subiram ao terraço para assistir aos fogos de artifício. Não precisam me dar os detalhes, eu não quero saber. Mas não mintam de novo para mim. Entendido?

Lá estava aquele olhar fulminante que paralisara Ariel no dia em que as duas se conheceram. Repreendidas, as duas anuíram e correram para os bastidores.

As luzes diminuíram, e a casa toda ganhou vida. Era como nos velhos tempos e, no entanto, completamente diferente. Havia menos gente do que ela estava acostumada a se apresentar, mas mesmo cinquenta pessoas entusiasmadas podiam dar a sensação de centenas. Ariel não tinha a sensação agourenta de que precisava agradar a *todos*, porque agora estava em segundo plano. Podia simplesmente tocar. A adrenalina a percorreu, deixando seus membros inquietos.

— Você tá bem? — perguntou Vanessa.

— Sim, é como andar de bicicleta.

— Pensei que não soubesse andar de bicicleta.

Ariel riu.

— Você sabe que é uma metáfora.

Vanessa parou pouco antes do limiar. Elas podiam ouvir as conversas na grade mais adiante. O estalo dos walkie-talkies e das botas pesadas atrás delas. Sorriu timidamente para Ariel e disse:

— Obrigada. De verdade.

— Agradeça *depois*.

Vanessa entrou no palco primeiro, a multidão transferindo sua atenção para ela. Ela sentou-se em seu banco preto e ajustou o microfone. Houve um leve murmúrio ao verem seu braço.

— Então, eu torci meu pulso hoje — Vanessa contou para a multidão, sua respiração ecoando com um toque de *reverb*. Ela realmente se transformava no palco, criando certo ar de perigo e muito carisma. — Mas vocês sabem o que dizem por aí. O show tem que continuar! — A multidão urrou, aprovando. — Com a ajudinha de uma amiga, claro. Uma salva de palmas para a minha amiga, M.

Antes que Melody desse um passo à frente, ela o viu do outro lado do palco, nas coxias. Eric. Seus olhos escuros a percorreram desde as botas pretas emprestadas até a barra do vestido beijando o topo de suas coxas. Mesmo nas sombras, o olhar dele queimou a pele dela. Ela gostou. Ela *adorou*.

Caminhou com confiança para a suave luz frontal lilás e assumiu o lugar ao lado de Vanessa. Se alguém tivesse dito a Ariel que ela estaria sentada ali, tocando violão de apoio para Vanessa Garcia, não teria acreditado. Mas começava a entender que talvez estivesse descobrindo mais do que apenas a si mesma. Estava descobrindo suas primeiras amizades reais. Teria que pensar mais em como fazer essas amizades durarem depois.

Enquanto isso, elas criaram música.

Era como andar de bicicleta e era diferente. Ariel dedilhou a introdução animada da canção de Vanessa, "Storms and Silence". As vibrações dos acordes reverberaram por seus ossos. Ela mantinha a cabeça voltada para baixo, observando os próprios dedos se movendo e mudando de posição no braço do violão. Mal reconhecia as próprias mãos, e era esmagadora a sensação de que aquilo era *correto*. Se seu pai estivesse na plateia, será que a reconheceria? Será que as irmãs a reconheceriam?

De quando em quando, Vanessa se virava para ela e abria um sorriso de incentivo. Uma vez, entre duas músicas, Ariel procurou Eric e o encontrou de pé exatamente onde estava no começo do set. Queria poder tê-lo olhando para ela daquele jeito para sempre.

A cada nota, cada música, com os assovios e uivos da plateia, Ariel retomava algo que vinha lhe faltando desde o último show da turnê "Goodbye Goodbye" — a conexão. Cordas salva-vidas tinham se desenrolado entre ela e a audiência. Esse era o poder da música.

Quando o set terminou, entregou o violão para um assistente de palco e foi procurá-lo. Precisava vê-lo. Sabia que era complicado, que ambos haviam feito promessas que pareciam cada vez mais frágeis quando se aproximavam demais, mas, naquele momento, não importava.

— Aquilo foi incrível! — Eric a puxou para um abraço, levantando Ariel e girando no lugar.

— Você parece surpreso — disse ela. Embora ele a colocasse no chão, ela ainda estava flutuando.

Assistentes de palco retiraram o equipamento e abriram caminho para o Le Poisson Bleu assumir os holofotes. No camarim, havia energia e caos. Odelia levou a filha da casa de shows apressadamente para tirar suas radiografias. Carly deu um soquinho no ombro de Ariel e disse:

— Que outros talentos você anda escondendo, hein?

Ariel tinha dúzias de premiações e fãs incondicionais. Não podia sair de um evento ou uma entrevista sem que alguém proclamasse seu amor imortal por ela e por suas irmãs. Guardava com carinho esses momentos e não queria tomá-los como algo certo, mas isto — um set de 45 minutos num palco escuro em que ninguém a conhecia como algo além de uma inicial fugaz — deu-lhe a sensação de que havia chegado ali por seu próprio mérito.

Carregou aquele sentimento até o estande de merchandising e pôs mãos à obra. A casa estava lotada de gente altinha, rindo, brilhando. Ela achou que nada poderia derrubar seu ânimo, até conferir o celular. Tinha dúzias de mensagens de Chrissy e das irmãs. Um lampejo de ansiedade a percorreu quando viu as manchetes e clicou nas imagens. Elas tinham feito o que Ariel pediu. Que seja.

Ariel del Mar estava nos jornais.

Princesa do pop tem um colapso nervoso em Paris. Milhares de dólares em danos ao hotel.

ARIEL DEL MAR NÃO CONSEGUE LIDAR COM A VIDA PÓS-SETE SEREIAS

As Boas Mães do Texas escrevem uma carta aberta a Ariel del Mar: "Que vergonha!"

Atlantica Records não faz nenhum comentário sobre a Noitada de Ariel nas ruas de Paris

TUDO O QUE VOCÊ PRECISA SABER SOBRE ERIC REYES, O FRONTMAN DA DESAFORTUNADOS

Trevor Tachi visto no Charles de Gaulle. Será que o casal está dando o próximo passo? Ou será que tudo chegou ao fim de uma vez por todas?

 Fãs defendem o comportamento de Ariel num vídeo tributo.

Desafortunados ao vivo na The Road House — 05/07 Nova Orleans Esgotado!

CAPÍTULO DEZESSETE

ERIC
5 de julho
Nova Orleans, Louisiana

Eles deixaram Miami logo após o show com o equivalente a uma geladeira de sobras do *tío* Antonio e notícias de que o looping de um vídeo de uma das apresentações da banda tinha viralizado. No vídeo, Eric jogava a cabeça para trás e mordia o lábio na seção de transição da música. O vídeo tinha desacelerado o movimento, *frame* por *frame*, e, embora ele soubesse que estava bonito ali, todo mundo no ônibus, exceto Odelia e Melody, ficou zoando com ele e reencenando o vídeo ao vivo.

Ele aceitou tudo naturalmente, rolando pelos comentários. Tá, tá, todo mundo dizia para não ler os comentários. Mas ele nunca tinha sido um assunto de consideração pública. Entre os spams de "pr0m0vam a música do g4tinh0" e "ele é uma droga", havia aqueles que eram puro amor. Amor pelo baixo de Grimsby, pelos truques de Max entre os sets e pelos solos épicos de guitarra de Carly.

Na metade da viagem de doze horas, eles estacionaram numa parada rodoviária; só Oz e a banda desceram para o café da manhã, enquanto Melody dormia.

Eric pegou um sanduíche de bacon, ovos e queijo para si, dois cafés (um puro e um adoçado) e um croissant com manteiga e geleia, que era o que Melody normalmente comprava nas paradas. Funcionando com apenas três horas de sono, ele se espreguiçou sob o céu crepuscular e virou seu primeiro café antes de se juntar aos amigos em uma das mesas de piquenique na frente da parada.

— Acho que vamos receber boas notícias hoje — anunciou Eric.

Max jogou uma batatinha na boca.

— Lá vamos nós.

Eric sorriu.

— Tô falando sério. Eu sonhei com Pedro. Toda vez que sonho com meu avô, recebo boas notícias.

Oz assentiu, como se não pudesse imaginar como alguém podia duvidar de Eric.

— Definitivamente, tem coisa aí. Minha avó veio da Guatemala para morar com a gente quando eu tinha dez anos, e ela dizia que nossos entes queridos conversam conosco nos sonhos. No dia seguinte à morte do meu gato, ela apareceu para mim.

Os olhos cinzentos de Grimsby se arregalaram e ela cochichou:

— Gato fantasma!

Eric deu tapinhas nas costas de Oz.

— Fico feliz por você, colega.

— Ou talvez — disse Carly — Miami seja um ponto sensível para você e isso tenha trazido à tona algumas memórias, então você sonhou com a única pessoa que indubitavelmente te apoiou durante aquele período da sua vida.

— Tão jovem — disse Eric, melancólico —, tão cínica.

Max batucou na mesa, mas se aquietou quando um caminhoneiro próximo lançou um olhar feio de *está cedo demais para isso* na direção deles.

— Acredito em você, Eric. Especialmente se isso significar que o selo vai nos dar uma graninha para o vídeo. Eu adoro o seu conceito, Grimsby, mas, nesse momento, está um pouco fora do orçamento.

— Eu tenho uma visão e me recuso a comprometê-la — a baixista gótica resmungou.

Eric sabia que Max tinha razão.

— É, bem, nesse momento é basicamente vídeos reaproveitados e nós caminhando pelo deserto da Califórnia.

— Talvez eu possa ajudar — disse Oz. — Sou muito bom em artes gráficas e tenho especialização em cinema.

O jovem motorista entregou seu celular e, em seguida, recolheu-se visivelmente para dentro de seu moletom de capuz. Era surpreendente que o homem pudesse falar por horas sobre as teorias evolucionárias de centauros, mas, quando era para falar de si mesmo, ele era tímido.

— Melody sabe tocar violão, Oz é um tremendo de um artista — disse Carly, folheando o portfólio de Oz. Ela deu um tapa, ou melhor, um *soco* nas costas de Eric. — Droga, talvez os seus palpites esotéricos estejam certos.

— Eu não precisava de uma manobra de Heimlich a essa hora da manhã. — Eric tossiu. — E adoro como Carly se esquece da fase em que consultava as cartas de tarô para decidir o que fazer para o jantar. Mas concordo. Temos uma fartura de riquezas nesta turnê.

Max, Grimsby e Carly trocaram olhares. Eric conhecia aquela expressão. Era a expressão da intervenção. No primeiro mês em que moraram juntos e elas odiavam a colônia que ele usava. A moça que apareceu para um encontro certa vez e se recusou a ir embora, declarando que tinha direitos de ocupante. A vez em que ele cultivou uma barba de homem das cavernas.

— Que foi?

— Bem... — começou Grimsby. — Hmm, Max?

Max limpou migalhas de batata dos cantos da boca.

— Gostaríamos de te oferecer a opção de abandonar a aposta.

Eric levantou um dedo de seu café e apontou de uma colega de banda para a outra.

— O que vocês estão aprontando?

— Nada — disseram elas, as vozes adocicadas e meigas.

— Vocês foram trocadas por alienígenas quando eu não estava olhando?

— Isso *acontece mesmo* por essa área — disse Oz, misteriosamente, drenando o resto de seu café gelado e cheio de açúcar.

Carly cruzou os braços, aquele brilho teimoso nos olhos.

— Olha, eu geralmente sou a última a admitir que estou errada, mas eu estava errada.

— Sobre o quê? — perguntou ele, embora suas entranhas se revirassem, ansiosas. — Use palavras. Eu falo três ou quatro línguas, posso entender.

— Aff — disse Grimsby. — Talvez devêssemos deixá-lo sofrendo.

— Nós não achamos que você vai estragar as coisas com Melody — admitiu Carly. — Não queremos que estrague.

— Nós queremos que você se case com ela! — acrescentou Max, batendo palmas.

O gole do segundo café, esse adoçado e com leite, desceu pela traqueia de Eric e ele engasgou. Punhos bateram nas suas costas ao mesmo tempo. Carly até falou para ele levantar os braços, como faziam com bebês engasgados. Ele espantou todo mundo aos tapas.

Eric olhou para Oz, que respondeu sem voz:

— *Alienígenas*.

— Vocês estão me zoando. — Ele decididamente ignorou a parte em que mencionaram casamento. — Que dia é hoje?

— Sexta — informou Oz.

— Há *uma semana e um dia*, vocês estavam convencidas de que eu ia estragar tudo. Encheram meu saco por ajudar uma amiga, por ajudar a turnê.

— Calma lá, Don Juan — disse Carly. — Não comece a corrigir o passado. Essas coisas foram bônus. Você convidou Melody para esta turnê porque tinha um crush nela. Estávamos apenas te mantendo na linha.

— Mas vimos que estávamos enganadas — disse Grimsby.

Eric riu.

— Ah, entendo o que está acontecendo na real. Vocês querem cancelar tudo porque estão vendo que eu vou ganhar e estão preocupadas achando que não vão gostar da tatuagem que escolhi para nós.

Oz bateu palmas, caótico.

— Mostra, mostra!

Eric não havia, de fato, escolhido a tatuagem deles, mas, por sorte, Oz e seu portfólio estavam logo ali. Ele pediu ao motorista que lhe emprestasse o celular e passou pelas imagens até parar numa delas.

— Estou pensando que esse chupacabra punk pode ser o que a gente precisa.

— Ele é um dos meus preferidos — disse Oz.

Carly abriu um sorriso maldoso, como fez quando Max apagou uma playlist de Eric e a substituiu por remixes das Sete Sereias, tudo porque ele teve uma lombriga noturna e comeu a última fatia de cheesecake.

— Ah, não, não, não. *Estou vendo* o que tá rolando.

— O quê? — desafiou ele.

Carly virou para os outros, falando dele de propósito como se ele não estivesse ali, porque sabia que isso o deixava maluco.

— Ele tá com medo.

— Aaaaah — Max e Grimsby cantarolaram, e Oz finalmente se juntou a elas.

— Odeio quando vocês fazem isso.

Eric pigarreou, a garganta ainda ardendo pela abrasão de quase ter inalado seu *cafecito*.

— Isso não é sobre a gente, *Señor Raio de Sol* — disse Carly. — Você está com medo de que *vai mesmo* ferrar com tudo, agora que não tem mais a aposta como desculpa.

— Mentira — disse ele e, então, repetiu em espanhol, depois em português e francês. Ele se levantou. — Vocês todos não querem admitir que eu tinha razão desde o começo.

— Espera aí — disse Oz. — Então vocês todos concordam que Melody é incrível e que Eric devia tentar a sorte. Qual é o problema?

— O problema é que ele tá com medo. O que aconteceu com o Capitão Otimismo?

Quanto mais Carly dizia isso, mais ele sabia que ela estava certa.

Aquela aposta bobinha e inocente era como uma cerca. Uma cerca baixa e frágil de madeira que uma brisa mais forte pode derrubar, mas ainda marca um perímetro. Ele já corria o risco de cruzar essa linha. A única coisa que o impedia era Melody: *não posso*. Ela dissera isso, e ele recuara. Mesmo quando ela olhava para ele daquele jeito, quando arrumava desculpas para tocar nele; quando ambos estavam realmente sozinhos, ela sempre era a primeira a se afastar.

— Eu não estou com medo — disse Eric, sério o bastante para seus amigos pararem de provocá-lo. Por enquanto. — Ela está se segurando. E eu não vou pressioná-la.

— Você tá caidinho — disse Max. — Não posso te culpar. Ela é uma gata, adora música e é *bacana*. Se você não fechar a fatura logo, Carly pode te roubar mais uma.

Carly ofegou e bateu com as mãos na mesa, os olhos arregalados e incrédulos.

— Você *contou pra elas*?

— Não contei, não! — Eric se defendeu. — Eu juro!

— Ele não precisou contar — disse Grimsby.

— É. Era pra gente acreditar mesmo que a Vanessa "tropeçou" assistindo aos fogos de artifício? Não. — Max colocou os óculos escuros como se estivesse nos créditos de abertura de sua série preferida de investigação criminal. — Nada abala Vanessa. Ela deve ter tomado um susto ou se espantado. E o que é mais assustador do que subir escondido para o terraço e ser pega no ato? — Ela estalou os nós dos dedos. — Estou enchendo seu saco, Carly. Eu flagrei você e Van de mãos dadas durante o jantar.

— Bem, detetive Chin — disse Eric. — Melody e eu *estávamos* assistindo aos fogos de artifício, sim.

E se confessando de um jeito que ele nunca tinha feito antes na vida. Nada de mais.

— Porque você a *aaaaama*. — Max fez um coração com as mãos.

— Que seja, estamos falando de mim agora — disse Carly.

Oz riu, fungando.

— Então, espera aí, como é que não tem nenhum aviso sobre você e Vanessa?

— Porque não. — Carly deu de ombros. — Nós estamos namorando há dois meses.

— O quêêê? — todos gritaram em uníssono.

— Olha, Vanessa e eu somos mais... Pragmáticas, digamos, do que incuravelmente românticas. Nós nunca deixaríamos um relacionamento interferir na banda ou na carreira dela. Além do mais, namorar escondido é mais gostoso, não vou mentir.

— Odeio vocês. A aposta ainda está valendo — disse Eric, pisando duro por alguns metros para jogar seu lixo fora. — Vamos lá. De volta para a estrada.

— Não se preocupe, grandão — disse Oz. — Eu acredito em você.

— Sério?

Oz assentiu, enfático.

— Heróis românticos são as criaturas mais imaginárias de todas.

Eric riu e tentou levar isso como um elogio.

— Estou falando sério sobre o design. Vou falar com Odelia quando ela acordar, mas quero comprar aquele logo e colocá-lo em uma parte do merchand.

Enquanto eles se amontoavam dentro do ônibus, Melody saía do banheiro com a escova de dentes na mão.

— Bom dia.

Ela sorriu para ele. Apenas isso. Só um sorriso, sonolento e meigo. E foi o que bastou para que ele sentisse que havia sido espancado por suas emoções.

Por que não queria se ver livre da aposta? Ele estava tão seguro. *Tão seguro* que não faria nada para *Eric Reyesar* um relacionamento com Melody. Ele sabia que suas amigas o amavam, mesmo que aproveitassem todas as chances que tivessem para caçoar de sua vaidade. Elas o estavam incentivando a buscar exatamente aquilo que ele queria. *Ele estava mesmo com medo?* Se tudo desse certo e ele ainda estragasse as coisas, daí a culpa seria exclusivamente sua. A decepção não seria apenas dele, mas de todas elas.

Não. Eric Reyes era muita coisa, mas não era um pessimista. Quando se sentou à mesa diante de Melody, ela com bochechas coradas e olhos brilhantes, ele soube que aquilo não podia girar apenas em torno dele e do que ele queria. Ela estava nessa turnê para escapar de uma situação ruim. Ela era reservada, protegia seu passado. Ela havia dito: *não posso*. Quão egoísta seria de sua parte mergulhar na busca de algo com ela, se ela não estava pronta?

Eric podia esperar. E iria esperar. Pelo tempo que fosse preciso. Eric podia esperar até ela estar preparada para se abrir para ele. Melody valia todo o tempo do mundo.

— Max comprou seu café da manhã — disse ele, empurrando o croissant para ela com sua finesse habitual.

— Não comprei, não — resmungou Max.

Melody agradeceu Eric com um sorriso de quem sabia de alguma coisa e bateu no acrílico da gaiola de Monty. Ela havia sido o voto de desempate se deveriam continuar com a porquinho-da-índia tarada com eles em vez de deixá-la com *tío* Antonio.

Acesos demais para dormir, todo mundo se espalhou pela sala da frente. Melody arrancava nacos de seu croissant. Ela tinha uma migalha no lábio inferior. Os dedos de Eric ansiavam por tirá-la de lá, mas podia sentir o sorriso convencido de suas amigas, e ela tirou a migalha antes que ele pudesse fazê-lo.

— Andei pensando — disse ela, abrindo seu caderno. As páginas tinham sido preenchidas com sua caligrafia inclinada e cheia de curvas e com desenhos pequeninos. — Digo, fiquem à vontade para recusar, cem por cento.

As bochechas de Melody ruborizaram enquanto ela chacoalhava a cabeça.

— Ah, deixa pra lá.

— O quê? — Ele se recostou no assento, batendo nas laterais de seu copo de café. *Dois, um, quatro.* — Me conta.

— Eu nunca fiz isso com outra pessoa.

Ele engoliu em seco e ficou absolutamente imóvel, o que foi difícil quando o ônibus passou por um buraco.

— Tá bem.

— E eu estava pensando que talvez você pudesse ajudar.

— Eu?

— Digo, sei que você é bom nisso. Gostei do que vi até agora.

— Bem...

Espera. Do que, exatamente, ela estava falando?

— Eu sei que a turnê é bem apertada, mas encontrei um parque perto da casa de shows.

Max engasgou e gargalhou, e as outras se juntaram a ela.

— Você quer fazer sexo no parque?

— O quê? Não! — Melody escondeu o rosto nas palmas das mãos. — Eu estava falando de escrever uma música.

— É, *Max* — disse Eric, pigarreando. — Essa sua mente é um pântano!

Mas o corpo inteiro dele ainda irradiava calor. Precisava submergir numa banheira de gelo. E aí uma olhada para Melody o fez lembrar do que ela estava lhe pedindo. Escrevera a maioria de suas músicas sozinho, mas, quando formaram a Desafortunados, esse era sempre um processo colaborativo. Era a segunda coisa de que mais gostava, atrás apenas dos shows e, bem, aquele outro tipo de "colaboração".

Para Eric, fazer música com alguém era algo pessoal. O fato de que Melody queria trabalhar consigo trouxe de volta aquela sensação de aperto no peito.

— Eu adoraria — disse ele. — Temos algumas horas para matar antes de carregar o equipamento para o show.

— Ótimo.

— Muito bom.

Ele pensou que talvez ela fosse se levantar e voltar para a cama. Tinham mais seis horas na estrada. Em vez disso, ela apanhou o livro que Grimsby tinha acabado de ler. Imaginou ficar sentado assim com ela em manhãs preguiçosas. Outro ônibus. Um apartamento. Uma casa. Não importava onde, mas seria cheio de livros, instrumentos e café.

Eric flagrou Max o encarando. Ela não precisava nem dizer. Talvez soubesse desde o começo. No exato minuto em que Melody entrara em sua vida com uma colisão, feito uma interferência dos próprios astros. Amaldiçoado não a falhar, mas a encarar o inevitável. Porque era isso que Melody era. Assim era se apaixonar por ela: inevitável.

Chat do grupo Sete A Pressão

Ariel:
Viramos notícia! Paris pareceu divertida, @Thea. Obrigada.

Thea:
Foi quase libertador me vestir de você.
Todo esse escândalo só porque eu dancei
uma de nossas músicas em cima de uma mesa!

Elektra:
Isso e, sabe como é, aquela agressividade
toda no quarto do hotel.

Thea:
Foi catártico. Mas eu preenchi um cheque
para eles.

Ariel:
Como está o papai?

Sophia:
Fulo

Stella:
Meio que um caco

Marilou:
Lembra aquela vez em que não fomos
indicadas para Vídeo do Ano, apesar de termos
o vídeo com mais streamings do ano?

Ariel:
Feio assim?

Sophia:
Não esquenta. Estamos com tudo
sob controle.

Alicia:
É, minha vez de me fantasiar e ser a
distração de peruca vermelha.

Ariel:
Eu fico devendo pra todas vocês.
Um montão. Embora seja uma merda ver
o quanto foi fácil me arruinar.

Ariel:
Como se todo mundo estivesse só
esperando para me odiar.

Marilou:
A fama é volúvel, meu bem.
Mais vale a gente se divertir com os papz.

Sophia:
Você tá pronta pra voltar pra casa?

Ariel:
Não

Ariel:
Mas

Ariel:
Tem outra coisa rolando.

Marilou:
AAAAAAH NENÉM! Eu estava
ESPERANDO

Ariel:
😳

Alicia:
Aliás, todas nós vimos o clipe
do Eric Reyes fazendo aquele negócio
com a boca. Gatíssimo.

Elektra:
Até eu tenho que concordar, e olha que nem
gosto de

Sophia:
Olha aí, você assustou a Ariel e ela
voltou pra dentro da concha.

Ariel:

Marilou:
Uaaaaaau.

Stella:
Talvez todas nós devêssemos sair
em turnê com um desconhecido sexy.

Sophia:
Você está se precavendo?

Thea:
Acho que todas nós ainda temos pesadelos
com suas aulas de como colocar camisinha
usando um pepino, Sophia.
Muito obrigada.

Ariel:
Não é bem assim!!! Apesar de eu ter
uma certeza razoável de que ele achou que
eu estivesse fazendo uma proposta
indecente agorinha.

Marilou:
A irmã errada está nessa turnê com o
deus do sexo e da música,
juro por Deus

Stella:
Uma baita energia de *papi chulo*

Ariel:
Ele não é assim.

Elektra:
Vozeirão enorme, microfone pequeno?

Ariel:
Oi?

Thea:
Perdi tudo aqui kkkkk

Alicia:
Eu vou fazer xixi na calça

Marilou:
Nosso anjinho

Ariel:
Nós vamos só escrever uma música juntos!!!

Elektra:
É só a coisa mais romântica que
dois compositores podem fazer.
Ceeeerto. Você tá esperando o quê?

Ariel:
Ele odeia as Sete Sereias.
E se ele odiar o meu eu real?

Sophia:
Você toda é a você real

Thea:
Era para você estar se divertindo.
Não passando pela crise dos 25 anos.
Se bem que a mudança climática do jeito
que está pode bem ser sua meia-idade agora.

Marilou:
Você está acabando com a graça, T.

Stella:
Tudo o que estamos dizendo é que ele é
um gato. Ele tá em ascensão e não é
um cuzão como o Trevor. As entrevistas do Eric
fazem parecer que ele é tipo uma estátua grega,
mas com personalidade. Mas talvez ele queira
as coisas que você quer deixar para trás.

Ariel:
Vocês estão acompanhando a gente?

Sophia:
ARIEL, VOCÊ TÁ DO OUTRO LADO DO
PAÍS COM DESCONHECIDOS, É ÓBVIO
QUE ESTAMOS

Marilou:
É, você pode se rebelar à vontade contra o papai, mas nós ainda somos uma coisa só.

Ariel:
Eu sei.

Ariel:
Amo vocês.

Sophia:
Mas olha, falando sério

CAPÍTULO DEZOITO

ARIEL
5 de julho
Nova Orleans, Louisiana

Nova Orleans tinha um calor pegajoso. Ariel não suava assim desde o verão em que o pai as mandara para um "acampamento de dança". Sophia tinha gracejado que aquele era o jeito dele de não saber lidar com o fato de que o corpo delas estava mudando.

Ainda assim, sentada em uma manta sob uma árvore retorcida no Audubon Park com Eric, Ariel não se importava com o calor. Regozijava sob o sol da Louisiana e estava grata por cada sopro de brisa e pelo imenso café gelado preso entre seus joelhos.

— Tá, escuta isso — disse Eric.

Ele dedilhou a introdução que ela lhe mostrara. Cantarolou o ritmo das palavras, tentando encontrar a melhor forma entre a cadência e a melodia delas. Alterou o compasso e ela estudou o padrão do dedilhado dele. *Dois, um, quatro. Dois, um, quatro.*

— Deixe eu tentar.

Ela *tinha saudade* de suas guitarras e seus violões. Cada um dos instrumentos que possuía em casa tinha sido um presente — de seus pais, irmãs, tio Iggy, até da própria Ibanez, depois de ela ter mencionado numa entrevista o quanto achava bonitos os instrumentos da marca.

Mais cedo, eles tinham passado por uma loja de artigos musicais no French Quarter e Ariel se apaixonara pelo violão mais lindo. Dissera a si mesma que voltaria lá e o compraria.

A NOSSA MELODIA

Eric ofereceu sua palheta e Ariel a tirou de seus dedos. Ela passou pela introdução, emprestando seu contrato suave ao tenor da voz dele. Os dois estavam apenas vocalizando os formatos das palavras, brincando com os sons, mas sua própria voz lhe soou desconhecida. Ariel ficara presa cantando soprano desde que tinha dez anos, algo que o selo (seu pai) pensou que ajudaria a manter sua juventude, embora já tivesse passado pela puberdade. Manteria sua inocência. Manteria-a como criança.

— Cante — disse Eric. — Esta é uma zona livre de julgamentos.

Mas Ariel não podia cantar solo. Mesmo que ele não a reconhecesse depois de uma alteração de oitavas, o risco ainda era grande demais. Não era? A revista *Voltage Sound* a chamara de "a voz de sua geração", um som que vem apenas algumas vezes num século. Aquela não era mais a sua voz.

— Vou deixar o canto para você.

— Ah, vá — insistiu ele. — Posso ouvir que você canta bem.

— Não estou dizendo que não sei cantar. Eu não quero cantar. Quero compor músicas para outras pessoas. — Ela tocou a corda algumas vezes, deixando o trinado se estender e então sumir. — Eu disse isso pro meu pai uma vez.

Eric inclinou seu corpo por cima da manta. Tocou a mesma corda.

— Ele não aprovou?

Ariel fez que não, a culpa abrindo buracos ao redor de sua verdade mais uma vez.

— Eu disse uma vez num jantar, e ele listou dez motivos consecutivos porque isso era um desperdício do meu tempo.

— Sinto que nossos pais se entenderiam bem. — Ele pareceu ponderar aquilo. — Ou destruiriam um ao outro.

Ela riu, puxando a corda seguinte com o polegar.

— Foi mais ou menos um ano depois da morte da mamãe, e ele ainda estava passando por crises de mau humor. Como se fosse o único que a tivesse perdido. Como se fosse o único que esperava que ela fosse passar por aquela porta a qualquer hora. Acho que, por muito tempo, deixamos passar várias coisas por causa disso.

— Vocês não deviam ter que fazer isso. Eram as crianças.

Ouvir isso de Eric era diferente de murmurar para si mesma, não soava como uma semente de dúvida que parecia errada, como uma traição à família.

— Falando em pais decepcionados.

O telefone de Eric estava iluminado. O identificador de chamada dizia EL BABACA. Ele apertou o botão vermelho para mandar a chamada para mensagem de voz e tornou a se deitar, os dedos batucando no peito.

Ariel guardou o violão no case e fechou seu caderninho. Parecia a coisa mais natural do mundo deitar-se ao lado dele, apoiada no cotovelo.

— Acho que nós dois temos questões mal-resolvidas com nossos pais — disse Eric.

Ela franziu o nariz. Sophia sempre dizia que jamais namoraria outro músico porque ele a faria pensar no pai delas. Ariel concordara. Trevor Tachi, seu único trágico ponto de referência, tinha sido um ator mirim que queria virar cantor, e ela dissera a si mesma que *nunca mais*. Mas aqui estava ela, a centímetros de Eric Reyes. Ambos tinham a camiseta molhada de suor. A dele, de um algodão cinza fininho, subiu um pouco quando ele jogou os braços por trás da cabeça, o tecido úmido se agarrando às planícies rijas de seus músculos, e mais uma vez ela se viu fascinada pelo rastro de pelos desaparecendo por dentro da calça jeans dele.

— Meus olhos estão aqui em cima — disse Eric com um riso grave e rouco.

Ariel olhava fixamente. Tinha sido *flagrada* olhando fixamente. Cobriu o rosto com a mão, mas, quando espiou pelo vão entre os dedos, viu que ele estava corando tanto quanto ela.

Para poupar mais embaraço, ele perguntou:

— Quando você aprendeu a tocar?

Ariel tomou um gole de seu café gelado, que já estava, em sua maioria, derretido a essa altura.

— Humm... Eu devia estar com sete anos, acho... A maioria das minhas irmãs tocava alguma coisa. Sophia, violino. Stella e Ali, piano. Mari não tocava, exatamente, bateria, mas gostava de batucar em todas as superfícies disponíveis, até que meu pai cedeu e comprou um kit de bateria para ela.

— E ela aprendeu?

— Não. — Ela riu. — Não era a mesma coisa com uma de verdade. Mas eu adorava tudo. Guitarra e violão. Minha mãe começou a me ensinar e, depois que ela morreu, eu implorei por aulas, mas descobri que podia simplesmente ouvir uma música e, então, tocá-la.

— Meu avô teria dito que este era o seu dom.

— Foi o que mamãe disse também. Ela tocava o *cuatro*.

— Odelia também toca isso, sabia? — perguntou Eric, sorrindo com a brisa quente e preguiçosa que soprava por entre as árvores. — Que coincidência.

O lembrete da conexão entre sua mãe e Odelia fez Ariel parar. Ela escondia tantos segredos, era exaustivo. Talvez fosse por isso que tinha dado o nome das irmãs, apesar de Eric provavelmente não ser capaz de identificar as sete numa fila, a menos que estivessem todas "paramentadas". Talvez ela quisesse que ele adivinhasse. Que desfizesse todas as meias-verdades dela, como o fato de estar com ele havia desfeito seu coração.

— Eu tenho seis irmãs — confessou Ariel enquanto o observava observá-la.

Ele era tão bonito que ela achava difícil olhar para ele por muito tempo. Seus dedos inquietos tiravam as bolinhas da manta antiga que eles tinham desenterrado do ônibus.

— Então não o suficiente para um time de futebol, mas talvez o bastante para uma banda.

A pulsação dela martelava na garganta. Nos ouvidos.

Conte logo para ele, pensou ela. *Acabe logo com isso.*

— Alguém nos sopros? — perguntou ele. — Meu avô adorava aquelas grandes orquestras de salsa com seis trompetes e uma fileira de tambores de conga.

Ariel riu, desafinada e ansiosa. Resolveu que não era corajosa o bastante. Não estava pronta para arriscar perder a possibilidade de estar perto dele quando ia dormir ou ao acordar. De ouvir a voz dele enquanto cuidava da mesa de merchandising todas as noites. Entrar numa sala e saber que ele estava lá pelo ruído de suas botas, pela alegria em seu riso. O jeito como tirava fotos com todos os fãs que pediam. Eric estava apenas começando uma vida da qual ela tentava se despedir. Ariel precisava se lembrar disso toda vez que amolecia quando ele pensava nela e lhe trazia o café da manhã.

— E você? — perguntou ela. — É filho único?

— Surpreendentemente, sou — disse ele. — Tenho mais primos do que cheguei a conhecer. Meus pais tiveram dificuldades para engravidar. Minha mãe me chamava de seu bebê de milagre. Às vezes, eu queria ter tido um irmão ou uma irmã. Daí talvez eu fosse só o irmão músico, em vez de a decepção.

— Se minha opinião vale alguma coisa — disse ela —, eu não estou decepcionada.

— Espero que não! Como eu disse — Eric sorriu para ela —, sou um milagre, bebê.

— Uau...

Ariel estendeu a mão para pegar a mecha teimosa de cabelo dele e colocá-la de volta a seu lugar. A mão dele pegou a dela suavemente, deslizando os calos das pontas dos dedos pelo antebraço dela.

— Eu quero muito te beijar, Melody — disse ele, devagar feito mel.

Beijar Eric Reyes parecia uma certeza. Não era um *se*, mas um *quando*. Toda vez, porém, Ariel se lembrava do porquê não devia. Eles disseram que seriam amigos. Odelia a avisou para não se envolver com ele ou a enviaria de volta para seu pai. Eric não sabia da verdade. Mas queria beijá-la — ela como Melody. Sophia lhe dissera que ela *estava sendo* ela mesma, e Ariel podia se convencer de que a única coisa que mudara nela tinha sido a conta bancária e o número de seu telefone. E, no entanto, como seria quando isso voltasse ao que era?

Os pensamentos zumbindo em sua mente esmaeceram enquanto ela se permitia ser puxada por ele. Ariel apoiou a palma da mão no peito dele, sentiu o ritmo frenético de sua pulsação. Sentiu a respiração superficial dele, depois o suspiro de alívio quando descansou ali, em seu ombro. Ela podia fazer isso — ficar perto dele. Sentir a força dele sob ela. A maneira como ele beijava o topo de sua cabeça e inalava seu cheiro. Podia ficar ali por horas, traçando um círculo em torno do coração dele com a ponta do dedo. Assistindo ao peito de Eric subir e descer, e, quando ela levantou a cabeça, a forma como ele lambia o lábio inferior e depois o mordia de leve, como se estivesse tentando se impedir de dizer algo para interromper o momento.

O toque agourento do celular o interrompeu por eles.

— Desculpe, é a Odelia — disse Eric, atrapalhando-se para pegar o telefone.

Ela encontrou o aparelho encaixado entre as páginas de seu caderno. As notas iniciais da famosa canção de Beethoven, cheias de suspense, repetiam-se num loop. Ela riu.

— Sinfonia número 5?

— Também a Sinfonia da Vitória. — Eric deu uma piscadinha e então atendeu, meio que virando de costas para ela. — ¿Halo?

Ambos só precisariam voltar dali a algumas horas, mas Ariel começou a guardar as coisas. Foi quando o viu, sentado num banco do parque. Alguém que não deveria estar ali, *não podia* estar ali. Ele não podia.

Torcendo para que, de alguma forma, ele não a tivesse visto, Ariel virou de costas. Enfiou o caderno na mochila. Guardou cuidadosamente o violão de Eric.

— Tá falando sério, caralho? — gritou Eric.

Ela girou sobre os calcanhares ante o estresse na voz dele. Em vez de, contudo, encontrá-lo zangado, viu o rosto de Eric se abrir no sorriso mais radiante. Ele fez um joinha para Ariel, depois disse a Odelia que já estava chegando.

— O que aconteceu?

— Nós esgotamos os ingressos — disse ele, os braços abertos para ela.

Ela deu um passo para junto dele e o abraçou. O orgulho a dominava de um jeito que não sentia há muito tempo. Eles tinham lutado por isso. Eles mereciam isso.

— Que incrível!

— Ela quer que a gente faça alguns vídeos para as redes sociais. Acho que quase desmaiei ali por um segundo. Eu devia voltar.

Eric pressionou um beijo na têmpora dela, como se não pensasse duas vezes para dar aquele tipo de afeição.

— Vá. — Ariel lhe deu um empurrãozinho na direção certa. — Eu ainda preciso comprar uma roupa para o set da Vanessa.

Ele hesitou, mas ela o apressou. Observou enquanto ele corria por uma estrada pavimentada que dava voltas debaixo de árvores antigas. Quando Eric saiu de vista, Ariel se virou para encarar o homem esperando por ela num banco do parque. Sentou-se ao lado dele. A pele marrom-dourada dele brilhava na umidade.

— Oi, menina — cumprimentou o tio Iggy, parecendo fazer parte de um thriller de espionagem, pronto para lhe entregar documentos ilícitos. Ele retirou os óculos escuros e os guardou no bolso da camisa branca impecável.

Ariel deveria estar com raiva. Como ele a encontrara? Como sabia? Ela deveria estar furiosa. Ela *tinha ido embora*. Fizera sua escolha.

E, no entanto, ele era o mesmo tio Iggy que ficara com ela a noite toda quando Ariel retirou o apêndice e seu pai estava do outro lado do mundo, numa viagem de negócios. Tinha sido ele quem lhe ensinara todos os boleros e *pasillos* antigos que sua mãe amava ouvir. Teo não queria que tocassem aquilo em casa porque o machucava ouvir. Tio Iggy era seu confidente quando o pai estava zangado. E, ainda que fosse seu único tio, ele era seu tio favorito. Assim, em vez de gritar, ela o abraçou.

Não tinha percebido que estava com saudades dele até senti-lo tremer de alívio.

— Desculpe.

Por que ela estava pedindo desculpas?

Ele beijou-lhe a testa e deu uma boa olhada nela.

— Acho que nunca passei tanto tempo sem te ver.

— Você não deveria estar aqui.

Ela tentou enxugar os olhos ardidos.

— *Você* é que não deveria estar aqui. — Tio Iggy olhou na direção que Eric havia pegado. — Especialmente, não com ele.

— Por quê? Porque ele não está na lista pré-aprovada de aproveitadores do papai?

Tio Iggy apertou a ponte do nariz. Sua pele marrom-clara brilhava como se estivesse recém-esfoliada. O cabelo escuro estava pintado de preto, ao contrário do pai dela, que deixara o seu ficar grisalho.

— Porque você está mentindo para ele — disse tio Iggy.

Ariel abaixou a cabeça, olhando para o colo.

— Como me encontrou?

— Assisti a um vídeo que viralizou. — A voz dele estava tensa. — Quem você acha que faz o scouting de talentos para a Atlantica Records?

— Eu não estava no vídeo dele — disse Ariel.

— Não, mas está no de Vanessa Garcia.

Ariel olhou nos olhos dele. Em vez do olhar felino e intenso de Teodoro del Mar, os olhos de Ignacio eram de um castanho mais suave e bondoso.

— Então, quando você diz que eu não deveria estar aqui com *ele*, quer dizer que é porque a manager dele é Odelia Garcia, que já fez parte do Luna Lunita.

A despeito do botox de muito bom gosto, a testa dele se moveu de emoção.

— Você sabe.

Ariel bufou.

— O que aconteceu entre eles?

— Tem algumas coisas que não são para o seu conhecimento, Ariel.

— Essa é a sua resposta? Eu comprei o álbum recolhido. Papai não se livrou de todos eles.

— Foi isso que ela te contou? — perguntou o tio.

— Ninguém me contou nada. Eu só quero a verdade.

— A verdade? — Tio Iggy murchou, soltando um suspiro. — O que você acha que a sua verdade vai fazer com aquele rapaz? Acha que ele vai querer saber a verdade de quem você é?

— Não é a mesma coisa.

— Talvez. Talvez todos os segredos existam pra machucar. Talvez você tenha se divertido e esteja na hora de voltar para casa. — Tio Iggy esfregou a nuca, frustrado. — Não estou dizendo que você tenha que se mudar de volta para a cobertura. Eu encontro outro lugar para você.

Tem imóveis ótimos no East Side. Poderíamos colocar um Central Park todinho entre você e Teo. Podemos até adiar o álbum.

— Não existe álbum! — gritou Ariel.

Ela nunca gritava. As pessoas olharam de esguelha para ela, que respirou fundo, acalmando-se.

— Você tem um contrato.

A voz dele nunca oscilou. Tio Iggy era a calma em contraste com a tempestade de seu irmão. Era por isso que os dois funcionavam tão bem juntos.

— Não tenho, não. Eu nunca assinei um contrato novo. E, se meu pai quiser me processar, tudo bem. É ele que tem acesso ao meu dinheiro. Diga a ele para pagar a si mesmo.

— Ariel.

Ouvir seu nome nos lábios do tio era outro lembrete de quem ela tinha sido. Quem ainda era. A bonequinha perfeita do papai, cantando, atuando e dançando para o mundo.

— Nunca foi o meu sonho — disse ela, finalmente. Dissera isso em Miami, na noite antes de seu aniversário. O primeiro sem as irmãs. Mas nunca dissera em voz alta antes, não havia sequer se permitido admitir para si mesma. — Esse nunca foi o meu sonho.

— Não se trata de sonhos. São negócios.

— Eu pensei que era uma família — zombou ela. — Não dá para escolher um ou outro conforme for conveniente.

— Isso não vai terminar do jeito que você está imaginando — disse Ignacio. — Você já pensou mais à frente? Não estou perguntando para te aborrecer. Eu realmente quero que pense nisso. E quando Eric quiser conhecer a sua família? E quando o seu pai atacar?

Ariel respirou fundo.

— Você disse a ele onde estou?

Tio Iggy meneou a cabeça, indicando que não.

— Oficialmente, estou fazendo scouting de talentos aqui em Miami. Merda, estou surpreso que Odelia já não tenha contado para ele.

— Talvez você não a conheça tão bem quanto pensa.

— Nem você.

Algo na forma como ele disse aquilo a fez conter a raiva.

— Vai me dedurar? — perguntou Ariel.

— Calma lá. Ainda sou seu tio. — Ele suspirou, frustrado. — Eu odeio isso, Ariel. Diga, o que é preciso para parar com tudo isso?

— Com que você está preocupado? Minha imagem? — Ela olhou para o parque ao redor deles. Ninguém olhou para os dois por mais do que alguns segundos. — Eu nunca seria aquela Barbie descolorida que ele criou para minha carreira solo. Não sou eu. Já falei para ele o que eu queria, mas é tarde demais. Agora vou viver de acordo com os meus próprios termos.

Ignacio pressionou os lábios, como se entendesse que não ia chegar a lugar algum.

— Tenha cuidado, Ariel. Seu pai também acha que está fazendo o que é melhor, e olha só aonde ele foi parar.

— Eu não sou como ele — disse ela.

Tio Iggy deu-lhe um beijo na testa, afastando uma lágrima perdida, enquanto olhava para ela com todo amor e orgulho com que um pai olharia.

— Talvez. Mas, pelo que eu vejo, está só trocando uma fantasia pela outra.

— Tenho que ir — disse Ariel. — Você também deveria ir. Tenho certeza de que ele vai enviar um belo grupo de busca atrás de você em breve.

Tio Iggy franziu a testa ao ouvir aquilo.

— Você sabe onde me encontrar, *Melody*.

Ariel foi embora primeiro, andando até suas pernas decidirem que ela precisava correr.

REVISTA MUSICAL *LONE STAR*

Priscilla Muñoz

Aaaah, rapaz, eu tenho uma recomendação e tanto pra vocês. Assisti ao show dessa banda por um capricho com meu irmão e minha cunhada no fim de semana em Dallas. A Desafortunados é a nova banda que está fazendo barulho na cena. Eu geralmente dispenso qualquer coisa com um frontman bonitão e tonto. Desde o instante em que eles subiram ao palco, porém, eu comprei o álbum deles e depois comprei o vinil na saída. Um pouco de pop, muito rock, uma tonelada de melodias estupendas. Isso aqui é o que há. Peguei muito Juanes, misturado com Paramore e uma pitadinha de rock arena clássico.

Apresentando Vanessa G com a misteriosa "M" e Le Poisson Bleu, esta é uma turnê em que até os shows de abertura são puro *fuego*. É melhor vocês comprarem seus ingressos agora, porque eles estão esgotando a parte sudoeste da turnê. Estou começando a achar que sou uma dessas #Apaixonadas&Desafortunadas, no fim das contas. De mim, eles recebem cinco estrelonas do Texas!

A NOSSA MELODIA

07/07 • Austin, TX • Vanguard Hall — **ESGOTADO**
09/07 • Albuquerque, NM • First Contact Live — **ESGOTADO**
10/07 • Tucson, AZ • The Return of Saturn — **ESGOTADO**
11/07 • San Diego, CA • Rodgers Theater — **ESGOTADO**
12/07 • Los Angeles, CA • The Walter Estate Theater — **ESGOTADO**
15/07 • Las Vegas, NV • Vegas Bowl — **ESGOTADO**
16/07 • Portland, OR • Howling Rock
17/07 • Seattle, WA • Seattle Rock Live
18/07 • Missoula, MT • The Norma
19/07 • Salt Lake City, UT • The Canyon
20/07 • Denver, CO • Alpine Cavern
21/07 • Tulsa, OK • River Styx Crossing
23/07 • Manhattan, KS • The Little Apple Music Hall
24/07 • St. Cloud, MN • Cloud Nine
25/07 • Chicago, IL • House of Blues
26/07 • Cleveland, OH • Tenderloin Tavern
27/07 • Rochester, NY • River Run Works
28/07 • Burlington, VT • The Barn
30/07 • Boston, MA • Hunter's
31/07 • Nova York, NY • Aurora's Grocery

CAPÍTULO DEZENOVE

ERIC
🚌 Dallas → Austin 🚌
9 de julho
Albuquerque, Novo México

Durante o meet and greet VIP, Eric estava exausto até o tutano. O "dia de folga" de ontem consistira em entrevistas emendadas uma na outra e segmentos de rádio, mais ensaio e uma conversa promissora com o diretor do selo deles. Sentia que o que o mantinha de pé eram as doses de expresso, o creme para olheiras de Melody e uma prece. E, no entanto, nunca estivera mais feliz. A banda autografou cadernos, capas de disco, camisetas. Uma garota queria que Eric autografasse seu peito, e ele ofereceu uma selfie com ela em vez disso.

Enquanto os fãs saíam, Odelia praticamente desfilou pelo salão cavernoso que era o First Contact Live. O exterior era um hangar de aeroporto reformado, e os proprietários o transformaram numa casa de shows com a temática alienígena. Oz estava decididamente extasiado, e era provável que já tivesse gastado um salário todo em merchandising.

— Vocês são muito bons nisso — disse Odelia, empoleirando-se ao lado de Eric na beira do palco. — Quando eu tinha a idade delas, ainda estava tentando fazer o vocalista do Maná suar em mim, na primeira fila.

Max franziu os lábios, surpresa.

— Tem tanta coisa que eu ainda não sei sobre você!

A manager piscou.

— Nunca entregue todos os seus segredos.

— *Você* está de bom humor — disse Carly.

— Estou sempre de bom humor. — Odelia voltou os olhos multicoloridos para a guitarrista. — Mas, enfim, tenho uma atualização do selo.

A Desafortunados se reuniu em torno dela. Eric prendeu o fôlego e esfregou seu pendente com o santo. Contrato. Contrato. Contrato.

Não era um contrato.

— Eles vão nos dar um orçamento para o videoclipe, então podemos realizar a sua *visão*, Eleanor. — Odelia era a única que chamava Grimsby por seu nome de batismo. A manager levantou uma unha vermelha e comprida, mas ficou quieta por tanto tempo que Eric achou que ia sofrer um ataque cardíaco de tanta ansiedade. — Eles conseguiram a Sol Terrero pra gente.

Levou um segundo para que aquelas palavras fizessem sentido. Sol Terrero fizera todos os videoclipes relevantes para os maiores astros do pop latino. E ia trabalhar com eles. Tudo o que Eric conseguiu dizer a princípio foi *Puta merda.*

Max, atrás de sua bateria, soltou uma pancadaria ruidosa e alegre. Levantou as baquetas no ar. O resto da banda se empilhou sobre Odelia, que permitiu talvez dez segundos de abraço antes de começar a mandá-los voltar ao trabalho.

Eric procurou Melody no hangar para compartilhar a novidade. Encontrou-a com Vanessa. E Louie, o vocalista de Le Poisson Bleu. Ele não achava Louie particularmente engraçado, e toda interação entre os dois foi com o outro desmerecendo tudo de que não gostava nas cidades que visitaram. Mas, seja lá o que ele estivesse dizendo, tinha feito Melody e Vanessa rirem.

Eric queria que *ele* fosse a pessoa fazendo Melody rir. Queria ser a pessoa contando a ela sua boa notícia. Ela estava numa camisa rosa neon transparente e uma minissaia de couro preto que roçava o topo de suas lindas coxas douradas. Eric viu Vanessa abrir um sorriso malicioso e, então, viu Louie estender a mão para uma mecha do cabelo de Melody. Ele enrolou a onda castanho-escura em torno de seu dedo.

Um desejo irracional de proteção o dominou. O ciúme o mordiscava como se ele fosse carne fresca.

Enquanto suas colegas de banda corriam pelo palco, ele resolveu ir ver o que Louie dissera de tão hilário que até Vanessa soltava risadinhas. Entretanto, uma força intransponível bloqueou seu caminho: Odelia, braços cruzados, sua figura voluptuosa acentuada pelas rosas pretas e vermelhas espalhadas por seu peito.

— Ela já é bem grandinha — disse Odelia.

— Eu sei. — Eric soava petulante, muito diferente de seu eu habitual. — Eu só ia dar um oi.

Odelia juntou as palmas das mãos como numa oração. Ele podia ver que ela reunia forças para lhe dar sua opinião implacável. Geralmente, ela era muito direta. Não era de seu feitio hesitar.

— Estamos tão perto, Eric. Estamos com um embalo ótimo. Números sólidos. Todos os dias nos saímos um pouco melhor. Sol Terrero! Preciso saber que você ainda está focado. Preciso que se concentre.

— Estou — ele repetiu, com muito mais ênfase. — Estou.

— Então por que está prestes a marchar até ali feito um babaca ciumento? Melody não te pertence.

Eric se doeu com aquelas palavras. Não podia negar: Melody não era *sua*, não como ele queria que fosse. Odelia o alertara sobre aquela complicação logo no começo. Suspirou fundo.

— Eu nunca senti ciúme antes. Não é uma emoção natural para mim.

Odelia riu, seca.

— Melody sorri até para a pessoa que corta a fila na frente dela na Starbucks.

— É verdade.

— Aconteceu alguma coisa entre vocês dois? — perguntou Odelia, e ele não pôde evitar o olhar penetrante dela. Sim. Não. Sim e não. Sua manager odiava indecisão.

— Não, não se preocupe.

— Esse é o meu segredo. Meu trabalho é me preocupar. — Ela suspirou, frustrada. — Se for uma questão de ego, você não tem com que se preocupar.

— É — disse Eric, cheio de bravata. — Ele dá pro gasto, se você curte o tipo supermodelo europeu.

— Eu não acredito em afagar egos masculinos, mas você atualmente é um... Como foi que Vanessa chamou? Um vírus. Um meimei?

— Um meme viral. — Eric bufou e aceitou os tapinhas dela em seu ombro com naturalidade. Precisava confiar em alguém que lhe desse conselhos duros e reais. Talvez por isso contou a Odelia: — Eu nunca me senti assim. Quando estou acordado, penso nela. Quando estou dormindo, sonho com ela. Ouço a voz dela em todo lugar, mesmo quando sou eu que estou cantando. Eu sei que ela gosta de mim, mas ela tem se afastado. Não sei o que eu fiz, ou...

— Eric, eu quero que você tome cuidado.

Odelia disse isso sem nada de sua atitude de chefona, nada da dureza da mulher em quem ele sabia que podia confiar para guiá-lo por uma indústria que era grande e confusa.

— Eu não vou machucá-la.

Ele estava quase na defensiva. Era só brincadeira com suas amigas, até que deixou de ser. Agora era pra valer.

— Não é com ela que estou preocupada. É com você. — Odelia desviou o olhar, conteve sua demonstração incomum de emoção. — Isso tudo é excitante. O romance intempestivo de uma turnê. É fácil se deixar levar por alguém. Mais cedo ou mais tarde, porém, todos nós vamos para casa.

Eric não entendia muito bem o que ela estava dizendo.

— Pensei que você gostasse da Melody.

— Isso não tem nada a ver. Apenas... Tenha cuidado com o seu coração. Você é um bom homem. Não quero te ver magoado.

— Eu vou ficar bem — disse ele, mas uma inquietude que não estava ali até então começou a criar raízes dentro de si. Ele não permitiria isso. — Vamos. Estou morrendo de fome.

Eles se separaram na Central Avenue. Prédios novos alteravam a paisagem urbana do deserto, antes composta de uma arquitetura

Pueblo Deco. Ele só havia passado um tempo em Miami e Nova York, e sorvia o calor das cores e das pessoas de cada cidade nova. Melody encontrou um restaurante chamado Aloha Mabuhay, que servia comida havaiana-filipina. Max estava particularmente com saudade de casa, mas, no minuto em que se sentaram, ela se animou.

— Como você descobriu esse lugar? — Max perguntou a Melody entre bocados de seu frango adobo com arroz branco.

Na primeira vez em que Eric se encontrara com Max, ficou muito confuso com a forma como o adobo filipino era tão diferente do adobo latino, mas igualmente delicioso.

— Quando estamos chegando numa cidade, eu dou um zoom no mapa procurando lugares para visitar e onde comer, e os nomes vão surgindo para mim.

— Para a sua lista de "eu nunca"? — acrescentou Vanessa, com uma sobrancelha arqueada. Ela se debruçou para enxergar os rabiscos da moça do merchand.

Melody fechou o caderno apressadamente.

— Acho que vocês todos também deviam ter uma listinha de afazeres. Mesmo que seja só uma lista de desejos.

— Tocar num show esgotado na minha cidade natal — disse Carly, sem hesitar. — Levar meus pais para sair de férias.

— Eu queria que meus pais nos vissem no show em Missoula — acrescentou Grimsby. — Minha mãe foi quem originalmente me matriculou na aula de bandolim quando eu era pequena. Sei lá. Espero que ela vá.

Max passou para o *halo-halo*, doce como melado.

— Para ser honesta, gente, isso aqui é o que há pra mim. Turnê. Meus amigos. Isso é o sonho! Embora eu esteja ansiosa para derrubar a casa em Las Vegas.

— Posso ir junto? — pediu Oz. — Eu ia participar de uma excursão em busca do chupacabra, mas nunca estive no deserto antes e preciso de ar-condicionado 24 horas por dia.

— *Nós* podemos derrubar a casa — disse Max.

— Calma lá, tigrona — avisou Vanessa, enquanto Max e Oz quase vibravam para fora de suas cadeiras por causa do excesso de açúcar e da promessa de esquemas de contagem de cartas. — Eu gostaria de encontrar um selo de gravadora que me queira exatamente como sou. Até aqui, todos com quem conversamos querem me transformar numa diva ou mudar totalmente meu som. Eu aprecio quando a pessoa tem uma visão, mas quero me manter fiel a mim mesma.

— E você devia mesmo — disse Melody, e elas compartilharam um sorriso tímido.

— A gente chega lá, minha menina — disse Odelia, apertando o *musubi* entre as garras vermelhas. — Não duvide nunca.

Eles se lançaram numa brincadeira de adivinhar itens que Eric Reyes colocaria em sua lista de desejos: uma estátua de ouro dele mesmo, entrar na parada da *Billboard,* um selo de gravadora gigante, um harém de modelos lindas e assim por diante. Todas elas se voltaram para ele, esperando uma resposta.

Eric cruzou os braços sobre o peito.

— Eu não vou dizer.

Olhando para o seu pessoal, seu time, suas amigas, a garota de seus sonhos, o que mais ele podia pedir? Sempre poderia haver *mais*, mas, se não houvesse, ele podia dizer que já tinha tudo.

— Tá bom — disse ele. — Um contrato de seis dígitos com uma gravadora e compor um hino para a Copa do Mundo da FIFA.

Eles continuaram fazendo suas listas de desejos. Embora Melody estivesse sentada ao seu lado o tempo todo, era a primeira vez desde que se sentaram que ela sorria unicamente para ele, o queixo apoiado na palma da mão.

— Louie me perguntou uma coisa hoje.

Eric assentiu friamente.

— Foi, é? Eu não reparei.

— Ele perguntou se você estava solteiro.

— E o que você disse?

Ele se debruçou para perto, como se a mesa e o restaurante tivessem desaparecido. Deus do céu, ele não queria nada além de beijá-la.

— Eu disse a ele que só o tempo vai dizer.

As mesmas palavras que ele dissera naquela entrevista quando fizeram a mesma pergunta. O tempo vai dizer. Os olhos dela passaram rapidamente para a boca de Eric, e Melody franziu um pouco a testa, como se se sentisse culpada por olhar. Por flertar. Ele queria prender a atenção dela, já que ela encontrava todas as formas de colocar um espaço entre os dois desde Nova Orleans.

— Gostei da música que você acrescentou na nossa playlist — cochichou ele.

Os lábios de Melody estavam brilhantes, o tom de rosa das flores no jardim da mãe dele.

— Eu estava no pique de ouvir R&B dos anos 1990. É a sua vez.

Parecia que todo o tempo livre dele, o pouco que tinha, era passado procurando as músicas perfeitas.

— O que você está com vontade de ouvir?

As bochechas de Melody combinaram com os lábios nesse momento, e ela estendeu a mão para seu chá gelado com leite, deixando uma marca cor-de-rosa no canudo branco e espesso.

— *Humm...* Algo... Que te lembre do seu melhor dia.

— Qualquer gênero?

— Qualquer gênero.

O estrondo da cadeira de Odelia chamou a atenção deles. Eric pensou que ela tinha caído, mas a manager estava de pé, o telefone na mão. Já vira Odelia zangada, feliz, tão fula da vida que ele achou que ela entraria em erupção como um vulcão, altinha, flertando. Mas nunca a vira chocada. Os olhos dela se encheram de lágrimas, e ela segurou o próprio peito.

— O que foi? Qual o problema? — A mente dele foi direto para o *tío* Antonio.

— *Amaldí-suadôs?* — perguntou Max.

— O quê? — perguntou Vanessa. — Mamãe?

Lentamente, Odelia recuperou a compostura. Um sorriso brincava em suas feições. Ele a deixava com uma aparência mais jovem, a da garota que vira nas fotos em Miami. Uma garota que sonhava tão grande, que nunca permitira que corações partidos e obstáculos a fizessem parar.

— Estamos na parada.

— Que parada? — ofegou Carly, virando-se para Oz que, por sua vez, chacoalhou as chaves em seu bolso e disse:

— Não fui eu!

Odelia entregou seu celular e todo mundo na mesa se reuniu em torno dele. Eric leu e releu a mensagem para ter certeza de que tinha lido corretamente. Que era mesmo o nome deles.

"Love Like Lightning", Desafortunados, #100.

Ele não sabia direito quem gritou primeiro, mas logo todos tinham se juntado, gritando, abraçando-se e pulando pelo restaurante. Odelia o abraçava ferozmente e, por um momento, ele pensou que tudo o que queria era um abraço de seus pais. De seu avô.

— *Gracias*, Pedro — sussurrou ele, beijando o polegar e pressionando-o contra o coração, levantando-o para o teto em seguida.

Eric tinha certeza de que havia abraçado todo mundo, mas aí, lá estava ela. Melody Marín, de braços abertos para ele. Eric a envolveu em seus braços. Estava se acostumando com a sensação de tê-la ali. Com o jeito como ela se agarrava em torno de seu pescoço e se encaixava, como se ele tivesse sido esculpido para ela, se ela quisesse.

Quando ele se sentou, teve uma ideia. Dali a alguns dias eles gravariam o videoclipe de "Love Like Lightning". E Eric sabia exatamente quem ele queria no elenco.

TUTTLE, O CONTADOR DE HISTÓRIAS

Episódio 1.375:
As Sete Sereias: do começo humilde à realeza da música (parte IV)

Transcrição:

Em 2016, seguindo os melhores anos das irmãs, a família se tornou o centro de uma controvérsia quando Marilou deixou escapar numa entrevista que o pai delas ainda controlava suas finanças. Quando questionado a respeito, Teodoro del Mar assumiu a postura de não fazer comentários. Vocês já sabem o que eu penso disso!

Jovens celebridades têm testado os limites impostos por seus pais. Todos nós vimos astros despirocando e fracassando. Mas as Sete Sereias continuaram fiéis à imagem de "boas meninas" que cultivaram desde a época de sua série televisiva. O que está acontecendo agora?

Ouvi boatos de que Sophia del Mar vai voltar para a faculdade e planeja libertar as irmãs do controle rígido do pai. Será que foi por isso que Ariel perdeu a linha?

Espero que você saiba, Ariel, onde quer que esteja e para onde quer que vá em seguida, seus fãs estão torcendo por você.

Quanto ao Papai del Mar, que vergonha!

Empaisário Amoroso ou Tirano Superprotetor? Me contem o que vocês acham nos comentários.

Aliás, o que todo mundo anda ouvindo? Eu estou curtindo essa música "Love Like Lightning" depois que Marilou del Mar curtiu a postagem da banda essa semana.

Tuttle desligando!

CAPÍTULO VINTE

ARIEL
Tucson → San Diego
17 de julho
Los Angeles, Califórnia

Ariel del Mar tinha vivenciado os efeitos de distorção da realidade durante uma turnê quando estava com as Sete Sereias. Às vezes, não sabia que dia era ou em que cidade estavam. Certa vez, em Tóquio, ela agradecera a Toronto por ser uma plateia tão legal. Por sorte, conseguira disfarçar e a multidão foi compreensiva.

Agora, com a Desafortunados, ela mal sabia onde estava, mas se sentia mais presente. Ancorada de uma forma que não acontecera quando metade de seu dia incluía um esquadrão glam que havia assinado um acordo de confidencialidade até para poder entrar na mesma sala que uma das meninas Del Mar.

No ônibus, Ariel era a versão de fábrica de si mesma. Assim como em casa, ela ainda era a primeira a acordar e tinha uma tendência a ficar olhando para o céu e procurando sua constelação — as Plêiades, as Sete Irmãs da mitologia grega. Ainda tomava uma quantidade nada saudável de ginger ale e passava todos os momentos entre músicas e nos bastidores anotando letras, pensamentos e sentimentos ou trabalhando em sua playlist com Eric.

Ela era a mesma e não era. Estava diferente e não estava. E por que deveria ter que escolher? Resolveu que ia contar para todos eles. Enquanto iam de Albuquerque para Tucson para San Diego e para Los Angeles, no entanto, ela titubeou. A ansiedade que a atormentava como Ariel del Mar também a atormentava como Melody Marín.

Quando a Fera estacionou no estúdio antes do amanhecer, Ariel foi, estranhamente, a última a sair da cama. Vinha evitando a expressão desapontada no rosto de Eric quando ela recusara a oferta para ser a garota no seu videoclipe. Ela queria aceitar. Como não poderia querer? O conceito de Grimsby era criativo e divertido, mas não podia arriscar. Se as coisas dessem errado, se tudo isso implodisse, ela sempre estaria conectada a um dos momentos mais importantes da carreira dele. Já vira isso acontecendo com outros artistas. Seria o equivalente musical de fazer uma tatuagem do namorado e depois se arrepender, só que sem a possibilidade de cobrir o desenho. Eric não pressionou, mas Ariel podia ver sua decepção quando ele achava que ela não estava olhando. A questão é que ela sempre estava olhando.

Ariel rapidamente vestiu seus últimos achados de brechó — calça de veludo azul e uma regata branca. Sentia-se numa ressaca emocional por causa da própria ansiedade, mas se recompôs e seguiu o restante da equipe para fora do ônibus, indo para o estacionamento. Quando um segurança que trabalhara ali por décadas olhou uma segunda vez ao vê-la, ela manteve seu boné puxado para baixo. Se funcionava com os Vingadores, podia funcionar com ela.

— Como é estar de volta a seu antigo campo de batalha? — cochichou Odelia quando as duas ficaram para trás da banda empolgada.

— Estranho — disse ela, honestamente. — É quase como caminhar pelas memórias de outra pessoa. Não sei explicar. Foi a mesma coisa quando subi ao palco com Vanessa, mas, ao mesmo tempo, é libertador.

— Você pensou no que vai fazer depois da turnê?

Ariel assentiu.

— Eric quer escrever algumas letras comigo. Mas você já sabia disso.

Odelia fez um ruído cauteloso.

— Você quer contar para ele.

— Digo, estas são minhas duas opções: conto a ele ou desapareço no ar. — Ela riu sem achar graça. — Posso adivinhar qual você escolheria.

— Não sou a vilã, Melody. — A manager a censurou com uma garra vermelha. — Você começou essa farsa. Você que se vire. Queria estar no mundo real? Pois é, aqui está ele.

As duas caminharam em silêncio por um instante. Ariel se lembrou do que tio Iggy insinuara. Que ela não conhecia Odelia. O que a outra diria se soubesse o quão de perto sua família estava acompanhando a turnê? Os Del Mar eram claramente um assunto delicado, mas ninguém queria lhe contar o que havia acontecido.

— Não estou dizendo que você é a vilã — Ariel lhe disse. — Só sei como você se sente sobre a minha família. Isso deve influenciar como se sente a meu respeito.

— Não presuma que me conhece, Melody. — Odelia cumprimentou o próximo segurança com um gesto da cabeça ao passar por ele. — Nas últimas semanas, eu vi o quanto você é diferente do seu pai. Você é gentil. Pensa nos outros primeiro. Você me faz lembrar de sua mãe, na verdade. Eu nunca te disse o quanto lamentei quando li sobre o acidente.

Ariel sentiu uma pontada de tristeza. Estava sempre ali, ressurgindo em momentos estranhos. Quando escovava os dentes e cantarolava a música preferida de sua mãe, quando ria particularmente mais alto.

— Mas tem tanta coisa que você não compreende... — Odelia soltou um suspiro exausto. — Você e Eric vêm de mundos diferentes. Ele quer fama, turnês e a vida da qual você está fugindo.

Ariel tinha pensado nisso por dias, desde que Sophia tocou no assunto. Não pôde evitar rir diante da ironia.

— Minha irmã mais velha disse a mesma coisa.

Por que ninguém via que ela não estava fugindo da música, mas, sim, correndo na direção de um futuro construído por si mesma? Ela queria que aquele futuro incluísse Eric e todos os seus amigos da turnê.

— Eric precisa focar — disse Odelia, como se Ariel precisasse de um lembrete do trato delas. — Tem um representante de um selo vindo para Las Vegas e um scout para ver Vanessa. Seja lá o que você decidir, faça isso quando a turnê terminar.

— Vou fazer — Ariel lhe garantiu. E então teve uma ideia. Ela já vinha ajudando Vanessa como apoio em seus sets. E se pudesse ajudar de outras maneiras? Jamais sugeriria que trabalhassem com o pai dela, mas o nome de Ariel ainda tinha seu peso, mesmo que as irmãs estivessem fazendo um bom trabalho virando sua imagem de cabeça para baixo. — Talvez eu possa ajudar. Com scouts para Van.

Foi a coisa errada a dizer. Odelia a encarou com a expressão fechada, mas elas não tiveram tempo de continuar a conversa enquanto entravam no estúdio atrás dos outros. Uma tela verde estava montada, junto de uma piscina gigantesca que a fez se lembrar do set de *As Pequenas Sereias*. Ariel tirou uma foto e mandou para as irmãs.

Thea:
Aaawwwn!

Marilou:
Sabia que eu ainda não sei nadar?

Stella:
Você está perdendo a chance de ser a sedutora do vídeo!

Elektra:
Se ela não quer ser uma sedutora, não tem que ser!

Alicia:
Ele vai estar de sunguinha?
Manda fotos.

Sophia:
Hahaha engatilhada

Enquanto a filmagem acontecia, Melody se sentou em uma das cadeiras altas designadas para os integrantes da banda. Era surreal estar ali, ignorada por dúzias de membros da equipe. O medo de voltar ao estúdio de filmagem tinha sido assustador, mas ela ficou surpresa com o quanto era revigorante, quase *divertido*, estar no limiar da ação.

Sol Terrero, a diretora estadunidense de origem mexicana, falava com as mãos, guiando os membros muito nervosos da banda pelos vários cenários. Segundo a visão de Grimsby, o vídeo apresentava Eric e uma linda modelo chamada Adriana caminhando por várias paisagens gloriosas. O deserto de Mojave. As montanhas arco-íris no Peru. Os Alpes suíços. Uma praia em Malta. Toda vez que o casal ia se aproximando um do outro, era separado por um raio caindo.

Cada membro da Desafortunados era uma versão mais polida de si mesmo. Grimsby lembrava um espectro num vestido preto e longo de renda saído das suas fantasias de Stevie Nicks. Max estava com as franjas recém-cortadas e sua camisa havaiana da sorte. Carly era pura pele marrom-acetinada e cachos brilhantes soprando sob a máquina de vento, em botas plataforma que fizeram o olhar de Vanessa se demorar ali. E Eric...

Eric.

O estômago de Ariel desabava cada vez que Sol Terrero gritava *Corta!* e a equipe de maquiagem mexia nas ondas que insistiam em cair sobre a testa dele. Os pincéis espalhavam pó matte sobre sua compleição acobreada. Ele estava numa camisa branca soltinha desabotoada até o meio do peito, e a diretora e sua assistente apontavam para ele como se fosse um boneco Ken.

Ele fez uma careta para ela enquanto o figurinista abria mais um botão. Daí a estilista trouxe outra calça para ele vestir. Azul, agora.

— Ele parece um pirata — disse Vanessa, largando-se ao lado de Ariel. Ela petiscava um salgadinho, pegando-os de dentro do saco com as unhas compridas e pontudas.

— Sinto que ele deveria estar na capa daqueles livros antigos de romance.

— É, como pirata.

Vanessa riu e seu cabelo preto e roxo caiu sobre os ombros. Ela lançou um olhar demorado para Ariel quando a "sedutora do vídeo" tirou o robe. O vestido era simples, esvoaçante, rosa. Cabelos pretos, luxuriantes e brilhosos, mantidos no lugar com laquê. Ela era de tirar o fôlego.

Vanessa tirou uma foto de Ariel com o flash ligado.

— O que está fazendo?

— Apenas documentando o que foi provavelmente a primeira vez em que você sentiu ciúme.

Ariel fez beicinho.

— Não tenho ciúme. É uma emoção feia. Além do mais, eu recusei esse serviço.

— Não mesmo — disse Vanessa, jogando um salgadinho nela, que se desviou com o cotovelo. — Ciúme é sexy. Se for dentro do razoável.

Ariel pegou um punhado dos salgadinhos picantes e os comeu, assistindo enquanto as câmeras rodavam. Eric e Adriana entraram no barco de madeira lindamente entalhado. Era algo saído de um conto de fadas, ainda que, no momento, estivesse na frente de uma tela verde.

A música tocou, e as câmeras gravaram o barco girando sem parar. Aconteceu tão depressa que ela sentiu Vanessa reagir primeiro, ofegando enquanto cobria a boca com as mãos. A diretora gritou *Corta!*, e todo mundo foi para o set.

— Ela caiu na água?

Ariel já tinha passado por isso. A água estava sempre congelante; não era algo que ela desejaria a ninguém durante o primeiro take. Por sorte, a modelo não tinha caído. Estava apenas vomitando pela lateral do barco.

— Você vai para o inferno por rir disso — Ariel disse para Vanessa.

— Não posso evitar, eu rio quando fico desconfortável!

Eric, sempre um cavalheiro, carregou Adriana em seus braços e, com cuidado, entregou-a para a equipe médica. A equipe inteira de figurino e maquiagem então se lançou sobre ele para limpá-lo. A alguns metros dali, a diretora e Odelia conferenciavam, as cabeças abaixadas em conspiração. De quando em quando, uma delas olhava para Ariel, que as ignorava e olhava feio para Vanessa.

— Como é que você ainda está comendo?

Vanessa não chegou a responder. Odelia e Sol Terrero vinham numa linha reta até elas. Ariel tinha um pressentimento muito ruim sobre o que estava prestes a acontecer.

— O que houve? — indagou.

Odelia enxugou a testa com a manga da blusa.

— Adriana tem uma forma extrema de enjoo por movimento. Ela nunca tinha estado num barco, então não fazia ideia.

Ariel se arrependeu de seu ciúme e se sentiu péssima pela modelo. Ninguém queria passar por aquilo com câmeras gravando e dúzias de pessoas assistindo.

— Você terá que assumir, Melody — disse Odelia, enquanto a diretora sorria agressivamente ao lado dela.

— Eu? — Ariel chacoalhou a cabeça. — Não, eu não posso.

Sol pressionou as mãos uma na outra e respirou fundo para se acalmar.

— Será apenas *b-roll*, filmado de costas e com ângulos espertos. Nós usamos dublês para beijos o tempo todo quando dois astros se odeiam. Tudo o que resta é o beijo no barco e, neste momento, você é o mais próximo que temos da Adriana.

— D-dublê para beijos? — repetiu Ariel.

— Mesmo que chamemos uma das alternativas, vai levar tempo para chegar aqui com esse tráfego — disse Sol, ainda com as mãos erguidas em posição de prece.

Segundo sua experiência, Ariel sabia que este era um cenário tão enorme e caro que ninguém queria desperdiçá-lo. Além do mais, eles tinham um show naquela noite, então dispunham de hoje e apenas hoje mesmo. Desde o começo, ela *quis* fazer o clipe, mas ficara com medo. Precisava cultivar um pouco do eterno otimismo de Eric. Precisava acreditar que as coisas dariam certo entre eles, entre todo mundo.

— Quer fazer isso? — perguntou Odelia.

Embora a manager da banda estivesse séria, Ariel entendeu que ela estava perguntando de fato, apoiando não apenas a banda, mas Ariel também. Odelia Garcia não a forçaria a subir no palco nem a dançar e cantar, não se a resposta fosse negativa. Aquele apoio por si só tornou mais fácil para ela responder.

— Sim. Digo, eu faço.

Porque você quer beijá-lo. Porque você quer beijá-lo há dias, há semanas, e isso não vai quebrar nenhuma regra.

Sol Terrero se movia como se cada segundo fosse contado e tivesse seu valor em dólar, o que certamente era verdade. Ariel foi apressada para se trocar e aplicar uma maquiagem leve, já que não precisariam usar seu rosto real. O lindo vestido era num tom coral que a fez sentir como se seu corpo todo estivesse ruborizando. O corpete estruturado e o decote de coração acentuavam sua cintura, e a saia de chiffon se avolumava ao redor dela como algo saído de um sonho.

Os maquiadores a elogiaram por cuidar tão bem de suas unhas, seu cabelo e sua pele, facilitando o trabalho deles. Um deles empurrou os seios dela para cima e apertou a fita ao redor de sua cintura até que ela mal pudesse respirar. Ariel tirou um último momento sozinha e escovou os dentes para tirar da língua o gosto apimentado do salgadinho. Riu, sem se importar com quem pudesse ouvir. Depois de tudo o que fizera, ali estava ela outra vez.

— Aí está — disse ela para seu reflexo.

Dessa vez, porém, quando rodopiou sobre os pés descalços, sentia-se ela mesma, mas completa. Melody Ariel Marín Lucero. Duas partes de um só total. Se a lua podia ter dois lados, ela também podia.

Conforme Ariel atravessava o estúdio, ouvia distintamente assovios das amigas. Ela se aproximou da piscina monumental, subiu os degraus e várias mãos a ajudaram a subir no barco, onde Eric já estava à espera. O pessoal do figurino deve tê-lo feito tirar a roupa suja, porque ele estava com outro figurino agora. Uma camiseta de manga longa com botões (ainda abertos até onde era possível) cor de creme, que abraçava as curvas dos músculos dele, e calças pretas com uma faixa dourada nas laterais. As ondas pretas de seu cabelo estavam cuidadosamente desalinhadas e, embora tivesse sido retocado, ainda parecia Eric Reyes.

Ele ficou de pé quando a viu. O barco estava preso à piscina por um aparelho de metal, mas ela o sentiu oscilar. Ou seriam suas pernas cedendo sob o olhar esbraseante dele?

— Você está...

Ariel colocou o cabelo atrás da orelha antes de lembrar que devia parar de mexer nele. Eric não terminou a frase. Podia ter dito "você está bem" ou "Você está com cara de quem também vai vomitar em mim, mas, por favor, evite", e ela tinha razoavelmente certeza de que ainda reagiria a ele da mesma forma: como se estivesse se empenhando para imitar uma água-viva.

— *Você* é que está — disse ela, enquanto assumiam seus lugares nos bancos. Frente a frente.

Mãos estranhas surgiram por todo lado e afofaram o vestido dela, lançaram laquê sobre os cabelinhos curtos e rebeldes, ajustaram o pendente dourado na camisa dele. De algum jeito, alguém encontrou outro botão para abrir naquela camisa. Com esse último detalhe, eles caíram na risada.

— Você está se divertindo com isso — disse Ariel.

— Imensamente. — Ele assentiu, os ombros fortes relaxando conforme ficava mais à vontade. Os joelhos de ambos se encostaram, e Ariel sentiu aquela atração que era impossível de resistir. Enquanto eles ajustavam as luzes e Sol discutia ângulos com sua assistente de direção, Eric murmurou: — Desculpa. Eu sei que você não queria fazer isso, mas obrigado.

Ela percebeu o leve nervosismo no modo como ele passava a mão pelo maxilar forte. E talvez fosse porque se sentia um pouco mais ousada, um pouco mais resolvida em sua própria pele, mas disse:

— Eu queria aceitar logo de cara. Só não queria que você se arrependesse disso mais adiante.

— Tudo bem, pombinhos — disse Sol Terrero, jogando algo que era uma balinha ou um antiácido na boca. — Última filmagem do dia, mas é a mais importante. Eric, você olha para ela como se, pra você, ela fosse a única pessoa no mundo. Melody, você olha para ele como se ele fosse um bufê de "coma à vontade" e você estivesse em jejum há três dias.

Os olhos de Eric estavam arregalados, os lábios fechados com força para tentar se impedir de rir. Ariel teve que parar de olhar para ele, senão também riria, e daí eles não começariam a filmar nunca.

— Entendi — disse Ariel, pigarreando. — Quando você quer que, hã, que nós, sabe...

— Se beijem?

Droga, ela estava regredindo para seu primeiro romance adolescente nas telas, quando teve que fazer respiração boca a boca num galã semiafogado e mal conseguia emitir uma palavra sequer.

— Façam o que parecer mais natural — disse Sol, mastigando sem parar a balinha farinácea. — Conversem, conversem, ajam como se estivessem num papo profundo, e aí podem começar. Então tipo, sejam vocês mesmos, mas num grau mais elevado. Natural, mas sexy. Cinético, mas acessível. Doce, mas picante.

— Estamos sendo temperados aqui ou...? — perguntou Eric, provocando.

— Gracinha — disse Sol, jogando outra balinha misteriosa na boca. Ela girou o dedo no ar e gritou: — Silêncio no set!

Depois de uma última afofada de tecidos e cabelo, a diretora gritou:

— Ação!

Quando o barco começou a girar gentilmente, pareceu que o estúdio todo estava prendendo a respiração, esperando para ver se Ariel ia botar o almoço para fora. (Não botou.) "Love Like Lightning" tocava ao fundo, e ela batia os pés no ritmo grudento da guitarra.

— Então — começou Eric, neutralizando a estranheza das câmeras com seu sorriso fácil. — Seja honesta.

— Pois não.

— Eu pareço um bufê?

— Cala a boca. Você sabe que parece.

Ariel cometeu o erro de olhar para o lado, onde Sol, sem dizer nada, sinalizou para que ela voltasse a olhar para seu parceiro de cena.

— O que você quis dizer mais cedo? — Eric perguntou baixinho. — Quando falou que se preocupava que eu fosse me arrepender disso.

— Ah, então vamos direto ao assunto?

— Quero dizer, somos só nós dois aqui e nossos amigos mais chegados no set de filmagem.

Ariel estava grata por não precisarem de microfone para essa cena. Mas ele tinha razão. Mesmo cercados por amigos e desconhecidos, estar com Eric fazia com que o resto do mundo fosse fácil de esquecer.

— Minha vida, antes de você me conhecer, é complicada — explicou ela. — Eu tenho muita bagagem e ainda há muita coisa que você não sabe sobre mim. Sobre quem eu sou. Minha família.

— Seis irmãs e um pai tirânico — disse ele. — Já ouvi falar dessa seita.

Ariel riu e a diretora gritou:

— Perfeito!

— Me conta — murmurou ele. — Do que você tem medo? Você não chegou a responder aquele dia no elevador.

— Acho que a minha resposta mudou desde então. Eu teria dito que tenho medo de filmes de terror e de perder minha família como perdi minha mãe. Eu teria dito que tenho medo de ser eu mesma, porque passei a vida toda tentando fazer todo mundo feliz e meio que... Me esqueci no caminho.

Ele estendeu a mão. Virada com a palma para cima. Uma corda salva-vidas. Ela a pegou e segurou com força.

— Me conta.

O coração de Ariel se acelerou.

— Agora, eu tenho medo de que quem eu sou de verdade não seja o bastante. Que eu sempre estarei correndo atrás de uma versão de mim mesma que talvez nem exista. Talvez as coisas estejam sempre mudando, e não faça sentido de verdade tentar se apegar a uma versão de si que já passou.

— Eu posso estar sendo loucamente otimista, mas tenho quase certeza de que vou querer todas as versões de você, Melody.

— Você não tem como saber disso — disse Ariel, suas palavras um pouco roucas pela intensidade com que queria acreditar nele.

— Eu acho que tenho, sim.

Ele levou a mão direita de Ariel para o centro de seu peito. Ela sentiu o ritmo frenético do coração dele, a certeza firme em seus olhos. Sentia-se atraída por ele como uma estrela solitária se rendendo à órbita de um planeta. Era essa a sensação de estar perto de Eric. Rendição.

De trás da luz cegante, a diretora berrou:

— Certo, pombinhos, beijem à vontade!

O sorriso de Eric se contraiu, achando graça demais.

— Posso te beijar?

Ariel não conseguia falar. As palavras estavam presas. Não porque tivesse qualquer dúvida, mas porque sua mente e seu corpo estavam em curto-circuito por tanto querer. Pela perfeição total, surreal e ridícula que era o fato de seu primeiro beijo com Eric Reyes ser num barco, no set de um videoclipe.

Por estar em silêncio um pouco além do que seria confortável, ela assentiu ao mesmo tempo que se inclinava adiante. O único porém foi que ele também estava se inclinando para a frente, e as testas dos dois entraram em colisão. Houve um baque audível e ela riu, soprando ar pelo nariz, junto ao peito dele, enquanto Eric fazia o melhor que podia para manter a compostura.

— Suave — disse ele, rindo.

— Corta! — gritou Sol. — Melody, desta vez, vamos tentar com Eric se aproximando primeiro.

Ela quis pular na piscina de tanta vergonha, mas tinha certeza de que não haviam drenado a água por completo depois do acidente da primeira modelo.

— Francamente, pensei que seríamos melhores nisso — disse Eric, enxugando uma lágrima do canto do olho.

Eles deixaram para lá e, então, Ariel fez exatamente o que Sol disse. Dessa vez, eles não conversaram, não caíram na risada. Eric sorriu para ela, meigo, nervoso. Ela tentou respirar como um ser humano normal em vez de prender a respiração enquanto esperava. E esperava. E bem quando achou que ele tinha mudado de ideia, o olhar castanho de Eric abaixou rapidamente para os lábios dela e ele se aproximou.

Ela sentiu a respiração dele falhar, o nariz dele roçar no seu. Queria rir, porque pensara em beijá-lo dia e noite e em todos os momentos entre os dois. E aqui estava ele, tímido e cauteloso a princípio. O rosto dele tocando o dela, as cócegas dos cílios encostando na pele corada. Ele a estava provocando, aproximando-se, depois recuando um milímetro.

Ariel tocou os lábios dele com os seus. Um desafio. Sentiu o sorriso dele contra o seu, depois a pressão aveludada da língua dele provocando-a a se abrir para ele. Eric tinha gosto de bala de maçã--verde, doce e azedinho. E então, rápido demais, ele se foi, recuando para se recompor.

— Corta! — Sol caminhou pela prancha para se aproximar deles. — Ótimo. Muito bom. Desta vez, relaxem um pouco.

Eles repassaram a música, a canoa de contos de fadas deslizando pela superfície da água em círculos constantes. Eric era excelente beijador. Gentil, paciente. Seus lábios eram firmes contra os dela. As mãos deslizaram pelos seus braços, seus ombros nus. Ariel ficou grata pelos ventiladores, porque sua pele parecia pegar fogo em todo lugar que ele tocava. E, no entanto, a cada novo take, Eric era o primeiro a se afastar, ficando cada vez mais rígido. Sem saber direito como tocar nela, como se ela fosse algo delicado e frágil.

— Eric — murmurou Ariel, quando eles voltaram do começo e retocaram as roupas e os cabelos.

Seus lábios estavam grudentos de gloss, e ela finalmente os lambeu até deixá-los limpos. Não era como se o rosto dela fosse aparecer no vídeo.

— Melody — ele murmurou de volta.

— Me conta.

Esperava que ele entenderia o que ela queria dizer. Fazia semanas que eles dançavam em torno um do outro, tentando não se beijar. E, agora que tinham recebido permissão, que estavam ensaiando o beijo várias e várias vezes, ele demonstrava uma quantia incrível de contenção. Podia ver no modo como ele esfregava as palmas das mãos nas coxas, no jeito como um músculo latejava em seu maxilar, na maneira como seus olhos estavam quase turvos pelo autocontrole.

Ele se aproximou, a respiração junto ao ouvido dela para que só Ariel ouvisse suas palavras.

— Se eu te beijar do jeito que eu quero, temo que esse vídeo seja banido em vários países.

Uma sensação líquida deliciosa se acumulou no ventre dela. Ariel engoliu, a língua seca, e pigarreou. Ela queria isso. Queria muito isso.

— Me mostra — disse ela, num desafio.

Dessa vez, quando a diretora começou a filmar, não havia câmera alguma. Não havia ninguém. O set podia muito bem ser o mar aberto, apenas para Eric e Ariel. Eles se encontraram no meio do caminho. A boca de Eric pressionou com mais aspereza do que na primeira dúzia de vezes. Ele mordiscou o lábio inferior, depois aliviou a dor com beijos leves, sedosos. Seus olhos se fecharam aos poucos, e a reserva inicial evaporou. Sua pulsação rugia nos ouvidos, a língua dele fazia uma pressão firme. Tonta de desejo, Ariel se agarrou a ele, puxando-o para perto pela frente da camisa. Os calos duros nos dedos dele subiram até os ombros dela. Uma das mãos pousou na nuca de Ariel, a outra a prendeu pela cintura. Ela sentiu a força e a solidez dele, e, embora estivessem colados um ao outro, queria que ele estivesse ainda mais perto.

— Eric.

Ariel suspirou o nome dele, apenas o nome dele, porque beijar Eric Reyes não era como cair, como ela tinha imaginado. Era mais como levantar voo, navegar por uma sensação que ela tentara capturar em música, mas nunca tinha sentido de verdade até aquele instante. Era essa a sensação do amor real? Inebriante e quente, como se ela fosse incapaz de fazer qualquer outra coisa além de *sentir* e querer?

— Eu disse *corta!* — gritou Sol, provavelmente não pela primeira vez, o feedback de seu megafone chamando a atenção de Ariel.

Alguém no estúdio soltou um assovio admirado, e ela tinha quase certeza de que tinha sido Vanessa.

Ariel e Eric voltaram para seus bancos na canoa, os lábios inchados e rosados. Ele sorriu para ela e estava tão dolorosamente lindo que ela soube que, não importava o que acontecesse, ela se lembraria de cada detalhe daquele momento.

Após alguns segundos de silêncio em que Ariel pensou (torceu) que talvez tivessem que fazer outro take, a diretora anunciou:

— Tudo bem, gente, terminamos "Love Like Lightning"!

Mais tarde naquela mesma noite, depois do show, quando ela deveria estar dormindo em sua cama como todo mundo, Ariel del Mar ainda estava com a cabeça girando.

Seu telefone vibrou. O nome de Eric iluminou a tela. Geralmente, era ela quem mantinha um horário esquisito, mas sua pulsação acelerou outra vez ao saber que ele estava acordado e pensando nela.

Eric:
Oi...

    Ela abriu a cortina da cama, o ruído do tecido alto demais no silêncio do ônibus. Eric fez o mesmo, e eles compartilharam um sorriso secreto no escuro. O brilho da tela dele iluminava a expressão travessa em seu rosto enquanto ele digitava. O celular dela vibrou de novo.

Eric:
Eu sei que tivemos um começo duvidoso,
mas acho que o final foi forte.

                                              Melody:
                              O beijo ou o seu set de hoje?

Eric:
Ai

Eric:
O beijo

    Ele olhou para ela então, os olhos tão escuros que devoravam tudo. Ariel queria perguntar se ele estava falando sério. Se ele realmente iria querer todas as versões dela. Se ele havia contado quantos takes eles gravaram, como ela contou. Treze. Eles tinham se beijado treze vezes.
    Ele estava digitando outra vez e ela esperou a mensagem aparecer.

Eric:
Eu quero de novo.

                                            Melody:
                            Bom, você sabe o que dizem.

                                            Melody:
                            A prática leva à perfeição.

A LISTA DA ~~ARIEL~~ MELODY PARA VIVER EM TERRA FIRME

Andar de bicicleta ✓

Ir ao cinema sozinha

Sentar num café e ler um livro ✓

Me perder numa cidade ✓

Ter um crush ✓ ✓

Boliche? ✓

Dar uma longa caminhada

Sair num encontro de verdade

Comer o que eu quiser ✓

Me apaixonar

Fazer novos amigos ✓

Arrumar um emprego que eu queira e ame

Comprar meu próprio violão

Arrumar um animal de estimação que não seja aquático

Lavar roupas? ✓

Beijo épico ✓

Escrever cartas à mão

Pegar o ônibus?

~~Tatuagem?~~ Tatuagem

Aprender a dizer não

Sair de casa

Catarse

CAPÍTULO VINTE E UM

ARIEL
13 de julho
Em algum lugar na Rodovia de Las Vegas

Em alguma estrada poeirenta atravessando o deserto, a Fera desabalava carreira para Nevada. Apesar de serem as primeiras horas da manhã, todo mundo estava de pé. Havia uma reserva esperando por eles no Van Luxen Hotel e Casino e um fim de semana inteirinho de folga. Como nunca ficavam sozinhos num ônibus de turnê, Ariel e Eric trabalhavam na seção de transição da música deles. Não haviam conversado sobre as mensagens de texto da madrugada, mas estavam sentados, as pernas coladinhas, no sofá da sala da frente. Ela corrigira a posição do dedo dele no braço do violão. Ele tirara a caneta de trás da orelha dela para anotar suas ideias.

— Estamos desacelerando? — perguntou Grimsby, brincando com Monty, a porquinho-da-índia fêmea, e o gato-unicórnio de brinquedo.

Eles pararam por completo e acompanharam o exausto motorista até a estrada. A manhã fria do deserto e o céu de algodão-doce eram incongruentes com a visão diante deles. O motor estava fumaçando. Grandes nuvens de fumaça cinza emergiam da frente da Fera. Oz cruzou os braços atrás da cabeça e soltou um suspiro agudo.

Eric apontou para Max e avisou:

— Não diga.

Odelia estava à beira de sua fase de "pesadelos".

— Oz, cadê a lista de telefones de emergência que a empresa de ônibus te deu?

O motorista sumiu dentro do ônibus e retornou com uma folha de papel que tinha sido roída por algo pequeno e peludo.

Todos se voltaram para Grimsby, que segurava Monty defensivamente.

— Não é culpa dela!

— Não é culpa de ninguém — disse Eric. — É um ônibus velho. Oz, você não tem os números no seu telefone?

Oz meneou a cabeça, o celular na mão.

— Estou tentando ligar para o meu tio, mas ele não está atendendo.

— Espera, espera, eu achei um mecânico aqui perto — disse Ariel, tentando exibir o número. — Se a página terminar de carregar.

— Sinto que para mim já deu de natureza — murmurou Carly.

— Onde é que estamos? — resmungou Max.

Eric apontou para uma plaquinha, o verde do metal quase alvejado pelo sol.

— Paradise Palms.

— Aawwn! Parece bacana — disse Oz.

Mas quando o sol nasceu e escaldou o acostamento, Vanessa apontou:

— O deserto não é bem a minha ideia de paraíso.

Ariel contou o mix de novidades para o grupo. Sim, havia um mecânico local, mas a caixa postal dizia que ele estava de folga para se casar. Outra mecânica estava a caminho, mas a oficina dela ficava na direção de onde eles tinham vindo. Esperaram no sol abrasador pelos vinte minutos mais longos de sua vida num silêncio descontente compartilhado, o calor azedando o humor de todos.

A mecânica se chamava Glenda Sosa, uma mulher de calça cargo manchada de óleo e camisa de denim por cima de uma regata branca. Seus cabelos pretos estavam presos num longo rabo de cavalo e sua pele bronzeada tinha rugas profundas.

Ela olhou da Fera para a pequena trupe.

— Surpresa! É o motor. Posso substituir a peça com facilidade, mas, ainda que eu peça de LA com entrega em 24 horas, o mais depressa que consigo deixar tudo pronto para vocês é na segunda-feira.

Ariel sentiu todos tomando ar. A banda tinha uma apresentação no Vegas Bowl na segunda.

— Porém — disse Glenda, levantando as mãos como se a pura força desse gesto pudesse impedir o surto coletivo —, minha namorada vem me visitar hoje. Então posso pedir a ela que traga a peça para mim. Posso liberar vocês para saírem daqui amanhã cedo.

Odelia soltou um suspiro aliviado.

— Vou avisar o Le Poisson Bleu para seguirem caminho.

Glenda emprestou a eles uma picape surrada à qual podiam atrelar o trailer com todo o equipamento e lhes passou o endereço de um hotel próximo chamado Paradisio. Depois de agradecer à mecânica com promessas de lhe entregar seus primogênitos desde que ela os tirasse do deserto a tempo, Oz, Odelia e Max se espremeram na cabine da picape enquanto o resto subia para a caçamba.

— Eu sempre quis comer poeira no café da manhã — disse Eric, sorrindo com a situação precária. — Acho que é a nova dieta das celebridades.

Carly sugou ar entredentes e espremeu os olhos sob o sol inclemente.

— Na próxima turnê, Monty fica em casa.

— Monty não fez o ônibus quebrar — disse Grimsby, na defensiva, o rosto coberto de protetor solar e parecendo ter levado uma torta na cara.

Vanessa abaixou os óculos escuros na direção de Ariel.

— Porquinhos-da-índia não são uma iguaria no Equador?

Ariel sorriu.

— É verdade. Quando eu era pequena, meu pai disse que era por isso que não podíamos ter animais de estimação normais, o que não fazia sentido. Só peixes.

— Peixes são péssimos bichos de estimação — argumentou Grimsby, aninhando Monty protetoramente. — Eles são cheios de segredos.

— Eu sempre quis uma píton de estimação, mas mamãe sempre recusou — disse Vanessa.

— Eu me pergunto por quê — ponderou Ariel.

Eles continuaram nessa linha e, apesar do calor e da aridez do ar, Ariel se deu conta de que não havia outro lugar em que preferiria estar em vez de ali, sentada na caçamba daquela picape com Eric segurando sua mão como uma promessa silenciosa entre eles.

Paradisio era o tipo de hotel que devia ser lindo, três décadas atrás. Era cheio de tons em azul, rosa e verde, com palmeiras que tinham visto dias melhores e cactos gigantes que quase pareciam estar retomando o minicampo de golfe.

Havia uma piscina, um pátio grande preparado para um evento e daí o prédio principal. O lugar estava lotado.

— Se for outra convenção de taxidermia... — Carly alertou com uma careta.

— Casamento. — Vanessa apontou para a placa de boas-vindas. — Não acho que vamos arranjar um quarto aqui.

— Vamos ver — disse Odelia. — Vocês todos, tragam o equipamento.

Ariel, que não tinha desejo algum de levantar pesos, bateu no próprio nariz com o indicador e disse:

— Eu sou café com leite.

Ela os deixou, ainda atordoados, e seguiu Odelia até o balcão.

Um homem esfalfado, com bochechas avermelhadas e óculos grandes acenou para que se aproximassem.

— Fazendo check-in?

— Isso, gostaríamos de quatro quartos, por favor.

O homem, cujo crachá dizia CALE, riu na cara delas, antes de perceber que estavam falando sério. Ele pigarreou e digitou em seu teclado sem abaixar a cabeça.

— Estão com sorte. Tenho dois duplos sobrando.

— Pode conferir outra vez? — Ariel piscou seus olhos e abriu seu sorriso de comercial de pasta de dente. Por um momento, Cale pareceu hipnotizado por ela. — Por favor?

Odelia revirou os olhos.

— Não posso fazer nada além disso — continuou Cale. — Estamos lotados para o casamento. A única razão para esses quartos estarem disponíveis é porque a banda cancelou. Alguma coisa sobre tempestades no sul. Estou mais preocupado porque estamos quase sem a cerveja do open bar, e esse é só o primeiro dia.

— Ah, minha nossa — disse Ariel, comiserando-se com ele.

— Ficamos com os quartos.

Odelia bateu o cartão de crédito no balcão de mármore plástico.

— Maravilha! São quinhentos dólares por noite, mais a taxa do resort. — Ele tomou um gole de sua cerveja e aceitou uma guirlanda de flores que um dos padrinhos distribuía, bêbado. — Por pessoa, por dia.

O queixo de Odelia caiu, e Ariel podia ver os números pairando na cabeça dela. A banda não dispunha dessa quantidade de dinheiro. Ela pensou que podia se oferecer para pagar, mas será que Odelia aceitaria aquele tipo de ajuda vinda dela? E, além do mais, Ariel já tinha gastado metade do dinheiro que Sophia lhe dera. A solução lhe ocorreu num instante.

— Na verdade... — Ariel sentiu Odelia observando-a e sentiu a necessidade protetora de ajudar sua turma, não importando o custo. Ela contara muitas meias-verdades nos últimos dias, mas esta seria sua primeira mentira. — Acho que tivemos um mal-entendido. *Nós somos* a banda.

Odelia sorriu profundamente ao lado dela, bem quando Eric e as outras entravam trôpegas no saguão aberto com seus instrumentos. Os olhos dele pousaram sobre Ariel, como se pudessem encontrá-la em qualquer multidão, e ela teve aquela sensação de levantar voo outra vez.

Ariel voltou-se para Cale, deixando sua voz subir para aquele soprano claro que usara nos palcos por quinze anos.

— Desculpe. Devíamos ter mencionado isso. Como pode ver, foi uma jornada e tanto para chegar aqui.

Cale suspirou, aliviado.

— Ah, graças aos céus. Um desastre a menos! Ainda preciso de um cartão para danos eventuais, mas seus quartos já estão pagos.

— Nada mau, pequena sereia — murmurou Odelia, enquanto Cale era chamado para resolver outra emergência relacionada ao casamento. — Agora você só tem que convencer os noivos que somos a banda que eles contrataram.

— Eu dou um jeito.

Ariel estava pronta para o desafio. Deixou Odelia para cuidar do check-in e procurou no saguão algum padrinho ou madrinha.

O papel de parede tinha flores exóticas desbotadas, e abajures de vidro verde salpicavam a maioria das superfícies. As pessoas zuniam de um lado para o outro com os preparativos da cerimônia. Ariel foi atraída pela conversa de um grupo quando ouviu *banda* e *cancelada*. Uma mulher com uma camiseta onde se lia DAMA DE HONRA em pedraria segurava um ventilador elétrico apontado diretamente para o rosto da noiva.

— Oi! — disse Ariel, acenando para elas.

Uma das madrinhas e a mãe da noiva se viraram para Ariel, que ainda se encontrava empoeirada e desalinhada.

— Pois não?

— Estou aqui com a banda para o seu casamento.

Ariel apontou para os integrantes da Desafortunados. Eric, com a cabeleira espessa levemente coberta com pó da estrada. Carly, naturalmente descolada. Max, girando uma baqueta numa das mãos e mexendo no celular com a outra. E Grimsby, segurando sua porquinho-da-índia fêmea numa coleira. Eles eram incongruentes, um grupo heterogêneo, contradições entre si, mas, quando subiam no palco, eram uma coisa só. Perfeitos.

— Espera, oi? — perguntou a dama de honra.

Ariel acenou para os amigos se aproximarem.

— Gente, eu estava acabando de dizer para o grupo da noiva que somos a banda e que estamos fazendo o check-in nos últimos dois quartos reservados para nós.

— Não são, não — disse a noiva.

— Bem, nós somos *uma banda*. — Ariel suavizou a voz de novo e viu as mulheres amolecerem o coração para ela. Inocente, acessível, meiga. Era sobrenaturalmente melhor do que um truque mental jedi. — Como a outra banda ficou presa por causa das tempestades, a agência nos enviou.

Uma das madrinhas soluçou e perguntou:
— Vocês são uma banda *country*?

Antes que Ariel pudesse entrar em pânico, Grimsby abriu um dos cases de instrumentos, menor do que seu baixo e com um adesivo onde se lia EU ♥ MONTANA, e tirou de lá um banjo e uma gaita.

— Pode apostar — disse a baixista loiríssima, olhando para Carly.

— Bem, eu *sou* do sul. — Eric abriu um sorriso matreiro, ajoelhando-se na frente do grupo da noiva.

Atrás de Ariel, Carly tossiu no próprio punho, resmungando:
— Da *América* do Sul.

— Eu posso tocar o que vocês quiserem — disse ele, *naquela* voz. Aveludada, grave e tocando cada cantinho das câmaras do coração dela. Houve suspiros e ofegos audíveis, e Ariel soube que estavam perto de convencê-las.

— Apresento a vocês a Desafortunados — disse Ariel, usando sua melhor voz de Sete Sereias.

— Espera aí. — A cabeça de Max se virou com tudo na direção dela, olhando com atenção. A baterista espremeu os olhos, depois sacudiu a cabeça. — Deixa pra lá.

Quando notou a hesitação do grupo, Ariel acrescentou:

— Eles têm tocado o mês inteiro numa turnê com ingressos esgotados e por acaso eram quem estava por perto. Eles *acabaram* de entrar na parada das 100 mais tocadas, então terão um show deles antes que fiquem *famosérrimos.*

— Ai, meu deus — arfou a noiva, as lágrimas pesadas secando completamente enquanto ela se abanava. — É o destino!

— Destino — repetiu Ariel, olhando para Eric de relance. — Exatamente o que eu estava pensando.

O tema do casamento parecia ser "pedrarias", e Vanessa tirou todo o proveito possível disso ao arrumá-los. Só a garota mais descolada da turnê para viajar com uma pistola de cola quente e um saco cheio de pedras falsas.

A banda tomou para si os quartos conectados que haviam sido reservados para a banda de casamento original. Até Odelia deu tapinhas de *bom trabalho* nas costas de Ariel. Encaixar oito pessoas em dois quartos duplos ficou apertado, mas eles estavam morando num ônibus há semanas, e as acomodações eram gratuitas.

Odelia, Vanessa, Ariel e Max ficaram num dos quartos. Oz, Carly, Grimsby e Eric no segundo. Eles mantiveram a porta conectando ambos aberta, tanto para ventilação quanto para facilitar o processo de se aprontarem.

Ariel não conseguiu achar uma tábua de passar em seu quarto e foi para o adjacente procurar no armário deles, sem muita sorte.

Carly colocou sua bolsa na cama mais próxima do banheiro rosa-vômito.

— Eric chuta enquanto dorme, então vou dividir a cama com Oz.

— O chuveiro é meu primeiro — anunciou Grimsby.

— Segundo! — gritou Oz, ao mesmo tempo que os outros.

Grimsby espiou dentro do banheiro e fungou.

— Sem ursos, Melody, caso esteja se perguntando.

Ariel supôs que seria pedir demais que Eric deixasse aquela história embaraçosa morrer só entre eles.

Oz tirou os sapatos.

— Não se preocupe, eu faria o mesmo. Ursos não são nada confiáveis.

Por várias horas, os quartos ficaram um caos. Era a camaradagem da qual ela sentia falta, de se aprontar no camarim de Sophia, roupas, sapatos e artigos pessoais por todo lado. Música tocando do celular de alguém. Oz tinha quase zerado o conteúdo da máquina de venda automática e Ariel conseguiu encontrar alguém da equipe de limpeza e prometeu devolver o ferro e a tábua de passar. Cuidadosamente, desembrulhou o vestido que Alicia lhe dera de presente. Era um vestido de alcinhas lavanda coberto em latejoulas furta-cor e cristais de verdade. Delicado, mas pesado. Ela não achou que teria alguma ocasião para vesti-lo, e as gêmeas ficariam em êxtase por ter provado que ela se enganara.

— Onde você arranjou isso? — perguntou Max, parando no limiar entre os dois quartos. Ela usava um vestido bonito com estampa de arco-íris e botões nos quais Vanessa colara pedrinhas.

— Um presente da minha irmã — disse Ariel.

Era a segunda vez naquele dia que Max olhava de uma forma estranha para ela. E Ariel começava a suspeitar por quê.

Max franziu a testa, mas assentiu e voltou para seu lado do quarto, deixando Ariel tirar as rugas da barra e das alças com vapor. Vanessa aplicava gel nos cachos de Oz um por um, quando Carly voltou com uma lata de laquê e uma caixa de grampos.

— Peguei com a dama de honra — disse ela. — Ah, eu deixei meu telefone no banheiro.

— Eric ainda está lá dentro — disse Ariel, pegando um punhado de grampos de cabelo.

— Mais uma hora, então. — Carly revirou os olhos, encostando o ouvido na porta. — Ele está só se barbeando.

Ela abriu a porta e entrou.

Ariel não sabia quem gritou primeiro, se Carly ou Eric, mas a guitarrista solo emergiu de lá com a mão cobrindo os olhos. Odelia e as outras se empilharam dentro do quarto, buscando a fonte da calamidade.

— O que aconteceu? — perguntou Odelia.

— Eu pensei que Eric estava se barbeando! — disse Carly, um sorrisão de *credo* emplastrado na cara. Os olhos ainda cobertos.

Eric apareceu na porta do banheiro, o peito à mostra e ofegante. Seu cabelo estava úmido e despenteado. Segurava uma minúscula toalha listrada cor-de-rosa em torno da cintura com força. A barriga dela se retesou ao ver aquela pele lisa, aqueles músculos.

— Eu *estava* me barbeando — gritou ele.

— Pensei que era a do *rosto*!

Todos riram às custas de Eric. Oz deslizou até o chão, batendo comicamente os punhos no piso.

— Viu? É por isso que usamos trancas — Grimsby disse a Monty.

— Eu não entend... — começou Ariel, depois entendeu e soltou um ofego pequenino. — Ah.

Os olhos de Eric encontraram os dela. Ele era tão forte, tão bonito... E ridículo. Era isso que amava nele. Aquela habilidade de ser cheio de riso, de alguma forma, mas também incrivelmente sexy. Ele deu uma piscadinha para ela antes de fechar a porta com um estrondo.

Todos riram ainda mais quando ouviram o clique da fechadura.

Ariel terminou de se arrumar sozinha, já que a banda precisava montar os equipamentos. Ela passou um gloss cor-de-rosa nos lábios, escovou as sobrancelhas espessas e escuras, e tentou forçar os cílios retos a fazerem algo parecido com uma curva. De súbito, pôde apreciar muito mais seu esquadrão glam.

Dessa vez, quando viu seu reflexo, não ficou surpresa. Amava a leve curva de seu nariz pequeno que a maquiagem sempre deixava reto. As pintas em seus ombros e suas bochechas que a maquiagem costumava cobrir. Deu uma última jogada no cabelo escuro, domado em ondas em camadas longas. O vestido caía como uma segunda pele, acentuando a cintura estreita, a curva de seus quadris. Ela só notou a fenda profunda quando se enfiou no tecido cintilante, mas, quando deu uma voltinha na frente do espelho, adorou.

Aí estou eu, pensou ela, mais uma vez.

Odelia saiu do banheiro embrulhada no mesmo robe que emprestara a Eric no início da turnê. Parecia exausta e se largou numa das camas queen.

— Você realmente me faz lembrar dela.

Ariel respirou fundo. Tivera mais conversas sobre sua mãe na turnê da Desafortunados do que com seu pai em quinze anos, o que fazia algo dentro dela se revirar numa mistura de tristeza e alegria.

— Podemos conversar?

— Foi um dia longo, Melody — disse Odelia, gemendo ao se sentar na beira da cama. — Mas você se saiu bem hoje. Acho que eu não teria conseguido fazer isso.

— Obrigada.

— Tá bom, desembucha.

Ariel torceu os dedos. Queria acreditar que sua relação com Odelia havia crescido desde a primeira vez em que se encontraram. A mulher não era menos intimidante de pijama.

— Eu quero contar tudo ao Eric. E não quero esperar até o fim da turnê.

Odelia anuiu, lambendo os lábios sem batom.

— Nós tínhamos um trato. Se me lembro direito, essa era uma estipulação sua, não minha.

— Eu sei. Você disse que Eric estava proibido para mim porque queria que ele focasse em tudo pelo que batalhou tanto. Eu também quero isso. O que há entre nós... É real.

— Como você sabe?

Ariel se encolheu ante a insinuação, mas entendia que Odelia estava sendo protetora. Uma mamãe ursa com seus filhotes. Mas não era essa a desculpa de seu pai para manter as filhas isoladas?

— Porque eu estou me apaixonando por ele. Porque eu acho que talvez ele sinta o mesmo por mim. — Ariel sorriu, hesitante. — Algo que ele disse ontem me fez perceber que nós vamos ficar bem. Pode ser certo choque no começo, mas nós *vamos* superar isso.

Eu vou querer todas as versões de você. Sempre que Ariel pensava nas palavras dele, era como se os deuses da música cantassem para ela.

Odelia riu.

— O otimismo dele é contagiante, devo admitir. Por que você veio falar comigo?

— Francamente? — Ariel esfregou os braços para afastar o frio do ar-condicionado. — É meio difícil abrir mão da necessidade de aprovação dos pais depois de tantos anos. Sei que você não é substituta do meu pai e que você não está procurando outra desgarrada, mas eu disse que podia ser útil nesta turnê. Eu falava a sério.

— E certamente tem sido.

— Acho que se todos souberem sobre o meu passado, eu poderia ser capaz de fazer ainda mais.

Uma linha fina vincou a testa de Odelia.

— Ah, é? E como seria isso?

— Eric e eu estamos compondo juntos. Eu não gostaria de cantar em nenhuma das músicas, acho que essa parte da minha carreira terminou, mas ainda tenho contatos na indústria. — Ela viu a raiva e o medo de Odelia se acumularem e se apressou a dar sentido a suas palavras: — Não meu pai, claro. Jamais faria isso. Mas o nome Ariel del Mar deve ter lá seu peso. Tenho certeza de que poderia conectar vocês a um selo maior, a scouts para Vanessa, a patrocínios...

— Não precisamos das conexões de Ariel del Mar — disse Odelia, sua voz séria, porém controlada. — O diretor de nosso selo atual está vindo assistir ao show da Desafortunados em Las Vegas. Vários scouts virão assistir a Vanessa se apresentar. Nós nos viramos bem sem o seu nome.

— Mas você não acha que eles poderiam crescer ainda mais...

— Eu disse que nos viramos bem sem isso.

Ariel se encolheu com o tom cortante na voz dela.

— Isso não deveria ficar para Eric decidir? Para Vanessa?

Odelia riu com amargor.

— Nosso selo é pequeno, sim, mas você sabe quantos contratos predatórios de gravadoras tivemos que recusar para chegar a um ponto bom? Humm? Para Vanessa *e* a Desafortunados. Você sabe o quanto foi difícil para mim abrir caminho nessa indústria, para fazer com que as pessoas me levassem a sério, especialmente depois...

— Não, eu não sei — disse Ariel, sabendo que Odelia só respondia a demonstrações de força. — Por favor. Me conte o que aconteceu entre você e meus pais para que eu possa entender.

Odelia, parecendo tão vulnerável sem sua maquiagem, suspirou. Ariel pensou na jovem que vira naquela capa de disco — tão esperançosa e cheia de vida. Aqui estava ela, décadas depois, e conseguira passar aquela esperança para a próxima geração de músicos, muito embora seu próprio sonho nunca tivesse se realizado. Isso só fazia Ariel admirá-la ainda mais.

— Sua mãe e eu nos conhecemos em Miami — começou Odelia, um sorriso triste levantando o canto de sua boca. — Éramos garçonetes numa boate... Acho que se chamava Parrot Social. Éramos jovens e eram os anos 1980. Foi lá que ela conheceu seu pai. Quando eu digo que foi amor à primeira vista, falo sério. Estou dizendo, era o tipo de amor que podia botar fogo no mundo.

Ariel tinha vagas lembranças dos pais juntos, mas podia imaginar. Quado ouviu Odelia pigarrear, entregou-lhe um copo com água.

— Nós três tínhamos o mesmo sonho. — Ela tomou um gole e prosseguiu. — Fazer música. Gravamos uma demo com a ajuda de um dos meus amigos. Fomos para Nova York. "Luna mia" foi o nome que dei à música que escrevi.

Ariel respirou fundo e não soltou o ar. Não podia ter ouvido direito. *A música era de Odelia?*

— Ela inspirou o nome da banda. Quando terminamos o LP, estávamos prontos para lançar. Mas a gravadora queria a história de amor. Queriam o casal encantador cujos olhos tinham se encontrado de cantos opostos do salão e começado a fazer música juntos. A história inspiradora de um casal vindo para cá de outro país, surgindo do nada. O amor verdadeiro guiando a jornada. — Os lábios de Odelia se retorceram com o amargor da lembrança. — Embora eu tivesse a mesma história, vinda de outro país, surgindo do nada... Eu era a perpétua vela. Além disso, ainda era sexy demais, escandalosa demais, tudo demais para combinar com o time meiguinho dos sonhos.

Eu sei o que a sua família faz. Vocês arruínam vidas. Ariel sentiu décadas de vergonha pelo que o pai, seus pais tinham feito. Havia uma parte sua que não queria acreditar. Revirou a mente em busca de justificativas para provar que as palavras de Odelia eram falsas, mas se sentia como alguém tentando escapar de um labirinto e encontrando apenas becos sem saída. Tinha visto os discos com os próprios olhos. Tio Iggy a avisara para ficar longe de Odelia, e suas entranhas lhe diziam que era porque ela não ia gostar do que descobriria.

— Eu não queria entregar meus direitos, então seu pai disse ao selo que as músicas eram dele. Bem, você pode imaginar o resto.

— Eu lamento muito, muito mesmo — disse Ariel. — Talvez eu possa corrigir isso. Posso devolver seus créditos.

— Deixa pra lá, Ariel. — Odelia levantou a mão pedindo silêncio e ponto-final. — Eu deixei sua família no meu passado, e daí você aparece e me relembra da pior época da minha vida. E eu te digo para deixar Eric em paz para que ele não passe pelo mesmo que eu passei, e você não me dá ouvidos.

— Eu não sou meu pai.

— Eu quero acreditar nisso. Acho que acredito. — Odelia pareceu exausta com o peso do passado voltando. Ariel também sentiu esse peso, mas não sabia como ajudá-la a carregá-lo. — Faça-me um favor. — Ariel assentiu. — Antes de correr para ajudar Eric… Diabos, para ajudar a todos nós… Certifique-se de que você saiba o que quer de verdade. Coloque a sua máscara de oxigênio antes. Eu aprendi da maneira mais difícil que amor nem sempre é o bastante. — Odelia desplugou seu celular do carregador na mesa de cabeceira. — Agora, vá para o casamento. Eu me esqueci de ligar para a mecânica outra vez. Vamos torcer para podermos sair deste inferno desértico amanhã logo cedo.

Ariel calçou um par de sandálias que pegara emprestado de Vanessa e deixou Odelia com sua privacidade. Caminhava devagar como se num transe. Estava aturdida demais para mandar mensagens para as irmãs com todos os detalhes sobre o passado de seus pais.

Assim, esta noite, Ariel del Mar voltaria seus olhos apenas para seu futuro.

NÃO SE CANSA DA DESAFORTUNADOS? EIS AQUI TUDO O QUE VOCÊ PRECISA SABER SOBRE ELES.

Elektra del Mar aparece com nova namorada! Clique aqui para ver o passeio de barco a remo no Central Park

CLIQUE AQUI

Ariel del Mar continua sua onda de rebeldia, acumulando uma conta de $ 50.000 dólares em bebidas numa boate em Los Angeles.

Seria o Triângulo das Bermudas uma farsa? Conheça o casal que viveu para contar a história.

Veja por que "Love Like Lightning" deveria ser o seu hit do verão.

TREVOR TACHI POSTA UMA FOTO EMO NO PIXAGRAM. ARIEL, ELE TE QUER DE VOLTA!

CAPÍTULO VINTE E DOIS

ERIC
13 de julho
Paradise Palms, Nevada

Eric Reyes assistiu da última fila enquanto Carrie e Steve Whalen se casavam com o pôr do sol do deserto atrás deles. Para nenhuma surpresa de suas colegas de banda, ele adorava casamentos.

Uma das primeiras vezes que cantou em público foi no casamento de um de seus primos, quando tinha dez anos. Com sua vozinha aguda, ele acompanhara o avô Pedro num *vallenato* clássico. Quando Eric parava realmente para pensar, todas aquelas músicas eram bem trágicas para a ocasião. De qualquer maneira, foi talvez a única ocasião em que seus pais o incentivaram musicalmente.

Ali, no Paradisio Hotel, um lugar que até dez horas antes ele nem sabia que existia, Eric sorriu enquanto o casal se beijava e todos jogavam suas guirlandas plásticas para o alto.

Eric se virou e procurou por ela. Melody.

Ela estava tirando uma foto do pôr do sol. Provavelmente, enviando-a para uma de sua meia dúzia de irmãs. Ele se perguntou se eram todas como ela. Perguntou-se se ela voltaria para as irmãs sem ele. Se ele era apenas uma parada numa estrada muito mais comprida, que ele não podia acompanhar. Quando, porém, ela o encontrou na multidão e seu rosto se transformou com aquele sorriso perfeito, ele soube que não tinha jeito. Eles estavam conectados, de alguma forma.

Com que frequência o universo unia duas pessoas como tinha feito com Eric e Ariel?

"Sempre" é a resposta.

Em todo lugar e a cada segundo, os caminhos das pessoas se cruzam e elas nem reparam. Às vezes, aqueles que prestam atenção no universo são capazes de encontrar seu caminho um para o outro.

Eric atravessou o pátio com as pernas bambas. Mal podia respirar ante a visão dela. Aquele vestido, sexy e delicado. A fenda expondo a coxa a cada passo que ela dava. Cintilante, refletindo cada luz, ganhando vida. Uma joia no deserto.

— Você está... — ele começou. Podia se socar por não conseguir nem formar uma frase completa. — Você está maravilhosa.

Melody sorriu, mordendo o lábio inferior como se estivesse nervosa.

— Alguém estava te procurando, na verdade. A recepção, acho?

— É mesmo?

— Algo sobre um excesso de depilação masculina?

— Carly é uma má influência sobre você — disse ele, mas, lá no fundo, amou.

Amava o fato de ela se dar bem com suas melhores amigas. Amava que ela simplesmente se encaixava no humor nonsense deles. Estava se apaixonando por ela. Talvez já estivesse apaixonado mesmo. O pensamento lhe ocorreu de súbito, do mesmo jeito que Melody entrara em sua vida.

Ele beijou os nós dos dedos dela e ambos cruzaram a grama falsa sob uma manta de luzes de Natal multicoloridas. Ela pegou um lugar na mesa designada para a banda, escondidinha na lateral. Ele achou quase impossível se separar dela.

— Guarda uma dança pra mim? — pediu ele.

— Sempre.

Eric reuniu a banda num grupinho. Todos estavam ótimos com roupas mais chiques.

— Certo, como estamos nos sentindo?

— Eu não quero estragar a nossa alegria — disse Carly —, mas temos apenas uma hora para ensaiar.

Eric deu uma piscadela para a cara preocupada dela.

— Fomos uma banda de metal quando precisamos pagar o aluguel, três anos atrás. E, não se esqueçam, antes de tudo isso, tocávamos covers só para animar o público. Vamos nos ater àquelas que o povo gosta e nos apoiar pesado na Grimsby para o ritmo. A gente dá conta.

Eles se incentivaram uns aos outros, uma roda de cinco pessoas, e alteraram um pouco o lineup. Max continuou na bateria, mas Carly trocou a guitarra pelo baixo e Grimsby acrescentou o charme com seu banjo.

A primeira dança dos noivos era uma versão cover de "Born to be my baby", do Bon Jovi, e, para sorte deles, a banda sabia praticamente todas as músicas pedidas pelos membros bêbados e demais convidados da deslumbrante festa de casamento. Quando não sabiam a música, eles sorriam e tascavam algo que soava parecido ou uma música original da Desafortunados. Eric descobriu que gente feliz e meio bêbada só queria dançar e cantar até o corpo não aguentar mais. Desde que a banda mantivesse a música acelerada e animada, os mais de cem convidados, que pareciam ter vindo para Nevada de todos os cantos do país, ficavam felizes em festejar a noite toda ao som de músicas de todas as décadas.

Quando Vanessa assumiu o violão e os vocais no lugar de Eric, ele afrouxou sua gravata e encontrou Melody já pegando duas margaritas. Aquele vestido dela despertava sensações indizíveis nele. Só conseguia pensar nos treze beijos que eles trocaram e na mensagem de texto dela gravada em sua mente. *A prática leva à perfeição.*

— Parece que Oz foi adotado pelas madrinhas — disse Melody.

Ele riu, aceitou o drinque que a garota oferecia e fez tintim na taça dela, e um pouco de sal caiu em seu polegar. Ele lambeu o dedo e olhou de novo para a banda quando a Desafortunados irrompeu num cover country de "Despacito".

— E aí, cadê essa dança que eu estou guardando? — perguntou Melody.

Havia um grão de sal no lábio superior dela, e Eric teve o impulso de tirá-lo com a língua, mas ela tirou primeiro.

Não conseguia responder porque sabia que não podia controlar sua boca. Sabia que a primeira coisa que sairia dela seria *acho que eu te amo*. Então, colocou os copos vazios na mesa e a levou para o centro da pista de dança. Ele a rodopiou em seus braços, graciosamente se esticando até que apenas as pontas dos dedos deles se tocassem. Melody voltou para ele por conta própria.

Bem me quer, pensou Eric quando Melody pousou a cabeça em seu peito, apesar de não ser uma música lenta.

Mal me quer, pensou quando ela rompeu o abraço deles para buscar mais drinques.

Bem me quer, pensou quando ela entrelaçou os dedos com os dele.

Mal me quer, pensou de novo quando ela aceitou o convite de um dos padrinhos para dançar.

Eric nunca havia se sentido tão irracionalmente ciumento ou possessivo por causa de uma mulher. Sabia que não se tratava dos outros homens, mas da incerteza de em que pé Melody e ele estavam. Os dois tinham começado bem, depois precisaram se afastar um pouco pelo bem da turnê e pela aposta idiota com as amigas. Ela tinha recuado por causa de seu passado, mas as coisas vinham mudando. Não vinham? Talvez esta fosse a noite para descobrir. Para acertar os ponteiros. Se não agora, quando?

Trocou de lugar com Vanessa e fez o que fazia de melhor. Cantou. Só que, dessa vez, cantava para Melody e, apesar de ser uma balada rock ao som da qual a maioria dos bebês nascidos em 1986 tinha sido concebida, ele colocou tudo de si na música. E ela ficou ali, dançando no lugar, reluzindo como sua Estrela do Norte.

Quando o casamento acabou e só restaram parentes e amigos totalmente embriagados dançando ao som da playlist de alguém, a banda abriu caminho para a piscina azul iluminada.

— Aí sim! — gritou Oz. — Temos ela toda para nós!

— Certo, eu acho que esta é uma primeira vez para todos nós — disse Carly, sentando numa das espreguiçadeiras.

— Então, quando alguém disser *eu nunca entrei de penetra num casamento no deserto*, eu posso beber — disse Melody, tirando as sandálias e massageando os tornozelos.

— Vi que tem um traslado daqui para Vegas — disse Max, levantando e abaixando as sobrancelhas. — Já podemos dar a partida na dominação da cidade.

— Sabe o que mais eu nunca fiz? — perguntou Vanessa. — Eric flagrou a olhadinha furtiva que ela lançou para Carly. — Nadar pelada.

Max gargalhou.

— Eu topo. Não trouxe biquíni mesmo...

— Eu curto mais um ofurô — disse Oz, mas começou a tirar a roupa como os outros.

Eric continuou vestido.

— Ele anda pelado pela casa faz cinco anos — disse Grimsby —, e *agora* vai ficar tímido. Você mudou, mano.

Eric levantou o dedo médio para elas e, então, começou a soltar a gravata. Todo mundo berrou. Ele olhou de esguelha para Melody, que desviou os olhos, adorável. Estava passando para os botões da camisa quando Vanessa, Carly e Max pularam na piscina num salto bomba, seguidas por Grimsby e Oz.

Melody afastou uma alça do vestido e ele sentiu a necessidade de dar meia-volta. De costas um para o outro, eles se despiram. A fivela do cinto tilintou, os zíperes desceram e o tecido se amontoou aos pés deles.

Eric prendeu a respiração e pulou no lado mais fundo. A água fria era gostosa contra sua pele quente quando ele se deixou flutuar. Estava incrivelmente consciente do último mergulho. De Melody dentro da água, suas curvas, quando ele se virou debaixo da água, iluminada pela luz azul-clara. Quando as bolhas sumiram, os dois estavam frente a frente, sorrindo e olhando para a superfície lá no alto.

Ambos nadaram para cima, onde o som dos amigos rindo e brincando parecia ecoar pela noite. Não sabia quem tinha sugerido uma corrida, mas Melody aceitou e se jogou no desafio. Foi assim que durou o que pareceram horas: Eric se esforçando para manter o ritmo, sempre faltando pouco para ganhar dela. Ninguém conseguiu. Melody deslizava pela água como se tivesse nascido para aquilo.

Quando todos ficaram cansados, Max saiu da água e encontrou boias infláveis e espaguetes. Oz foi buscar toalhas para eles, e Carly e Vanessa se ofereceram para buscar bebidas. Eles boiaram daquele jeito por um tempão. Max e Grimsby usaram os espaguetes para uma "luta de espadas" numa ponta da piscina, enquanto Melody se agarrava à sua boia de flamingo. Eric tinha acabado com um pato inflável, o que resultou numa piadinha com o fato de ele ser um galinha, e foi preciso jogar água em todo mundo.

— Acho que este é meu dia preferido da turnê — disse Eric.
— Meu também. — Melody passou boiando.
— Você só diz isso porque ganhou de todos nós. Você é secretamente uma nadadora olímpica?

Ela riu, descansando o rosto nos braços cruzados.

— Eu aprendi quando era pequena. Havia uma YMCA no Queens, pertinho de onde a gente morava. Minha mãe disse que tinha que amarrar uma boia em mim quando íamos para lá.

Eric queria lhe contar sobre nadar no lago com os primos, sobre as pegadinhas que fizera em seus anos no internato. Depois se deu conta de que as amigas estavam incrivelmente quietas.

Não, não quietas. Elas tinham sumido. As velhas espreguiçadeiras cor-de-rosa estavam todas vazias.

De tudo.

Inclusive as roupas deles.

— Aquelas filhas da... — Ele soltou uma fieira de palavrões que fez Melody rir.

Ela empurrou seu flamingo para longe e nadou até o meio da piscina, onde seus pés tocavam o fundo e a água chegava-lhe aos ombros. Eric nadou até ela, plantando os pés com firmeza nos azulejos de vidro escorregadio.

— Acho que elas estão tentando aplicar uma *Operação Cupido* na gente — disse ela.

— Sutil. — Ele tirou uma gota de água do queixo dela, viu-a estremecer. — Vamos botar você lá dentro.

Melody agarrou o pulso dele, segurando-o debaixo da água.

— Eric, eu tenho uma coisa pra te dizer.

Bem me quer. Mal me quer.

— Eu também tenho uma coisa pra te dizer.

Cada músculo no corpo dele se tensionou com ansiedade, temor, delírio. Ela ia perder a coragem. Seu coração engasgou, e então ele se moveu adiante.

— Você primeiro — Melody lhe disse.

Fuerza, seu avô teria lhe dito. Mas era mais fácil pensar em ser forte do que *ser, de fato*, forte. Fisicamente. Emocionalmente. No geral.

— Em geral, sou muito melhor nisso — admitiu ele.

Ela abriu um sorriso malicioso.

— Ficar pelado numa piscina? É a minha primeira vez.

— Isto aqui. Com você. Eu nunca me senti assim antes, com ninguém. É...

— Novo?

— Aterrorizante. — Eric esperava que Melody visse em seus olhos que ele estava sendo totalmente sincero. — Eu pensei em te dizer isso quando a turnê terminasse, e talvez todo vestido e não numa piscina, mas me dei conta de muitas coisas esta noite.

— Como o quê? — perguntou ela, dando um passo para perto.

Bem me quer.

— Como o fato de que eu queria socar o padrinho por dançar com você. Por te abraçar.

— Por me abraçar assim? — Ela colocou as mãos nos ombros dele. O calor assomou no ponto em que a pele deles se tocava. Ela riu para ele. — Por dançar?

— Eu sou um tonto.

— Você não é um tonto — disse ela. — Tolo, talvez.

Mal me quer.

— Você estava falando sério? — Ela deixou as mãos vagarem dos ombros dele para os bíceps, afastando o frescor da noite. — Quando disse que iria querer todas as versões de mim?

— Eu não ligo para o que veio antes, só para o que vem depois.

Melody ainda desviou o olhar, as unhas subindo e descendo por seus braços. Como ela podia duvidar dele? Como ele podia deixar claro?

Se não agora, quando?

— Eu pensava que toda música que eu escrevia era para uma garota dos sonhos que ainda não tinha conhecido. É disso que "Love

Like Lightning" fala. É disso que tratam todas as minhas músicas. Mas aí eu te conheci e percebi que nenhuma dessas músicas se aplica. Elas falam de alguém sem nome. E então lá estava você, virando tudo pelo avesso em mim. Você é real e está aqui, e não se parece com nada do que eu disse naquelas letras.

Melody ficou olhando para ele, seus cílios brilhando com gotículas da piscina.

— Não?

— Não. — Ele aninhou o queixo dela, roçando o polegar para acalmar o tremor de decepção que surgiu ali. — Mas cada música que eu escrever daqui para a frente será sobre você. O jeito como você olha para tudo como se fosse novo e maravilhoso. Como olha assim para mim também, e eu penso... Eu farei de tudo e qualquer coisa para ser digno desse sentimento, porque estou apaixonado por você. Estou tão apaixonado por você que não consigo nem enxergar direito.

— Eric, eu... — Melody não terminou a frase. Ficou na ponta dos pés e o beijou.

A surpresa fez ambos se moverem para trás, vacilantes, mas nem a pau ia se separar dela. Passou os braços em torno dela, sentindo o sal ainda na língua enquanto ambos iam para debaixo d'água, presos num abraço. Por um instante, não respirou, não abriu os olhos. Havia apenas a batida de seu coração debaixo d'água e os lábios de Melody pressionados contra os seus.

Quando subiram em busca de ar, rindo e limpando os olhos, ele ouviu gritos por perto.

Saiu da piscina e notou alguns retardatários do casamento correndo nus pelo campo de golfe.

— Estamos prestes a ter companhia — disse ele, pegando o flamingo inflável cor-de-rosa para ela e o patinho para ele.

Ambos dispararam pelo pátio, a equipe da limpeza assoviando quando passaram correndo. Ao chegarem ao quarto deles, encontraram suas roupas dobradas, organizadas e deixadas no corredor. O cartão da chave estava num envelope do hotel com um bilhete onde se lia: *Pegamos o traslado para Vegas depois da festa! Ele volta de manhã. Não fiquem zangados!*

Eric abriu a porta para eles, jogando o pato do outro lado do quarto. Pegou um par de toalhas no banheiro e, quando voltou, lá estava Melody, a própria Vênus de Milo, emergindo de um dispositivo de flutuação cor-de-rosa. Ela trancou a porta do quarto, depois o atravessou, seus pés deixando pegadas molhadas no carpete.

Eric abriu a toalha para ela, mas ela a deixou cair no chão e se aconchegou nos braços dele em vez disso. Os beijos de Melody eram hesitantes, quase tímidos. Ninguém nunca o beijara desse jeito, suave e com cuidado. Como se *ele* é que precisasse de proteção. Aquilo o acendeu por dentro, senti-la pressionar os lábios em seu maxilar, na pulsação em sua garganta. Estava tão perdido em seu desejo por ela que só percebeu a cama quando a parte de trás de seus joelhos encontrou com o colchão. A cama gemeu quando ele se sentou com sua garota no colo.

— Tem certeza? — murmurou ele, olhando nos olhos castanhos dela.

Melody encostou seu nariz no dele. Arrastou toques leves como plumas sobre os lábios dele.

— Minha vida toda é incerta, Eric. A única coisa que faz sentido para mim é você.

Quando Eric tornou a beijá-la, seu amor por ela queimou em sua pele e mais fundo, gravando-se no tutano de seus ossos, de modo que nada nem ninguém poderia removê-lo.

@TeoDelMar

Eu lembro quando você era desse tamanhinho. Lembro quando você olhava para mim como se eu tivesse te dado o mundo. Isso foi tudo o que eu sempre tentei fazer. Sei que posso ser difícil e rígido com vocês, meninas. Mas eu nunca, jamais, quero que passem pelo que eu passei. Não quero que vocês não tenham NADA. Por favor, minha pequena sereia. Suas irmãs estão com saudades de você. Seus fãs estão com saudades de você. Por favor, volte para casa.

#ArielVoltaPraCasa #SeteSereias #VidaSeteSereias

CAPÍTULO VINTE E TRÊS

ARIEL
14 de julho
Las Vegas, Nevada

A estrada para Las Vegas foi pavimentada com os sorrisos secretos que ela trocava com Eric. A Fera estava consertada e todos os integrantes da banda eram uma mistura delirante de exaustos e energizados.

Eric se aconchegou na sala ao lado de Ariel, acrescentando músicas à playlist deles enquanto ouviam uma reencenação de como fora o passeio dos amigos na avenida dos cassinos e os planos para o segundo dia de folga. Apenas Odelia continuou na sala dos fundos. Ariel se preocupava que ela ainda estivesse aborrecida pela conversa que tiveram na noite anterior. Não daria mais nenhuma sugestão de ajuda para a banda, a menos que eles lhe pedissem primeiro. Além do mais, havia muita coisa que Ariel precisava para corrigir a situação entre as Garcia e os Del Mar. Antes, porém, precisava ficar a sós com Eric.

Quando chegaram ao Van Luxen Hotel, Ariel percebeu que eles voltariam à combinação normal nos quartos, o que queria dizer que Eric e ela teriam um quarto só para os dois. Ele devia estar pensando o mesmo, porque pegou a mochila dela e a jogou sobre o ombro para carregá-la. Ariel não perdeu a expressão de alerta da sobrancelha arqueada de Odelia quando esta passou por eles e entrou no saguão. Tudo ia ficar bem, Ariel disse para si mesma. Tinha certeza do que queria — Eric, a turnê, compor música. Nunca fora mais simples.

Oz sorriu para Ariel e Eric.

— Eu tenho um novo casal para *shippar,* gente. E ele se chama *Meloric*. Ou *Erody*, talvez? Vou trabalhar no nome.

O telefone de Ariel vibrou pela centésima vez naquele dia.

— É minha irmã. Eu preciso atender.

— Vou encontrar a Van na academia, mas te vejo lá em cima depois?

— Tá bem.

Eric roçou um beijo terno na têmpora dela antes de sumir no saguão lotado com Oz.

Ariel atendeu ao telefone. Marilou respondeu com um uivo.

— Obrigada por estourar meu tímpano — disse Ariel, afastando-se da entrada do Van Luxen. Por todos os lados havia placas e outdoors que ainda reluziam claramente sob a luz do dia.

— Eu podia estar mortinha agora e você se sentiria uma babaca por me mandar para a caixa postal cinco vezes.

— Você está mortinha?

— *Dã!* Você não pode simplesmente me mandar uma fileira de emojis de berinjela, beijo, pêssego, fogos de artifício e uma carinha feliz, e depois ficar em silêncio.

Ariel não conseguiria parar de sorrir nem se quisesse. E definitivamente não queria. Sentia que estava efervescendo, como a arrebentação batendo na praia.

— Posso, sim, se estou numa turnê com um milhão de pessoas e não quero *que ninguém escute.*

— Você está sozinha agora? — perguntou Marilou, soltando mais risadinhas do que já fizera antes falando de um dos possíveis interesses amorosos de Ariel. Porque Eric era mais do que isso. Eric era *o cara*.

— Foi bacana.

Ariel sorria tanto que as maçãs do rosto doíam e teve que pressionar o celular contra o peito por um instante.

— Meu bem, salada é bacana. Aquele homem é um cheeseburguer com todos os extras.

— Na verdade, ele é uma pizza havaiana grande.

Marilou fez um ruído confuso.

— Desculpe, você deixou passar minha insinuação. Mas estou feliz por você. Sei que não deveríamos comparar, mas você não teve a melhor sorte do mundo com os caras.

— Eu o amo de verdade — ela disse para a irmã.

Era a primeira vez que dizia isso para sua família. Elas tiveram que sobreviver a Trevor Tachi e a terríveis manobras publicitárias antes dele. Eric não se parecia em nada com aquilo.

— Você parece feliz de verdade, peixinha. Eu amo te ver assim. — Marilou pigarreou. — Mas, olha...

— Posso te ligar mais tarde? Vou me encontrar com Max, já que todo mundo está indo para seu canto até o jantar.

— Não querendo te alarmar — continuou Marilou, e Ariel ficou instantaneamente alarmada —, mas eu estava te ligando para perguntar se você viu o Pixagram do papai.

Ariel olhou para seu telefone. Carros entravam no estacionamento com manobrista. Outdoors piscavam com notícias e propagandas. Era como se a Times Square fosse um oásis no deserto ao estilo Hotel California.

Seu coração engasgou.

— Não vi, não. Eu o bloqueei.

Marilou xingou e disse:

— Vou mandar um print pra você.

Ela disse para a irmã que ligaria de volta e, então, abriu a imagem. Ariel prendeu a respiração o tempo todo. Leu as palavras embaixo de uma foto antiga e de repente estava debaixo d'água. Seus olhos ardiam. Lágrimas zangadas escorriam por suas bochechas enquanto lia e relia as palavras dele. Aquele manipulador, filho de uma...

— Você!

Era Max. Ela olhava do celular para Melody. Chacoalhava a cabeça como se estivesse imaginando tudo.

Na foto, uma Ariel de sete anos se agachava numa mesinha de centro com o pai. Ela era uma criança, mas seu rosto não havia mudado. Seu bolo de aniversário dizia MELODY em cobertura verde-água. Ela olhava para a câmera com o mesmo sorriso de quando Eric lhe dissera que a amava. O pai dela também não tinha mudado muito, exceto pelo grisalho nos cabelos.

— Você... Você é ela. — Max agarrou o cabelo dela. — PUTA MERDA! Eu sabia! Eu pensei que tinha imaginado quando o sr. Antonio te chamou de Maia, e depois no saguão, quando você mudou sua voz por um segundo, mas fiquei tipo, de jeito nenhum. De jeito nenhum, porra.

Ariel ajeitou o boné de beisebol na cabeça. Olhou ao redor enquanto as pessoas começavam a olhar fixamente para a garota berrando. Estalou os dedos para redirecionar o foco da amiga.

— Max! Max, me escuta.

A amiga estava em tamanho estado de choque que Ariel não teve dificuldade para conduzi-la pela rua até um café espalhafatoso lembrando Veneza. Ariel pediu duas bebidas açucaradas e as levou até a mesa. Max estava sentada em silêncio total, as mãos cruzadas como uma aluna de escola católica. Gotículas de suor nervoso brotavam em sua testa como orvalho. Ela fez um ruído engasgado e bateu de leve a testa na mesa.

— Tudo aquilo que Eric falou sobre as Sete Sereias! Bem na sua frente!

Ariel riu e quase inalou sua bebida. Quando exalou, sentia-se um pouco mais livre. Uma pessoa a menos para contar.

— Digo, é, magoou um pouquinho.

— Ele é tão hater. — Max se recuperou, sorvendo a bebida para se reidratar. — Ele canta "Te amo, Je t'aime" no chuveiro o tempo todo.

Uma sensação quentinha se desdobrou dentro de Ariel.

— Obrigada por dizer isso. Eu... Eu não queria que você descobrisse assim.

— Não consigo acreditar. Você é Ar...

— Xiiiiu! — Ariel agitou os braços para lembrar Max que elas estavam em público. — Por favor. Ninguém sabe. Bom, Odelia e Vanessa sabiam desde o começo, mas só elas.

— ELAS SABIAM ESSE TEMPO TODO? — Max fez uma pausa na hiperventilação para tomar sua bebida. — Não posso acreditar... NÃO POSSO ACREDITAR NISSO. Eu fui tão maldosa com você naquele primeiro dia e eu te amo tanto. *Affff!* Digo, não como o Eric te ama. Caralho. Eric. Ele não sabe?

— Uma coisa de cada vez — disse Ariel, pegando emprestado o estilo de Sophia. A irmã mais velha era geralmente a mais diplomática das sete. — A versão mais curta é: Odelia fazia parte de uma banda com meus pais e ela me reconheceu assim que me viu. Ela não me queria no ônibus e só me deixou vir se eu ficasse longe de Eric.

Max sorriu, sem graça, mas pareceu se acalmar conforme bebia seu drinque com espuma tripla de confete de sei lá o quê.

— Tá. Isso não funcionou.

— E, não, Eric não sabe. Eu queria contar para ele ontem à noite, mas a gente se deixou levar. Toda vez que eu tentava, ele dizia que não se importava com meu passado, e eu ficava com medo. — Ariel mexeu a bebida com o canudo. — E, sim, você foi maldosa comigo, mas foi meio que bacana as pessoas me tratando como alguém comum, em vez de fingindo e me bajulando.

Os olhos de Max se arregalaram.

— Eu *jamais*... Tá, tudo bem, eu teria morrido. Estou mortinha, agora mesmo. — Ela ficou olhando para as próprias mãos. — Talvez eu nunca tenha saído de Las Vegas.

— Max — disse Ariel. — Ainda sou eu. Essa é só outra parte de mim.

— Merda — disse a amiga. — Todo aquele negócio faz muito sentido agora. É verdade que todas vocês dormiam em aquários, tipo os tanques de Bacta de *Guerra nas Estrelas*, para se manterem jovens?

Ariel riu, riu de verdade, de um jeito que dava a sensação de soltar o ar.

— Não. Eu tenho uma cama. É de madeira de deriva reaproveitada.

Max arfou.

— *Que nojo*, você transou com Trevor Tachi?

Ariel revirou os olhos.

— Claro, há mais de um ano. Eu o bloqueei. Presuma que tudo é falso, a menos que eu confirme.

— Eric vai ficar maluco.

Ariel mordeu o interior da bochecha.

— No mau sentido?

Max fez que não.

— Eu o conheço há anos. A única vez que o vi com raiva foi quando a Colômbia perdeu para o Chile num jogo da Copa do Mundo. Isso e toda vez que o pai dele liga lá pra casa, mas isso dura uns dois segundos. Acho que ele vai ficar confuso, mas você tem que ser honesta com ele.

— Eu sei — concordou Ariel.

— Você o ama? Tipo, de verdade, verdade mesmo?

— Amo. — Ariel não hesitou, nem por um segundo. Então por que não disse as palavras na noite passada? Ele se abriu por inteiro com ela, e ela havia se comunicado com suas ações, mas as palavras eram tão importantes quanto. — Eu tenho medo de perdê-lo. De perder todos vocês. Mesmo que isso entregue a aposta a vocês.

— Desculpe. — Max fez uma careta. — Nós demos a ele uma chance de desistir da aposta. Mas acho que ele precisava disso como incentivo para se certificar de que não iria estragar tudo. Para garantir que você estava pronta.

— Sou eu quem está estragando tudo.

— Não comigo por perto. — Max se levantou e ofereceu sua mão. — Venha. Ele provavelmente está na academia ainda... Espera um pouco aí. Isso significa que as suas irmãs sabem quem eu sou?

Ariel abriu um sorriso matreiro.

— Sabem, e elas também adoram a banda. Marilou, de fato, é a razão para eu ter ido ao Aurora's Grocery, para começo de conversa.

Max caiu de joelhos numa posição de prece, mas se recuperou rapidamente.

— Se você não apresentar a gente, eu nunca vou te perdoar.

Ariel queria dizer que apresentaria, mas não estava pronta para fazer outra promessa. Não antes de se confessar com Eric, viesse o que viesse.

Editora anuncia contrato

Chrissy Mahilal, assistente pessoal de Ariel del Mar, escreveu um livro de memórias, *A alga marinha é sempre mais verde*, uma coletânea de ensaios, tweets e conselhos sábios reunidos após uma década vivendo à beira dos holofotes das Sete Sereias. Mahilal, que esteve ao lado da irmã caçula das Del Mar por anos, diz que seguiu sua verdade com a bênção da princesa do pop. O lançamento está programado para sair bem a tempo para o fim do ano, com um prefácio escrito por Ariel del Mar em pessoa. O contrato foi negociado por Sally Herrera, da Townsend & Ramos.

CAPÍTULO VINTE E QUATRO

ERIC
14 de julho
Las Vegas, Nevada

Eric passou a tarde na academia, forçando seu corpo ao limite, depois correndo três quilômetros para desaquecer. Quando se sentou no banco e jogou água no rosto, exalou lentamente.

— Pega leve — disse Vanessa, acertando-o com a ponta da sua toalha. — Você não tem mais dezenove anos.

Ele cruzou os braços atrás da cabeça para flexionar os bíceps.

— Eu sou eterno.

Vanessa arqueou as sobrancelhas.

— A noite foi boa, então?

Eric não se gabava dessas coisas. Entretanto, não pôde conter o sorriso. Sentia-se capaz de levantar um caminhão com as próprias mãos. Em vez de responder, lançou um olhar astuto para Vanessa.

— Está ansiosa para os scouts das gravadoras amanhã?

— Belo jeito de mudar de assunto. — Ela pegou um par de halteres e começou a fazer flexões de bíceps. — E não estou ansiosa. Ou eu sou o que eles estão procurando ou não sou.

— Você fala igual à sua mãe.

— Ela sabe melhor do que ninguém. — Vanessa passou para uma série de supinos e Eric ficou como spotter. — Eu tento não criar muita expectativa, sabe? Já tivemos dúzias de scouts vindo ver minhas apresentações. Não entendo por que, com tantas gravadoras por aí, não consigo encontrar uma que queira meu som como ele é.

— Vai rolar — disse Eric. — Você é o pacote completo.

— O último scout disse que eu precisava melhorar minha cara de brava.

— Eu amo a sua cara de brava.

Vanessa grunhiu na repetição seguinte.

— Pra você, é fácil falar. Pode escolher entre ser rabugento ou príncipe encantado. E você? Empolgado para o diretor do seu selo te ver tocar?

— Ficarei mais empolgado se ele nos oferecer um adiantamento para um disco novo.

Os braços de Vanessa tremeram, e Eric tirou o peso de suas mãos. Ela se sentou e jogou a toalha ao redor do pescoço.

— Mamãe parece esperançosa.

— Você acha que algum dia Odelia voltará a cantar? — Tudo o que Eric sabia sobre o misterioso passado de Odelia era que ela teve um contrato que deu muito errado. Tão errado que matou a habilidade dela de cantar e compor por muitos anos, até Vanessa nascer. Ela, então, passou a gerenciar turnês pequenas e publicidade para selos independentes para representar Vanessa e Eric, e depois a banda.

— Ela canta todo dia. No chuveiro. Quando está cozinhando. Quando acha que todos estamos ouvindo alguma coisa nos fones de ouvido. *Tío* Antonio me dizia que estava no sangue dela.

— Eu me pergunto se posso convencer Melody a cantar.

Eric olhou de relance para as tvs. O canal de entretenimento exibia um comercial da temporada mais recente de *Antes da Meia-Noite* — Max estava torcendo por uma loira muito fofinha — e algo sobre as Sete Sereias. Eric revirou os olhos e voltou a atenção para a amiga.

Vanessa retomou o peso.

— Ela vai cantar quando estiver pronta.

— Eu ouvi Melody cantar no chuveiro — disse ele, lembrando-se da primeira vez que dividiram um quarto. — Foi o som mais lindo que já ouvi.

— Como é que é? — Vanessa apontou para si mesma, indignada.

— Alhos e bugalhos.

A amiga perceptiva estreitou os olhos para ele.

— Você lançou a bomba "A", né?
— ¿Qué? — Ele sorriu.
— Você me entendeu, sr. Eu Falo Quatro Línguas. Amor, seu tonto.

Eric riu. Seu peito se apertou com a lembrança de Melody em seus braços na noite anterior. A sensação dela contra ele. O jeito ofegante como ela dizia o nome dele.

— Lancei.

Vanessa se endireitou.

— Tenho que admitir, Eric. Você está diferente e nem notou.
— No bom sentido?

Vanessa anuiu.

— Então, quando escolher nossa tatuagem, seja gentil.

Ele riu e então houve uma batida na porta de vidro. Uma concierge do hotel acenava polidamente.

— Sr. Reyes?

Eric se irritou com o nome. Seu pai era o sr. Reyes, não ele.

— Pois não?
— Sua presença é requisitada — disse a mulher.

Vanessa cruzou os braços.

— Quem está requisitando?

A concierge entregou um cartão para Eric. Ele reconheceu o símbolo, um tridente no centro de um cartão dourado feito de algum metal. Não podia ser quem ele achava que era. Uma sensação agitada e nervosa o invadiu.

— Agora mesmo? — Eric indicou suas roupas de treino suadas.

A concierge sorriu.

— Não se preocupe. Se puder me acompanhar até o restaurante no deque...

Eric se virou para Vanessa, que olhava para ele, como se estivesse entrando numa van sem identificação na Capitania dos Portos, e disse:

— Mande uma mensagem de texto para sua mãe e diga para ela se encontrar comigo.

— Você deveria esperar por ela.

— Foi solicitado que o sr. Reyes viesse sozinho. Por aqui — disse a concierge, interrompendo-a.

— Eu vou ver do que se trata, e você chama a Odelia.

Eric passou a mão pelos cabelos e cheirou a axila.

— Seu cheiro está ótimo — disse a mulher, quando entraram no elevador. Ela apertou o botão que levava ao deque panorâmico.

Quando, no futuro, Eric pensasse de novo naquele momento, ele se indagaria por que não havia feito mais perguntas. Por que foi correndo feito um cachorrinho ansioso. Por que não tinha esperado Odelia ou sua banda. Mas sabia que não se deixava um homem como Teodoro del Mar esperando. Ele havia sonhado com esse momento — e ser descoberto. Às vezes, esperava na área depois de um set especialmente bom e pensava: *Hoje é o dia em que tudo vai mudar.* Desafortunados, Odelia — eles tinham trabalhado tanto para conquistar cada seguidor, cada download, cada clique, cada entrada para as apresentações. Tinham tocado para uma plateia de duas pessoas e tinham tocado para casas com entradas esgotadas. Tudo isso para compartilhar o som deles com o mundo. Talvez o mundo finalmente estivesse ouvindo.

Quando as portas do elevador se abriram e eles entraram num restaurante todo de mármore e vidro, Eric compreendeu que sua vida estava prestes a mudar.

Teodoro del Mar estava sentado num salão de jantar privativo com vistas para a Las Vegas Strip. Um homem num terno cor de vinho encontrava-se à sua esquerda, as unhas cuidadosamente bem-feitas batucando numa pasta preta. Por que ele parecia familiar?

Eric perdeu a habilidade da fala. Sua boca secou. A língua parecia ter passado a manhã lambendo lixa.

— Ah, aí está ele.

Uma olhada para o terno preto bem cortado do magnata musical, e Eric soube que deveria ter insistido para tirar um segundo para se trocar. Tomar banho. Parecer apresentável.

— Sr. Del Mar — disse Eric, oferecendo a mão. Quando seus nervos travaram, seu cérebro apelou para sua língua materna. — *Es un honor.*

Teo encarou a mão de Eric por um segundo além do que era confortável, depois apertou com firmeza. Eric apertou de volta, nunca deixando de sorrir. De súbito, estava de volta à sua casa em Medellín, levando uma bronca do pai. Ele largou a ponta de dúvida que se espetara em sua coluna, deixando uma sensação gelada.

Voltou-se para o homem de vermelho.

— Eric Reyes.

— Ignacio — disse o homem, rapidamente devolvendo a cortesia de Eric. — Você deve estar se perguntando por que toda essa correria.

— Tenho certeza de que vocês são bastante ocupados. Como eu disse, estou honrado...

— Então, deixe-me ser franco com você. — Teo debruçou-se na mesa, as mãos cruzadas com força.

Eric agarrou os braços de couro de sua cadeira, já conjurando a imagem de Teodoro lhe oferecendo um contrato. O começo da próxima fase da Desafortunados. Um álbum de estúdio. Turnê mundial. Premiações. Videoclipes. Entrevistas nos programas de fim de noite.

— Preciso da sua ajuda — disse Teo, seu tenor como o ribombar de um trovão.

— Minha? — Eric olhou entre os dois homens. Seria uma piada? Não achava que um homem como Teodoro del Mar fizesse piadas. — O que posso fazer por vocês?

— Pode me ajudar a convencer minha filha a voltar para casa.

Eric vira algo naquela manhã no noticiário, mas nunca prestava atenção, a menos que Max estivesse assistindo em casa e ele estivesse com preguiça demais para levantar do sofá.

— Como é?

Teodoro riu, mas suas feições se transformaram em algo raivoso, impaciente.

— Eu não sei como Odelia convenceu minha Ariel a fugir com você...

— O que meu irmão quer dizer — traduziu Ignacio, com apenas uma leve careta — é que nós compreendemos os impulsos da juventude. A excitação. A emoção. Contudo, estamos preocupados que Ariel não esteja considerando o que é melhor para o futuro dela.

— Ariel? — Eric se sentia anestesiado.

— Melody — disse Ignacio, enquanto Teodoro ficava cada vez mais vermelho, numa fúria silenciosa. — Bem, Melody Ariel.

Isso era um mal-entendido. Não era real. Lá no fundo, porém, ele sabia que era verdade. Talvez soubesse desde o minuto em que saíra daquele elevador. Talvez mesmo antes disso... Não, não era possível que soubesse. Ele se lembrou de respirar.

De uma só vez, Eric se lembrou. *Eu me chamo Aaah... Melody.*

Melody olhando para ele. *Eu tenho uma coisa pra te dizer.*

Melody, que escrevia músicas, sabia se virar nos bastidores e havia lhe contado sobre as irmãs. Seis irmãs. Sete Sereias.

Melody, que o beijara como se estivesse se afogando e ele fosse sua única fonte de oxigênio.

Melody debaixo dele.

Melody dançando com ele no deserto.

Melody, que havia construído uma muralha entre os dois depois daquela primeira noite, em que lhe contara sobre o pai manipulador. Eric havia pensado que, se um dia encontrasse o sujeito, diria a ele que tinha uma filha incrível, forte e talentosa. Uma filha que ele não sabia apreciar.

Mas ali estava ele, com esse mesmo sujeito do outro lado da mesa, e Eric Reyes estava mudo e aturdido. Como podia ter sido tão tolo?

Ignacio empurrou um copo de água para Eric. Ele o apanhou. Bebeu. E bebeu. Ele bebeu até a última gota num único gole longo e contínuo, e, quando terminou, ainda estava com sede.

Tinha que sair dali.

Tinha que conversar com ela.

Teodoro tirou a pasta preta das mãos de Ignacio e a empurrou para a frente de Eric.

— Ela é mimada. Não me dá ouvidos. Talvez, com o incentivo certo, possamos chegar a um acordo.

— Do que diabos você está falando? — As palavras lhe escaparam antes que ele pudesse segurar.

Teodoro arqueou uma sobrancelha, mas deixou o insulto passar.

— Estou preparado para lhe oferecer o contrato da sua vida.

O coração de Eric martelava quando ele abriu a pasta para ler o memorando. Estava tudo ali: um adiantamento de 750 mil dólares para gravar um álbum.

— Há os bônus, é claro — disse Teodoro, virando a página para Eric. — Eu tornarei a Desafortunados tão grande quanto as Sete Sereias. Começaremos com uma mudança no nome. Eric Reyes e os Desafortunados?

Ignacio estalou os dedos.

— Eric Reyes, Apaixonados & Desafortunados. O fandom já tem uma hashtag. Podemos capitalizar bastante em cima disso.

Eric pensou nas palavras cruéis de seu pai. Pensou em sua ex, tão decepcionada com ele por não ter atingido a fama com que sonhava. Pensou em Melody, Ariel, banhada no luar do deserto.

Era bom demais para ser verdade. Sabia que era. O que Teodoro tinha dito? Um acordo. Ele estava oferecendo a Eric tudo o que ele já desejara. Por quê? Por que agora? Melody estava com eles há semanas.

— Nós assinamos isso e o que vocês ganham em troca? — perguntou Eric.

— Uma banda quente em ascensão. Estou surpreso por não ter ouvido falar de vocês antes de meu irmão chamar minha atenção. Vocês são o pacote completo. Você é bonito e, com o polimento certo, sua banda vai brilhar de verdade. — O sorriso que Teodoro abriu para ele era arrogante. — Claro, há duas cláusulas. — Eric deixou seu silêncio falar por ele. — Primeira, a Atlantica Records não faz negócios com Odelia Garcia. Você está livre para encontrar outro manager ou um será designado a você.

Eric engoliu em seco. Tinha a sensação de estar separado de seu corpo, assistindo à cena abaixo de si de outro plano de existência, porque isso não podia estar acontecendo.

— E a segunda?

— Você demite Ariel e diz para ela voltar para casa.

Teodoro acenou para alguém que Eric não podia ver. Eric piscou e três copos de um líquido âmbar apareceram. Drinques de celebração. Afinal, como ele poderia recusar? Como alguém poderia recusar seu sonho sendo entregue de mãos beijadas numa folha de papel caro? Um gênio concedendo desejos com uma canetada.

— Por que tem tanta certeza de que ela vai me dar ouvidos? — perguntou Eric, seu corpo voltando lentamente a si. Flexionou os dedos em torno dos braços da cadeira. Quem diabos era este homem que queria mudar o nome da banda? Da *sua* banda?

Um fazedor de reis, era quem era Teodoro del Mar.

— Minha filha não sabe nada sobre o mundo real. Não como você e eu sabemos. — Teodoro pegou seu copo, virando-o para lá e para cá e admirando a coloração de mel do drinque. — Somos iguais, você e eu. Eu já fui um rapazote que saiu de casa e percorreu todo o caminho até a cidade de Nova York. Caí de cara várias vezes. Confiei nas pessoas erradas. Perdi tudo. Recuperei multiplicado por dez. Quando você quer alguma coisa e consegue obtê-la, faz de tudo em seu poder para se agarrar a ela.

Eric olhava fixamente para o próprio colo. Não podia dar as costas para uma oferta dessas. Não podia. Onde estava Odelia? Precisava dela para explicar... Seja lá o que isso fosse.

— Por que vocês não fazem negócios com Odelia?

Teodoro encolheu os ombros, desconcertado.

— E isso importa? Foi ela quem me ligou para vir buscar minha filha rebelde.

Sua filha adulta, que fez as próprias escolhas, pensou Eric. Então piscou.

— Odelia te ligou?

Eric tentou pensar numa ocasião em que ela pudesse ter mencionado que tinha conexões com um dos maiores nomes da indústria ou deixado passar algum sinal de que sabia quem Ariel era realmente. Por que escondera isso dele? E por que chamara Teodoro agora, não para a banda, mas para se livrar da garota dele?

Será que ela ainda era sua garota?

— Ariel só está procurando um pouco de diversão. Quinze anos dessa vida, ela precisava extravasar — disse Teodoro.

Ao lado de Teodoro, Ignacio encarava sua bebida, desconfortável, mas, se queria contradizer o irmão, não o fez.

— O que está dizendo? — perguntou Eric.

— Estou dizendo que minha filha estava te usando. Você foi uma maneira conveniente de ela provar o mundo real com segurança. — Teodoro tomou um gole de seu uísque, conferindo o telefone como se estivesse com pressa. — Odelia ligou para mim e disse onde encontrar minha filha. Mas ela andou te escondendo, não é? Escondendo os seus talentos do mundo, quando você pode ter muito mais.

Havia muito em que pensar. O que ele queria dizer com "o polimento certo"? Sua banda não precisava de "polimento". E, no entanto, tudo o mais que ele dissera estava correto. Eric e Teodoro tinham deixado seus países. Tinham apostado em si mesmos. Seguido seus sonhos. Eles eram iguais. Não eram?

Eric podia ver o homem que criara uma sensação internacional, um homem com uma reputação impiedosa a quem o mundo ainda venerava como um pai atencioso. Tentou conciliar este homem com o pai emocionalmente manipulador que Melody descrevera por semanas.

Meu Deus! Semanas. Estivera com ela por semanas, mas tivera apenas metade dela. Ela mentira para ele para proteger a si mesma.

Eu a amo, ele pensou. As palavras eram ferozes, uma faca cortando sua habilidade de falar. Eric amava Melody. Mas não conhecia Ariel. Fechou os olhos contra a avalanche de memórias. Ele lhe dissera que a amava. Ela não havia dito nada. Não respondera que também o amava.

— Posso pensar a respeito?

— Esta oferta é por tempo limitado — disse Teodoro, observando Eric atentamente. — Mas entendo que você precisa conversar com sua banda. Meu voo sai ao por do sol. Você tem até lá. Por enquanto, vamos brindar.

Ignacio levantou seu copo.

— A novos começos.

Eric repetiu as palavras, mas não as sentia. Não como sentia quando cantava, quando declarava seu amor por Melody.

Ariel.

Ariel.

Ariel.

O uísque desceu queimando sua garganta, caindo no estômago vazio. Lembrou que deveria encontrar a banda na casa de shows. O que elas diriam? Eric não tinha como fazer isso. Não podia deixar Odelia para trás, podia? Só de pensar, sua boca azedava de culpa.

Ele foi escoltado até o elevador por uma hostess do restaurante. Quando as portas se fecharam, nunca se sentiu tão sozinho. Agarrava a pasta junto ao peito, distraidamente acompanhando o logo do selo com o dedo. Deveria ser o melhor dia da sua vida. Aquela manhã, ele tinha acordado com a garota dos seus sonhos aninhada a seu lado. Tinha suas amigas. Seu mundo inteiro estava num único ônibus. Agora, segurava o futuro deles em suas mãos. Tudo o que precisava fazer era magoar duas mulheres que ele amava.

Duas mulheres que vinham mentindo para ele há semanas.

Idiota, tolo, ingênuo.

O que estava fazendo? Estava acontecendo de novo, igual à última vez. Ele se deixara distrair daquilo que importava. Desafortunados. Precisava provar ao seu pai que ia chegar lá. Pela memória de seu avô. Por si mesmo.

Não *precisava* esperar até o pôr do sol para saber o que era melhor para sua banda. Eles tinham trabalhado duro. Cada apresentação em que não receberam cachê, cada vez que tocaram numa casa vazia, cada porta que se fechou atrás deles.

Eric voltou ao topo para dar sua resposta a Teodoro del Mar.

Quando Eric atravessou o saguão, estava em choque. Não aguentava os rostos sorridentes ao seu redor. Desconhecidos alegres, rindo, sorrindo, alheios ao fato de que seu mundo tinha implodido. Não era uma sensação à qual estava acostumado, mas tivera muitas primeiras vezes naquele dia. Por que parar agora?

Foi quando a viu. Como se fosse a primeira vez.

Melody passou por ele correndo, tentando chegar ao elevador antes de as portas se fecharem. Estaria correndo para o pai? Ou procurando Eric?

Um grãozinho de dúvida lhe disse que havia uma chance de que a última hora tivesse sido uma alucinação. O ar nos hotéis de Las Vegas, brincando com sua mente. Mutando as fibras de seu coração para algo que ele não reconhecia.

Por favor, pensou ele. *Por favor, não deixe que seja verdade.*

Ele gritou o nome dela. Sua voz se expandiu, forte e ecoando pelo saguão de mármore frio.

— Ariel!

Não, pensou ele. *Não.*

Ela se virou.

@TeoDelMar

SeteSereias1
Que filha horrível!

Tink_w1sh
Não vamos julgar de maneira precipitada.

ZoeyCastile
Mais alguém pegou uma vibe de #FreeJessiLynneMears nisso aqui?

YoSoyTheolinda
Sei lá, ela é adulta. Deixa ela em paz.

ZoeyCastile
@YoSoyTheolinda Se meu pai me atacasse na cara dura assim, eu me arremessava pro sol.

PapiDelMarMandaBem
Eu serei sua pequena sereia, Papi del Mar.

MuuusicMan33
Eu tenho uma proposta de negócios pra você. Olhe na sua pasta secreta.

RealSophiaDelMar
Papai, pare com isso.

Harharjinx
#ArielVoltaPraCasa

CAPÍTULO VINTE E CINCO

ARIEL
14 de julho
Las Vegas, Nevada

Ela ouviu seu nome. Foi pura memória muscular. Por mais que se sentisse Melody, não podia negar quem tinha sido por quinze anos.

— Ariel! — ele gritou.

Ela se virou. Não precisou procurar para encontrá-lo. Eric estava firmemente plantado do outro lado do saguão, alguns retardatários encarando, desviando da perturbação que eles criaram no tráfego de pedestres.

Ele chacoalhou a cabeça uma, duas vezes. Olhava para ela como se não a conhecesse. Como se ela tivesse tirado algo dele, e ela sabia que tinha mesmo. Estava acabado. Seja lá o que tivesse existido ou poderia existir. Não havia sorriso disfarçando a mágoa no rosto dele. Nenhuma centelha naqueles olhos castanhos que sempre se iluminavam quando a encontravam.

— Eric — disse ela.

Ele saiu andando. Abrindo caminho aos empurrões pela massa de gente e saindo do hotel. As pernas de Ariel estavam pesadas, como se tentasse atravessar uma correnteza. Eles passaram pelas portas giratórias e se chocaram contra o calor seco do exterior.

— Eric, deixa eu explicar.

Ela agarrou o cotovelo dele e Eric deu meia-volta, assomando sobre ela, alto e muito sólido. Nunca vira aquela expressão em seu rosto. Mágoa. Tristeza. Ele cerrou as mandíbulas, a raiva borbulhando em ondas enquanto esperava e esperava que ela se explicasse.

— Me desculpe — disse ela.

— Pelo quê? — A voz dele era baixa, comedida. Fria. — Por mentir para mim desde o instante em que nos conhecemos? Por fingir ser uma de nós?

— Eu não menti — disse ela, e foi a coisa errada a dizer.

— Balela. Não me venha com essa balela de meias-verdades. — Ele se virou para sair outra vez, mas parou. Encarou-a. — Foi engraçado pra você?

— Não! — Ela chacoalhou a cabeça. Não estava entendendo. Como ele podia pensar isso?

— Foi engraçado fingir que era como nós? Que veio do nada? Que não tinha nada nem ninguém nesse mundo, quando você é literalmente uma riquinha mimada se rebaixando por um verão?

Ariel recuou, trôpega. Pressionou a mão no plexo solar. Não conseguia respirar. Ele não estava errado. Não estava errado, e isso era o pior de tudo.

— Eu queria te contar, mas estava com medo de que você reagisse como está reagindo agora.

— Porque *você* não me contou!

— Desculpe. Eu... — Foi aí que ela viu o que ele espremia em suas mãos. Reconheceu o tridente na pasta: o selo de seu pai. Seu selo. Ele estava aqui, em algum lugar do hotel. Ele a encontrara. Ele encontrara *Eric*. — O que ele te ofereceu?

Eric empalideceu, mas apenas por um momento. Lambeu os lábios, teve o desplante de rir. Ele espremeu a ponte do nariz e fez uma careta.

— Eu sou um tonto de marca maior.

— O que foi *que ele te ofereceu?* — repetiu ela, mais grosseira, equiparando a raiva dele nota por nota.

— A verdade, para começo de conversa — respondeu. — Então agora é a sua vez. Me conta.

Ariel não conseguia pensar. Queria arrancar a pasta das mãos dele para ver quanto ela valia. Era isto o que seu pai fazia: usava seu poder para fazer negociações. Em seu coração, ela sabia que Eric jamais poderia, e jamais faria, um acordo com Teodoro del Mar. Por outro lado, o que ela sabia? Era só uma riquinha mimada se rebaixando por um verão.

— Te contar o quê? — perguntou ela. — Claramente, você já ouviu tudo o que queria ouvir.

Eric deu um passo para perto dela, e foi demais. Seu cheiro, seu calor, sua mágoa. Ariel queria tomá-lo nos braços e segurá-lo ali até que eles se desemaranhassem da raiva. Eles podiam sobreviver a qualquer infortúnio. Mas eis um detalhe sobre a raiva: ela não era razoável. Não era gentil. Ela se prendia às suas inseguranças e as ampliava, passando por uma metástase até que algo se quebrasse.

— Eu fui uma maneira conveniente de você provar o mundo real? — perguntou Eric.

Ariel ardia de raiva. Essas palavras não eram de Eric. Eram do pai dela. Ela sabia como o pai podia ser, mas isso era um nível baixo demais até para ele. Arrancou a pasta da mão de Eric e viu a oferta, viu a assinatura do pai. Ela a empurrou contra o peito dele.

— É impossível resistir, né? Você sequer pensou em dizer não?

Agora Eric recuava. Ele apontou com a pasta.

— E por que eu deveria, *Ariel*? Ele me ofereceu tudo o que eu sempre quis. Tudo pelo que *eu trabalhei*.

Aquele destaque nas palavras *eu trabalhei*, como se ela não tivesse feito o mesmo. Como se ela não tivesse quebrado seu corpo e seu espírito sendo a marionete do pai. Como se não tivesse oferecido quinze anos de sua vida pelo sonho de outra pessoa.

Ariel piscou para afastar as lágrimas, sabendo que isso era culpa sua. Respirou fundo e disse:

— Espero que seja tudo o que você queria e mais um pouco.

Foi quando notaram que não estavam mais sozinhos. Max estava lá. Carly e Vanessa. Odelia e Grimsby. Não tinha certeza de há quanto tempo elas estavam observando.

— Vá embora, Ariel — Eric lhe disse. Não havia força alguma na voz dele. As palavras soaram tristes, cansadas.

Dessa vez, ele a encarou. Ariel amava quando ele olhava para ela como se fosse a parte mais brilhante de seu dia. Não havia mais nada disso. Ela era apenas a garota que partira seu coração, mentira para ele, escondera partes de si mesma quando ele se entregara por inteiro para ela.

— Vá embora, Ariel — ele tornou a dizer. — Quando eu voltar, quero você fora do meu quarto.

Dessa vez, quando Eric saiu andando, não olhou para trás.

Chat do grupo Sete A Pressão

Ariel:
Acabou

Sophia:
O que rolou?

Marilou:
Quer que a gente vá te buscar?

Ariel:
Acho que preciso ficar sozinha

Thea:
Conferindo

Alicia:
É só dizer

Stella:
Do que você precisa?

Ariel:
Não sei bem. Eu aviso assim que souber.

Elektra:
A gente te ama, peixinha.

Sophia:
Mas eu tenho uma boa notícia.

Sophia:
Falei com nossa advogada

Ariel:
O que ela disse?

Sophia:
O papai tem guardado uma porção de segredos...

CAPÍTULO VINTE E SEIS

ARIEL
15 de julho
Grand Canyon West, Arizona

Ariel del Mar nunca estivera sozinha. Não no sentido verdadeiro da palavra. Depois de pegar sua mochila e a bolsa no quarto de Eric, andou para cima e para baixo pela Las Vegas Strip até seus pés doerem. Até o sol começar a se por. Até realmente ficar com medo pela primeira vez, percebendo que não tinha para onde ir.

Isso não era verdade. Ariel podia voltar para a cidade de Nova York. Havia uma cobertura com seu antigo quarto lhe esperando. Subitamente, sentiu saudade de suas coisinhas, do conforto de nunca ter que pensar de onde seu alimento e seu abrigo viriam. Podia sentir a atração de sua cama macia, dos bricabraques e das bugigangas que guardara a vida toda. A piscina aninhada na sacada, que lhe dava a possibilidade de nadar envolta em vidro sobre a maior cidade do mundo. Seu próprio aquário privativo, colocando-a em exposição.

Não estava distante há meses ou anos. Fazia dias. Semanas. Podia voltar para casa com o rabo entre as pernas, como seu pai previra. Ou podia encontrar algum lugar onde dormir.

Ariel escolheu a segunda opção.

O hotel Trevo da Sorte ficava depois do fim da Strip, onde as coisas eram mais desgastadas, as luzes menos brilhantes. Seu quarto era limpo o bastante, mas o odor de cigarros e vinho derramado se agarrava aos carpetes surrados, e ela quase riu pensando no que Max e Oz diriam. *Os fantasmas de antigos reis dos cassinos fugidos de Cuba ainda estão presos nessas paredes.*

Quando desfez as malas, deu-se conta de que tinha apenas algumas de suas peças de roupa, o fólio de couro com seus documentos pessoais e algumas centenas de dólares em dinheiro. E pronto. Seus discos, seu caderno e Tibby, o tubarão, ficaram para trás. Até seu cristal da sorte de colocar no peito. Nunca deveria tê-lo deixado longe dela. Olha só o que aconteceu. O pensamento gerou uma risada estrangulada que acabou virando uma sessão de choro no chuveiro.

Depois disso, Ariel se esbanjou num cheeseburger com fritas bem gorduroso e sabia que não podia culpar o cristal. Dissera meias-verdades e meias-mentiras. Havia escolhido deixar partes de si mesma para trás. Escolhido o que dizer para Eric e seus novos amigos. Deixara seu ressentimento pelo pai envenenar o relacionamento com o rapaz que amava.

Porque ela o amava, sim.

Amar Eric Reyes não era como levantar voo. Era mais como assistir a um asteroide descer da vastidão do espaço sideral. Aquilo era o começo. Agora, era tudo o mais. Amar Eric agora era a colisão, as consequências, os destroços espalhados em todo lugar, pedaços e nacos de si mesma que ela não sabia como tornar a unir — porque a garota que tinha tudo, a garota que podia ser dona do mundo, se assim o quisesse, nunca estivera apaixonada antes.

Terminou sua refeição feita por dó e enfiou a mão na mochila procurando o caderno, mas lembrou de novo que o deixara no quarto de Eric. Será que ele estava lá agora, deitado na cama? Nunca o vira zangado antes, então não sabia como ele processava isso. Talvez estivesse com a turma, rindo com Max ou ouvindo as teorias da conspiração de Oz. Talvez estivesse bem sem ela.

Ariel se enfiou por completo debaixo das cobertas. Tentou não pensar demais em vinho ou no fedor de cigarro. Lamentou todas as letras que não conseguiria recuperar, mas, depois de uma noite de sono inquieto, resolveu deixar para lá.

Elas não lhe pertenciam mais.

Talvez Eric estivesse tão zangado com ela que jogaria o caderno fora. Deixaria Monty se banquetear com seus pensamentos esparsos, seus desejos bobos e suas tentativas de ser normal.

Não havia normal. Não existia comum. Seu mundo como Ariel del Mar, das Sete Sereias, era perfeitamente normal para alguém como Trevor Tachi. Para as poucas amizades que ela fizera pelo caminho. Para Marilou e as gêmeas, que não queriam se esconder dos holofotes como Ariel sempre quis. Tinha fugido para dar um jeito em si mesma e percebeu, tarde demais, que nunca houve nada de errado nela. Aquele fora o único modo de se libertar do pai, e ele a encontrara mesmo assim. Odelia provavelmente ligou para ele. Ariel devia ter esperado por isso, embora não culpasse a manager.

Quando voltou a se logar em seu Pixagram na manhã seguinte, viu as milhares de notificações que havia perdido. Mais e mais chegavam a cada segundo. Deu zoom na fotografia que seu pai postara dela.

Melody Ariel.

— Sua peixinha — disse ela para seu eu mais jovem. — Você não faz ideia do que te espera...

Como não queria ir para casa, juntou suas coisas. Não precisava fazer check-out, já que pagara em dinheiro na noite anterior. A caminhada até a estação rodoviária levou apenas vinte minutos e, depois de uma rápida pesquisa da placa de destinos disponíveis, ela escolheu. Algum lugar, qualquer lugar. Embarcou num ônibus que ia para o leste, colocando o máximo de distância possível entre ela e Eric.

Silenciou suas notificações quando seu coração começou a disparar de ansiedade e encostou a cabeça na janela. A mulher ao lado dela lia uma revista de fofoca e ela notou uma foto da versão toda arrumada de si mesma na capa. Um par de adolescentes assistia a vídeos discutindo seus atos. A porcaria da estação de rádio tocava "Goodbye Goodbye" e, quando eles saíram do alcance de transmissão do município, Ariel ficou grata pelos estalos da estação fora do ar. Quando o motorista trocou de estação, estava tocando Desafortunados.

Aquele era um dos sonhos de Eric, mas ele ainda não se deparara com isso. Claro, o universo estava brincando com ela. Só podia ser.

Ariel abaixou o boné de beisebol e escondeu a gargantilha sob a camiseta. Assistiu ao deserto passar e se lembrou de vislumbres da viagem de Los Angeles a Nevada. Do momento em que recebera o sol ardente do corpo sólido de Eric a seu lado.

Sabia que levaria tempo para que seus sentimentos esmaecessem, mas, pelas duas horas e meia que levou para chegar a Grand Canyon West, castigou-se revivendo cada momento que passaram juntos. Era um prisma de luzes neon e música, de olhos castanhos e sorrisos tortos, de beijos e promessas que nenhum dos dois estava pronto para fazer.

Quando Ariel chegou ao seu destino, vagou pela estação rodoviária. Queria ir para a passarela, ver o Grand Canyon, mas se sentia estranha estando lá sozinha. Ainda era de manhã, e ela simplesmente ficou ali, sem direção, até sentir fome e encontrar um lugar para devorar comida e café. Alugou um quartinho minúsculo e passou o almoço e o jantar dormindo, e só acordou quando o sol nasceu.

Ariel se decidiu e caminhou até o topo da passarela. Nunca pensou que tinha medo de altura, mas seu corpo estava entorpecido de medo. Enquanto o céu clareava, ela chegou ao ponto mais distante que conseguiu, um passo de cada vez. O cânion era arrebatador, alienígena em sua beleza. Inalou o ar seco, deleitou-se no brilho matutino. Apenas ela e alguns desconhecidos. Pensou naquela estrada escura na Geórgia onde caminhara com Eric na chuva. Um raio caíra a menos de um quilômetro de onde estavam. Pensou em como ele havia lhe dito que simplesmente caminhava até algum lugar e gritava. Soltava tudo num grito. Catarse.

Ela não conseguira fazer naquele momento.

Compreendeu que havia entendido errado seus medos. Tinha medo de filmes de terror, sim. E de perder sua família. De não encontrar seu lugar num mundo inclemente. Talvez, porém, tivesse apenas medo de estar sozinha.

Ali, cercada por uma terra tão antiga quanto o tempo, Ariel sorriu. Tudo mudava. A chuva erodia o chão sob seus pés. A lua passava por seu ciclo. Caprichos passavam.

Ariel se soltou e finalmente gritou.

Gritou mesmo enquanto as pessoas olhavam, enquanto alguém parava para conferir como ela estava, e riu. Ela sorriu pela primeira vez desde que saiu de Las Vegas e convenceu uma família de turistas a se livrar de seus problemas gritando com ela. Para abrir mão, porque às vezes isso é tudo o que você pode fazer para salvar alguns pedaços de si mesmo.

Queria contar a Eric que tinha feito isso e que tinha sido gostoso. Em vez disso, deu uma longa caminhada.

Entrou em outro ônibus e mais outro, fazendo seu caminho de volta para casa, cidade por cidade, por conta própria.

Fez uma lista nova, e dessa vez não era uma farsa de ser alguém comum. Era tudo o que ela queria. Comidas para provar. Estranhos com quem conversar. Músicas para as quais dar uma chance. Eric não havia acrescentado mais nenhuma música à playlist deles, mas também não a deletara. Uma parte dela se acendeu com esperança — pequena feito um vagalume, mas esperança, mesmo assim.

Comprou um caderno novo e o encheu de músicas novas, apesar de o tempo todo estar batucando o ritmo *dois, um, quatro*, como se fosse um código morse que Eric podia sentir do outro lado de tantas divisas estaduais.

Ariel del Mar finalmente chegou de volta a Nova York. Desembarcou na Capitania dos Portos e pegou o trem. Não iria para a cobertura, mas estava indo para casa.

Ariel del Mar DESAPARECIDA?
Em que lugar do mundo está a pop star?

Estaria Ariel del Mar sofrendo um colapso nervoso? Será que alguém deveria interferir?

50% de desconto na depilação com cera – usando o código promocional Tuttle12

ERIC REYES: O GATO DO ROCK AND ROLL ESTÁ INDISPONÍVEL NO MERCADO?

DESAFORTUNADOS ASSINA CONTRATO PARA DISCO EM ESTÚDIO

CAPÍTULO VINTE E SETE

ERIC
🚌 Denver ➔ Tulsa 🚌
22 de julho
Tulsa, Oklahoma

Uma semana após Vegas, Eric Reyes e sua trupe estavam em Tulsa. O restante da turnê estava esgotado em todo lugar, exceto Boston e na cidade de Nova York. Eles tinham um contrato com uma gravadora. Mas ele ainda não conseguia pensar em nada além dela.

Uma semana havia se passado.

Uma semana e ainda não tinha melhorado.

Os sete estavam amontoados no estúdio de tatuagem, assistindo ao tatuador debruçado sobre a panturrilha da manager da turnê. O zumbido da agulha era irritante, mas uma distração bem-vinda para Eric.

— Nervosa? — Max perguntou a Grimsby.

— Nem um pouco — disse Grimsby, acarinhando a cabeça peluda marrom de Monty.

— Eu sim, e muito — admitiu Carly, os joelhos bambos. — Sei que finjo bem, mas na realidade eu sou uma maria-mole.

Vanessa esfregou a coxa da namorada para tranquilizá-la.

— Tudo bem, meu amor.

Uma semana de duas das suas melhores amigas oficializando a relação.

Uma semana delas provando que podiam fazer um relacionamento funcionar, enquanto ele estava preso no loop do coração partido.

— E você, Eric? — perguntou Oz, hesitante.

Ele ouviu a pergunta. Ouvira todos eles, mas era como se fizesse e não fizesse parte da conversa ao mesmo tempo. Folheou o portfólio de um dos artistas para manter a mente e as mãos ocupadas. (Não estava funcionando.)

— Estou bem — disse Eric.

— Vamos lá, cara — disse Max, baixinho. — Nós dissemos que faríamos essas tatuagens quando conseguíssemos nosso contrato. Aqui estamos nós.

Eric abriu um sorriso fraco.

— É. Aqui estamos nós.

— Tem certeza de que não quer ver o desenho? — perguntou Grimsby, como se ele fosse uma bomba-relógio esperando para detonar.

Havia momentos em que ele se sentia nuclear. Seu mau humor radiativo e derretendo tudo no perímetro. Era por isso que começara a passar mais tempo em sua beliche e a ir para a cama mais cedo. Fez aquela coisa nada saudável de vasculhar a internet em busca de tudo o que houvesse sobre os Del Mar, sobre Ariel, sobre as Sete Sereias. O negócio é que, se tivesse prestado mais atenção em Max durante o tempo em que moraram juntos, já teria um mestrado em Ariel del Mar. A "garota glamorosa da casa ao lado". Ele fungou uma risada na primeira vez em que viu o artigo, porque tudo o que conseguia ver em sua mente era ela em calças de moletom e croppeds. Aqueles achados de brechó medonhos, mas adoráveis, que precisavam ser lavados várias vezes até que parassem de cheirar a naftalina.

Uma semana de espirais insones.

Uma semana de fingir que não sentia saudades dela.

Ele passou outra página do portfólio. Tigres, dragões e borboletas pareciam ser o auge da moda. Quando chegou a uma página de uma linda sereia empoleirada numa rocha com ondas explodindo a seu redor, fechou a pasta. A tatuagem da banda era um pacto que eles tinham desde sempre, e Eric não podia escapar. Mesmo que tivesse perdido a aposta e não pudesse escolher a arte.

Passou a mão pelo cabelo curto. Continuava esquecendo que tinha passado a máquina. Depois que Melody foi embora — depois que ele mandou *Ariel* embora —, Eric se encontrou na Sunset Strip. Entrou numa barbearia retrô, sentou e disse:

— Corta tudo.

O barbeiro, com um bigodão digno de qualquer bangue-bangue à italiana, soltou uma risada.

— Que foi, perdeu alguma aposta?

— Na verdade, sim.

Voltara para a casa de shows horas depois, como se nada tivesse acontecido. Não falou. Pendurou o violão no corpo e passou pelo ensaio. Precisava sentir o violão, a expiração profunda que vinha depois de cantar.

Então, e apenas então, foi que ele contou às amigas tudo o que ocorreu com Teodoro del Mar. Eric havia feito a escolha certa. A melhor escolha. Sabia disso. Quando deu meia-volta naquele elevador, sabia que, não importava o que acontecesse, não podia comprometer o que sua banda defendia, nem Odelia.

Então por que não se sentia melhor?

Uma semana desde que recusara um contrato de seis dígitos.

Agora, Odelia se levantava da cadeira do tatuador. Sob a bandagem transparente, sua pele estava vermelha e zangada. Mamoru, o tatuador japonês, sorriu para seu trabalho, transferindo a arte customizada de Oz, mas Eric desviou o olhar para ainda não ver o desenho. Não era exatamente porque queria se surpreender, e tinha certeza de que suas meninas não o chutariam quando ele já estava caído — mas ele não quis ver o desenho. Mesmo com a agulha penetrando pele a alguns metros dele, a situação não parecia real. Perder Melody — Ariel — não parecia real.

— Doido — disse Carly.

— Quem é o próximo? — perguntou Mamoru, esterilizando e organizando seu espaço de trabalho.

Vanessa pegou a porquinho-da-índia fêmea de Grimsby enquanto a baixista subia para a cadeira. Odelia tomou o lugar diante de Eric, a perna da calça ainda levantada.

— Eu te amo, meu bebê — disse ela. — Mas você precisa sair dessa. Você mandou Ariel voltar para casa e recusou a Atlantica Records. Eu sei que está magoado, mas, se tem algo para me dizer, diga.

Eric levantou a cabeça e olhou para as amigas. Vinha descontando sua raiva nelas. Não era isso o que o próprio pai tinha feito? Ele passara todos os seus momentos fazendo tudo o que era possível para não ser como o homem que o criara. À primeira visão de dúvida real, ele se transformara na pior versão de Eric Reyes. Olhou nos espelhos embaçados que forravam a parede mais distante e mal se reconheceu. Embora, tinha que admitir, o novo corte de cabelo o estava conquistando.

— Você devia ter me contado — disse Eric, lutando para manter o ressentimento fora de sua voz. — Você esteve ao meu lado quando eu não tinha absolutamente ninguém. Eu ainda confio em você. Mas você devia ter me contado.

— Não era meu segredo para contar e você sabe disso — disse sua manager e amiga. — Mas eu me arrependo de ter ligado para aquele homem.

Eric esfregou o rosto com as palmas calejadas.

— Mas por quê? Eu não entendo o porquê. Estava tudo tão... Bom. Perfeito. Um sonho. Uma mentira.

— Eu fiquei com medo — confessou Odelia. — Ariel me procurou. Ela queria te contar a verdade, e eu pedi a ela que esperasse. Ela queria acabar com o segredo na noite do casamento. Parecia achar que poderia ajudar mais a banda como Ariel del Mar.

Eric assentiu lentamente. Odelia lhe contara sobre a rixa entre as famílias.

— De repente, eu estava revivendo o dia em que Teodoro del Mar roubou tudo de mim. Eu disse a ela para tomar cuidado com você, mas não confiei que ela realmente fosse me ouvir. Entrei em pânico. Estava com medo que Ariel fosse fazer com você o mesmo que o pai dela fez comigo.

— Eu teria sido capaz de tomar a decisão — disse ele. — A mesma que tomei quando recusei a oferta dele.

— Eu honestamente pensei que ele mandaria o irmão vir buscar Ariel. — Ela bateu de leve no ombro de Eric. — Mas ele viu algo de bom em você.

A questão é que, apesar de toda a sua glória de "fazedor de reis", Teodoro del Mar não o vira de verdade. Não como Odelia via.

— Não importa. Terminou.

— Você não fala como se tivesse terminado — Vanessa disse a ele.

— Eu não me arrependo de ter recusado a proposta de Teo del Mar — esclareceu Eric.

— É — interrompeu Carly, fazendo uma careta —, recusar quase um milhão é bem puxado. Mas não depois de saber o que ele fez com você, Odelia.

— Pelo menos o nosso selo cumpriu o prometido.

Era um adiantamento modesto que lhes permitiria gravar um álbum e manter sua própria contribuição criativa. No final, era o que Eric queria de fato.

Max grunhiu, frustrada.

— Você não pode simplesmente perdoar Ariel?

Eric desviou o olhar. Esta era a pior parte. Ele a perdoara no instante em que ela foi embora. No momento em que a mandou ir embora. Não havia nada a ser perdoado. Ele a amava então, e seu coração deplorável ainda a amava agora.

— Eu deveria estar com raiva de *todas vocês* por saberem e não me contarem antes?

Max puxou a franja para baixo para cobrir seus olhos por completo.

— Eu descobri dez minutos antes de você. Fui eu que falei para Ariel te procurar. Você por acaso sabe quanto medo ela tinha de que você fosse fazer o que fez? Eu pensei... — Ela se interrompeu e o deixou no suspense.

— Você pensou o quê? — perguntou ele, calmamente. — Que eu sou um tonto do caralho que ia rir e dizer *uau, a garota que eu amo estava escondendo de mim uma parte dela porque não confia em mim* e simplesmente seguir a vida?

Censuradas, as mulheres ouviram a agulha retomar e Grimsby começar sua tatuagem.

— Ai, isso faz cócegas.

Eric se arrependeu do que disse para Max no mesmo instante. Magoara suas amigas porque ele mesmo estava sofrendo. Queria parar de se sentir assim, mas não sabia como. Podia começar pedindo desculpas.

— Desculpe.

— Você ainda a ama? — perguntou Max baixinho.

Claro que ainda a amava. Não tinha volta. Havia apenas antes de Ariel e depois de Ariel. E o depois era desolador. O depois era dias com pôr do sol comuns e noites insones.

— Ela parecia estar bem no Grand Canyon — disse Oz. — Ela tem postado na sua conta particular.

Ariel devia tê-lo bloqueado ou removido de seus seguidores. Não que ele a culpasse. *Vá embora*. Duas palavras que o atormentavam todo dia e toda noite.

Eric inspirou com a revelação de que ela não tinha voltado para casa. Será que estava sozinha? Estava a salvo? Como estava se locomovendo? Ela não tinha carta de motorista. Deixara metade de suas roupas, seu caderno. A cama dela no ônibus ficou intocada e, quando não havia ninguém olhando, ele agarrava Tibby, o tubarão antiestresse, junto ao peito. Só aí conseguia dormir de verdade.

— Eu pensei que ela voltaria para a cidade — admitiu Eric.

— Você teria voltado? — bufou Odelia.

Tendo conhecido Teo del Mar, Eric sabia a resposta. Não, não teria. Ele mesmo evitou ir para casa por tanto tempo que até pensar nisso parecia impossível. O que era sua casa? Um pai que não o respeitava? Uma mãe que era a sombra de si mesma? Podia imaginar a profunda decepção que seu pai teria sentido se soubesse da oportunidade que Eric deixara passar. Mesmo que tivesse sido a atitude certa a se tomar, a atitude *leal*.

Por um lado, seu pai tentava. Ele telefonava várias vezes por ano e Eric simplesmente não atendia. O pai de Ariel, por outro, trabalhava por meio de outras pessoas. Ele tramava e manipulava.

— É isso, acho — disse ele, mas se virou para as portas de entrada como se Ariel fosse chegar a qualquer momento. Droga, queria não saber que ela estava vagando pelo país sozinha. Tinha sido mais fácil pensar nela de volta a seu castelo de vidro no céu, olhando para eles lá embaixo. Uma princesa de regresso após uma aventura sem sentido.

Uma semana desde que ele a acusara de "se rebaixar".

Não era uma avaliação justa, mas ele estava ferido. Não sabia como fazer para parar de doer.

— Liga para ela, mano — disse Carly, subindo na maca em seguida.

— Você quer saber quais são as suas opções, Eric Reyes? — perguntou Vanessa.

Ele lambeu seu canino.

— Não, mas tenho certeza de que você está prestes a me informar.

— Ligar para ela e conversar como adultos. — Vanessa levantou um segundo dedo. — Ou superar e canalizar essa energia sorumbática para a sua era Alanis Morissette.

Eric riu pela primeira vez em dias. Vanessa não estava errada em nada. Ele queria ligar para ela. Todo dia no ônibus batendo papo à toa com o novo promotor de merchandising, Fergus, um quarentão conversador de Los Angeles que tinha respondido ao anúncio deles na Gregslit para substituir Ariel.

Daí ele revivia aquele momento no saguão do hotel mais uma vez.

Ariel, ele tinha dito.

Ela presumira o pior dele. *O que ele te ofereceu?*

Foi esse o momento que acabou com ele. Ela sabia que o pai ofereceria o mundo para ele, mas devia ter uma opinião melhor sobre Eric. Devia *saber* que ele a escolheria, por mais zangado que estivesse. Era a prova de que ela não o conhecia nem um pouco. Não era?

Ele respirou fundo e só soltou o ar quando começou a doer. Era assim a sensação de cada dia sem ela.

Finalmente, foi sua vez de subir na maca. Eric abriu o cinto e empurrou a calça jeans e a boxer para baixo. Vanessa revirou os olhos e Oz piscou depressa.

— Você tinha que escolher a nádega? — perguntou Max. — Você sabe que podia tatuar em qualquer lugar.

Não achava que elas iriam forçá-lo a tatuar o desenho do chupacabra de Oz ou o nome de Ariel, mas, só para garantir, precisava que fosse num lugar onde não pudesse ver, a menos que procurasse.

Eric encolheu os ombros e deitou-se de barriga para baixo.

O primeiro contato da agulha foi uma dor muito nítida e constante, que foi amortecendo conforme a adrenalina inundava seu organismo. Era bom ter algo em que se concentrar, mas aí seus pensamentos voltaram para Ariel, como tudo fazia.

Onde ela estava? Estava a salvo? Será que precisava dele?

Dissera a Ariel que seus pais eram iguais, mas, agora que Eric conhecera o dela pessoalmente, sabia que não era verdade. O pai dele era movido pelos próprios medos, mas nunca manipularia Eric para fazê-lo voltar para casa.

O que aconteceria se Eric entrasse em contato com ele? Não mudaria o passado, mas talvez... Talvez pudesse lhes dar um futuro. Foi isso o que ele disse para Melody. Ariel. Que não ligava para o passado dela. Por que não podia estender a mesma cortesia à sua família?

Quando a pele de Eric pareceu estar em carne viva e a dor passou de agradável para insuportável e deu a volta completa para amortecida, acabou. Levantou-se da maca e estudou a tatuagem na frente de um espelho de corpo inteiro. Oz tinha desenhado para eles um hamster num traje de astronauta, cercado por uma constelação de estrelas. Ele adorou a tatuagem, na verdade. Pela primeira vez em dias, Eric sorriu para seus amigos. Depois de ter a nádega direita besuntada num gel resfriante e bactericida e coberta por uma bandagem transparente, todos eles voltaram para a casa de shows. Eric não se sentia melhor, mas estava mais leve, como se um pouco de sua raiva tivesse sido drenada pelo contato daquela agulha.

Liga para ela, insistia uma vozinha traiçoeira em sua mente.

Ele não ligou. Em vez disso, Eric encontrou uma sala tranquila e pegou seu celular. Fitou o número do pai por um longo tempo antes de juntar a coragem para finalmente ligar para ele.

@BandaDesafortunados Pixagram

Estamos cansados bagaray, mas estamos chegando, Maçãzinha!

Obrigado por todo o amor que vocês nos demonstraram pelo caminho. Temos grandes notícias e estamos animados para voltar ao estúdio. Eric está dando duro nas músicas novas.

Vemos vocês na estrada! #Apaixonados&Desafortunados

CAPÍTULO VINTE E OITO

ARIEL
26 de julho
Queens, Nova York

Ariel não estivera na casa em Forest Hills, Queens, desde o dia em que a família se mudou. A casa não parecia em nada com o que era antes. Os ocupantes anteriores reformaram tudo. Não havia mais o papel de parede desbotado com estampa de rosas que sua mãe adorava tanto. Tampouco a cozinha medonha, marrom e verde-limão, que provavelmente tinha sido o auge da moda nos anos 1970. Agora pertencia a Sophia.

Ela largou a mochila na entrada, tirou os tênis e saiu em busca de todo mundo.

— Aqui em cima! — gritou a irmã Del Mar mais velha.

Ariel as encontrou cobertas de tinta, com seções manchadas de turquesa em todo canto, menos nas paredes.

— Vocês realmente deveriam ter chamado um profissional — disse Ariel, correndo para os braços abertos de Sophia.

Ela não pretendia chorar. Sentira saudade das irmãs desde o momento em que saiu de casa, mas elas nunca deixaram de estar em contato. E, no entanto, ter suas irmãs de volta fazia toda diferença.

— A filha pródiga ao lar retorna — disse Elektra, virando-se enquanto fungava. Ela colocou o rolo de tinta no chão.

— Você fez uma tatuagem! — Alicia apontou para a delicada constelação decorando o interior do antebraço esquerdo de Ariel. Em sua longa, *longa* viagem para casa, ela havia parado num excêntrico estúdio de tatuagem em Tulsa, recomendado por Oz.

— Somos nós — explicou. A constelação era as Plêiades.

As irmãs a beijaram e abraçaram, atirando mais perguntas nela do que Ariel tinha respostas. Onde esteve? Tinha feito as pazes com Eric? O que todas fariam em seguida? Onde estavam as lembrancinhas delas?

— Vinho e pizza primeiro — disse Marilou, quase tremendo de empolgação. Seu pincel respingou na camiseta branca de Ariel e no seu jeans.

Em momentos, todas tinham vestido pijamas e se amontoado no único cômodo da casa que estava terminado. O quarto principal. Sophia o decorara em madeira escura e suntuosos tons profundos de azul e roxo.

Uma TV de tela plana tinha sido instalada na parede. A massiva cama king size mal acomodou todo mundo, mas elas se empilharam umas por cima das outras, como faziam quando crianças.

Parte dela queria guardar seu tempo com Eric só para si, mas, quanto mais suas irmãs insistiam, mais Ariel se deixava levar pelas lembranças. Começou com aquela noite no bar de Julio. A correria para pegar o ônibus. A negociação com Odelia. O elevador. Tocando com Vanessa. Escrevendo uma música com Eric que eles jamais completariam. A primeira vez em que ele disse em voz alta que queria beijá-la e quando eles finalmente se beijaram na filmagem do videoclipe. Cada lembrança caía na próxima, até chegar ao final feio e amargo.

Sophia afastou o cabelo de Ariel para trás.

— Lamento que não tenha dado certo.

— Eu deveria ter sido honesta desde o começo. — Ariel bebia de um copo em formato de concha com um canudo maluco. Tinha sido o presente de Stella para Sophia pela mudança de casa. — Mas já chega de falar de mim. Não acredito que você comprou nossa casa antiga!

— Eu não falei nada porque não queria que papai descobrisse. Tem muita coisa que andei fazendo nos últimos meses — disse Sophia, saindo da cama. O robe preto fofinho se arrastava a seus pés. Ela abriu um compartimento na parede e tirou de lá uma pilha de pastas. — Agora que estamos todas aqui, posso começar.

As garotas se aprumaram e viraram para a irmã mais velha. Desde que desfizeram as Sete Sereias, ela tinha parado de alisar o cabelo e seus lindos cachos caíam sobre os ombros como tentáculos pretos. Olhando ao redor, Ariel se deu conta de que todas elas tinham abandonado elementos de suas personas antigas. Até Marilou mantinha apenas um toque de rosa em seu cabelo, embora Elektra provavelmente teria cabelo azul-elétrico até os noventa anos.

— Quando Ariel me perguntou sobre Odelia Garcia, eu comecei a escavar. O selo que lançou o disco que Ariel encontrou não existe mais, mas encontrei alguém da produção que me contou a história toda.

Marilou bebeu de seu copo de concha.

— Ele simplesmente ofereceu a história de graça?

— *Ela* teve que ser cortejada com um belo jantar e meu sorriso irresistível.

Sophia deu uma piscadinha e, em seguida, contou tudo.

Foi assim: o selo tinha contratado Luna Lunita, a banda dos pais delas. Mas, naquela época, eram três integrantes. Teo e Maia del Mar e Odelia Garcia. Só depois que eles já haviam gravado o álbum e imediatamente antes de lançarem "Luna mia" como um single foi que a gravadora decidiu que Luna Lunita teria mais apelo como um duo de marido e mulher. Eles podiam vender o romance. Podiam vender a história de amor.

— Três é demais — disse Sophia. — Esse tipo de coisa. Então eles demitiram Odelia, mas ela não aceitou quieta. Ela lutou. Sem evidências sólidas de que a música era totalmente dela, porém, não havia muito que Odelia pudesse fazer. O contrato que ela assinara dizia que os executivos podiam retirá-la do projeto a qualquer momento.

— Papai ganhou prêmios por aquela música — disse Thea, decepcionada e horrorizada como artista.

— E Odelia nunca recebeu o crédito — acrescentou Ariel. Ela preencheu os buracos da história com os detalhes que Odelia lhe dera.

Alicia chacoalhou a cabeça.

— Isso é horrível.

Sophia levantou um dedo.

— E não é a única coisa que eu encontrei.

— Por favor, diga que é aquele jeans meu que você pegou emprestado em 2012 — disse Elektra, irônica.

— Aquela calça já era, Elektra. Tá bom?

Sophia voltou para a cama com a nova pasta. Ela a entregou a Ariel, que folheou as páginas. Não sabia muito bem o que estava lendo no começo. Parecia ser uma fotocópia de outra fotocópia, datada de pouco mais de quinze anos antes.

— Um contrato? — indagou ela.

— Nosso primeiro contrato — corrigiu Sophia. — O dinheiro foi depositado em sete contas individuais que mamãe abriu para nós. Mas...

Ariel olhou para os extratos das contas, comparando com as datas que apareciam no contrato. Acompanhou as porções destacadas que mostravam que o dinheiro fora transferido para as contas. E então transferido de novo, deixando um saldo zerado.

— Esse foi o ano... — Stella começou a dizer, e Alicia completou:

— Que papai fundou a Atlantica Records.

— Com o dinheiro que ganhamos com *As Pequenas Sereias*. — Sophia cruzou os braços em vitória. — Eu estive conversando com nossa advogada e com um professor de Direito das minhas aulas futuras. Ambos concordam que temos base para um processo.

— Processo? — Ariel repetiu a palavra, mas sabia o que Sophia estava pensando.

— Isso mesmo — disse Sophia, piscando para conter as lágrimas triunfantes. — A Atlantica Records sempre foi nossa.

15 de março de 1994

Querida Odelia,
Esta é a carta mais difícil que já precisei escrever. Deixe-me começar dizendo que lamento muito. Eu não sei de que vale isso e sei que não tenho direito algum. Sei que levei tempo demais para tentar me redimir. Meu coração sempre ficou dividido entre minha amiga mais querida e meu marido.
Quero que você saiba que eu tentei conversar com Teodoro durante todos esses anos, mas você sabe como ele é. Quando enfia algo na cabeça, é impossível fazê-lo mudar de ideia, e ele queria isso demais.
Temos filhas agora. A número sete está a caminho. Ouvi dizer que você também está grávida. Creio que estou escrevendo agora para dizer que lamento muito pela morte de seu marido e, bem, num sentido meio egoísta, porque comecei a imaginar como seria se nossos filhos pudessem crescer como amigos. Como nós éramos.
Algumas coisas não são para acontecer, suponho eu.
Sei que isso não é nada comparado com o quanto eu te magoei, mas espero que seja o capital inicial para você começar.

Com amor,
Maia Melody Lucero Marín

CAPÍTULO VINTE E NOVE

ARIEL
28 de julho
Nova York, Nova York

Ariel e as irmãs chegaram à Atlantica Records com certa fanfarra. Sob ordens de Thea, todas usavam terninhos pretos e elegantes. O conselho legal delas vinha logo atrás, assim como Chrissy e algumas das outras assistentes.

Alguns estagiários da Atlantica discretamente filmavam e tiravam fotos. Muito bom. Elas queriam que começassem a correr boatos. Um golpe. Uma reorganização. Um acerto de contas.

Ariel abriu a porta da sala do pai. Nunca o vira tão surpreso. Nem quando elas ganharam prêmios. Nem quando elas chegaram a seu primeiro disco de diamante. Nem mesmo quando ela anunciara que estava saindo de casa. O rosto dele normalmente era calculista, e sua expressão básica era a de observação com olhos de água.

— Ariel — disse ele. Depois se lembrou que estava no telefone e desligou sem nem pedir desculpas. — Meninas. O que estão fazendo aqui?

— Oi, papai.

Mesmo então, depois de tudo, uma pequena parte dela ainda queria correr para os braços dele em busca da proteção que ele sempre oferecera. *A filhinha do papai*, suas irmãs a chamavam quando era pequena. Mas então se lembrou do que ele havia feito com ela e com Odelia. Em quem mais seu pai havia pisado para obter tudo o que queria?

A advogada de Sophia adiantou-se e depositou a pasta na mesa de Teo. Foi direto ao assunto, talvez sentindo um momento de hesitação da parte de Ariel.

— Sr. Del Mar. Eu me chamo Annabel Ford. Estou representando suas filhas.

— O que é isso? — perguntou Teodoro, rugindo feito um leão que tinha sido cutucado. Ele folheou o conteúdo, página por página.

Tudo o que Sophia descobriu por meio de suas pesquisas estava ali. Cada prova de que precisavam para mostrar que ele usara o dinheiro delas para fundar o selo. Que ele *ainda* mantinha os ganhos legítimos delas como reféns.

— E o que isso prova? — perguntou o pai. — Somos uma família, e este é um negócio de família.

— Isso mostra uma péssima gestão dos ganhos de minhas clientes, que eram menores de idade.

Teo estava estranhamente calmo.

— Por que vocês estão fazendo isso?

Teo falou diretamente para Ariel. Sabia que ela era a que tinha um ponto mais fraco por ele.

— Estou fazendo exatamente o que você nos ensinou a fazer — respondeu Ariel. — Pense grande, papai. A Atlantica Records foi fundada com nosso dinheiro; logo, estamos tomando a empresa.

Ele começou a tumultuar, as palavras raivosas e engrolando tanto que ela não conseguia entender o que o pai dizia. Mas ela continuou falando, cada vez mais alto, até ele não ter outra escolha senão voltar a se sentar e ouvir.

— Você receberá uma indenização e se retirará do cargo de CEO, embora ainda continue listado como um dos fundadores.

— Vocês não sabem nada sobre como administrar uma gravadora — disse ele.

— Mas eu sei — disse tio Iggy, entrando na sala.

O lábio de Teo del Mar se curvou, a respiração acelerada.

— *¿Y tu, Ignacio?*

— Vou atuar como conselheiro — disse Iggy, olhando de maneira significativa para as sete mulheres Del Mar —, até que elas não precisem mais de mim.

Teo apontou um dedo robusto para Ariel.

— Você não queria ter nada a ver com isso até poucas semanas atrás.

Ariel disse aquilo que sabia que o magoaria até o osso.

— Não, papai. Eu quero a música. Eu quero música nos meus próprios termos. Você mesmo disse: eu *sou* a música. O que eu não quero ter algo a ver é com você. Não assim.

Teo tornou a se sentar, quieto, ferido. Subitamente, ele parecia muito velho. Quando é que seu pai grande e forte, seu escudo contra a feiura do mundo, ficara tão velho?

— Tudo o que eu sempre quis foi dar a vocês o que nós nunca tivemos — disse ele. — É isso o que todo pai quer.

— Nós nunca duvidamos disso — disse Sophia. — Claramente temos questões a resolver como família. Mas como você nos ensinou: isso são negócios.

Teo se apoiou no cotovelo, encarando-as como se as visse pela primeira vez. As filhas que ele subestimara.

— Isso é tudo?

— Não — Ariel pressionou. — Eu sei sobre Odelia Garcia. Você vai dar a ela o crédito pela música. Vai contar a verdade sobre tudo.

— Não basta ter magoado seu pai? — perguntou ele, rosnando de raiva, sentindo-se traído. — Quer me arruinar, ainda por cima?

Ariel pressionou as mãos sobre a mesa, fortalecida pelas irmãs e por saber que o que estava fazendo era a única forma de se redimir.

— Você mesmo se arruinou.

— Não fale comigo...

— Respeito é conquistado, papai. Nada disso vale as pessoas que você magoou. Nada.

— Você está me punindo por causa daquele rapaz? — perguntou o pai, procurando algo a que se agarrar.

Ariel sacudiu a cabeça.

— Nós vamos honrar o contrato dele, a despeito da transferência.

As sobrancelhas de Teo se levantaram.

— Que contrato?

— O contrato que você fechou com ele.

Teo ficou quieto por um instante enquanto eles se davam conta ao mesmo tempo do que tinha acontecido.

— Eric Reyes não aceitou a oferta que eu fiz. Talentoso, mas não muito ambicioso. Quando eu tinha a idade dele, teria feito todo o possível por aquele tipo de oferta.

Eric havia recusado o contrato. Eric. Eric. Ariel sentiu que estava se desfazendo. Mordeu o lábio inferior. Sentiu uma das irmãs apertar-lhe o ombro. Ela precisava ir até o fim com isso.

— Essa é a diferença entre vocês dois. Ele prefere ser uma boa pessoa.

Teo riu sem humor.

— E um tolo.

— Eu cometi um erro enorme — Ariel murmurou consigo mesma.

Virou-se para as irmãs, que assentiram. Elas cuidariam disso. Podiam fazer qualquer coisa, desde que tivessem umas às outras. Ariel sabia disso, agora mais do que nunca.

Antes de sair, Ariel olhou para o pai. Nunca o vira com uma aparência tão derrotada. Ela causara aquilo. Ela destronara o fazedor de reis. E, no entanto, lá no fundo, havia torcido para que, depois que conversassem com ele, o próprio pai tomasse essa iniciativa, em vez de forçar a mão das filhas. Teo fizera suas escolhas e, finalmente, Ariel faria as dela.

Seu corpo vibrava de adrenalina, medo e incerteza. Mas de uma coisa ela tinha certeza: agora tinha uma página em branco. Um novo começo.

E estava pronta para ele ter início.

@ArielDelMarReal

4 milhões de likes

Esta mensagem já devia ter saído há muito tempo. Sei que vocês ouviram coisas de meu pai e de pessoas que acham que me conhecem. Mas não conhecem. Não quem eu sou de verdade. Então eu quero botar os pingos nos Is. Quero contar tudo a vocês e vou precisar de uma ajudinha. Fiquem ligados para um grande anúncio amanhã, 31/07.

TUTTLE, O CONTADOR DE HISTÓRIAS

Episódio 1.380:
Especial Ariel del Mar! Você não pode perder!
Ao vivo! Ao vivo! Ao vivo!

[Descrição da imagem: Scott Tuttle, vestindo um blazer branco com um pin dourado das Sete Sereias na lapela. Ariel del Mar numa jaqueta jeans, regata branca decotada e calça jeans roxa.]

"Oi, gente. Eu sou literalmente um fantasma. Eu, Scott Tuttle, estou falando com vocês do além-túmulo, porque estou sentado aqui com ninguém menos que Ariel del Mar em pessoa! Vejo vocês nos comentários. Deixem seu like, sigam o canal e não se esqueçam de ativar a campainha!"

Ariel sorri para ele e aperta sua mão.

"Obrigada por me receber aqui. Eu sigo o seu canal há anos."

Scott abre um sorriso brilhante para a câmera antes de se voltar para ela.

"Tá bom. Uau! Deixa eu me recompor aqui... Quando você entrou em contato comigo, pensei que fosse uma pegadinha."

Ariel levanta a mão e conta.

"Ele desligou na minha cara três vezes!"

Scott cobre os olhos, envergonhado.

"Dá pra me culpar? Mas vamos direto ao ponto. Você está aqui para se confessar, é isso?"

"Algo nessa linha", diz Ariel. "Sei que tem havido muita especulação desde nosso último show."

"Conte pra gente, querida", Scott a encoraja. "Mas, primeiro, deixe-me fazer a pergunta que está na mente de todos. Você não é uma ruiva natural?"

Ariel joga suas ondas castanho-escuras por cima do ombro.

"Surpresa!"

"Como está sendo?"

Ariel passa os dedos pelos cabelos.

"Foi uma adaptação. Passei tanto tempo da minha vida numa fantasia. Eu amava aquela garota. Ela mudou a minha vida. Mas, agora que as Sete Sereias se aposentaram, estou pronta para que o mundo me conheça. Como eu sou por inteiro."

"E então, quem é você agora?"

Ela abre um sorriso melancólico, olhando para a câmera, depois para Scott.

"Eu pensei que seria totalmente diferente, mas não sou. Lá no fundo, sou a mesma pessoa. Só não estou mais me escondendo, se é que isso faz sentido. Não me entenda mal, eu amo o drama e me enfeitar toda. Então, oi, mundo! Eu me chamo Melody Ariel Marín Lucero. Mas ainda atendo por Ariel del Mar."

"Não tem nada de errado em ter um pouquinho de ajuda", diz Scott, dando tapinhas na lateral de seu cabelo prateado. "Mas é um prazer conhecê-la outra vez, Ariel. E os boatos de um colapso nervoso?"

Eles caem por cima um do outro, gargalhando. Ela acena em forma de X na frente do corpo, gesticulando para voltar a falar a sério.

"Posso te contar um segredo?"

"Para mim e para alguns milhares de pessoas assistindo."
Ele pisca para a câmera.

"Aquilo eram minhas irmãs usando minhas perucas antigas."

Scott cobre a própria boca.
"Eu sabia! Eu tinha certeza!"

"Desculpem sobre as pistas falsas", diz Ariel.

"Então, onde você estava?"

Ariel respira fundo e se recompõe.
"Eu estava encontrando a minha voz. E me apaixonando, na real."

"Trevor?"

Os olhos dela se arregalam, alarmados.
"Deus do céu, não. Trevor e eu não éramos a pessoa certa um para o outro. Pensei que já tinha deixado isso claro, mas o interesse dele era se aproximar do meu pai, não de mim."

"Se eu estivesse mais chocado agora, implodiria." Scott fica brincalhão e bate no joelho de Ariel. "Conta pra gente. Quem é esse amor misterioso?"

"Bom, ele meio que apareceu quando eu menos esperava." Ela volta a olhar diretamente para a câmera. "Eric, eu quero te contar todas as coisas que não falei quando tive a oportunidade. Se você ainda sente o mesmo que eu, me encontre no meio do caminho. Estarei na nossa ponte até o sol se por. Espero te ver por lá."

[fim da transmissão ao vivo]

CAPÍTULO TRINTA

ERIC
31 de julho
Dumbo, Nova York

Eric nunca imaginou que guiaria seus pais numa visita a uma casa de shows, mas ali estava ele. Seu pai, tão antiquado que vestira terno e gravata para uma casa de rock, e sua mãe, vestida para a missa, fizeram ruídos adequados de admiração para tudo. Eles apertaram as mãos de todo mundo, desde Willie, o gerente, até Jake, o atendente do banheiro.

Eles se sentaram no lounge VIP no mezanino do Aurora's Grocery. Vanessa estava repassando seu set enquanto Odelia fazia pequenas alterações. A mãe dele se preocupou com a quantidade de doce que ele estava comendo e ficava passando os dedos pelas laterais curtinhas do cabelo de Eric.

Durante as duas últimas semanas, ele teve que continuar aparando o cabelo para dar um formato a ele. Deixara a barba crescer, o que os fãs pareceram gostar, embora desse uma sensação estranha.

A noite em que todos fizeram as tatuagens foi quando Eric ligou para o pai. Depois de uma conversa desajeitada e cheia de lágrimas, eles concordaram que os pais visitariam Nova York e iriam a um dos shows dele.

Eles haviam fugido depois de seu show em Boston para poder passar um dia juntos, e ele aprendeu mais sobre os pais durante um único brunch do que descobrira na vida toda. Dois anos depois de

Eric partir, quando Pedro, seu *abuelo*, faleceu, sua mãe ameaçara se divorciar do pai dele se eles não começassem a fazer terapia de casal.

Para duas pessoas da geração deles, sequer admitir seus problemas parecia radical. Eric tinha suas reservas quanto a terapia, mas vira as mudanças em seus pais. Eles andavam de mãos dadas. Conversavam um com o outro. Eles se ouviam. Eric mal os reconhecia e, embora aquela velha mágoa ainda estivesse lá, enterrada em seus músculos, ele descobriria um jeito de seguir adiante. *Queria* seguir adiante.

Agora ele segurava a mão de sua mãe como se, caso contrário, ela fosse desaparecer assim que ele desse as costas.

— Quando você vai nos visitar? — perguntou o pai dele.

Eric chacoalhou a cabeça. Ainda não estava neste ponto. Talvez nunca chegasse a este ponto e sabia que não precisava chegar. Mas também não estava preparado para fechar essa porta.

— Acho que tem muito que preciso fazer aqui antes.

Quando o set do ensaio terminou, Oz correu até eles, Max e as outras seguindo logo atrás.

— Qual é o problema? — perguntou Eric.

— Vídeo! — ofegou Oz, agarrando os próprios joelhos para se apoiar. — Melody... Digo, Ariel. Mensagem. Olha!

Eric olhou para as amigas ao seu redor.

— O que ele tá dizendo?

Max agitou os braços como se estivesse tentando organizar o tráfego aéreo.

— Ariel está te esperando, e você tem que ir até ela!

Um calor ardeu no centro do peito de Eric ao ouvir os nomes dela. Melody. Ariel. Do que é que eles estavam falando?

— Não, eu...

Foi quando Oz o derrubou. Os dois rolaram para o tapete obsoleto da área VIP. Eric ficou sem fôlego quando Max saltou em cima deles em seguida. Ele xingou e tentou empurrá-los.

— Isso é pro seu próprio bem — disse Grimsby.

— É pelo amor verdadeiro — acrescentou Carly, ajoelhando e segurando o celular na frente dele. Eric xingou e esperneou, mas não tinha para onde olhar, a não ser para a tela.

Eric não sabia bem o que estava vendo até ler as legendas. Ariel tinha feito uma transmissão. Como Melody. Como ela mesma. A própria, em pessoa. Ele sentia que não conseguia entender o que ela estava dizendo porque olhava fixamente para o lindo rosto dela, e fazia tanto tempo... Quando esperneou tanto que ficou difícil ser contido, eles o soltaram. Ele tomou o telefone. Seu dedo tremia quando apertou o replay e, dessa vez, ele entendeu.

Ela estava esperando por ele, no meio do caminho.

— Quem é Ariel? — perguntou a sra. Reyes, escandalizada pela cena ao seu redor.

Max, Grimsby, Carly e Oz se lançaram numa reencenação comicamente humilhante de seu sofrimento. E seu amor.

— Você vai? — perguntou o pai dele. — Você sabe o que o seu avô diria.

Uma sensação que lembrava uma prensa espremeu seu coração. Eric sabia. Mas seria a coisa certa a se fazer para ambos? Quinze dias, seis horas, dez minutos e um punhado de segundos haviam passado, e ele não parara de sentir saudade dela. De desejá-la. De pensar nela.

— Que horas são?

— Você tem trinta minutos! — berrou Oz. — Eu dirijo.

Pela primeira vez, a vida inteira de Eric estava sob o mesmo teto. Exceto por ela. Ariel estava faltando. Seja lá o que eles precisavam dizer, precisavam fazê-lo cara a cara. Ele tinha que ir até onde ela estava. Pelo que raios estava esperando?

Ele correu, subindo os degraus num ritmo perigoso. Saiu em disparada pela porta lateral, tropeçando até a calçada. A fila de fãs esperando para entrar na casa já dava a volta no quarteirão. Seu coração alçou voo. E então ele percebeu que estava de pé exatamente no mesmo lugar onde os dois colidiram pela primeira vez. Onde ele havia lido a gargantilha dela. *Melody*. Onde ele voltara para se encontrar com ela para uma noite que mudaria sua vida.

Oz encostou o carro, dirigindo o utilitário surrado de Eric, já que a Fera teve que ficar em Jersey.

— Nós também vamos — disse Max.

— Tenho certeza de que isso é uma infração de trânsito — gritou Eric enquanto Grimsby se espremia no banco da frente com ele. Seus pais, sua banda, estavam todos ali.

Ele olhou para baixo e viu uma mensagem de texto de Vanessa: *É melhor você estar arrastando seu traseiro para a ponte ou eu juro que nunca mais vou te aturar.*

Ele respondeu com um emoji rude e Oz saiu cantando pneu.

Eric nunca havia tido enjoo por movimento antes daquele instante. Uma combinação de nervosismo e do medo de já ser tarde demais quase o fez vomitar pela janela. Isso ou as terríveis habilidades de direção de Oz ficavam mais perceptíveis num veículo menor.

— Segure-se quem puder! — gritou Oz.

O carro inteiro gritou.

E então parou no mesmo instante.

O tráfego estava travado em todas as direções.

— Só pode ser brincadeira, caralho — disse Eric, batendo no apoio de cabeça.

Sua mãe o censurou, mas a voz dela foi afogada pelo soar das buzinas. Eric olhou para a direita e sorriu. Estavam bem na frente da pizzaria Laucella.

— Vou mandar uma mensagem de texto para ela e avisar que você está a caminho — disse Carly.

— O número dela foi desconectado — admitiu Eric, sem muita culpa. — Talvez eu tenha cedido e ligado para ela na semana passada, quando cheguei num ponto mais baixo ainda. Agora me deixem sair.

— Essa não é a hora certa para uma pizza! — gritou Grimsby enquanto ele entrava correndo no restaurante.

— Eu vou conseguir chegar. Vou, sim. — Eric abriu seu antigo sorriso. Finalmente se sentia como si mesmo outra vez. Sabia, mesmo que tivesse se perdido um pouco no caminho, que o universo estava a seu lado.

Eric Reyes conquistaria sua garota de volta.

CAPÍTULO TRINTA E UM

ARIEL
31 de julho
Ponte do Brooklyn, Nova York

Ele não vem, pensou Ariel.

O sol se punha no último dia de julho. Uma brisa morna beijava seu rosto molhado. As irmãs insistiram em vir junto, usando como desculpa o fato de que elas também nunca tinham atravessado a Ponte do Brooklyn a pé. Isso a pouparia de ter que reviver os detalhes mais tarde, mas agora elas eram testemunhas de sua decepção e sua humilhação.

O que ela esperava?

Ariel pegou o pior hábito de seu pai — magoar as pessoas que confiavam nela.

Aquilo ia parar com ela. Tinha que parar.

Assistiu ao sol derreter no horizonte, aos azuis profundos da noite tomando o lugar dele no céu.

Olhou ao redor. Havia gente demais. Alguns olhavam na direção dela, tentando identificar de onde conheciam seu rosto familiar, e então continuavam caminhando. Outros que a reconheciam mesmo tiravam fotos e riam com os amigos. Cansada daquilo, ela começou a marchar de volta para suas irmãs. Elas tinham um conjunto completo de sorrisos compassivos já à espera.

— Talvez você não devesse ter feito uma grande comoção na noite do último show dele? — arriscou Marilou.

Thea e Alicia beliscaram o braço dela, e as irmãs irromperam num coro de desculpas.

— Viu, é por isso que eu não curto romance — disse Stella, cruzando os braços.

Elektra gargalhou.

— Sei. Eu vi todos os livros que você guarda debaixo da cama.

— E — acrescentou Sophia — eu sinto que isso podia ter sido um e-mail.

Ariel sabia que as irmãs só estavam tentando fazê-la rir. Funcionou. Lançou um último olhar para o horizonte: uma nesga de dourado piscou para ela, o deus sonolento do universo. Esse pensamento lhe deu saudade de Oz.

Foi quando ela ouviu. Um grito alto e desesperado que atravessou o pior do tráfego na ponte.

— ESPERA!

Ariel deu meia-volta. Viu Max, quase dobrada ao meio. Grimsby, Carly e ele.

Eric estava sem fôlego, mas continuava avançando. Ele olhou para a caixa de pizza em suas mãos, depois olhou para ela. Assim que viu o sorriso maroto dele, Ariel quis correr até lá. Foi preciso todo o seu esforço para esperar, para ser paciente.

— Minha mãe disse que eu deveria ter trazido flores — disse ele, abrindo a caixa. — Tenho quase certeza de que bagunçei tudo na corrida para cá.

Ariel olhou dentro da caixa. Uma pizza pequena de linguiça e abacaxi. *Parecia mesmo* que ela tinha passado pela centrífuga, mas Ariel nunca vira nada mais perfeito: Eric Reyes segurando o coração dela em suas mãos. Ele fechou a caixa e a entregou para Grimsby. Ariel acenou para suas amigas e então encarou Eric.

— Me desculpe — disse ela.

Ao mesmo tempo, ele disse:

— Eu te amo.

Eles tentaram de novo.

— *Eu* que te *amo* — disse ela.

Ao mesmo tempo, ele disse:

— Me desculpe.

— Por favor, me beija — disse Ariel, ofegando, as mãos já o procurando. — Por favor. Por favor.

Enquanto o dia dava seu último suspiro, desvanecendo na noite, Eric envolveu Ariel em seus braços. Ele tocou o nariz dela com o seu, roçou seus lábios sobre os dela, depois recuou para olhar mais uma vez para ela. E então a beijou como se fosse a primeira vez, devagar e com ternura. Ariel sentiu o sal das próprias lágrimas de felicidade e aquela doçura familiar que era puro Eric. Por um instante, teve consciência de que os amigos deles, a família dela, estavam assoviando e aplaudindo. Que desconhecidos se juntavam a eles, e a cidade era ruidosa e alegre. Mas então havia apenas Eric e ela, e a pressão dos lábios dele contra os seus.

Ela se afastou primeiro e passou os dedos pelo cabelo curto dele.

— Elas realmente cobraram a aposta?

— Eu fui voluntariamente, na verdade. É uma longa história.

— Espera — disse Ariel, lembrando-se da segunda parte do trato. — Eu quero ver a tatuagem.

Eric abriu um sorriso malicioso.

— Mais tarde.

Ariel mordeu o lábio. Ele definitivamente tinha sua atenção.

Ele pousou a testa contra a dela. Beijou a ponta de seu nariz. Seus lábios. Provou dela com tanta delicadeza, com um amor tão gentil. Ariel poderia beijar Eric até o sol nascer de novo. Quando ele se afastou, encaixou a mão no rosto dela com suavidade.

— Eu não aceitei o contrato, Ariel.

Seu nome na boca de Eric era desconcertante e, de alguma forma, perfeito.

— Eu sei — murmurou ela. — Tem tanta coisa que eu preciso te contar. Eu...

Eles se viraram ao mesmo tempo. As irmãs de Ariel e a banda estavam assistindo, todos com sorrisos tontos na cara. Grimsby mordiscava uma fatia de pizza.

— Não liguem pra gente — disse Max, deliciada e, também, com uma pontinha de irritação. — Só temos um show para fazer.

— É verdade! — disse Ariel, dando um tapa na própria testa.

— É um show esgotado — disse Eric, dando uma piscadela para as irmãs Del Mar. — Mas eu conheço um cara. E tenho uma surpresa.

— Que surpresa? — perguntou Ariel.

Eric dispersou o momento sentimental com um sorriso.

— Sabe como eu perdi aquela aposta?

Eles atravessaram a Ponte do Brooklyn de volta correndo, duas estrelas ardendo lado a lado.

Ariel del Mar e suas seis irmãs entraram correndo no Aurora's Grocery e lotaram o mezanino VIP enquanto Le Poisson Bleu terminava sua última música. As pessoas encaravam e cochichavam atrás das mãos em concha. Outros tiravam fotos não tão discretas das garotas tomando a seção inteira, junto de Oz, as mulheres Garcia e os pais de Eric. Ariel olhava por cima do ombro e acenava, o que usualmente incentivava aqueles envergonhados demais para tirar fotos espontâneas sem sua permissão.

Ariel del Mar não esconderia mais quem era. A peruca vermelha em breve ficaria de lado, uma de muitas lembranças queridas de seu passado, em novas prateleiras. Isto é, assim que ela descobrisse onde queria morar. Mas não se preocuparia com isso agora. Descobriu que levar as coisas aos poucos estava funcionando.

Marilou passou o braço pelo de Ariel e ambas saíram de seus assentos e se debruçaram no parapeito.

— Como é a sensação de ser uma garota normal? Bem, uma normal VIP, creio eu.

Ariel não ia responder àquilo. Segundos depois, as luzes se apagaram. A pista lá embaixo gritou, e ela sentiu até os ossos. Amava aquele som, aquela energia de um grupo de pessoas compartilhando um momento, uma música, uma noite.

As outras se juntaram a elas no parapeito para enxergar melhor a Desafortunados. Uma luz azul no centro lançava um brilho familiar sobre a banda.

Eric se aproximou do microfone, a mão no pescoço do violão. Deu aquela risada baixa, grave e murmurante que Ariel já havia sentido uma vez e tornou a sentir agora, como se os lábios dele estivessem na garganta dela.

— É bom estar em casa.

Ele deixou os gritos e os aplausos terminarem, e Max pisou no pedal do bumbo da bateria.

— Vamos fazer as coisas um pouco diferentes desta vez — disse Eric, os olhos voltados para o mezanino. Ele falava com o público como se todos eles fossem amigos, participando da mesma história, que era o que o tornava tão bom, *tão bom* naquela parte dos shows. — Eu quero que todos vocês saibam que, bem no comecinho desta turnê, eu fiz uma aposta. Ela envolvia uma garota. — Houve o inevitável *Aaaaawwwn* da audiência. — A mulher mais incrível, que caiu na minha vida como um cometa. Então minhas amigas, muito gentis, muito maduras, apostaram comigo que se eu "*Eric Reyesasse*" as coisas entre nós, eu teria que tocar uma música que odiava, de um grupo pop que eu subestimava.

Ele deixou o murmúrio levemente confuso passar pela multidão. Grimsby tocou uma nota no baixo e Eric continuou:

— Alerta de spoiler, eu *Eric Reyesei* a situação.

Enquanto todos riam, Marilou se virou para Ariel e quase gritou:

— Ele te *Eric Reyesou*?

Ariel sorriu em resposta.

— Duas vezes.

— Durante as últimas duas semanas — prosseguiu Eric —, andei ensaiando essa música, porque sou um homem de palavra. Eu ouvi e toquei essa música várias e várias vezes. Quanto mais tocava, mais eu ouvia a garota. Eu pensei que sabia o que eram as Sete Sereias. Pensei que era fácil rejeitar algo sem ver o que existia no coração da coisa. E descobri que, no coração de uma música chamada "Goodbye Goodbye", existe a história de uma pessoa abrindo mão de algo com graça e com amor. É uma música sobre términos e começos. E eu quero pedir desculpas para nossas amigas das Sete Sereias por não ter visto isso antes. — Ele apontou para as irmãs lá em cima, e a multidão ficou absolutamente insana. — Essa música, na verdade, é um estouro, como dizem por aí.

Ariel sentiu as irmãs se apoiarem nela. Sentiu seu peito subir e descer com emoção quando Carly começou a tocar as notas da introdução na guitarra e Max entrou com a bateria, Grimsby completando a melodia.

— Eu vou precisar de uma ajudinha — disse Eric, e, dessa vez, Ariel sabia que ele falava com ela enquanto estendia a mão. — Ariel, *mi vida, mi amor*. Preciso de você.

Cabeças se ergueram na direção dela e as irmãs a empurraram na direção de Willie, o gerente da casa. Ela já conhecia o caminho, pegando a escada de serviço para os bastidores.

Eric começou a música sem ela, e Ariel acolheu a rodada de aplausos quando se juntou a ele, de pé junto ao microfone dele, compartilhando o espaço dele. Não sabia que era possível sentir tanta saudade de alguém quando a pessoa estava a apenas centímetros de distância.

Quando cantaram "Goodbye Goodbye", Ariel mudou o tom em que costumava cantar. Seu contralto se fundia com a voz de Eric de um jeito que transformava a música que ela havia composto, de um jeito que não se dera conta de que precisava tanto. Não era melhor, apenas diferente.

Eric tinha razão. Era uma música sobre abrir mão, sobre recomeçar. Sobre ser um pouco diferente a cada dia. Ela tinha as palavras esse tempo todo; só precisava se perder um pouco para encontrar sua voz.

Quando a multidão cantou tão alto que assumiu o controle, Ariel olhou para Eric. O crescendo da música encheu cada centímetro da casa enquanto Ariel o puxava para perto — seu passado, presente e futuro se emaranhando num beijo que parecia um novo início.

URGENTE: TEODORO DEL MAR DEIXA O CARGO DE CEO, ELEKTRA DEL MAR NOMEADA CEO INTERINA DA ATLANTICA RECORDS

A Recording Academy rescinde o prêmio de 1985 do destronado Fazedor de Reis musical

Marilou del Mar vive sua melhor fase num santuário panda.
Veja as fotos aqui.

Atlantica Records abre o selo boutique Plêiades. Ariel del Mar dirigirá o novo projeto com Vanessa G como sua primeira artista

DESAFORTUNADOS NOMEADA PARA TRÊS PRÊMIOS,
Incluindo Vídeo do Ano, Disco do Ano, Melhor Álbum de Rock

ARIEL DEL MAR E ERIC REYES APARECEM JUNTOS NA MAIOR NOITE DA MÚSICA.

Teodoro del Mar embarca em viagem marítima "em busca de autoconhecimento"

Scott Tuttle se une à Plêiades como Gerente de Conteúdo Digital

Se liga no visual universitário de Sophia del Mar.
25% de Desconto!

Ariel del Mar e Eric Reyes anunciam um Show Especial. Ouvimos os sinos de casamento!

AGRADECIMENTOS

A *pequena sereia* faz parte da história de minha origem. É difícil me lembrar de uma época em que eu não soubesse todas as letras ou tivesse as melodias em minha mente. Quando eu tinha 3 anos, minha avó, que imigrou para a cidade de Nova York antes de eu nascer, mandou-me a fita VHS de presente. Na época, eu ainda morava no Equador com meus pais e assisti àquela fita várias e várias vezes. Assim que ela terminava, meu pai ou minha mãe a rebobinava (gerações mais recentes jamais conhecerão a agonia de esperar todas as fitas reiniciarem) e nós assistíamos outra vez. Eu dizia para as pessoas que foi assim que aprendi a falar inglês e, quando foi minha vez de me juntar à família em Nova York — eu estava no primeiro ano —, já tinha um bom domínio do idioma.

Eu considero essa história parte do meu DNA criativo, e foi um privilégio escrever uma carta de amor à minha princesa preferida da Disney.

Obrigada a Jocelyn Davis, por se arriscar comigo; a Elanna Heda; por todo o seu trabalho neste projeto; e à família Hyperion Avenue e Disney Books. Este livro não seria possível sem todos vocês.

A Stephanie Singleton, por me ajudar a dar vida a Ariel del Mar e Eric Reyes com essa linda arte da capa.

A Suzie Townsend, Sophia Ramos e à melhor equipe do mundo — New Leaf Literary & Media.

Todo escritor precisa de uma bolha de apoio. A minha é composta por Dhonielle Clayton, Adriana Medina, Sarah E. Younger e Natalie Horbachevsky, que sempre são minhas líderes de torcida quando sou uma pestinha e que me alimentam quando estou na névoa do prazo final. Eu amo todas vocês.

Às minhas parceiras de escrita no prazo final, Adriana Herrera e Alexis Daria. Vocês duas me inspiram a ser uma escritora melhor, a criar melhor. Não tenho como lhes agradecer o bastante por nossas corridas diárias de escrita. À minha comunidade de romance, por manter minhas rodas girando e minha lista de leituras futuras comprida — Tracey Livesay, Sarah MacLean, Priscilla Oliveras, Mia Sosa, Sabrina Sol, Diana Muñoz Stewart e mais.

Um agradecimento muito especial para Ben Hutcherson, da banda Khemmis; Nick Ghanbarian, da banda Bayside; e Danny Córdova (é, é meu maninho), da The Dreamland Fire, por responderem a todas as minhas dúvidas sobre músicos e bandas em turnê. Espero que todo mundo que leia este livro vá ouvir as músicas deles o mais rápido possível!

E por último, mas não menos importante, obrigada à minha família: vocês aparecem em menções o bastante para saberem de quem estou falando. Sou especialmente grata aos meus tios Marcos Medina e Robert Laucella, por me deixarem esboçar e editar este livro na casa deles, em Porto Rico. Eu limpei tudo, juro.

Amor,
Zoraida

Conheça os outros títulos da série
MEANT TO BE

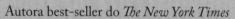

Conheça a mais nova comédia romântica de Julie Murphy — autora best-seller do *The New York Times* que já virou sensação na Netflix —, inspirada em seu conto de fadas favorito!

Cindy ama sapatos. Seja com um laço no lugar certo, seja um salto chique de madeira, é com eles que ela consegue se expressar. Mas ser uma mulher plus size obcecada por moda não é fácil. Ela nunca encontra roupas de marca que funcionem em seu corpo — embora um par de sapatos especial sempre lhe sirva perfeitamente.

Com um recém-obtido diploma em design de moda, mas nenhum emprego à vista, Cindy se muda de volta para a casa da madrasta, Erica Tremaine, a produtora-executiva do maior reality show de namoro do mundo, o *Antes da meia-noite*. Quando uma das participantes da nova edição desiste de participar do programa no último minuto, Cindy é jogada sob os holofotes. Exibir sua coleção matadora de sapatos em rede nacional parece uma ótima maneira de impulsionar a carreira. E, já que ela está ali, por que não aproveitar alguns encontros luxuosos com um solteiro cobiçado?

No entanto, ser a primeira e única participante gorda em *Antes da meia-noite* a transforma numa sensação viral — e num ícone do movimento body positive — da noite para o dia. E o mais inacreditável? Ela pode realmente se ver apaixonada por esse Príncipe Encantado. Para chegar até o final, além de encarar os fãs, os haters e uma casa cheia de outras participantes em quem ela não tem certeza se pode confiar, Cindy terá de dar um salto no escuro e torcer para que seus saltos — e seu coração — não se quebrem no processo.

Esta adaptação do conto de fadas que Julie Murphy claramente ama é uma história encantadora sobre amor-próprio e sobre acreditar no final feliz que cada um de nós merece.

Autora best-seller do *The New York Times*
JASMINE GUILLORY

"Não poderia estar mais animada para elogiar *Amor entre livros*! Jasmine [...] faz a experiência de leitura ser MUITO BOA E AGRADÁVEL [...], toda vez, sem exceção."
— Emily Henry, autora best-seller do *The New York Times*

AMOR ENTRE LIVROS

UMA HISTÓRIA MODERNA DE *A BELA E A FERA*

UNIVERSO DOS LIVROS

Nesta apaixonante releitura contemporânea de *A Bela e a Fera*, a autora best-seller Jasmine Guillory mostra mais uma vez sua maestria ao reimaginar, para uma nova geração, um clássico tão antigo quanto o tempo...!

Quando começou sua carreira no mercado editorial, Isabelle tinha expectativas enormes. Anos depois, sobrecarregada e mal remunerada, Izzy continua sendo uma das poucas funcionárias negras em sua editora e com frequência se divide entre se manifestar ou sufocar sua voz. Todavia, quando por acaso escuta a reclamação de sua chefe sobre Beau Towers, um autor notório, mas uma pessoa horrível e que não cumpriu o prazo de seu livro, ela enxerga a oportunidade de finalmente conseguir reconhecimento.

Mas ela rapidamente descobre que a missão não será tão fácil. Apesar da reserva e do cinismo de Beau, ela precisa que ele cumpra com o prometido e, com o encorajamento de Izzy, o trabalho passa a fluir. Não demora até que ambos descubram que têm mais em comum do que esperavam e, conforme o projeto se encaminha para o fim, Izzy e Beau percebem que pode ter surgido algo inesperado entre eles.